鹤舞云台

博言 著

南宋的倔强

辽宁人民出版社

目 录

CONTENTS

第一章 名师高徒（一）

蒙古大汗窝阔台执政第五年，也即南宋理宗绍定六年（1233），通往西京道大同府的官道上，车马辚辚，马蹄嘚嘚。这些队伍或是来自西域商人的驼队，或是北方中原的汉人西进贩运茶叶、丝绸等，也有很多来自西藏和原西夏国各地的喇嘛成群地前往西京。在北方战事连绵的时候，这样的繁荣景象着实是非常罕见。

这日，官道上行着一辆马车，吱吱呀呀的声音一路陪伴着行客的旅程。车上坐的是两位中年男子，这二人是兄弟，长兄冉琎，同父异母的弟弟叫冉璞，都身着灰袍，头戴方巾，言行之间透着从容睿智。二人都是饱学之士，冉琎思虑深远，沉静稳重；冉璞有燕赵之风，慷慨侠义。二人结伴，一路饱看处处风景，丝毫不露倦态。

这兄弟二人年少时父亡家贫，幸运的是有义士和家族相助，入学于播州学堂。二人义重情深，聪颖勤奋，饱读诗书，乡里讲学称他们年纪虽小，却敏于事而慎于言。稍为年长后，二人喜欢研读古今图籍，特别是兵法韬略等军事书籍。又因为机缘巧合，得到高人指点，二人的学问与日俱增。所以兄弟二人年轻之时，就已经闻名于播州之地。

此次受人之托前往西京，二人仔细观察沿路军事情形，不时加以绘图记录。为两人驾车的是一少年，年纪虽轻，却极为英伟，剑眉上翘，双目有神。少年名叫张钰，受忠顺军将军王坚之命护送二位先生前往西京大同府。二人想起忠顺军大帅孟珙不久之前的交谈和嘱托，又想到目前军势的复杂，他们的心里不禁沉重起来，思绪不由得又回到从前，太多变故发生了。

兄弟二人出生在播州绥阳，一个山清水秀的小村。他们的父亲务农为生，勤劳朴实。冉氏一族本来也是耕读世家，祖传家训"读书为本"。冉姓宗族的门联为"圣门五贤士，蜀郡两郎官"，《两郎官》说的就是他们兄弟。

南宋以来金军不断入侵，兵荒马乱，盗匪横行之时，冉氏家族家道中落，流落在偏僻的播州隐居，日子起初倒也平顺。二人儿时的村落风景秀丽，四面峰峦，流水绕行，争奇竞秀，是读书习武和养怡情操的好去处。明代铁成吟道："幽处自应人罕到，空山谁听鸟相呼。不知画地为军阵，可有当年琎璞无。"

不幸的是冉琎母亲在他四岁时染病过世，父亲生活不易，经宗人牵缘，又续弦娶了一位孀居的同乡女子，就是冉琎的继母。继母非常贤惠，待冉琎极好，如同自己亲生的孩子一样。不久继母生了一个弟弟，就是冉璞。继母也非常贤德，将一家的生活操持得逐渐兴旺起来。

兄弟俩的父母遵循祖训，重视他们的教育，为他们取名琎和璞，就是寄望他们将来能成为美玉一样的人才，很早就将他们送到附近的播州官学里接受良好的教育。

幸福的时光总是短暂的，不久他们的父亲不幸染病过世了。然而继母非常坚强，以一人之力照顾两个兄弟，还经常督促两人在撒了柴灰的地上写字绘画。当地乡间传言，继母贤德，对不是自己亲生的冉琎甚至比亲生的冉璞还好。在一次山匪袭击村子时，她宁愿舍弃亲生子冉璞也要保全冉琎，连山匪都被感动了，从此不再抢劫他们的村子。他们二人成名之后，当地人就将原先的村名平木台改称平母台。

兄弟二人幼时天资聪颖，在官学里表现的与其他孩子大不相同。讲学要求学生们将经书不断熟读背诵，唯独他们往往只阅其精要。讲学责怪他们懒怠，他们回答已经熟知。于是讲学随意指定文章，发现二人只须阅读一次，随即朗朗成诵，倒背如流。讲学大为惊讶，没想到堂里有如此天资的两个孩子，便将此事报告给了族长。族长惊喜地说，人都传言汉朝的王仲宣、本朝的司马公是天纵英才的神童，可以过目不忘，没想到我们冉家也有如此两个麒麟之子。嘱托他们的母亲好好照料他们，族中也会全力资助二人的求学。

官学诸生中杨文等人与他们友善，互相引为好友，可以高谈阔论，纵论古今。南宋官学基本以学员参加科举为目的，细分经义诗赋，讲员基本只教授《五经》等，后来"二程"和朱熹的理学开始受到朝廷的推崇，朱熹编撰的《四书集注》就成为学童们的指定学习书籍。但是二冉对它们并不喜欢，反而对古籍中的各种兵法战策和河流山川的各种图本产生浓厚的兴趣。

一日，兄弟俩在一道宫游玩，看到道士在散发《道德经》，冉玭随即拿了一本读起来，"知其雄，守其雌，为天下溪……夫唯不争，故天下莫能与之争……大成若缺，其用不弊，大盈若冲，其用不穷，大直若屈，大巧若拙，大辩若讷。"冉璞一边听，一边说，"这些难道不也是用兵之法吗？"道观住持恰在一旁，听了少年如此评论，大为惊奇，于是留住他们细谈，对二人的聪慧深为喜欢。

　　这住持原来不是常人，原名杨钦，当年也是一个饱学之士，曾是洞庭湖杨幺起义军中的大将，是杨幺水军的创始人。杨钦利用河湖港汊，帮助义军设立营寨，训练水军。他建造的战船的左右两侧和船尾都装有可以转动的桨轮，每个桨轮上装有八个叶片，桨轮与转轴相连，轴上装踏脚板，士兵踩踏脚板，轴转带动轮转，"以轮激水，其行如飞"。杨钦指挥水军机动速度，且大小结合，适应在各种情况下的作战。所以朝廷水军多次被杨钦击败，是起义军中的常胜将军。

　　当初杨钦投奔钟相、杨幺，是因为不满朝廷昏聩，对外软弱可欺，对内横征暴敛。他又被钟杨二人的口号所吸引："等贵贱，均贫富。"当时洞庭湖区由于多年战争，已经是残破至极，满目荆榛，百姓生活苦不堪言。杨幺起义军对官府充满仇恨，"焚官府、城市、寺观、神庙及豪右之家，杀官吏、儒生、僧道、巫医、卜祝及有仇隙之人"，他们粗暴地认为"行法"就要杀人，"均平"必须劫财，一切都理所当然。但是杨幺称王后衣食住行无不穷奢极欲，屋内的家具都要金玉镶嵌，部下士卒和治下的百姓却依然困苦潦倒。杨钦对这些无比失望。特别是杨幺过早地称王之后，他就萌生了退意。

　　朝廷屡征不胜，于是从北方调来了主力岳飞军。但是岳飞在前几战都被杨钦的水军击败了，正踌躇之时，听说杨钦是杨幺水军中的关键人物，并且为人正直忠义，就派人去劝导归降。杨钦早就听说岳飞名声极好，是朝廷抗金的主力人物，心底佩服至极。所以一旦联络，马上归顺岳飞，随即献计掘闸放水，让湖水陡然变浅，并且四处伐木塞港，将杂草堆在水面，使得杨幺军车船失去了机动能力。岳飞军之后大胜，全凭杨钦智勇过人。

　　以后杨钦跟随岳飞北上抗金，岳飞也对他行军布阵多有指点，杨钦对待岳飞有如老师一样尊重。谁承想，就在岳飞军大胜金军以后，得罪了朝廷主和派的首脑集团，奸臣秦桧等罗织罪名构陷杀害了岳飞。杨钦非常愤怒，对朝廷大失所望。多年以后，杨钦辞去所有官职归乡隐居，而后又修习黄老之术，辗转进了这个道宫当了住持。

不想此时遇到冉氏兄弟，见他们二人如此天资聪颖，不禁心里喜欢。他让二人带路见了他们的母亲，杨钦表示耄耋之年遇到兄弟二人，实在是天之所赐，愿将平生所学兵法战策授与二人。冉母大喜，带领兄弟俩办了拜师仪式。自此，冉氏兄弟常常前往道观跟随杨钦习文练武，阅读古今兵家典籍，因而学识眼界和心胸自是与常人大不相同。

第二章　名师高徒（二）

师父杨钦所住持的道观，供奉三清尊神：玉清之主元始天尊，上清之主灵宝天尊，太清之主道德天尊。《道德经》有云："道生一，一生二，二生三，三生万物。"道化生为混沌元气，由混沌元气化生为阴、阳二气，再由阴、阳二气衍化为天、地、人三才。由此产生天下的万事万物，一化为三，三本于一。而气清轻者上升为天，浊重者下降为地，诸天至高为玉清、上清、太清三种天界，观里供奉的就是这三清道祖。

道观坐落于群峰之中，当地人称云台上宫。上宫依西峰沿东麓筑就，构筑奇绝。观后山峦层叠，万山之中云海蒸腾，犹如白龙翻滚，宛若仙境。云开处苍翠如海，山风吹拂，松涛阵阵，奇峰耸立，怪石穿空。远眺深谷林莽，古藤如织，山猿攀缘，飞禽啼鸣。观前和观内却地势平坦，上宫规模宏大，殿宇层次分明。观内又多植梅花，每逢隆冬花开，雪中高树，红粉梅梢，暗香浮动，真是个超凡绝俗之处。

尤其称奇的是山上有终年不绝的清冽泉水，泉声叮咚，宛如琴声，沿奇山怪石之间汇聚而出，或为池潭，或为飞瀑，或为溪涧。杨钦命工匠将山泉引入院内，汇聚成一池。因杨钦曾长期生活在洞庭湖区，素来喜欢莲花，所以在池中遍植莲花，每逢夏日，嫩蕊珠凝，片片翠玉，盈盈欲滴，阵阵清香，沁人心脾。杨钦又令人在池中筑了一亭，九曲回廊牵连至池边。某年不知何处飞来一群白鹤于池中，其中有两只不知何故，竟然终年逗留于此。所以杨钦将此池命名为鹤池，此亭为观鹤亭。

一日师父杨钦给二人讲解诗经，恰好看见双鹤飞落，于是念道："鹤鸣于九皋，声闻于野。鱼潜在渊，或在于渚。乐彼之园，爰有树檀，其下维萚。他山之石，可以为错。鹤鸣于九皋，声闻于天。鱼在于渚，或潜在渊。乐彼之园，爰有树檀，其下维榖。他山之石，可以攻玉。"二人问这是何意，师父讲解道："于无边的沼泽野外，忽然听到鹤鸣之声，震动四野高入云霄，看到游鱼潜入深渊或跃上滩头，又看到檀树近旁的一座山峰，此山上的石头原来可以用作磨砺玉器。此诗作于周时，这是在讽谏掌权执政的周宣王，要求访贤才之人于未发现的山林之中。你们要想成为于世有用的贤才，就务必勤于治学，千万不可懈怠。"二人知道这是师父在勉励自己治学不辍，于是点头喏喏。

又一日，冉琏读到一本关于本朝四京的书籍。昔日四京：东京开封府，西京河南府，北京大名府，南京应天府。故都东京，位于汴京开封，曾经人口过于百万，富华甲天下，几代宰相耗用举国之力，营造出曾经的人间仙境无限繁华，四方商贾云集于此，街巷如网，车水马龙，游人如织。朝廷南迁后范成大出使金朝，经过开封，回来说："新城内大抵皆墟，至有犁为田处。旧城内麓布肆，皆苟活而已。四望时见楼阁峥嵘，皆旧宫观寺宇，无不颓毁。"听者无不愤恨金人，更怨愤朝廷军力不争，无法收复昔日失地。冉琏问师父："开封乃是四战平原之地，无险可守，为何本朝开国时定都在此？"杨钦赞此问极好，说这问题只用兵法不足以解答，让二人查阅书籍后再来应对。

多日后，冉琏回答道："本朝太祖太宗历经中原十国乱世，深知藩镇弊端，立朝国策'强干弱枝'，强大军队集中于中央，地方精锐基本抽调禁军。因此无论定都哪里，都必须养兵，养兵百万乃是本朝开国国策。确定了养兵，如此众多的士卒将领，加上皇宫和中央官员，供应给养用度所需就是头等大事，安全问题退居其次。本朝开国之初，都城首选无非开封、洛阳两地，长安早已破败，重建几无可能。"

历史记载，宋太祖赵匡胤当初想定都洛阳，因为可以"据山河之胜，以去冗兵，循周汉故事，以安天下也"。洛阳北据邙山，南望伊阙，洛水连贯其中，东有虎牢关，西有函谷关，雄关险要足以防守。

冉璞接着说道："太祖中意洛阳，却没有仔细考虑实际情形。那时洛阳久经战争，早已残破，远不如开封繁华，尤其距离江淮江南产粮中心更远，漕运不便。与其消耗大量粮食在运输上，不如选择漕运交通便利的开封府。开封府正处汴水中央位置，西接黄河、渭河而通洛阳，南连淮河、运河可直抵长江。"

冉琎继续叙说道："当初太祖起初欲迁都洛阳，群臣反对，都愿留在开封府。太宗则劝谏择都'在德不在险'。太祖见众人反对，只好说'今姑从之。不出百年，天下民力殚矣'。"

冉璞则问道："真如太宗所说的，难道后来都城沦陷金国，是因为失德吗？其实，事实上万物既有一利，必生一弊。开封府仅北部外围一条黄河，四周全无山川之险，自古就是四战之地。本朝立国之初，契丹辽国就占据了幽云诸州，辽兵若南侵，北方铁骑在平原上就会一马平川，直驱黄河北岸，一旦突破黄河，即可直抵开封城下。"后来金军入侵造成的"靖康之难"就是这个后果。

杨钦听到他们这样解释，连说"好，好"。又问："那么当初可有办法解决？"冉琎答道："朝廷当初养兵之策大错了，它造成了腐败无用的冗兵，进而朝廷的负担太过沉重。而且全国的精兵几乎都集中在开封府，造成边境空虚，都城之外的老弱残兵怎能抵御北方精兵入侵？只能一直处于被动挨打的态势当中，'守内虚外'的想法太过弱势。养兵远不如屯兵，可以在北方中原选择要塞驻防，拨给良田让军队屯垦，一可减轻朝廷及百姓负担；二可防止军官骄堕，士卒懒散；三可防止北方入侵，不能让其轻松通过驻防在河北山西的诸多军队防区。"杨钦笑说"大善"。

冉璞评论道："军之战力在将不在兵，本朝养兵已经是错，养将则更是大错。"杨钦点头，冉琎继续说道："太祖赵匡胤对藩镇的祸乱曾经评价：'五代方镇残虐，民受其祸，朕令选儒臣干事者百余，分治大藩，纵皆贪浊，亦未及武臣一人也。'本朝重视文治，以各级文臣制约武将。太祖经历五代兵乱，深切感受藩镇武将的直接威胁，转而对文臣士大夫更为放心，所以他就说，文官'纵皆贪浊，亦未及武臣一人也'。吴越王向宰相赵普私贿瓜子金十瓶，此事恰巧被宋太祖碰见，他说：'受之无妨，彼谓国家事皆由汝书生尔？'如此地偏向文臣，几代之后，国家哪有许多优才愿意从武呢？为了防止武人们起异心，朝廷于是就优养将领，而这即是大错。将可以优待，不可优养。优养则使众将领逐渐失去作战的动力，回避国家的安危，就是古人告诫的'忘战必危'。"

冉璞接了话说："更有甚者，朝廷常常猜忌打压良将，大将军狄青由于军功卓著升任枢密使，朝廷上下对他逐渐产生嫉妒与猜疑，有佞人妄称看见狄家的狗长出角来，家中出现怪光；又有人称狄青曾在相国寺内身穿黄袍。仅做了四年枢密使的狄青最终被罢官，以护国军节度使出判陈州事，最后在惊疑终日中发病去世。如此猜疑，尤甚仇寇。长此以往则将无战心，军无战力，国家社稷能不危险吗？"

听到此番话，杨钦长叹了口气："岳武穆之事何尝不类此！"然后冉琎问起岳飞之事："诬陷武穆谋反，究竟是秦桧等奸佞之谋，可是还有他人之意？"杨钦抚掌大笑："孺子可教也。"但并没有直接回答问题，只是告诉冉琎冉璞，秦桧死后朝廷追赠申王，谥号"忠献"，宁宗在位追夺其王爵改谥"谬丑"，嘉定元年宰相史弥远执政又恢复了他的王爵和谥号。张俊死后追封循王，谥号"忠烈"，万俟卨死后谥号"忠靖"。这几人都是谋害岳飞的主要参与人物，谥号都有一个"忠"字。在临安西湖栖霞岭南麓，有人建了岳王祠，民间用铁铸了四个人像，都反剪双手面墓而跪，即陷害岳飞的秦桧、王氏、张俊和万俟卨四人。杨钦问二人，为何他们的谥号都有一个"忠"字，而后世民间对这几人如此痛恨呢？二人稍微开悟，但依然难以理解朝廷何以要自毁长城。杨钦要他二人今后思考其中奥义。冉璞忽然又问："果然如此，后世朝代可有无可能再补上呢？"杨钦正色思考了下说："有儒家在，断无此可能。即使苦主岳武穆复生，只怕也不乐见此。"于是师徒开始论起了儒学经义。

杨钦说道："我的所学大都不属儒家，但你等如今安身立命，须得博取功名，恐怕不可不学经赋。儒家经义自汉以来，各朝需要不同，则理解不同，自取其义甚至篡改经文，稀松平常。后世对儒家诸子舍取自如，合则鼓之，不合则弃之。当今朱熹师从"二程"也是如此，他取《礼记》中的《中庸》《大学》两篇，与《论语》《孟子》合为《四书》。朱熹对人说：'先读《大学》，以定其规模；次读《论语》，以定其根本；次读《孟子》，以观其发越；次读

《中庸》，以求古人之微妙处。'又编著《四书集注》，于初学之人是大有裨益的。其道学之说也有几分道理。但以我观之，朱言实有深图。朝廷存亡危机日甚，却跟君上大谈'天下未有无理之气，亦未有无气之理？'未闻其于国有何救亡之谋，其于民有何济世之功。不知何故当初被贬伪学之后，今天却又大兴于世。"

说到这里，杨钦看着二人说道："如今你们兄弟二人都已经年过二十了，正是报效国家之时。而你等要想报国，则需举业。我看以你们的学识，播州官学早已经不能满足你们二人了，不如到几大书院游学去。石鼓书院、白鹿洞书院、岳麓书院和应天书院并称本朝四大书院。石鼓书院掌事戴溪乃是我昔日好友，我为你二人修书给他，你们可以到那里游访历练。"二人欣然接受。

于是二人择日出行。临行之前，冉母告诫两人："杨钦师父对你们的谆谆教诲，一定要铭记于心，永远感恩。我听说他的所学跟官学书院大不一样，你们一定要谨小慎微，千万不可让别人待你们跟异端一样，否则后患无穷，所谓'木秀于林，风必摧之'。切记，切记！"两人允诺。告别了母亲、师父和众族亲，兄弟二人赶往了衡州石鼓山。

第三章　书院游学（一）

冉琏、冉璞用了近半个月才抵达衡州。刚到这里就被石鼓山的秀丽风景吸引了，见那书院奇峰秀水，鸟鸣山静，二人不禁流连忘返。有一深潭可直通湘江，湖畔山上有合江亭，登亭远眺，绿潭空灵，蓝波浅泛，令人心旷神怡。唐代韩愈曾在此亭吟咏"红亭枕湘江，蒸水会其左。瞰临渺空阔，绿净不可唾"。百年古藤沿江底爬行，由西岸牵至东岸。山的东岩悬崖，每当太阳初升，金色早霞洒遍整片悬崖，眺望但觉炫目。东西峭壁上，唐太守宇文炫分题"东岩"和"西谷"。远处书院读书声传来，声声入耳，令人遐思。

石鼓山位于湖南衡州，据北魏郦道元《水经注》记载："山势青圆，正类其鼓，山体纯石无土，故以状得名。"石鼓书院始建于唐，名士李宽见石鼓山林木郁郁葱葱，湘江、蒸水、耒水三江环绕，于是在山顶筑屋，读书其中，创建中国古代最早的书院。至宋代开始大兴，太宗和仁宗两位皇帝赐书"石鼓书院"匾额。众多儒学名师如周敦颐、苏轼、朱熹、张栻等曾经在此讲学，朱熹作《石鼓书院记》，张栻在合江亭中立碑，亲书韩愈《合江亭》诗和朱熹《石鼓书院记》。

冉珷二人带着杨钦的荐书进入学院，要找寻山长戴溪，谁料戴溪此时早已离开衡州，升任华文阁学士，现任掌事山长乃是程洵。程洵接了从事递进来的书信看后，说既是有书信推荐就留下吧，却并不接见他们，只是吩咐从事将两人安顿好住下，来日仔细告知学院规程，务得遵守，二人点头称是。

安顿好后，两人发现还缺不少物事，于是出门办理，顺便看看衡州城内的风土人情。二人看那衡州最繁华的街面上人群熙攘，店面铺位鳞次栉比，与家乡风景自是大不相同。逛了一轮，又转到了合江亭，读起碑文来："不有好古图旧之贤，孰能谨而存之哉？抑今郡县之学官，置博士弟子员，皆未尝考德行道义之素。其所受授，又皆世俗之书，进取之业，使人见利而不见义，士之有志为己者，盖羞言之。"

二人正聚神读到这里，有人突然拍了他们大笑道："你们二位也来了！"二人被惊了一愣，回头看原来是过去的同窗好友杨文，不由欢喜起来，原来杨文比他们还要早来书院。这杨文是播州安抚使杨价之子，冉璞笑着说道："你是迟早世袭播州的好命，为何这般辛苦来此读书？"杨文笑回："就你等能来的吗？如今我也想早日进举，等我考时夺了你们的头名，看你们还能否这般小瞧我。"三人对视大笑。

杨文告知两人他的兄弟杨声也来了书院，两人颇为惊讶，杨文、杨声虽是兄弟，但性格非常不同。杨文好读书，最是尊重学问；杨声却是平日里最不喜读书的，只爱走马射箭，约人饮酒热闹。为此他们的爹杨价甚为烦恼，趁着杨文央求要来书院求学，让他务必把兄弟杨声带走管好，杨文也是无法，只好从命。冉璞哈哈大笑说："你的确是讨了一个好差事。"

二冉和杨文三人见面，分外亲热，少不得饮酒庆贺一番。于是找了一个酒肆坐下，酒过三巡，杨文问二人对功名有何打算，冉珷答道："现今只想入书院好好研读，暂时未有想法是否马上参加科举。"杨文说道："你们来石鼓书院是非常明智的选择，如今圣上信奉理学，宰相史弥远也大力提拔理学官员，情势跟以往大不相同了。石鼓书院、白鹿洞书院等都是朱熹等道学名师执教过的，真可谓天时地利人和俱全的好地方。"

冉璞问杨文有没有深入读过夫子的书籍文章，杨文说当然，对朱文公佩服至极。冉珽问为何，杨文得意地说："除了道德文章可为读书人树立表率之外，你们可知夫子乃是个全才吗？"冉璞问："你指的是什么？"杨文笑道，"我比你们早来书院，读过山长为文公立传的初稿，才知道朱老夫子少年聪慧，十八岁就中举乡贡，绍兴十八年他年仅十九岁就登科进士，任焕章阁待制兼侍讲，第二年回家乡省亲就能置回良田百亩，充作朱氏宗族的祭田。"冉珽不由心动，吃惊地问道："朝廷给的俸禄如此之高吗？"杨文呵呵直笑："夫子断然不是贪腐之人，且他那时寸权也无，如何贪腐？他有我非常佩服的理财天赋，他那时这么年轻，就有如此的才能、如此的名气，难道不值得我们思索学习吗？"

冉珽说还是没有明白，杨文笑道："如今出名要早，早出名才可以好事皆早。临安曾经有一个八岁女娃，原是出身乐户，只因生得好，又会察言观色，唱曲颂圣，被圣上在茶坊听过后，龙心大悦。她后来在临安大热，花得了千金才可陪酒。圣上给她抬籍，出入的都是高门大户。人们都说她迟早嫁入豪门，人自己说，我就是豪门。"说到此，三人哈哈大笑。杨文道："因为出了此等女子，如今临安人生了儿子都不高兴的，生了女子才值得高兴啊。所以才有酒名'女儿红'，从来没有'男儿红'啊。"逗得二冉又是一阵大笑。

杨文继续道："你们听说过临安一首'墙头诗'罢？'山外青山楼外楼，西湖歌舞几时休？暖风熏得游人醉，直把杭州作汴州。'如今京城建明堂，修太庙，宫殿楼观层层叠叠，且商户如云，楼价腾起，人称'炒地'也。我推测朱老夫子在京城做官只一年多，就赚了如此多银钱，不会跟此有关罢？"

冉璞问道："听你说得很是了解，莫非你去过临安不成？"杨文笑道："可惜至今未曾去过，不过临安的邸报倒是看了不少，京城又常有客到我们府中饮茶清谈，所以晓得那里的情形。如今很多临安人不喜正经营生，却酷爱一个'炒'字。临安除了有'炒地'一说，还有许多商人热衷于'炒茶'。一些名茶价钱之昂贵，令人咂舌，只一小块茶饼，便抵得过一个普通农户人家一年的开销！"冉琏好奇地问道："这是怎么回事？"

　　杨文见他好奇，就说道："你们可知道现在朝廷官方用茶都是哪些吗？"冉琏摇头只说不知。杨文说道："如今朝廷的宫廷贡茶，大有讲究。总称'龙凤茶'，或称'北苑龙焙'，此茶极其奢华，共有十纲：第一纲叫试新，第二纲叫贡新，这两纲每年最为稀有，只供内宫，市面之上绝无踪迹。第三纲有十六色，具体有龙团胜雪、万寿龙芽、御苑玉芽、雪英、蜀葵、玉华、寸金等等，第四纲有十二色，包括宜年宝玉、玉清庆云、万春银叶、玉叶长春、瑞雪翔龙等，其余各纲也都各有名目。如果按照品质划分，又分别名为龙茶、凤茶、京铤、的乳、石乳、头金、白乳等。龙茶只是宫廷专用，凤茶赏给皇亲、宰相和将帅等，其他的则由官员按等级享用。大臣欧阳修在朝二十余年，也仅仅得到过赐茶一饼，可见它的珍稀。"

　　冉璞听了这里，不由得笑了。杨文继续说道："你们想，这'龙凤茶'跟我们播州之茶比较，品质又能高出多少呢？只因为这茶极其难得，又非常尊贵，如今临安市面上大兴'炒茶'之风，尤其是稀缺品种，商人们不惜花费巨资收买，然后加价转手倒售，人称金可有而茶不可得。"

　　二冉听了饶有兴致。杨文又接着说："因为能赚到银子，临安那里聚集了大量的豪商巨贾。西湖那里如今有了'销金锅'之号，那是一片歌舞升平，分外繁华的气象。"

　　冉璞听到这里，却说道："虽然繁华，但北方强敌环伺，这样的情势只怕不是吉兆啊！"杨文笑道："你这样说，人家听了会说你我生在穷困边塞，又没见过那等富贵，由羡入妒，所以才有这样的想法啊！"二冉虽心中稍有不悦，却也不便说破，只呵呵笑散。

第四章　书院游学（二）

　　第二日，学院讲学，请的外省有名的儒士学究讲解"性理之学"。学究讲道："性即理也，本心即性。内圣而外王，内圣之学在于自己，自觉作圣贤，作道德，完善自己之德行，然后推之而为学问也。"

学究然后问大家："如何修德完善自身之德行呢？"有学生回答说："遵'仁、义、礼、智、信'。"

学究道："好啊，但三纲是在前，君为臣纲，父为子纲，夫为妻纲。无所逃于天地之间。以首者为重中之重，一切之根本。先师孔圣人以等级名分教化社会，就是要正名，做到'君君、臣臣、父父、子子'。今夫子程颢说：'人心，私欲，故危殆；道心，天理，故精微，无私欲，则天理明矣。'所以人应该革尽人欲，才可复尽天理。有三纲五常，当有节义。程夫子说：'饿死事极小，失节事极大。'"

有学生问："何为私欲，何为失节？"学究说问得好："比如寡妇要再嫁吗？这是私欲，这是失节，当然不行的。"

冉璞听了这话，登时联想到辛苦劳作的老母，不就是孀居后再嫁给父亲的吗？可那是生活窘迫所需的，而且父母相亲相爱，哪里是什么私欲？心里登时大怒，想要发作，又想起母亲临行前的交代，只好强忍按下心里的怒火。冉琏知道冉璞不高兴，摇摇头使了个眼色给他，意思是不要计较学究的话。

这时有学生问道："女子不准再嫁，那男子可以再娶吗？"学究回答道，"大夫以上至于皇帝，自有嫔妃妾小没有再娶之说。大夫以下，为了侍奉公婆及主持家内事务，也可再娶的。"

又有学生问："那男子也没有失节一说？"众学生哄堂大笑。学究也笑道，"有的。比如君臣大义，做臣的不可叛节投降敌人。"

这时冉璞突然问道："先生，就是说'为人臣者，君忧臣劳，君辱臣死'。对吗？"学究说："对的，无论何种情况，为臣者都须牢记守节，此乃节之大者。"冉璞继续发问："那么靖康之时，大臣们都该殉节才是了。"学究听了这一说，登时愣住了，不知道该如何回答。众学子也都交头接耳，议论纷纷。

据记载，靖康之难中，金军总共俘虏徽、钦二帝和太子、皇后、后妃、皇子、公主、赵姓宗室、贵戚等六千多人北归，这些皇族、贵妇受尽了金军的强暴侮辱，仅一个月就被迫害死亡了一半还多。宋朝皇室的金银、宝玺、舆服和礼器等也被搜罗一空，金军满载而归，北宋从此灭亡，这就是所谓的"靖康之难"，也称"靖康之耻"。天会六年八月二十四日，北宋宫廷的皇后，妃嫔、皇子、公主们，包括高宗赵构被掳的母亲和他的妻子们经历了他们北迁以后最耻辱的一幕。作为战俘，金国君主命令徽宗、钦宗、两位皇后、皇子和宗室妇女改换金人服饰，拜谒金人的祖庙。史载"后妃等入宫，赐沐有顷，宣郑、朱二后归第。已，易胡服出，妇女近千人赐禁近，犹肉袒。韦、邢二后以下三百人留洗衣院"。洗衣院就是官办妓院的意思。

因此，"靖康之难"是南宋官民难以启齿的耻辱，也激发了南宋人对金人的仇恨，激励了南宋军民抵抗金兵的动力，名将岳飞写下了"壮志饥餐胡虏肉，笑谈渴饮匈奴血"的雄壮词句。

但此时学究想到的是，很多大臣都逃到了临安，那些大臣的后人，现在基本都是大权在握的当朝文武官员，难道他们的祖父辈当初都是失了臣节吗？难道当年那些被掳走的皇后妃嫔公主们都没有守节义吗？想到这里，心慌得手脚登时有点凉了，头上涔涔地直冒冷汗。

这时冉琗看学究十分难堪，赶紧打了一个圆场："靖康落难之时，只有保全尽可能多的大臣和宗族，才可能积蓄力量在将来报仇雪恨。此时殉节乃是不智的，争取报仇才是大节大义。"学究一听这样四面光八面净的说法，知道这是给自己台阶下了，感激地冲冉琗点了点头，赶紧宣布下课。

下课回馆舍的路上，学员们依然议论纷纷，显然这番对话引起了大家深深的思考。这时，几个人拦住了冉璞。为首的就是杨文的兄弟杨声。

那杨声带了几个仆人四下里围住了冉璞，上前说笑道："我以为是哪个在刚才多嘴多舌，原来是你这厮。"冉璞住了脚，问他要怎样。杨声威胁道："你刚才没规没矩，胡乱插嘴，刁难学究，丢了我们播州人的脸。你该不是仗着我兄长杨文的势罢？"冉璞心里大怒，忍住了问："又待如何？"杨声说那就要教训你该守规矩了。正要动手，杨文和冉琗边聊边走了过来，连忙喝住杨声，将众仆驱散，不住声地向冉璞道歉。

回到房间，杨文立即厉声责怪杨声。原来那杨声见冉家兄弟难住了学究，以为他们得了意，同样来自播州，自己和杨文岂不是被灭了威风吗？杨文说道："你糊涂，且不说他二人跟我至交，真要动了手，他们两个从小一直练武，你们几个人加起来，也休想近得了他身。"杨文让杨声再不许纠缠冉家兄弟了，杨声只得喏喏。

日子过得飞快，转眼几月过去。一日，冉琗发觉盘缠渐渐不够了，就跟兄弟商量个办法。冉璞说不如我们择个日子到街上摆个摊位，你会测字算命，我可以替人写个讼状对联，好歹赚些银钱。冉琏说："好啊，赶日不如撞日，就今日罢。"于是两人各自在街头摆了摊位。

冉璞在街上等了半日，也没什么主顾来看看他的生意，忍不住喊了几声，希望能有人过来看看热闹。也是冤家路窄，结果喊来了杨声那几个人。杨声一看是冉璞在街头兜揽生意，忍不住得了意，过来奚落几句，几个仆人在一旁起哄嘲笑。杨声戏谑地说道："这样吧，今天爷高兴，你给我题个扇子罢，写得不错，爷我就多给你银子。写得不好，就不要怪爷砸你的场子。"

说着递过来一把纸扇。冉璞打开一看，一面空白，另一面却画的一个标致的美女在赏花。原来，那时流行这样制作纸扇，画了一面美女，另一面却空白不题字也不写诗，且留着给那些风流才子买了走，自己题词。冉璞说："你当真吗？"杨声反问："几时骗过你？"冉璞欣然回答："好，我这就写来。"

冉璞提了笔想了想，飞笔写道："不是爱风尘，似被前缘误。花落花开自有时，总赖东君主。去也终须去，住也终须住。若得山花插满头，莫问奴归处。"原来那冉璞写得一手好行书，加上词也工整，众人忍不住地喝彩。这回杨声倒是对冉璞刮目相看了，就要兑现诺言给银子。冉璞说你是我第一个主顾，且我们是播州同乡，该送你的。杨声道了谢，不再找他麻烦了。街上行人见了冉璞的本事，口口相传，冉璞的名气一天天就大了起来，居然有很多人来找他。

杨声拿了扇子高兴地回到住处，还给同舍的学员一同观赏。别人不看还好，看了忍不住地想笑，有城府的不愿意拆穿，只当不知。可扇子题词的事就传开了，大家都把这个当作笑话谈资。

原来这个词实在是大有典故，据传是当时一个有名的女词人严蕊作的。事情的缘由是这样的：理学名儒朱熹巡行台州，因为同僚唐仲友反对朱熹的理学，两人长期争论不和。老先生上疏弹劾唐仲友，用同僚那里听来的事情，告发唐与台州营妓严蕊有风化之罪，并下令抓捕严蕊，施以鞭刑，逼其招供。那严蕊宁死不从，并说道："身为贱妓，纵合与太守有滥，科亦不至死；然是非真伪，岂可妄言以污士大夫，虽死不可诬也。"

这事情引起了朝野议论，孝宗认为是"秀才争闲气"，于是将朱熹调任，转由岳飞的后人岳霖继任。岳霖问严蕊是否真有其事，严蕊严词否认。岳霖有点为难，听说严蕊颇有才名，就让她以自己的身世写一首词，严蕊就写下这首《卜算子·不是爱风尘》。岳霖看了后被感动了，于是就释放了她。

事后，大家都觉得朱老夫子这么难为一个弱女子，有点太过了。还有人说，这词根本不是严蕊写的，而是唐仲友他们写了教给她的。不管怎样，总是老夫子一件不太体面的事情。

而书院现在就是大兴理学的时候，那杨声整日里拿着写有这首词的扇子，在书院里走来走去，不知道原委的都认为他是别有用心，恶心道学讲师们的。其实杨声当真没有听过这些事情，着实地被冤枉了。终于一日被兄长杨文看到，气得一把夺过去扯了。有了这几件事，冉家兄弟在书院里算是有了一点儿名气，连书院山长都知道了他们。

终于有一日，一位达人来微服私访这冉家兄弟了。

第五章　西山先生（一）

这日，冉珆一如平常在街上摆了桌凳替人卜卦算命，眼见行人渐渐稀少，正准备收拾回去的时候，来了一位客人。冉珆招呼客人坐下，问是要卜卦吗，客人微微一笑，问可以测字吗，冉珆回答当然可以，说着递过笔去。那客人稍一思索，写下一个"德"字。冉珆待客人写完，仔细端详，暗自连声称赞客人写得好，显见是个书法的行家。不由得认真地看了看客人的脸，这人面色白皙，三绺胡须，目光炯然，正微笑地盯着自己看呢。引起冉珆注意的是他的手，见他的手掌平而长，坚实有力，手指修长，骨关节瘦削而突起，拇指强硬刚正。冉珆心里道这一定是经常写字的手。再看一下这人身穿一件布袍，显得比较朴素，但那板正的坐姿分明告诉冉珆，这一定是个衙门里的官员。

于是冉珆笑着问道："请教这是要测什么呢？"客人说就测个前程。冉珆点点头说好，想了一下又说："此字左边，乃是行走之意，迁者，登也，主日后'高升'之象；双人在侧，一在高位，一在辅位。其意一二人之下也。"那客人听到此，不禁笑了。冉珏接着说："右边实乃是'心'与'直'，自有相当之深意。古人云本心之初，其曰善也，便是成德。先生居中庸之道，但凡克己复礼，谨守本分，即可大成。此后虽然有大磋磨，也可得善始善终。'直'亦'真'也，其贵就在一个'真'字。"说完一拱手："此字于先生乃是大吉。"听到这里，那客人眼神一跳，随即恢复，笑了说道："领教了，佩服佩服。"给了银子就去了。冉珏见他给的颇多，不禁在想，此人到底是谁呢？

结果第二日又见到他了，山长程洵亲自陪同过来，原来他是书院请来给大家讲学的一位名师，现今承继理学的又一位大师级人物真德秀，号西山先生。今日真德秀给生员们介绍讲解自己的新作，朝廷为治的大学之道："朝廷乃是天下之本，人君乃是朝廷之本。而心者又人君之本也。人君能正其心，则朝廷正矣。朝廷正则驱小人，驻君子，百官正矣。"冉珏、冉璞听到这些，觉得这位西山先生是不是有点过于迂直了。

有人问道："孟子说：'民为贵，社稷次之，君为轻。'就是说以民为本，请教这句话跟先生说的有很大差别吗？"真德秀说："问得好，我讲的是圣上及朝廷应有之学，孟子的这句话是儒家道义之学。君和民都是朝廷的根本，不可以分开讲的。儒学诸义都应该是以正君心正官心为己任才是。"冉珏心里想，他原来是要做当代乃至后世帝王之师的。突然又想到这位西山先生的姓是"真"字，怪不得昨日当他听到自己提到"真"字时，有些异样，难道他认为自己猜出他是谁了。想到这里，禁不住自己也笑了。

此时真德秀在任湖南安抚使兼潭州知州，程洵跟他是同道，两人乃是多年好友。所以程洵邀请他来书院讲一次学，对他来讲当是义不容辞。来了以后，他就问程洵有没有比较有才的学员推荐给他做个幕宾。程洵问有什么要求？真德秀说要有真才实学，有些天赋的更好。程洵想了一会儿，听说冉氏兄弟不错，但他们的所学似乎很杂，不止于理学，又说了几件他们的事情。真德秀顿时对他们两兄弟就有了兴趣，于是才决定先隐瞒了身份去会会冉珏，观察一下他。事后真德秀对冉珏很满意，于是在讲学结束以后，吩咐从事把冉珏请了进来，跟自己和程洵谈一谈。

冉珏进来一看，西山先生真德秀正坐在那里，程洵跟他介绍了一下西山先生想要见他，冉琎赶紧笑着说："昨日不知道是先生，多有孟浪，得罪了。"真德秀捻须大笑："哪里，是我没有告诉你。"程洵就把真德秀的来意简短告知了冉琎。冉琎颇为惊讶，没有料到西山先生竟然想请自己去做他的幕宾。真德秀接话道："目今北方战事不断，正是多事之秋，朝廷用人之际，我希望有才干的年轻人能尽快得到机会为朝廷出力。朝廷不会也不应该只凭科举一途选人。我希望你能懂得我的良苦用心。"

冉琎看真德秀这么看重自己，就是得到了他的欣赏，自己也感觉蛮高兴。不过还是说了一些现在正在研学，恐怕才疏学浅，不堪此任的客套话。程洵说："你如果跟了西山先生，他是当今最有名望的儒学大师之一，还怕学业没有进步吗？"说到此处，冉琎便不好推脱了，于是说自己愿意，只是要告知兄弟冉璞和家母，再商量一下方好。真德秀笑着说当然可以。

冉璞听到冉琎说西山先生邀请他做个幕属，也是颇为惊讶，就问冉琎怎么想。冉琎说这也是个机会，现在盘资也的确不多了，他早点出去做事，也可以挣些银子补贴家里，并且支持弟弟冉璞继续求学。冉璞见兄长主意拿定了，也就表示支持，反正潭州和衡州相隔不远，来往也极方便。于是冉琎又叮嘱了冉璞一些事宜，次日就跟随真德秀一起赴任潭州了。

刚到潭州，冉琎见那州府街容比之衡州阔大不少，果然是一个大郡气象。只是还未及细观，就忙于府衙各种文书交接往来，连续忙了些日子才逐渐消停了下来。这日从事过来传话，大人请冉琎过去。冉琎进去后，看见真大人正锁眉思考事情。请安后，真德秀让冉琎写个奏章："我说大致意思，你起草个初稿，我看着改改罢。"

事情是这样的，潭州梅溪上月出了一起很大的人命官司，当地里正带了衙役，驾船到湖上抄没欠税人家收割的莲藕，发生了争执，几个衙役被打伤，其中一个受了重伤，落水后施救不及死亡了。因为事件的起因是暴力抗税，所以涉事的二十多个乡民被捕头赵奎和贾山带人全部抓了，关在州府大牢里面准备严惩。真德秀为了这事心里犹豫了，如果没死衙役，也就杖责罚银了事。可现在有些难办，当时湖面上的船只乱作一团，谁是打伤苦主的元凶，现在也查不出个所以然，而苦主家属正在县衙门里哭闹讨要说法。真德秀正为这事烦恼，叫冉琎来起草奏章，也是顺便听听他的意见，只是没有说破这里头的意思。

冉琏边听边写，当听到真德秀提出请求朝廷批准将二十多乡民尽数斩首时，吃了一惊，不由得将笔停了下来。真德秀见冉琏停了笔，就问他："你是否觉得有什么不妥？""大人，如果朝廷追问凶手确是何人，大人如何回话？"真德秀回答道："问得好，我正为此犯难。你有什么看法呢？"冉琏想了想："现在的确查不出伤人的凶嫌吗？"真德秀说道："捕快差役用了各种手段，抓捕的乡民全都拒绝招认。我也去了现场，早已经被破坏殆尽，没法勘察。若是我学生宋慈在此，他精于刑狱，可能有办法破了此案。"冉琏心里也是觉得此事棘手："可是将他们全部斩首，只怕乡里民心不服啊。"真德秀眼睛抖了抖："愚鲁乡民，暴力抗法，以下犯上，不严惩不足以服众的。"

听到这里，冉琏顿时明白了，西山先生其实也是外儒内法的，对君臣上下看得极重的人，往往会执法趋向严酷。冉琏想了想劝道："只怕还得做些安抚事宜，如果激起新的民变，只怕小事变成大事，到时朝廷追起责任来，怕是不好交代。"真德秀认为他说得有道理，问他有什么建议。冉琏说容他一二日，他再去调查这事。真德秀说行，但是这个奏章就按照现在的意思今日就发走罢，冉琏问为何要这么快，真德秀说这个事情已经拖了一月有余，不好再拖延了，另外朝廷现在刚刚新君即位，早些递上去，可以赶上大赦，再说此案中还有细节未清，朝廷理应不会批准一下斩首这么多涉案乡民的，将来容情计议就有了余地。冉琏听了这个说法，忽然觉得这位西山大人远比他原来想象的要复杂得多。

次日，冉琏决定先到牢里见见这些乡民。见到牢头，说明是真大人吩咐来问话，牢头很爽快地带他进去，冉琏让牢头把为首的几个人一个一个地带来，他要逐一问话。第一个被带进来的是一个大汉，叫江林儿，冉琏见他体貌高大，肌健雄伟，而且有一副美须髯，不由得暗暗称奇，心想这里怎么会有此等人物。冉琏说今天他来再审此案，问江林儿为何抗税行凶。江林儿反问道："如果是非法加税，何来抗税？"冉琏奇道："你说的是怎么回事？"

原来，江林儿这些人原先基本上都是茶农，只因朝廷几十年前为了增加茶税收入，实行新的重税，江林儿父辈等缴不起茶税，就抛荒了山地，跑到湖上开始打鱼为生，又种了莲藕菱角，才能勉强度日。最近朝廷军事用粮吃紧，又加重了各种税负，对湖上度日没有土地的乡民，州府也想出了新名目征税。还有一部分乡民原来是有土地的耕农，这些年来朝廷有各种税赋，如大斗大斛加耗预借重催等各种名目，大斗和大斛使种地的乡民税额几乎增加了一倍，有的地方加耗是原来税额的几倍，预借则把几年后的税都提前收取了。而现任及致仕官员寺庙等田产大户却能由于本地官府勾连而大多得以避税。湖南等地又推行"和籴"，使得小民的负担就更加繁重。

冉琏兄弟俩住在播州，属于偏远自治地区，所以这些税赋他是闻所未闻，竟然听得呆住了。江林儿他们这些湖上的乡民，原本就苟活度日，里正带人要把他们过冬的收成征走大半，他们如何能够答应，两边就冲突了起来。那些衙役们怎么会敌得过这些在江湖上讨生活的大汉们，那日被一顿痛殴。

冉琏问："你们中哪几个跟那衙役动手了？"江林儿这时再不肯说了。第二个进来的叫江波，他的兄弟江虎也在牢里，跟江林儿一样，这些人都不愿意交代谁杀了那个衙役。冉琏见所有人都不愿意说，就把江林儿又叫了进来，警告他说如果不交代出谁杀了衙役，极有可能所有人都得陪着牺牲掉性命，江林儿轻蔑地一撇嘴笑了："怕死就不是男儿。"这时冉琏突然想起小时候读老子的一句话："民不畏死，奈何以死惧之。"不由得产生了恻隐之心。

一时不得要领，冉琏就结束了问话，一个人回官衙踱步，闷闷地想着办法。想来想去，解铃还得系铃人，他想好了就去找真德秀汇报了。真德秀听冉琏汇报说并没有查出谁是真凶来，就摇了摇头。冉琏赶紧说："大人，可能有一个办法，让凶手自己站出来。"真德秀眼神一亮："快说！"冉琏从容地回道："我看他们都义气深重，不如晓以大义，以不连累大家作为由头，以他们的义气，应该会有人站出来的。"真德秀问："如何操作？"

冉琏接着说道："就以朝廷即将大赦为由，晓之以理，动之以情，告知众人，朝廷只追究杀人凶嫌，其余的都会宽大处理。另外，这些人都是血气方刚身体健硕的汉子，与其放回乡里，迟早惹出新的事端，不如劝谕他们从军，北上抗金，朝廷用人之际，这些人都是用得上的。更何况军队纪律严厉，有军法管束，这些人料也再闹不出什么乱子来罢。"真德秀听到这里，连声说好："上回孟珙、赵范他们让我给他们输送士兵，我一直都没有来得及办，难道这不是两全其美吗？"

于是，冉琏又连夜起草了另一份奏章，向朝廷请恩赦免大部分被抓乡民，以彰显朝廷仁义治国教化民心的新朝气象。真德秀次日看毕，未改一字，令人飞马向临安送去。

第六章　西山先生（二）

临安的深秋，满城的桂花香气尚未褪去，细雨又是无声无息地来了。宰辅史弥远正坐在新落成的宰相府邸东花厅里翻看今日送来的公文，手里拿着皇上批下来的奏章，来回掂量，想着想着不由得走了神。他不喜欢临安的雨夜，既湿又冷。近来的公务愈加繁杂，他觉得自己有些越来越力不从心了。这个新府地点是他精心挑选的，距离凤凰山皇城外的云林寺不远。因为不喜欢太喧嚣的皇城，所以他给自己起了号"小溪"，别号"静斋"。搬到新府后，他越发觉得当初不惜重金与云林寺购置了这块地，实在是个正确的决定。

远处传来若有若无的僧尼诵经声音。尤其是清晨和傍晚寺庙的钟声，清澈透明，让人遐思。这里离西湖不远，也有一个小小的湖泊，水面上有蜿蜒迂回的长廊，通往他的东花厅。整个府邸修建了各种楼亭阁式，移步易景，曲径幽静。院内有座小山，山上石径盘旋，古树葱茏，藤萝蔓挂；山底竹林茂盛，泉水淙淙。最令他满意的是管家万昕费神地弄来了各种桂花梅花，种在庭院的各个角落。他喜欢这两种花香，尤其是桂花香，现在甜甜地布满了空气，塞满了花厅书房的各个角落，以至于他轻轻地叹了口气："花气袭人。"万昕看他有些不高兴的样子，小心地问："相爷，是不是桂花太多了，要不要叫人移走一些？"

史弥远看看万昕，觉得他总是这样细心，认定这就是忠诚。对于忠诚的人他总是很满意，不管他做了什么，哪怕是错的，只要是为他做的，他都可以容忍，更何况万昕还是很精明老练的。要是用的人都像万昕一样，他也就不用这么操心了，想到这里，又轻叹了口气："不用了老万。他们都来了没有？"万昕知道他在等人，那几个心腹的重臣，不用说，今晚又有事情商量。

话音未落，传来了爽朗的笑声："人都说'钱塘自古繁华'，史相却独出心裁搬来这个地方，果然是'烟柳画桥，风帘翠幕'啊！"这是李知孝和莫泽来了。二人进来，看到史弥远正半躺在主位等待他们，腿上还盖了波斯来的骆驼绒毯，都有点愣住了："史相可是身体有恙？"史弥远答道："天阴雨湿，人老了，不耐腿寒哪。老万，给两位大人上茶。"

稍许工夫，万昕给二位端来了茶具。李知孝赞道："好精美的官窑。"莫泽看他爱不释手的样子，不禁笑道："你虽是个俗人，也居然认得这些上品青瓷，一年也出不得许多。你喝惯了朝廷的贡苑龙凤，却不知道史相家茶更是珍品，乃是临安本地清明雨前制作的宝云，王令曾经写道'烹来似带吴云脚，摘处应无谷雨魂'；而且史相自家府邸的山泉，甚为甘甜，胜似那龙井虎跑之水。两者相得益彰，竟是比我尝过的御苑玉芽更为甘美纯净。"李知孝愧然说道："我们这些人，都说也是知道穿衣吃饭了，要说真正像史相仙人一样地活着，我辈却是差得太远，修炼不够，意境不到啊。"史弥远见他们总是挑些自己爱听的话说，明知道是在奉承自己，倒也受用。不一会儿，赵汝述、梁成大、胡榘、聂子述和薛极几个陆续来了。

史弥远看众人到齐，开口说了："今天有几件事情，叫你们来，大家议议。"说完，让旁边的梁成大看一份奏章，就是真德秀的那前一份奏章。梁成大一边读着，一边观察史弥远的神情。史弥远却闭目养起神来了，嘴里念了一句："'红藕香残玉簟秋'，易安居士好词哪。"梁成大看完正要说话，史弥远说："先别讲，传给其他人一起看看。"

等众人都传看了，史弥远已经换了一副落寞的神情："为了几节秋藕，我大宋的子民杀了人。而且还是官差！这才是沾了血的红藕。你们看，该如何处置？"梁成大的注意点不在为什么杀人上面，他有些生气地说道："新君即位不久，普天同庆，大喜之时，这个真老西却逼着朝廷杀人，而且为了这么一个小小案子要杀这么多人。他这是什么居心？"李知孝笑着回答道："真德秀此人一向喜欢强谏以邀直名。他现在这么着急地要杀掉这些抗税小民，怕是急着向新君表示忠心罢？"赵汝述一向心思比较深，只是听着，看史弥远的目光投向了自己，就开口说："只怕是另有文章罢。西山大人乃是现今文人领袖，理学大师，他对这个'道'一向最为看重。我以为他不会为了这件事情坏了自己名声。"

史弥远点了点头。看得到了史弥远的肯定，李知孝接着说道："预计他还会有奏章到，那时才可知道他的真意。"聂子述插话道："会不会跟江西湖南推行的地方税法有关？恐怕新会子的发行，也是他真老西想反对的罢？"一直没有说话的莫泽赞成地说："他恐怕是要借这件事情，在朝廷掀起一场轩然大波，把各地新税的事情竖成靶子攻击。"

说到这里，众人一致赞同。史弥远点了点头："都说了看法，我看差不多也说到正点上了。大家议议怎么回他这个奏章呢？"李知孝马上接道："可以回应严批真老西荒谬残暴，朝廷新朝方始，一片祥和，不想也不能在这件事情上面大开杀戒。让他再仔细勘验，查出元凶再行奏报。"史弥远觉得他说的有些道理，但是真德秀乃是本朝清流的领袖，他还不想为了这件事情让他太下不了台，如果有可能，还是争取他一下为好。于是让李知孝起草回批，就按照刚才那个意思，不过措辞不要太过严厉，让他知道厉害就行了。

史弥远又递给众人另一件奏章，是淮东安抚制置使许国参奏屯军在青州楚州的保宁军节度使李全种种不法行事。李全是当时在山东两淮一带反抗金国和蒙古的汉人忠义军各支派系的公认首领，朝廷把他们称为"北军"。大臣们很多人都认为李全不可信，尤其是赵范、赵葵两位军队重量级的人物，非常不喜欢李全。可是史弥远对李全有一种特别的赏识，不只是因为李全为了攀附自己，派人送给了他许多名贵的礼物，更是因为他能理解像李全这样贫苦底层出身的军队将领，没有深厚的背景和良好的教育，身处兵荒马乱的乱世，只有想尽办法拼命，他们才能生存。

这是赵范、赵葵这些军中世家子弟不能理解的。他欣赏李全这些人勃勃的生存动力和欲望，只要给机会，他们就会尽一切可能地出人头地。阴谋、背叛、憎恨和残忍对他们这些人来说从来都不是问题。在他认识的朝廷军的下一代年轻人里面，比起赵葵、赵范来，他更愿意给李全这样的人多一些机会，让他们成长。如果只用各个世家的裙带子弟，这个朝廷只会慢慢堕落下去。在这一点上，他自认为是正确的。所以一直以来不管什么非议，他提拔任用了一大批人，不只是科举门生和世家子弟。当然他任用最多的，还是他的四明老乡，他从不认为这里有自己的私心，他经常跟别人说，"唯才是举"是他这个位置应该做的本分。

赵汝述看完奏章说道："史相，要不就把李全他们全部撵回山东河北去，不许他们再回两淮？"让他们在北方好好打仗，也是史弥远当初肯接纳李全的目的，他希望李全能够在这些地方牵制金国的主力军队，使他们无暇南下，甚至有机会时可以建一个奇功。为此他甚至愿意出粮出钱养着他们，大宋北疆需要这样一支"北军"，史弥远认为这是他为朝廷布下的一步好棋。可是赵范、赵葵、许国这些人容不下他们。史弥远摇了摇头说道："李全虽有缺点，但是这个人很会打仗，也恨金国人。这些人将来有大用处。你给许国去信，叫他务必委曲周全，让他们必须理好关系，不要再生事端了。"

于是又议了几件事情，其中有湖南转运使赵汝说要求与被俘的金国大将黄掴阿鲁答在潭州秘密会面的事情。这个阿鲁答还是李全抓来的金国大将。史弥远对他们会谈这件事情非常关注，因为是秘密进行的，并没有在朝上公开，甚至连理宗也不知晓。史弥远对赵汝说非常不信任，不过因为他深陷党案，且是韩党反对一方，不然早就将他开缺回乡了。李知孝建议："一动不如一静。既然在湖南，不如顺便就让真德秀也参与进去，他们并不是一党，也好有个掣肘。"史弥远没有说话，点了点头，意思是可以。

结束之前，史弥远觉得很是疲累，叹了口气，问大家："你们说，这大宋朝究竟是谁的？"众人对这问题猝不及防，一时愣住了。有人乍着胆问道："相爷这是何意啊？"史弥远看众人紧张，不禁笑了，"没事，就是闲聊一下。"赵汝述回道："当然是赵宋官家的。"莫泽笑着说道："既是闲聊，我也说说看。昔日太公曰：'天下非一人之天下，乃天下之天下也。同天下之利者，则得天下。'"史弥远也笑了："我没有问那么远的意思，就是想告诉你们，这大宋朝是谁的，谁就吃得好，住得也好；但是反过来，就不对了。你们平日里还是要行事谨慎些，这个'利'字要看重，不过不要看得太重，不然则反招其祸。"众人面面相觑，知道史弥远话里有话，也不知道是为了哪件事情。史弥远看众人紧张，笑着说道："只要我在位一天，诸位也不用担心就是。"

听到这众人顿时释然。史弥远让万昕端上些精致点心，请众人用了点心再走。因看见有桂花糖藕，就让万昕拿走，吩咐今后一月之内再不许看到跟藕有关的点心。

第七章　真赵对话（一）

西山先生真德秀发走奏章以后，有些心绪不宁，自从他调离中枢被遣到这偏远潭州以后，心里一直有几件未解之事。他为正在深刻变化的时局揪心，不时为自己受到的排挤愤懑，又常常产生一种无力回天之感。这日中午忙完公务，他独坐案头，手拿书卷，正在暗自忧思，差事进来送帖说有客来访，来人是荆湖转运使赵汝说。真德秀一看拜帖，立即整理衣衫出迎。两人在临安时相识已久，只是赵汝说曾经陷入庆元党案，真德秀跟他交往不深。现下真德秀虽然调到潭州也有些时日，却跟早来荆湖的朝廷大员赵汝说依然交往不深，更不敢有丝毫怠慢。

刚到门口，看到赵汝说笑着走过来："西山大人公务繁忙，多有打扰了。"真德秀赶紧上前施礼："不知赵大人今日来访，多有怠慢。"两人客套一番，一起步入客厅入座，真德秀一边吩咐差事上茶，一边微笑着问："赵大人今日有空，是否有所指教啊？"赵汝说笑道："不敢不敢。今日路过，看望一下真大人，一来讨杯茶喝，二来有几件事想闲聊一下。"真德秀听他说得很是轻松，估计应该没有什么要紧之事。

没想到赵汝说想跟他聊的第一件事情，就是潭州梅溪发生的那件乡民抗税案。赵汝说兼荆湖南路提举，这件事情他是有权过问的。赵汝说当然应该是看过公文了，真德秀就把自己的想法跟他简短地实话实说了。赵汝说明白了真德秀其实是想保全这些乡民的，便点点头说道："此事说大不大，说小也不是小事。总是以平息当地民怨为主，我支持你的办法。"真德秀称谢，说道："只怕史相那里未必能轻易放过。"赵汝说见他有所顾虑，就说："我兼管钱粮等大小事务，知道近来各地，尤其湖南江西的催收也都出现了不少纠纷。今天想来跟你说的就跟这些有关，尤其是关于盐和茶上面出现的事情。"真德秀听到赵汝说要谈茶盐，心里有点惊讶，随即明白赵汝说这是有备而来了。

赵汝谠端起茶盅，浅浅地喝了一口说道："真大人，你可知朝廷现下岁入多少？"真德秀回说不知，赵汝谠笑道："你在朝时并不在户部，所以不知。我朝渡江之初，加总各路府每年不满千万贯；到了约三十年前就是淳熙末，增到约六千五百万贯，加上地方赋约一千八百万贯，杂纳钱约九百万贯，以及其他各项合计超过一亿贯钱，虽然跟以前比，朝廷的田亩和人口都减少了，但朝廷的收入与渡江前大体持平。田赋之外的收入，茶、盐、酒、榷货、籴本等，约四千四百九十万，而这其中，每年收的盐茶占到大约一半。以至于现在流传有'天下之赋盐利居半'这样的说法。"说到这里，赵汝谠看了真德秀一眼，见他听得聚精会神，心里知道他对这些并不熟悉，继续说道："现在就跟你详细说说这盐和茶的事情，先说盐。盐的官府收购价钱每三石大概低至五百文，每正盐一石算损耗一斗，共计正盐收购价格每斤三文，在本州只花少许运、贮费用，而出卖官价可达每斤三十文，这还是往低了说的。"

　　真德秀不禁惊讶地说道："盐利有如此之高？"赵汝谠回道："是的。官办之外，经营盐业的商人向中央榷货务缴纳银钱，购买盐引，再到产盐州县凭盐引提盐，通行于两淮、两浙、京西等路，销售主产地淮浙盐。同时朝廷也在地方上设有贮藏、中转及销售各类盐仓。我朝盐业以官榷为主、商销为辅，各色人等均有渗入其中，这其中颇会滋生种种弊端。其结果是往往制盐者为生计难，贩商积黄金易，官员易生贪欲。因为利厚，大量私商买通巡检军兵，收买亭户制造私盐，甚至非法仿制盐引官袋，或者用旧引进行售卖；各级盐官与运盐官兵也会时常侵盗淮盐，并掺以泥沙等杂物填充被盗盐量；主管盐务的转运司、提举司官员也常有挪用的情形，他们或是饱入私囊，或是用于应酬，或是为了博取善于理财的政绩，而将本应发放盐户的盐本钱当作结余献给朝廷；产盐地提举司和州郡的主管胥吏经常有意刁难盐户，除竭力压价强行收购盐户所产之盐，还在过秤时多做手脚，收取盐民杂费'身丁钱'等。以至于盐户往往负债累累，家业破灭之事稀松平常。"

　　当时的词人柳永曾经写过盐户的状况："煮海之民何所营，妇无蚕织夫无耕。衣食之源太寥落，牢盆煮就汝输征。秤入官中得微直，一缗往往十缗偿。周而复始无休息，官租未了私租逼。"因为生活过于艰难，众多盐户逐渐逃亡。日积月累，当时个别产盐区的盐业竟然逐渐地恶化到无以为继了。

　　真德秀听了这些言语，不禁拍桌叹道："此辈太猖狂！"赵汝谠看真德秀有点激动，知道他是以公心为重的人，继续讲道："逃不了的盐民，为了活下去，就会生产贩卖私盐以换温饱。盐乃是百姓每日必需物品，那为什么平民百姓会更愿意购买私盐呢？一因官盐价高，二因官盐杂质多质量差。这又促使这些地区出现大量贩售私盐，甚至有的地方发展成群体持械贩售。这些年我初步查实，发现各地私盐贩量已经非常巨大。官府缉私捕拿的宽容懈怠，助长了私盐的泛滥。更有甚者，他们自己就参与了其中。比如前海州通判石曼卿，在卸任后装载所辖私盐两船到寿春销售，石曼卿见不为人所忌，于是就公然出售，当时人戏称此是'学士盐'。已经查处与他同样贩售私盐的，比如有名的私盐大户福建安抚使赵彦满、淮东转运使张可久、淮东提举陈损之、广西梧州团练使孟搜等人仿制官袋且用旧引进行售卖，数额惊人！"

听到这里，真德秀心中一动，问赵汝说："你是不是已经发现了湖南这边也发生了同样的事情？"赵汝说顿了下，说道："你且听我说完，还有茶的事情。"

这时真德秀也大概猜出了赵汝说此行目的，恐怕是想找自己一起做些事情了。虽然真德秀跟赵汝说以前的交往并不深，但也听说过他的一些事情。他知道赵汝说是叶适的学生，叶适是跟朱熹一时齐名的儒学大师，崇尚功利实学，反对空谈。虽然叶适对朱熹的理学很不对付，可毕竟是宗师风范，而且官做得比朱熹高，多次在朱熹落难时候给予帮助，朱熹也是非常感激。所以虽然派别不同，朱熹的学生门徒对叶适他们是非常有好感的。据说赵汝说年少时狂放，经常衣着不整，行止怪异。叶适见到就规劝他说："名家子安可不学？"赵汝说从此发愤读书，终于学业有成，与兄赵汝谈齐名，被人称为"二赵"。他是赵宋宗族，不需要科举就可以做官的，靠祖荫做了承务郎。后来他见科举出身的人对他有些瞧不上，就参加了嘉定元年科考，登科进士。赵汝说兄弟二人是朝廷赵姓宗族中比较出类拔萃的人物。因为赵汝愚罢相，他被宰相韩侂胄斥责为朋党，被贬谪了一段时间。韩侂胄被诛之后，赵汝说又跟史弥远等掌权的一帮人物不太合作，就跟真德秀一样被前后排挤出了朝廷。今天找自己来谈盐茶，一定会有些文章可做了。

赵汝说继续说道："朝廷的茶法曾经不断变换，各种大同小异的交引办法时兴时废。渡江以后，现下的茶法基本稳定，和盐法类似，实行的是茶引制度。官府让茶商到产茶州县或京师榷货务购买茶引，然后凭引向园户买茶，在产茶州县验引、打包、封印。按茶引上规定的时间、地点和数量出售。西山大人，你可知道茶业还牵涉到国家安危？因为周围西夏金国蒙古等基本都不产茶，所需只能靠本朝供应。大将王韶说：'西人颇以善马至边，所嗜唯茶，乏茶与市。'故此朝廷在西北和四川设立茶市，满足边国需要，同时也交换西北战马以供军队。朝廷还建立了榷场贸易机构负责对金贸易，先后设立了盱眙军、楚州、安丰军水寨、信阳军齐冒镇、枣阳军等榷场，与金国开展贸易，高档腊茶更是对金榷场交易中金国开列要求的重要物资。"

听到这里，真德秀也是觉得惊讶，金国一直对朝廷竭尽压榨勒索为能事，却对我们的茶叶供应又如此依赖。

赵汝谠点头说："就是因为他们不产茶，不得不大量买入我们的高价茶品。他们花费了巨额财力，以至于时而国家财政不足，就发动边界战争抢劫物资。所以说朝廷的茶法不但关系到财政需要，而且事关以茶驭金的国家大策，自然容不得出现重大失误。但近几十年来，由于地方官府的茶政失当，造成了大量问题。首先是茶农大都跟盐户一样日渐困顿，地方官府的摊派往往超出他们的能力。以荆门为例，该地茶法'以人户为率，计口均敷，如家有一丁，则岁受茶三斤'，哪怕该户已经不再产茶，费用依旧照征。因为经办官员刻意压价，官府茶价往往过低，造成茶农亏损，交不起税赋，时常会激起民变。茶农宁可把上好茶品卖与茶商，粗劣茶品交给官府。对茶商而言，因为茶引价钱太过昂贵，商贩们不得不凑份买茶。为了安全，茶贩们常常是成群结队，一人担茶，另两人各带刀箭护卫，结果搞成了武装贩茶。"

第八章 真赵对话（二）

赵汝谠这时问真德秀："真大人可曾留意前些年的邸报？朝廷前些年频繁调军前往福建湖南方向，都是为此。在江西、湖南和湖北等地，茶贩们甚至组成了有规模的武装力量：茶军。曾经的湖北路茶军，几千人就攻入了潭州府。永新山中的茶军，据说不过四百人，依靠山险，在丛林中作战，官军始终不能取胜。淳熙二年，更爆发了头领赖文政发动的茶贩茶农暴动，波及数个路府。后来朝廷任用辛弃疾为江西提点刑狱，强力镇压才取得成效。淳熙六年，又因为'和籴'实施过于操切，在郴州有陈峒暴动，广南西路境内有李接暴动。朝廷花费了巨额财力，将北路边防精锐调回才将其扑灭。"

真德秀这时想起，此次梅溪乡民抗税，他们原本就是茶农，这里面原来发生过这么多的事情，如果处理不好，再次惹出了暴动就是大麻烦了。真德秀不由得暗暗捏了把冷汗。

这时赵汝谠突然转移了话题："虽然各地茶政屡屡出现问题，令我惊讶的是，临安这些年兴盛了大量茶坊并且炒作贡茶大小龙凤。这龙凤团茶始制于丁谓在任福建知州之时，开辟贡苑专供宫廷的龙团凤饼，简称团茶。此茶极其奢华费工，可分细色和粗色各纲，其中细色五纲都有详细品名：一纲为'龙焙贡新'，是每年最早的上品，开焙十天就'急驰'入贡到京城；第二纲为'龙焙试新'。这两纲专供宫中，市面上绝无可能购到。第三纲分为龙团胜雪、万寿龙芽、上林第一、乙夜清供、承平雅玩、龙凤英华、玉除清尝、启沃承恩、蜀葵、金钱、寸金等。官员和民间市面上炒作的实际上就是这第三纲以下各品，个别稀缺品种有豪阔商人不惜花费千金收买，冠名号称'极品龙凤'，并极度奢侈包装，多用于行贿官员或者宴饮宾客做排场之用。"真德秀对此大不以为然，摇了摇头。

赵汝谠继续道："临安最近又兴盛了各种茶肆，店内遍插四时花卉植物，悬挂名人诗词字画。有的高档茶坊设有各种娱乐博弈节目，临安王妈妈茶肆，又名一窟鬼茶坊，即以说唱'西山一窟鬼'而名闻临安。各茶楼多有乐籍子弟占此会聚，习学管弦唱叫之类，名气比较大的茶坊还有潘节干、俞七郎、张七相干等。更有包娼窝赌的花茶坊，里面女子争妍卖笑，朝歌暮弦，令人心神摇荡，凡入此类茶坊，则必定花费甚巨。到如今临安茶坊已成风气，许多官员和士子们更是以茶坊作为约友会聚之处。外地驻京官员更是以茶坊作为联络办事之处，甚至他们中的一些人，就开办了属于自己的茶坊，各地方路府的官员来京，迎来送往也都在这些茶坊里，其中多有行买纳贿及污秽不堪之事。"

真德秀顿时陷入了沉思，心里面长叹道："这些难道不是国将衰亡之象吗？"赵汝谠知道真德秀是清流名士，这些藏污纳垢之地，他是不会知道的，更加不会参与。

二人沉默了一会儿。赵汝谠讲道："你刚才问我是否发现潭州的有关情形，目前只是有一些线索，怕是潭州的一些官员已经脱不了干系了。因为你是新任潭州父母官，我今天来就是要跟你通气一下才好。"真德秀早已想到这层，马上爽快表态，全力支持赵汝谠查办。赵汝谠了解真德秀是朝廷的清流领袖，对朝廷的腐败官员痛恨之至，他的这个态度是在意料之中。但有些事情，还是得跟真德秀讲得更为透彻一些为好。于是他继续讲："如果彻查，只怕会牵涉到很多人，不知真大人对此作何想？"真德秀问道："您能说得再具体一点儿吗？"赵汝谠笑了笑，一时不知道该如何讲才好。

这时管事过来添茶，赵汝谠就顺便打量了一下真德秀的官衙书房，见到花架上有一个装饰品兼玩具，牙雕套球。不由得被吸引过去，见这套球分表里五层，每个套球都是周身百孔，最里面也是最小的，却是一个实心球，由颜色墨绿的翡翠打磨而成。外面四个金黄套球，全无半点缝隙。轻轻一晃，几个球各自旋转，运转自如，可谓精巧绝伦。真德秀见他看得入神，笑问："赵大人喜欢此物？"赵汝谠小心取下套球，递给真德秀，问道："真大人如何看待此物？"真德秀一时不解他的意图，赵汝谠笑着说道："看这些球，倘若外球轻而薄，里球反而重且厚，那么整个套球是不是很容易破碎？因此整体的内外厚薄轻重，大有文章。朝廷的格局，难道不应该像此球一样吗？"真德秀听到这里不禁笑了。

赵汝谠见真德秀明白了他的意思，也笑了，接着说："我们这些官员，就仿佛是套在里面的球，越在里面的就是位置越高的，包在最外面的就是我大宋的百姓。又好比一座塔，倘若上面太重，而底基太薄，这塔是极易压碎坍塌的。"真德秀赞许地点头称是。赵汝谠又说道："我在瑞州，就查办了一个谋夺百姓田产，用下流手段非法兼并土地的大户豪门，结果牵涉一个朝廷二品阁员，被人参了一本说'滋事扰民'，这才被调到了湖南。如今在潭州，我刚刚又发现了这样的事情，背后或再次牵涉到朝廷阁臣。真大人，你说我是管还是不管呢？"

真德秀思考了一下，接口说道："昔日曾经看过一首诗，到如今依稀记得，是这样写的：'身洁吏所贵，心精士其难。'我认为这样的诗句，就是我辈做官的箴言。"这是赵汝谠在临安时候写过的诗句，不想真德秀居然能够知道，而且记得，对于士人来说是，这就是一种特别的尊重和荣光。

赵汝谠被感动了，起来握住真德秀的手，动情地说道："风雨飘摇之时，大厦易倾。我乃是朝廷的宗族，这很多事情本是我的分内之事。而真大人你却是真性情、真品质，令赵某感佩且惭愧！"真德秀听他此言发自肺腑，也说道："赵大人言重了。如果你决意要查到底，我自然坚决跟你一起。需要上表，真德秀没有问题。""好，有了真大人支持，我们配合起来，很多事情就好办了。当然，我们需要格外慎重，特别是如果牵涉到更上层的朝中人物，还得我们两人仔细斟酌才是。"真德秀表示肯定。到现在两人这是达成了一致意见。临别之时，两人居然有了一种惺惺相惜，相见恨晚的感觉。

送走了赵汝谠，真德秀一直就在官衙花园踱步，回想着今天赵汝谠所说的各种弊端，又想到他提到了潭州有官员涉入，会有谁呢？他想到的第一个人就是提刑司的提刑使莫彪，他就是路府分管缉私捕拿和刑狱的官员。虽然自己来的时间并不长，多少也听闻了一点儿关于他的事情，都说他背景深厚，是个手眼通天的州里实权人物。他知道此人是户部尚书莫泽的同宗兄弟，在临安时他见过莫彪的兄弟莫彬，一个在临安的湖南富商，是莫泽在一个偶然的场合介绍他们认识的。他离开临安上任潭州之前，莫彬曾经通过别人联络过他，因为他就是新任潭州知州，莫彬要代表潭州官员们送给他一份厚重的启程资费，被他谢绝了。

据说莫彬在临安交游广泛，跟朝廷里的很多大臣都非常熟络。至于莫彬具体经营何种产业，他并不清楚。如果莫彪有事，估计莫彬一定有份参与，那么莫泽是否也会卷入呢？而莫泽的背后，一定就是这位人人敬畏的宰相史弥远了。想到这里，不由得倒吸了一口凉气。他当然知道史弥远的手段极为厉害，他不想纠缠在这些错综复杂的关系里面，但是稍不留意，就会陷入别人给他挖的坑里。他已经有过多次这样的经历了。

正想到此处，从事来报，一些公文包括前面一些奏章的回批都到了。他拆开第一封，这是一份内阁公函，让他同赵汝谠一起秘密会见金国被俘大将黄掴阿鲁答，商谈同金国合作的可能。他顿时心里产生了很多疑问，决定马上动身到赵汝谠府邸，对此事问个究竟。

第九章　宋金密谈（一）

真德秀看完了所有公文，决定事不宜迟，今晚就去赵汝说府邸，跟他了解一下这件事情的来龙去脉。于是他叫来了从事，让准备一顿简单的晚膳，再把冉珽叫了进来。

冉珽来了以后，真德秀交代了几件事情给他，让他跟江林儿他们再谈一次，告诉他们已经向朝廷申请特赦了。朝廷新君登基，真德秀大人上奏之后，他们这些人的特赦基本都可以批准。即使是那些直接涉及命案的，也会尽力向朝廷要求赦免死罪，只要他们听从真大人的安排前去从军就可以了。冉珽疑惑地问真德秀："朝廷就这么爽快答应了？"

真德秀笑了笑，把两件朝廷的回批递给冉珽，冉珽打开看完，一个是斥责真德秀办案不力，令他务必追查元凶首恶；另一个让他全力平息事态，务必不要再生事端，所请之事等待内阁决议批准。冉珽就明白了，申请特赦基本问题不大了。

真德秀又交给冉珽一件事情，要他明日去一趟衡州，带一封书信给石鼓书院山长程洵。他要程洵推荐一批能干的学员到潭州来一个月，准备参与潭州府马上将要进行的一次稽核巡查。

交代完以后，真德秀心事重重地用完晚膳，看看天色还未全暗，吩咐从事备轿，马上前去转运使大人赵汝说处。赵汝说府邸距离真德秀住处不是太远，不需一刻钟就到了。真德秀让从事执帖叩门，赵汝说门客接帖不敢怠慢，赶紧入禀，不一会儿赵汝说就出来了，笑着迎上来说道："西山大人，我也刚收到朝廷的回文，想着明日见到你再说，没想到真大人就上门来了。"真德秀手捻胡须笑道："白天里还有话，没有说完呢，心里放心不下，估摸着赵大人还未休息，所以赶紧过来了。"两人谈笑着进了赵汝说的书房。

赵汝说让门人赶紧上茶，然后支开了所有当值的差事。真德秀迫不及待地问黄掴阿鲁答是怎么回事。赵汝说简短地介绍道，这阿鲁答原来是金国最得力的大将之一，也是已故的金章宗完颜璟的女婿，金国平国公主锦瑶的丈夫。数年前，朝廷积聚了山东、河北数支汉人义军攻打金国，而金国在山东主持大局的就是这个黄掴阿鲁答，跟李全反复争夺密州、莒州。李全兵少，吃了几次败仗后，用计四处放出消息，假装将要重兵围攻海城，吸引金国大军离开密州前去支援海城。然后自己隐藏的主力突然强攻密州，一举擒获了阿鲁答等金国大将，解送他们到楚州，然后辗转送到了潭州。

因为他的身份特殊，在金国人脉颇多，所以朝廷一直扣押着他作为人质跟金国谈判。上月赵汝说上奏朝廷，建议让阿鲁答联系金国君臣，要求两家休兵，让金国得以集中兵力，全力应付北方的蒙古大军。这样朝廷可以多一道北方屏藩，防备可能更为强大的敌人：新兴的强权蒙古。朝廷一直未有回应，迟至今日赵汝说收到了批复，让他跟真德秀一起和阿鲁答谈判。事情的来龙去脉就是这样。

真德秀对于宋金和谈，曾经跟大臣乔行简发生过几次争论，此事朝野闻名。他是强硬的对金主战派，对史弥远的和金政策也十分不满。不过真德秀不涉党争，一直也是本着务实的态度看待对金的策略，所以开禧北伐的失败，并没有牵连到真德秀。如今赵汝说提出和金以对付未来的强敌蒙古，也是他近来研究北方情势后，得出的相同观点。他对于和金的赞成态度，恐怕也是宰相史弥远始料未及的。

真德秀问会面定在何时，赵汝说说这阿鲁答就软禁在潭州，可以随时会面。另外他的夫人平国公主也在这里。这让真德秀有些意外。赵汝说解释说金国贵族子弟就是情种的居多，自从阿鲁答被抓以后，金主多次要求释放，朝廷就是一直扣着。这平国公主就闹着要来南方陪着自己的丈夫，金宣宗完颜珣不肯答应。一直到金宣宗也过世后，她就不告而别，来见朝廷要求跟丈夫团聚，朝廷也是成人之美，对他们的生活起居照顾得非常周到。

真德秀说既然如此，关于会面之事，一切听从赵汝说的安排。赵汝说说此事倒也不是急务，眼下他的侦缉线报已经发现了不少潭州府，甚至整个荆湖南路巨额私盐的线索，但还没有拿到足够的铁证。为了不打草惊蛇，他一直没有发签捕拿，此事要跟真德秀协商一致后才好。真德秀说他准备派人联络石鼓书院，让程洵推荐一批能干的学员过来帮忙。因为他们背景清白，没

有牵涉到潭州事务，所以在这次缉私中可以放心地使用。赵汝说表示赞同，需要的话他还可以调动转运使衙门的军士。真德秀又提议道："查办此案，就不要放在我们两个人的衙门了。"为防止消息泄露，他建议把麓山寺外的一些空置院落借过来使用，那里在岳麓山上，比较僻静。由他出面商借，麓山寺应该不好回绝，而且不会闹出动静来。赵汝说赞许地说道："这个安排很好。"两人又商量了后续的一些事情，然后决定明日就去会一会那位金国的驸马阿鲁答了。

次日上午，真德秀如约来到赵汝说处，两人一道乘轿前往阿鲁答被软禁的玉泉寺。真德秀见这玉泉寺几乎没有什么香客，一些军士把守在四处不许闲杂人等靠近，四下里非常安静，只有寺内外参天的古松上，三三两两地传来几句鸟鸣，不禁让人立刻联想到"蝉噪林愈静，鸟鸣山更幽"。来到了山门口，真德秀看到刻了一副联语："寂寥真如海，静光普照明。"他心里想这玉泉寺倒也是一处修身养性的好地方。差事见两位大人前来，立刻进去通报，不一会儿管事的出来迎接，将二人引导到内室稍坐。

大约不到半炷香的工夫，里面走过来一位中年男子，真德秀仔细观察此人，身材高瘦，颧骨微突，双目炯然，两鬓已然有些斑白了。赵汝说起身迎接说道："将军这一向可安好？"他们二人认识，所以赵汝说和阿鲁答两人首先互相问候。阿鲁答不认得真德秀，疑问的目光看向真德秀，赵汝说介绍道："这位是新任潭州知州，真德秀大人。"阿鲁答早就听说过南朝有一位儒学大臣叫真德秀，一拱手笑道："久仰大名。在北面时，就听闻过真大人乃是当今饱学之士。今日幸会了。"真德秀见他非常谦逊且彬彬有礼，不是印象中粗鲁的金国武人模样，顿时对他产生了些许好感，回道："真德秀何敢，小有虚名罢了。今日有缘得见驸马大人，幸会幸会。"

三人落座，差事送来了茶点，阿鲁答问道："二位大人今日来访，不知有何事？"赵汝说接话说道："真大人是新任知州，上任之后听说将军正在此处，他对将军慕名已久，跟我提出想要见见将军，认识一下。"阿鲁答释然一笑："你们二位大人过谦了。阿鲁答乃是一介武夫囚徒，何敢劳烦二位大人前来看我。"真德秀微笑着说道："听说将军的夫人，公主殿下也在？"阿鲁答回道，"是的。"接着冲赵汝说一拱手："还要感谢赵大人上次帮忙玉成此事，才得使我们夫妻在此团聚。"赵汝说连说应该的。真德秀明白了，怪不得他跟赵汝说很熟悉的样子。

阿鲁答笑着说道："二位大人，你们是赶早不如赶巧了。因为夫人喜欢饮茶，上回我拜托赵大人买了一些，昨日就有人送到了。不如我们三人一起煮茶如何？"赵汝说拊手笑道："妙极妙极。"阿鲁答起身引导："请。"三人换到了一个花厅，里面茶桌茶具齐全，连炭火都是齐备的。阿鲁答看二人在注视茶具，笑道："我是一个武夫，本来不懂这些。但夫人从小就爱饮茶，竟是一日也不可缺。在这里我本也无事，夫人就教会了一些给我。"赵汝说是宗族出身，自然也是颇谙茶道。而真德秀对茶道不是很热衷，不过做些士大夫之间的应酬罢了，所以笑道："今日茗战你二人为主，我就做个陪罢。"赵汝说说道："三人饮茶，自来称为'品饮'。此为最佳数目。古人云，饮茶一人得神，二人得趣，三人得味，七八人则为施茶了。"三人呵呵一笑。

阿鲁答已经打开包装，取出茶饼，说道："听讲此茶名为'上林第一'，具体来历，我却不知。"赵汝说接道："茶乃是雅物，有人却喜欢画蛇添足，起上这许多名号。实在是附庸风雅，不懂茶之真趣也。"阿鲁答递给赵汝说一块，自己拿起一块放在炭火旁烤了起来，封茶的油香遇热顿时扑鼻而来，稍许就开始研磨起来，不一会儿就全部碾细成粉。这时赵汝说也磨好了，两人对视了一眼，赵汝说笑道："你先请。"阿鲁答说好，顺手拿起了一个黑青色茶盏，赵汝说跟真德秀暗自点头赞许。阿鲁答说道："我这里没有你们最喜欢的建州兔毫盏，不过也可凑合着使用罢。"赵汝说选了一个正黑色茶盏，将茶粉缓缓倒入，然后看水沸了没有。

阿鲁答说道："这水就是玉泉寺里的井水。夫人告诉我，你们南朝人煎茶极看重水，说苏东坡大学士饮茶只用惠山井水，那里有两口井，一为方井，一位圆井，他吩咐茶童只可选方井打水，还让僧人发放竹符作为凭证。如何就会有这么大差别呢？"赵汝说笑着回道："那是人们喜欢苏学士的名士风范，编出来的故事罢，作不得真的。"

说着，两人同时开始慢慢注水到茶盏，不到浅一半时，然后用茶筅在茶盏里面旋转，调和茶粉如油脂般色泽鲜白；然后徐徐添加滚水，挑动茶汤泛起汤花；然后又添水进去，再用茶筅旋转茶汤。如此三遍，两人交换茶盏检验水痕，三人同时笑了起来。"今天的茗战竟是个平局了。"真德秀为两人宣布结果，然后分茶，两盏调好的茶，色泽鲜白明亮，分别注入几个黑色的小茶盏里，三人开始品尝。

这时从隔壁传来了悠扬的琴声，三人凝神细听，真德秀知道奏的是《雁落平沙》。随着乐曲，三人仿佛走到了浩渺的洞庭湖边，只闻秋风拂面，湖水清冽，沙平水远，直至天际。赵汝说轻声评论："此曲三起三落，似鸿雁来宾，云霄缥缈，若往若来，回环顾盼，盘旋湖上，落于平沙。真是好奏。"这时进来了一个侍女，向赵汝说致意，原来是平国公主锦瑶在奏此曲。公主锦瑶让侍女转告，说她跟丈夫二人是北雁南留，感谢赵大人对他们一向的关照，所以特意奏曲为三人品茗助兴。真德秀心里不禁感慨，这些金国的贵族们在不到百年之内，竟然把汉人的风土习俗和礼乐诗书学习得如此地道，连他这个汉人都颇有不如了。

第十章　宋金密谈（二）

曲毕，真德秀心想，这个曲有因为世事险恶，人不如雁幸福的含义，另外也有奏曲者壮志未酬的意思，莫非这是他们夫妇二人思归的寄托？他就试探地询问阿鲁答："请问将军在北方是否有此茶？"阿鲁答心想，他这样问是不是在暗讽我们金国人不习茶道？于是回道："真大人，我在金国之时，此茶乃平常之物。"真德秀不由抚须笑了："将军莫要相欺，我曾出使贵国。据我所知，贵国因为进口太多茶品，耗费了太多财力，以至于规定：七品以上官员才能饮茶，所有人不得存储买卖馈赠茶叶。是否如此？"

阿鲁答知道是这样的，不容否认，但也不愿示弱，笑着回道："那是因为茶业利润太过丰厚，我国为了避免进口太多而资助敌国，才订了这样的规矩。"然后微笑着说道："听说贵国的盐跟茶一样也是利润丰厚，五文钱成本的淮北盐，贵国官价可以定到四十文。我国君主怜惜百姓物力艰难，命令渤海产盐全国官价不许超过十五文。贵国江北百姓买的盐，可基本都是我国渤海之盐，这给了我们很多财入啊。"

这样的说法真德秀不清楚，可赵汝说知道这些的确可信，只是在朝廷上大家都不说而已，这里既有官员的私利，也因为惧怕金军不想生事，就不敢擅自缉私金盐。赵汝说笑着说道："原来将军对文官之事也颇有了解，佩服。我们聊一聊将军关心的军政如何？"阿鲁答想了一下回答道："不知赵大人所指为何，可否详细指教？"赵汝说说道："将军在我们这里快有十年，可知道如今的北方跟十年前已经大为不同了？"阿鲁答回道："愿闻其详。"

赵汝说又续了盏茶，理了下思绪说道："将军可知道，你们金国现在已是危如累卵了？"阿鲁答面无表情地说道："哦，何以见得？"赵汝说一边看着阿鲁答，一边说："其实不用我讲，将军心里也应该有数。将军还记得野狐岭吗？"野狐岭之战是阿鲁答从军生涯所打的第一次败仗，听到"野狐岭"三个字，阿鲁答的脸立时惊恐地就要抽搐一下。那是他经历的一场极其可怕的战斗。金军主力被主将完颜承裕布置在野狐岭的群山里阻击蒙古军队，那天铁木真的军士居然全都下马上山作战，他们就像魔鬼一样恐怖，疯狂地冲击金军的防线，突破了主将完颜承裕的中军山头。主将的下落不明，使金国全军顿时失去了指挥，分散在各个山头要塞的金军失去了相互联络和支援，被纷纷攻破。蒙古人漫山遍野地追杀败退的金军士兵，金兵的尸体塞满了山路，逃不掉的士兵大量地跳崖，尸体挂在树枝上，到处都是血流成河。那天的夕阳是血红的，山上的草木也都被血染红了。直到现在阿鲁答都不愿意回忆那天的惨状。

阿鲁答竭力掩饰的痛苦被赵汝说看在眼里，继续说道："那日，蒙古十万骑兵对阵你们的四十五万主力。蒙古军大胜，你们几乎丧失了所有精锐。更致命的是，你们丢失了桓州，桓州牧监的百万匹军马被蒙古人夺走了。从此，你们的精锐骑兵就已经枯竭了。"这时，阿鲁答猛地摇了摇头，强笑道："不对，大金国的军队现在还是强大的，至少也比你们南朝的军队强大。跟你们的战争，我们的勇士几乎从来没有被击败过。别忘了你们不久之前的北伐！哪怕我们暂时地失利，最终的胜利者也是我们。"

真德秀听到这里，忍不住笑了："真的是吗？将军，你太骄傲了，别忘了你是被我们的一个无名裨将李全给俘虏了。"阿鲁答听到李全这个名字，顿时一脸的不屑："李全，这是个十足的卑鄙小人。"这时赵汝说也笑了："将军，你们君臣就是这样的，骄傲得不愿拥抱该有的理智，想要征服所有的人。你

们先后的几任金主都是两线作战，哦不，是三线作战，知道吗？现在你们跟蒙古、我们和西夏同时开战。这是何等的狂妄和疯狂！"

听到这里，阿鲁答一脸的惊疑，连说"不可能"。赵汝说问道："你不相信吗？将军自山东一败到了我们这里以后，你们的金主就南迁了。已经放弃了北方大部分地区，金主集中所有的兵力固守关河，才使得蒙古大军的攻金计划没有取得进展。可是你知道吗？他们的大汗，铁木真的注意力已经改变了方向，他去西征广阔的大陆了。这其实是上天给了你们宝贵的喘息之机。你们应该整顿兵马，调整策略争取与西夏和我们修好才对啊。"

这时赵汝说话锋一转："可是看看这些年你们的君臣都干了些什么？因为河南一地产出的粮食无法供养最后的三十万军队，金国严重缺粮，新帝完颜珣与丞相术虎高琪等人竟然想'失之于蒙古，取之于南朝'，那几年他们以'岁币不至'为理由南侵，在京湖、两淮和川蜀三个方向对我们发动了攻击。结果如何呢？现在的金军已经不堪使用了，西路统帅完颜阿邻战死蜀口；两淮战区，你们的东路军更是一军全没。正如你们的大臣自己总结所说，'经此一战，士马折耗十不一存，国家精锐几近丧失'。"

听到这里，阿鲁答闭上了双眼，缓缓说道："你们知道为什么吗？金国的贵族和大臣们从来都是看不起南朝的，在他们的心中，他们的勇士永远是不败的猛虎，南朝的士兵永远是待宰的羔羊；他们继承了过于沉重的荣耀，宁肯败给蒙古，也不能忍受败给曾经被自己任意凌辱的南朝。这其实是一种多么大的悲哀，一种宁肯生活在过去美好记忆中的幻觉。"

真德秀和赵汝说听他如此说，都是有点惊异，他为何以这样的口吻说这番话呢？

阿鲁答觉察出两人的心理，说道："我并不憎恨成吉思汗铁木真。其实我不是女真人，我来自蒙古汪古部。我们的部族是为数不多的支持金国的北方部族之一。"真德秀和赵汝说顿时释然。阿鲁答继续说道："虽然忠于金国，但我很喜欢你们南朝。我们汪古部重视教育，也信奉儒学，建了不少孔庙。我喜欢你们的诗书礼乐，也喜欢你们南朝曾经有的斗志，那种斗志曾经让我钦佩。到现在，我还能够记得曾经读过的一篇南朝文字：'兵出有名，师直为壮，况志士仁人挺身而竟节，而谋臣猛将投袂以立功。西北二百州之豪杰，怀旧而愿归；东南七十载之遗黎，久郁而思奋。闻鼓旗之电举，想怒气之飚驰。噫！齐君复仇，上通九世，唐宗刷耻，卒报百王。矧乎家国之仇，接乎月日之近，凤宵是悼，涕泗无从。将勉辑于大勋，必允资于众力。言乎远，言乎迩，孰无忠义之心？为人子，为人臣，当念愤。益砺执干之勇，式对在天之灵，庶几中黎旧业之再光，庸示永世宏纲之犹在。布告中外，明体至怀。'"

当真德秀和赵汝说听到这段文字时，都是眼中一热，心中忍不住就要落泪。这是李壁写的开禧北伐的讨伐诏书，真德秀和赵汝说都是开禧北伐的亲身经历者，这份诏书曾经让他们热血沸腾过。那是他们年轻时的黄金年岁，那时候他们宁愿粉身碎骨，也要取得北伐的胜利。

可是，恍如一场美好的梦想，总有被惊醒的那一刻。北伐以他们做梦都想不到的方式失败了，他们憎恶世家子弟吴曦的野心和叛国，痛恨韩侂胄的用人失误和专横跋扈，也鄙视朝廷主和派的苟安和见利忘义。

还是赵汝说心思比较快，稍许工夫马上反应过来，背诵这份讨伐诏书乃是阿鲁答的一个策略，真是有点小瞧这个武夫了，刚才的情绪险些被他带了过去。赵汝说就问阿鲁答："将军精通文武，令我佩服。不知道像将军这样的，在你们汪古部还有出类拔萃的人物吗？"阿鲁答回道："汪古部的世家大族，要么姓黄掴，要么姓汪等少数几个姓。我认识的世族中，要数汪姓家族的汪世显最是突出，是个极厉害的人物。"真德秀和赵汝说就记住了这个名字。他们没有想到，日后给大宋川蜀防线带来最大麻烦的，竟然就是这个汪世显。

真德秀突然有了兴趣，问了一句："不知将军对我们的将领怎么看呢？"阿鲁答认真地想了一下回答道："我们知道的有毕再遇、赵方、扈再兴、孟宗政等人，他们很会打仗，其他的不太了解。"

赵汝说和真德秀对视一眼，他说的将领中除扈再兴以外，其余的已经陆续病故了。想到朝廷有名望的将领渐渐凋零，未来还有谁能支撑朝廷呢？两人心里不禁沉重起来。赵汝说问道："你们知道孟珙吗？"阿鲁答点点头："这个年轻人厉害的，是孟宗政的儿子对不？"赵汝说点头称是，又问道："赵范、赵葵你也知道不？"阿鲁答不禁笑了："好像听说过，是赵方的儿子。你们南朝选将，为什么总是在世家子弟里面找，是不是信不过其他人？"

赵汝说赶紧回道："只是顺口一问，并没有特意地选择。年轻一代将领中，目前有战功的还不多，需要战争的考验才能成长。"阿鲁答点点头："你们南朝教化发达，人才众多。只要用心寻找，将才是大有人在的。就比如这个李全，虽然此人反复无常，还是个会打仗的。我们金国的下一代将军们，唉！"阿鲁答长叹一声，脸上现出深深的忧愁。

真德秀看他神伤，接话问道："如果将军能够回到北国，你是否认为自己可以说服金主，联合西夏和我们一致抵抗蒙古呢？"阿鲁答沉思了半晌，回答道，他认为三国联合几乎是没有可能的。真德秀和赵汝谠听阿鲁答说这样的话，心里都猜测，阿鲁答和平国公主夫妇并不亲近金宣宗和现在的金国最高层贵族权力圈子，他们即使回去，也没有什么影响力了。

但是今天的交谈还是有收获的，对金国的权贵精英们有了更清楚的认识。虽然此时金国的对宋主战派占据了上风，有阿鲁答这样理智的人在，对宋主和派可能还是可以争取的力量。可是真德秀和赵汝谠又同时想到了另一个事情，衰败中的金国是否有能力抵抗蒙古大军呢？而这个问题，恐怕谁都不知道，这个阿鲁答已经远离了金国朝廷，更加不会知道的了。真德秀曾经出使金国，早就看出了金国亡国的各种征兆，越是在灭亡之前，越是会出现疯狂的举动，也许这就解释了为什么现在的金主，宁愿跟西夏、蒙古和南朝同时开战。

赵汝谠于是向阿鲁答拱手致意："今日相谈甚欢，来日得空，再来看望将军。如果缺什么，请不要客气跟我说，赵汝谠一定尽力。真大人也会帮助的。"阿鲁答起身向两人致谢。其实阿鲁答的心里一直是苦楚的，如果将来哪一天金国灭亡了，他们夫妇二人将何去何从呢？起码现在还能得到南朝的礼遇，将来能不能带着公主回到家乡，可能根本就是一个奢侈的美梦，他们这对北雁真的要永远留在南方吗？

真德秀和赵汝谠二人从玉泉寺出来，边走边说了些闲话，没有再谈及阿鲁答，而两人都知道此行的目的没有达到。但是对北方形势的判断，却比过去更清晰了一些。两人心里一致地认为，联盟他国是不能指望的。朝廷必须有紧迫感，必须整顿兵马，为应对未来可能非常艰难的局面作准备。

第十一章　麓山别院（一）

真德秀和赵汝说从玉泉寺分别以后，直接回了官衙，一边进门一边问当日执事冉珽走了没有，执事说冉珽正在收拾东西准备出发，真德秀让执事传话冉珽进来见他。他稍事休息一下，冉珽进来了。真德秀问冉珽去了监牢没有，冉珽知道问的是抗税乡民一事，他简短地讲了一下经过，说江林儿、江波、江虎他们听说真大人为他们向朝廷申请特赦了，都很感激大人，也都愿意从军去。虽然他们没有明确招认到底凶手是谁，但从跟他们的对话中可以看出来，应该是马恺和刘良二人。冉珽并没有进一步要求他们什么，只是让牢头给他们的伙食改善一下，告诉狱卒这些人迟早会被释放从军去，要善待他们。等再过几天从衡州回来，再找江林儿他们谈一次。

真德秀见他把事情办得不错，心情也顿时好了不少，问他信收好了没有，冉珽说："都整理好了，大人还有什么交代？"真德秀忽然想起一件事，说道："你有一个兄弟还在石鼓书院对不？"冉珽有点惊讶，不知为何提及冉璞，回道："是的。"真德秀说："你问一下他，是否愿意出来当差。前日提刑司衙门有一个书办回乡去了，那里刚好缺一个人，我要推荐一个人去那里。"冉珽说好，问真德秀需要给书院山长程洵带话吗？真德秀想了一下，说不用了，事情都在信里了，然后让冉珽办好后尽快回来。

冉珽告别了真德秀，骑上快马驰向衡州。奔到半程左右，看天色将黑，找了一个驿站住了进去。冉珽看这个驿站起名衡山，原来这个地名就叫作衡山。驿馆外观很不起眼，里面的驿舍倒也收拾得干净，连马厩也收拾得不错。吃饭的时候同驿差朱典聊了一会儿，才知道上回真德秀刚刚住过这个驿站，那次真德秀对驿馆的懒散推诿非常不满，着实训斥了驿长一顿，所以现在他们都不敢怠慢了。冉珽听了心里暗暗地想笑，西山先生真德秀大人就是这个样子的。

刚睡下不久，忽然听到外面有密密的脚步声，还有人断断续续地轻声喊号。冉琏心里好奇，就穿衣出去看看。只见官道上走着一支队伍，大约几十人，都在挑着担子，或者推着车子，那些担子都看起来很沉重。三三两两地，还有人手里拿着朴刀、背着弓箭随着队伍走。这都是些什么人呢？

这时朱典也跟出来了，告诉他这些人是挑的是盐，白天不出来的，都是晚上赶路。冉琏问他是否知道这些盐是从哪里来的，朱典诡异地笑了，说他不知道，虽然他也想去干这个，跑一趟就应该能挣到他一年的俸禄。冉琏心里产生很多疑问，从这些贩盐的队伍行路方向上看，是从北面潭州方向过来的，正向南方赶路，莫非潭州以北有跟榷场盐仓类似的私盐集散地？这里的差役好像对此熟视无睹，难道他们不去报官？

于是问朱典："这么多人一起贩售私盐，官府难道不管吗？"朱典又笑了："他们是半官半私罢！这些年来，好像从来没有人管过他们。"冉琏更是觉得狐疑了，又问那他们是不是定期往来这条官道呢？朱典说不一定，不过一个月看到他们能有好几回呢。冉琏于是心里就有数了，一定是官府中有人相通，在护持着他们。

第二日一大早，冉琏就启程继续赶往衡州。到了书院，冉琏向山长程洵请安，替真德秀向他致意。程洵接了书信，见冉琏比过去看起来更加干练沉稳了，笑着夸奖了冉琏几句。看过信以后，程洵叫冉琏先去休息下，可以见一下他的兄弟冉璞，他也要跟从事商量一下再给真德秀回信。冉琏说好就退下了。

这时冉璞听说兄长来了，正等在外面，兄弟二人相隔数月在书院重逢，自然格外地亲热。冉琏让冉璞找个酒店，把杨文兄弟请了出来。四人见面分外高兴，此时杨声已然同冉琏、冉璞有了交情，少不得要饮酒小聚一番。席间杨文问了冉琏回来的事由，知道了真德秀大人想要多用些人查办私盐，杨声就吵着要去。他在书院待得实在是乏味了，如果不是杨文管着，早就回播州了，如今听到有这样的机会，自然第一个要去。杨文正色跟杨声讲："人家这是有官府大事要做，你不懂规矩，坏了别人的章程怎么办？"杨声央求道："一切听从大哥吩咐，绝不敢越雷池半步，怎么样？"冉琏、冉璞都笑了，劝杨文带上他，正好也是历练历练。杨文想了觉着有些道理，就答应了杨声。

冉琏此时问冉璞："真大人想要推荐你去提刑司当个书办，这次就跟我一起去潭州如何？恰好潭州有四大书院之一的岳麓书院，如果你想继续访学，那里也是一个非常好的地方。"冉璞知道兄长如此说，其中必有道理，正好自己也想去历练一下，就爽快地答应下来。这时杨文笑了，对冉琎说："本来是你请我们三人饮酒，现在竟然变成为你二人饯行了！"冉琎笑着回道："快则数周，慢则数月，大家又会在潭州聚齐，到时再聚痛饮如何？"听到这里，杨声更加兴奋，恨不得这次就跟着去了。冉璞笑道："少不得你大哥必须在，我们可管不住你这个活祖宗。"三人哈哈大笑。席后四人又结伴在石鼓山游玩了一番才散。

次日，冉琎领了程洵的回信，又说明了冉璞之事，程洵也表示支持。于是两人收拾了行装，快马直往潭州奔回。

冉琎、冉璞二人到了潭州见过真德秀大人，真德秀少不得对冉璞勉励一番，希望他能努力干出一番事业。这是年长之人对年轻人的教诲和厚望，令冉琎、冉璞不由得想起师父杨钦来，算起来离开他老人家已经快有一年了。第二日，真德秀让主簿王京带着他的荐书，领着冉璞到提刑司去。王京跟提刑司的总办林俸认识多年，一去提刑司就直接找到林俸，交付了真德秀的书信。那信并未封口，林俸打开了信，上面说冉璞是故知的学生，此时虽然尚未入举，却是一个可造之才，望予以接纳之意。因提刑司所有书办杂役都是他管理经办，所补的又是低阶的书办职位，林俸当即爽快地答应。林俸跟冉璞介绍了提刑司的基本情形，本应该先见一下提刑官莫彪，但他今日不在，就领着冉璞见了其他当值的官员，有总捕头赵奎和他的助手贾山、陈宝等。

冉璞见那赵奎身高体壮，天生一张马脸，偏有一双小眼，还特别喜欢笑，没说话就先笑起来，而笑起来后那双眼更成了一条缝，显得有点滑稽。赵奎笑眯眯地，眼珠溜溜地转着察看冉璞，见他虽是书生模样，身体却一点儿也不单薄，看起来可能还是练过一点武的。赵奎就问了冉璞是哪里人、原来干些什么这一类的俗套问题。赵奎见冉璞所说也没有什么特别之处，就问如何认得真大人的。冉璞按信里说的，先长跟真德秀是同年。赵奎点点头，介绍他旁边的是贾山。来之前，王京大概介绍了一下提刑司，说莫彪有两个左膀右臂，赵奎是一个，另一个就是贾山了。那贾山不爱说话，总是阴沉着一张黑脸，赵奎跟冉璞说话时候，他的眼睛一直向上翻着。陈宝倒像个走江湖的模样，眼睛转个不停，上下打量着冉璞。赵奎吩咐林俸带冉璞去领取些办公的物事，再到另外一处，跟其他书办见见面，仔细学下提刑司的规矩和章程，等等。

提刑司里有三四个书办，基本就做些来往公文、犯人笔录、整理保存卷宗之类的琐碎事务。一来二去，冉璞跟大家也都熟悉了起来。大家看冉璞写得一手好字，人很爽直也很勤快，都开始喜欢他了，都愿意跟他说话。慢慢地冉璞就知道了提刑司里的一些掌故。原来大家都很怕赵奎，说他有无数个心眼，最是精明一个，手段非常厉害。贾山这人极其傲慢，平日里说话很少，据说只跟上司莫彪的话蛮多。大家都知道此人心眼小，千万不能得罪他。背后里众人都把贾山唤作贾三，因为他总是以提刑司排位第三自居。而那位陈宝因为同样的原因，通常会被别人戏称是陈四。陈宝是个最爱说大话吹牛骗人的，只要跟他说话，基本上就只能他讲，别人一句话也插不进去的。当然，在赵奎、贾三两人面前他是断然不敢这样的。

提刑司最高的官员就是那位提刑官莫彪了，他非常神秘，基本只跟赵奎、贾三两个人谈事，其他人很少能接触到他，平日里大家也不知道他都忙些什么。他很少直接交代公事、问案或者看卷宗，总之提刑司日常的事务都是赵奎和贾三在弄。过了一日，冉璞终于见到了这位莫大人，见他的身形枯瘦，像根长杆，面色极其蜡黄，眼神阴鸷，腮上有一个明显的黑痣。他走起路来总是非常小心的样子，哪怕是在自己的官衙书房。不知为什么冉璞第一次见到他，就极其不喜欢此人。林倬带他去见这位莫大人，他看起来对冉璞半点兴趣也无，三言两语就打发他们离开了。

第十二章　麓山别院（二）

几日后，冉琁总算是为乡民抗税案作了结案，马恺招认是自己在那日群殴中把那个衙役用竹篙捅下水，刘良也认了是从犯。冉琁就起草了向朝廷结案，和申请特赦的奏章给真德秀看了，真德秀看过没有什么问题就发走了。

一切都能向着他们预计的方向发展吗？

没有，在奏章发走后第二日就出事了。贾三带着捕快到牢里提审了马恺和刘良，一口咬定马恺他们跟郴州陈峒有关，还亲自用了大刑，一定要这两人招供。审了一天一夜，马恺刑伤过重，突然吐血死了，刘良的腿骨也被贾三打断了。但两人拼死也不肯招供跟陈峒有关。贾三逼供打死人的事情就传开了，牢里的江林儿他们得知后，群情汹涌，恨不得立时就打将出去为他们报仇。一场危机就这样突然来了。

真德秀听冉琏报告了这个消息，心里着实恼火，说江林儿他们跟陈峒勾结，显然就是诬陷。已经办结的案子，为什么提刑司非要试图推翻？自己一心要息事宁人，他们却唯恐天下不乱。但是再恼火也不能让下属们看出来，于是平静地让冉琏去监牢做好安抚事宜，另外让主簿王京发函给提刑司，询问此事细节。

那边提刑司莫彪也知道了这件事，他倒不在意打死了人，只是让贾三差不多就收手。原来是这个贾三听说真德秀已经向朝廷保了这些人，不禁恼羞成怒。赵奎又在旁边煽风，给他出了个主意，说他们涉嫌是郴州陈峒的眼线，如果能审出点东西来当然好，审不出来再恶打一顿，也可以再出一口气，结果贾三、陈宝他们下手实在太重，把事情弄得激化了。

提刑官莫彪此时另有心事，他把赵奎和贾三叫来，告诉他们最近几个月来，总发现有人盯梢盐商大户们，还有人四处打探消息。前些日子赵奎抓了一个鬼鬼祟祟的人，动了刑才肯说出来，原来是转运司衙门的差人。莫彪既恼怒又担心，这一定是赵汝谠在背后捣鬼。赵汝谠是朝廷元老级的大臣，自己肯定扳不动他。现在又出了贾三这件事，他不想再惹恼了真德秀。他最担心的是新来的这位西山大人会跟赵汝谠联手跟他作对。虽然自己在朝中有重臣支持，可是这位真德秀是清流领袖，在大臣中威望极高。真要被他抓了把柄上奏到朝上，就是宰相史弥远恐怕也保不了他。莫彪让赵奎、贾三最近都要小心做事，不要再惹是生非了。要他们派人手对盐仓加强监视保护，同时派人警告那些大户们不要跟陌生人乱讲话，否则绝不会轻饶。但是莫彪哪里想得到，真德秀和赵汝谠已经联手了，而且正在紧锣密鼓地按计划进行。

这日，真德秀让冉琏陪同自己一起到麓山寺去一趟。这麓山寺创建于西晋泰始四年，有"汉魏最初名胜，湖湘第一道场"之誉。寺庙位于潭州湘江西岸的岳麓山半山之上，背靠碧虚峰，左临清风峡，右有白鹤泉。麓山寺有个"三绝碑"，由唐代李邕撰文书写，黄仙鹤刻石。这碑的书法和刻工精湛独到，后代大师苏轼、米芾等都曾沿袭其法。冉琎陪着真德秀欣赏此碑，看那碑文写道："夫天之道也，东仁而首，西义而成，故清泰所居，指于成事者已。地之德也，川浮而动，岳镇而安，故耆阇所临，取于安定者已……"真德秀捻须啧啧赞道："真好书法。"

两人看毕，又沿着山上小径一路观赏风景，走到岳麓书院，见书院大门上挂着门额"岳麓书院"，乃是真宗御笔亲书。真德秀是朱熹弟子，当然对朱熹执教的书院经历如数家珍，他告诉冉琎："夫子长期在此，曾经与张栻论学，举办了有名的'朱张会讲'，这才推动理学的兴盛。他在书院会讲多年之后，任湖南安抚使，又再次来到潭州，重整岳麓书院，颁行了《朱子书院教条》。如今书院十分兴旺，得享大名。这是前人栽树，后人乘凉啊！"

两人逛完书院，再次回到麓山寺。从事早就等在一旁，跟寺庙的管事僧人一起，打开了一个院子的大门，几人进去看那院子，虽然无人居住，却收拾得颇为干净。真德秀向僧人表示谢意，然后带着冉琎看房间，没有想到院子不是很大，房间颇为不少，而且格局设计也很精致。真德秀非常满意，跟冉琎说："这里如此景致，可以称作'麓山别院'了。"真德秀让冉琎这几日搬些生活和办公的用具过来，准备转运司和潭州府在此合署办公，马上衡州来的生员也安排在这里。他要冉琎这些日子多辛苦些，不要出了差错，冉琎点头喏喏称是。

冉琎从麓山寺回来以后，见到了冉璞，就问他有没有搞清楚提刑司那几个人到底要干什么。冉璞对此事的细节还不清楚，不过从衙里其他人的只言片语里，能看出来这件事不是提刑官莫彪的意思，应该是贾三这几个人在搞鬼。这些人平日里嚣张跋扈惯了，上回在梅溪自己的人吃了亏，却因为这些人都是要处斩的，就一直没有太为难他们。而今突然听说江林儿这批人有真德秀求情，居然毫发无伤，还要从军去，当然是怒火攻心，一定要找回些补偿。冉琎明白了，心想这事如何善后，只能由真大人和莫彪两人商量了。

而这件事情，也惊动了赵汝说。这日赵汝说乘轿去见真德秀，要过问此事。真德秀说此事且容他跟莫彪商议，今日一起去麓山别院看看如何。赵汝说有点纳闷，问："麓山别院是什么地方？"真德秀笑了说道："咱们走吧，到了就知道了。"于是两位大人一起乘轿，过了江赶往麓山寺。进了麓山别院一看，赵汝说顿时明白了真德秀的用意，他对这个院子也非常满意，连声称赞真德秀办事老成干练。

真德秀吩咐从事端茶上来，两人就在花园里一边饮茶一边商量公务。赵汝说征求真德秀意见说："跟阿鲁答会面一事，我准备密奏皇上：金国君臣虽有亡国之险，但对我朝甚为敌视，必会再度入侵，与其联盟对抗未来强敌蒙古一事，应无可能。此时务必整顿兵马粮草，一者防备金国再次入侵，二者如果蒙古对金战争毫无悬念，不如我军也随时准备参与灭金的最后一击。一洗靖康之耻，振奋朝廷君臣上下的士气民心！"真德秀点头称是，让赵汝说起草后递给他一起署名上奏。

赵汝说接着说："还有一事，我们已经基本查明了，目前潭州的几个盐商大户，都涉嫌了大规模贩售私盐，有祥记、瑞丰记、丰泽号和湘盐等。因为他们往往能非常及时地补货，我认为在城外，一定有他们的供货盐仓。"赵汝说一直在暗暗查访这个盐仓位于哪里，总是抓不到关键的线索。而近来他派出去的居然有人莫名失踪了，这让他很是担心会打草惊蛇。

这时，冉琏从外面近来，刚好听到两位大人在谈论盐的事情，于是就禀告他们上回在衡山驿夜里他见到的情形，说那条道可能就是这些人贩盐的常用道路之一。赵汝说顿时就产生了很大兴趣，冉琏建议马上派精干得力的人员到衡山驿守着，遇到了他们不要动手抓捕，以免惊动了背后之人，只须远远地跟着，摸清他们的底细就好了。赵汝说说这个主意很好，今天就派人去。真德秀对冉琏说："你给他们领路去办这个差事罢，如果三两天内没有结果，就赶回来办其他差事。"冉琏欣然领命。

于是当晚冉琏和赵汝说指派的得力干员蒋奇、穆春等人赶到了衡山驿。朱典又见到冉琏，甚是亲热。冉琏跟朱典说："这几位是转运使大人派来公干的官差，来问上次晚上我们见到的私盐情形。"朱典顿时很紧张，一再推脱不知。冉琏见他害怕，让他不要有什么顾虑，把所有知道的情形都告诉官差，官府自然会保护他的。蒋奇为了打消他的顾虑，说赵大人会把他调差到转运使衙门，不要担心有人报复。朱典想了一阵，见他们很是诚恳，也就慢慢放下了顾虑。其实朱典也不了解很具体的情况，他只是目睹了很多次贩盐的队伍，又道听途说了一些消息，曾经听到贩盐人提到了太平镇这个地名。而太

平镇在哪里，大家都不知道。

冉琎有点失望，问附近镇上是否有人可能了解更多呢？朱典认为这里的人应该都不清楚这些贩盐人的来龙去脉。冉琎问今天有没有贩盐队伍经过，朱典说道："自从上次晚上，还没有别的队伍出现。"于是冉琎、蒋奇和穆春三人商量了一下，决定先在驿站住下来，明日四处寻访寻访。

次日，蒋奇和穆春就在衡山镇上四处走动，寻找线索。因为需要保密，他们没有惊动镇上的公差。冉琎则待在驿站，查找驿站里的本地地图，却找不到任何一个叫作太平镇的地方。一时间没有进展，冉琎想着不如赶回潭州府衙门，那里的州府地图应该很全。于是，冉琎决定这里就交给蒋奇他们，自己再住一夜就马上赶回去。

第十三章　卜筮三卦（一）

冉琎想好了主意，就跟蒋奇说了，蒋奇让冉琎放心回去，这里有他们可以了，一旦有发现他们会第一时间通知他的。于是过夜后天刚蒙蒙亮，冉琎就飞马奔回潭州府。

冉琎回到府衙时，真德秀去了麓山别院，因为赵汝谠刚刚派人约他去那里会面。真德秀到了别院，只见赵汝谠正坐在花架下面独自沉思。真德秀知道一定有事，却故意笑道："你今日好雅致，先来此独自消遣？"赵汝谠苦笑说："与其衙门里枯坐冥想，不如来此跟你说话，也更为方便。上回我派出去的几个侦缉，有一个失踪十几日了。昨日在城外发现了尸体，身上遍体鳞伤。跟提刑司捕快一起查了一整天。不知道什么人如此胆大妄为，竟敢用刑杀害衙门公差，这是在示威警告我们吗？"

真德秀不禁吃了一惊："这实在骇人听闻，有线索了没有呢？"赵汝谠摇了摇头："已经派出了差役继续调查此事，暂时没有什么进展。想着必须告知你一下，你也得防备再有不测事情发生。"真德秀怒道："这真是猖狂至极！"

赵汝说思索了片刻，说道："从今日起，我虽不会经常来此，但这里就是我们合署办案的地点了。我的府衙眼线不少，恐怕你那里也不会好很多。"真德秀点头同意。于是两人商定，各自抽调心腹干员，从今日起就正式在麓山别院开始办案了。

真德秀想，自己这里冉琎肯定是第一人选，得让人通知他回来。中午回到衙门却发现冉琎已经回来了，正在伏案认真阅读，桌上还摊着很多地图。难道他已经有一些进展了吗？冉琎此时在比对不同的地图，正入神的时候，真德秀走到他身边，冉琎赶紧起身施礼。真德秀问此行可有收获，冉琎回答说目前仅有一点儿线索，衡山驿的驿差告诉他曾经听说盐贩们提过太平镇这个地方，自己正在顺着这条线索向下走。

冉琎递给真德秀一张地图："大人请看。"真德秀看这张图，是整个荆湖南路的详细官图，冉琎以潭州为中心画了一个圆圈，这圆圈北至鄂州，南到衡州为止，冉琎把所有跟太平二字有关的地方都标注了出来。冉琎解释说道："潭州辖地并没有叫作太平的地方。为了防止误听的可能，我扩大了搜索范围，目前看来，有三个地方最为可疑：蒲沂太平城，袁州新昌太平乡和江陵府太平镇。从盐贩的行路方向上判断，可疑的地方应该是在潭州以北，而它们都在潭州的北面。"

真德秀点头说："你的想法很有道理。这样吧，我们现在就去麓山别院，赵大人可能还在那里。你也跟他讲一下这个想法。"于是两人赶往了麓山别院，赵汝说还在里面书写一些公务。真德秀让冉琎通报了一下刚才的想法，赵汝说非常赞赏地看着冉琎说："你的推断很好，我这就派人到这三个地方勘查。快的话两三天就可以回来了。"冉琎进言道："蒲沂那里须得去两人，其他地方一个人就行了。要紧的是，如果有所发现，千万不能惊动他们。"赵汝说问道："这么说来，你认为蒲沂太平城的可能性最大了？"冉琎回道："是的，那里距离淮南西路、荆湖南路、江南西路和京西南路这四路的交界处都很近，而且就在江边，便于水运。尤其此地名气不大，不太会引起人们的注意。如果我选择地点，这里会是首选。"

赵汝说和真德秀两人都点头称是。赵汝说笑着对真德秀说："真大人，还是你会选人，这样的人才我这里可没有。"冉琎赶紧躬身说道："不敢，大人过誉了。现在还不知道是否正确呢。"赵汝说说道："我认为有收获的可能性很大。"

真德秀问赵汝说："那些潭州的大户能不能提供一些线索呢？"赵汝说轻声叹了口气说道："也不知道为什么，现在这些大户非常谨慎，很难得到有用的消息。"真德秀问："那还有很多中户甚至零卖的小户，他们就什么都不知道吗？"赵汝说回道："倒也是可以去盘查，就怕惊了那些人。"

这时冉琎突然灵机一动，说道："两位大人，世袭播州安抚使杨价杨大人的两位公子杨文、杨声，他们正在石鼓书院。兄长杨文胸中有大局，为人耿直中正；兄弟杨声豪爽义气。上次我已经邀请了他们到潭州来帮忙查处私盐，他们都答应了。可不可以让他们以播州购盐的名义，去跟那几个大户们谈买卖？让他去周旋，大户们不会起疑心，说不定能得到我们想要的重要线索。"赵汝说赞道："妙极，这播州乃是朝廷自治的州府，有机会攀上杨家这棵摇钱大树，不怕那些大户不争先恐后。"真德秀也觉得这个想法大胆可行。于是冉琎立刻修书，派人赶往衡州，去请两位杨公子到潭州来议事。

赵汝说见冉琎办事干脆利落，很是喜欢。当他得知冉琎有个兄弟，也被真德秀请来潭州，现在被安排去提刑司里当差了，突然想起一桩事情，脸上顿显忧色。真德秀猜到赵汝说的心思，问道："赵大人是不是担心杨家二位公子的安全？"赵汝说点头称是，于是告诉了冉琎转运使衙门公差遇害的事情，冉琎没有料到事态会如此严重。真德秀就请赵汝说挑些转运使衙门军士，要求绝对可靠，保护麓山别院不受侵扰，必要时可以从潭州府外调兵。赵汝说一口答应。真德秀和赵汝说又商议为了保密需要，他们二人尽量少来麓山别院，麓山别院从今天起，就由冉琎负责指挥调度了，冉琎躬身领命。

赵汝说这时递给了真德秀一份刚刚写完的奏章，原来是同阿鲁答会面的报告，说好了两人联奏的。真德秀快速阅读后，随即签名盖封。

真德秀和赵汝说办好了公事后，让随从再添些新茶上来，两人再闲聊些其他事情。真德秀看冉琎也在院里，忽然来了兴致，让人叫冉琎进来，问道："我知道你会推算测字，今日正好有空，赵大人也在此，可否再测一次？"冉琎笑着回答："那些怎可登大雅之堂，冉琎不敢。"真德秀捋须笑道："孔圣人做'十翼'解说易经。这些都是学问，你无须过于自谦。"

赵汝说此时已经很是欣赏冉琎了，他想起刚刚写好的奏章里有给朝廷建议的对金之策，不如问问眼前这个年轻俊才，看看下一代的年轻人如何看待现在金、蒙和朝廷的三方关系。于是他让冉珏坐下："你知道海上之盟吗？"冉珏点头，赵汝说问道："那你说说看，当年的海上之盟是对的，还是错了呢？"冉珏有点惊讶，为何突然问这个问题，狐疑的目光看向真德秀。真德秀笑笑说道："今日在此闲聊，你大可直抒己见，赵大人学问精深，给你些指教实在是你的福分。"于是冉珏想了想，从容对道："那请恕晚辈孟浪了。昔日海上之盟，实乃错上加错！我想这也是靖康之难后的共识。"

赵汝说听他出语锐利，不禁好奇冉珏到底会说些什么，问道："哦，那是为何？"冉珏回道："宋金灭辽之后，仅仅几年时间，就发生了靖康之难，可见海上之盟及随后的联金灭辽，实在是灾难性的决策。"赵汝说说道："那你说说看，具体错在哪里呢？"冉珏想了下回道："晚生就斗胆了。大概有以下几条：一是除狼得虎，实乃不智；二是背弃旧盟，实乃不义，对辽落井下石，更见猥琐；三是对金暴露军力孱弱，激起金国狼子野心；四是对辽战争失败，损失大量兵力和多年累积的辎重，直接导致之后对金战争迅速失败；五是遣人用将严重失误，王黼、童贯、蔡攸、赵良嗣诸等皆为奸佞之徒，非但没有受到处罚，反而因为所谓的灭辽胜利，而加官晋爵，其中王黼更是连升八阶，被任命为宰相。蔡攸只会用神变迷信之术及市井淫秽之戏以邀宠，为了争权，他甚至不惜与其父亲蔡京反目为仇，这样的人竟然也受到了重用。总而言之，一切的灾祸归根结底都是人祸，因此这第五条乃是最致命的错误。"

第十四章　卜宋三卦（二）

赵汝说听到冉珏的这些评价，有点怔住了，他此前从未听到过对朝廷如此酣畅淋漓的批评之语。也许是因为他是宗室的原因，自己和周围的人极少去深刻地质疑朝廷大政，即便是质疑，也会给朝廷留下几分薄面。仔细想一想刚才冉珏所说，每一条似乎都能对得上。于是点头说："你所说也有道理。那么你认为当年应该支持辽国了？"冉珏想了想点头说："是的，据说当年真宗崩逝消息传到辽国，辽圣宗集所有大臣举哀，后妃以下皆为涕泪。大量事实说明宋辽可以做兄弟之国，两国共享和平，此言不虚。且三国相争，弱者联盟，此乃天道。因此就算支持辽国失败，也是一桩义举和智举，会赢得天下人的尊重。"

真德秀也点头称是。他知道赵汝谈的心思，于是问道："联金灭辽不对，那你说说如今朝廷是否应该联金抗蒙呢？"冉珏这才明白，这才是他们二位大人想聊的真正话题了，想了下说道："此题太大，恐怕不是一下可以说清楚的。"赵汝谈笑了："你就敞开了随便说点，这又不是金殿对策！"说到这儿，三人都笑了。冉珏还是想了会儿，说道："蒙古崛起太快，横亘数千里，灭国无数，实在是朝廷的未来大患。可是金国与我有累世深仇，恐怕结盟不易。除非，金国能主动向我朝道歉，取消一切不平等条约，真心与我结盟为兄弟之国而平等相待。否则，联金抗蒙只是镜花水月，几乎无有可能。"此时真赵两位大人不禁同时会心地笑了，冉珏这些话验证了他们的观点，所谓智者观事，大体相同。

赵汝谈进一步问道："不错，你刚才所说的，我基本赞同。那么你说说看，是否可以联蒙灭金呢？而这会不会又是第二次海上之盟呢？"冉珏听了这个问题，不禁愣住了，他不知道如何回答这个问题，因为他尚未掌握足够多的情资来帮助他分析判断，而且这个题太大、太复杂了。于是他实话实说："两位大人，晚生不知道，这个实在太难了。"真德秀和赵汝谈两人同时点头，真德秀说道："是的，我们也不知道如何回答。就在今后的数年之内，恐怕朝廷必须要面临这个重大问题了。"

说到这里，两位大人不禁忧心忡忡。赵汝谈喃喃自语："可是朝廷准备好了这一天没有？一直以来，朝廷并没有解决很多存在已久的问题：冗员、冗兵、冗费；民穷、兵弱、财乏。"真德秀点头附和说道："还有人祸：贪腐之辈横行，党争之祸不断，彼此失信猜忌，恐怕更是朝廷的心腹大患。"冉珏见二位大人如此直抒胸臆，也不禁听得愣了。赵汝谈见冉珏如此，呵呵笑道："你们这位西山大人乃是朝廷清流领袖，最敢于在朝堂之上逆鳞直谏的，你以后就会习惯了。"真德秀对冉珏说道："你如今知道我和赵大人为何要在潭州严查贪腐和走私了。"

冉珏见二位大人此时又都沉默不语，陷入沉思了，觉得这样有点沉闷，就说道："谋事在人，成事在天。也许一切都是天定，也未可知。"真德秀听到这个，想起冉琏善于算命测字，不禁笑了说："你会测字打卦，不如我们来卜卦罢。"赵汝说问道："真大人要卜什么卦？"真德秀说："就为大宋即将的走向卜卦，叫作国卦如何？"赵汝说觉得这个提议匪夷所思，可也觉得颇为有趣，就问冉琏："真大人说你精于此道，那就卜一卦罢？"真德秀忽然兴致勃发，说道："不如三人同时卜如何？"冉琏苦笑道："好像卜卦不可为同一事重复占问的。"真德秀说道："此为国事，只占一卦怎可令人信服？而且我们是不同人卜卦，有何不妥呢？"

冉琏顿时也觉有些道理，说道："卜卦须得焚香礼拜，不知可有香炉在此？"真德秀叫进来差事，让差事搬进来三个香炉，摆放在桌案之上。于是三人分别焚香祝拜，请来九枚新钱。每人三枚，先卜下卦，初爻二爻三爻，然后同理再掷上卦。冉琏分别一一记录，最后推算成卦。

结果赵汝说卜得了一个坎下兑上的泽水困卦，并非吉卦，冉琏说道："入于幽谷，不明也。"真德秀顺口应道："君子以致命遂志！"再看真德秀的卦像，乃是兑上巽下，泽风大过卦，冉琏念道："泽灭木，大过。君子以独立不惧，遯世无闷。"真德秀知道这也不是吉卦。最后看冉琏卜的，是艮下坎上，山水蹇卦，冉琏想了想说道："'蹇，难也，险在前也。王臣蹇蹇，匪躬之故；王臣蹇蹇，终无尤也。'这'六二'阴爻阴位得正，在下卦中央，又与上卦同样中正，上卦'艮'是险，'九五'又正陷在险的中央。'六二'当奋不顾身，前往营救。不论结局如何，最后都不会有怨尤。这一卦是说唯有奋不顾身，努力向前，彼此相救，才不会遗恨终生。由此'往蹇来反，内喜之也'。"

真德秀和赵汝说看这三卦都是凶卦，心情本来沉重，又看到三卦的指向都还有解，须得尽全力作为，事情或有转机，尚有可为。冉琏总结道："万事皆在人为，如果上下一心，即使一时受困，也可以建立大功业。"于是真德秀和赵汝说颇感欣慰，也觉得这三卦的确反映了现在的国势，对冉琏的解释也非常赞许。

冉琏此时想起恩师杨钦来了，当年也是这样，他和兄弟冉璞跟老师三人，畅谈古今军事，往日场景，历历在目。又想起了曾经论及开封立都的利弊，忽然产生了一个观点，对真赵二位大人一拱手说："晚生有一个想法，不知道当讲不当讲？"赵汝说此时已经知道冉琏并非凡人了，他非常欣赏这个年轻人的才华横溢，笑着说道："我并非外人，有什么想法尽请开口言之。"冉璡说道："不知朝廷是否可以把行在迁往他处？因为临安实在不是一个好的选择。"

此话一出，真德秀和赵汝说立时有了兴趣，几乎异口同声地问道："此话为何？"

冉璡回道："自古钱塘繁华，虽说此地现在的繁荣程度，只怕已经超过当年的汴京，但位置过于偏安，容易使得上下安逸，不思进取。再者，不知二位大人听说过没有，当年国师傅伯通受命勘察临安，曾经说过，'此为三吴之会，实为百粤之冲。此地文曲多山，俗尚虚浮而诈；少微积水，土无实行而贪。虽云自昔称雄，实乃行局两弱。只宜为一方之巨镇，不可作百祀之京畿。驻跸谨足偏安，建都难奄九有'。"

真德秀摇头说道："风水之说不可全信。"冉璡接着说道："作为行在，势必拥有大量军政资源，放在临安太过浪费了。"说着，冉璡寻找并打开了一幅图本，说道："二位大人请看，如今朝廷将全国精锐兵马集中于三个防区：两淮、荆湖和川蜀。这三个防区各有重点，作为朝廷大局，重中之重在于相互协防，全国整体作战，方可事半功倍。如何做呢？沿江各处要隘布置预备兵力，一旦有事则可相互支援。从位置上看，荆湖就是连接各区的中枢要地。一旦襄鄂有失，则大势被敌切作两段，首尾不能相顾。而且一旦鄂州失守，敌人可以据此训练水军，集结战船，顺流直下，长江天险顿时化作为无，江南半壁指日可失。由此，荆湖乃是至关重要。"

赵汝说看冉璡手指的地图，说道："依你之见，似乎行在更适合放在鄂州？"

冉璡冲赵汝说拱手说道："大人一语中的。鄂州地处长江中游，扼汉水入口，与襄阳、江陵构成了荆湖防御体系，隔江与淮南西路为邻，又与江南西路兴国军接壤，形势十分险要，易守难攻。且西向可以援蜀，东向可以援淮，北向可以镇荆襄。昔日陈亮曾言，'荆襄之地东通吴会，西连巴蜀，南极湖湘，北控关洛，左右伸缩，皆足为进取之机。今诚能开垦其地，洗濯其人，以发泄其气而用之，使足以接关洛之气，则可以争衡于中国矣'。他说得非常透彻，荆襄之地无论是对北防御，还是对北进攻，都是伸缩自如的关键区域。而鄂州和襄阳二城则处于这块关键地区的核心位置。如果把沿长江区域布军比作一张蓄势待发的弓，鄂州则位于这张弓的中间。如果把行在布置于这里，这就是所谓天子戍边了，那么行在的所有军政资源可以全部得到利用，蓄积无比巨大的势能，作为左右支援、居中联络的核心力量。如果真能实现如此，那么全国整盘军势就显得无比生动，远远强过偏居于临安一隅。"

赵汝说听着不禁击节叫好："如果行在放在鄂州，粮草供应没有问题，一则荆襄平原本就在屯垦，供应方便。而且我们荆湖南路也在常年屯垦，可对鄂州形成支撑。二则有长江水道，运输江南粮草盐茶等都比运河更要方便。三则可以刺激制造大量战船，大宋由此可以拥有一个更加强大的水军了。"

真德秀听得频频点头，心想这应该算是最近以来，听到的最有价值的国家军政方略了，这个建议有非常的现实意义，应该整理出来，上奏给皇上以供参考。于是真德秀让冉珏把刚才所说的话写成一篇完整的文字，他要好好琢磨一下，写成奏章上呈御览。冉珏欣然允诺。

此时三人结束谈话，正轻松饮茶，公差送来新的公函，真德秀打开一看，不禁皱起了眉头。

第十五章　三官庙外（一）

真德秀、赵汝说和冉珏三人结束谈话时，差人送来公函，是莫彪给真德秀的回函，回应真德秀询问贾三他们打死打伤马恺、刘良一事。真德秀看信里写的全是推脱之词，他对提刑司这些人草菅人命的霸道非常不满。但贾三他们咬定了这是追查暴民的公事，并非公报私仇，他一时拿他们也没有什么办法。赵汝说对真德秀说，他认为转运司被害公差的案子，恐怕提刑司也脱不了干系。他让冉珏请冉璞暗暗调查提刑司，是否他们中间有人跟此案有关，冉珏答应了。回到衙门后，赵汝说想起现在能干的人都已经派出去了，现在正严重缺人，于是让人赶去衡山驿召回蒋奇，让他配合冉璞调查被害公差一事。至于衡山驿，他认为只留下穆春一人应该可以了。

冉璞受了冉琏的拜托，随后几日，自然时时留意提刑司里的一举一动。这日，冉璞早早地赶往提刑司，因为这天是提刑司虑囚之日，他想参与进去，可以近距离接触贾三、陈宝他们。所谓虑囚，是昔日宋太祖定下的铁规矩，他下诏两京及各州府长官，要各级提刑官和狱吏每十日一次虑囚，核对囚犯账簿，姓名、日期和缘由，有无翻供情由等。太祖的本意是实行仁政，力争杜绝冤案，对犯人也尽量宽仁地对待。可是经历多年以后，虑囚逐渐地变了味，在潭州这里，变成了贾三、陈宝他们定期敛财的日子。

冉璞进了提刑司，衙门里的人稀稀拉拉的。他看见陈宝已经来了，正在翻拣账簿名册，于是他故意找了一个陈宝能看见的地方坐下。果然，过不多久，陈宝想找人了，四下里看看只有冉璞在，就招呼冉璞过去，说道："冉璞，今天跟我们去一趟大狱，你也见识一下。"冉璞说道："多谢长官。"冉璞也不知为何自己要说一个谢字，倒是说对了话，因为陈宝他们只要带他去，就一定会有好处的，当值的狱吏应该提前备好了份例，而这些份例自然是监狱犯人的家族孝敬得来的。

稍许工夫，贾三也到了。陈宝带了两个衙役和冉璞去见贾三，贾三见冉璞也在，虽然没说什么，但看得出不很乐意，不过也没提出反对。几个人到了潭州大牢，值班牢头胡江赶紧迎接几人进了值日房，然后送上十几吊份例钱。陈宝看了看托盘里的铜钱，满脸的不悦，说道："胡头，这钱只见越来越少，是不是以为潭州变了天，你们就要改向了不成？"胡江赶紧赔笑说道："四爷，瞧你说的，潭州这天再怎么变，牢里的事，还不是你们几位说了算吗？至于这钱，现在日子不如过去了，您不是也知道吗，牢里新住进来这些大爷不是？"

冉璞心里明白，他说的这些人，应该就是兄长冉琏提到过的那些抗税乡民。胡江说到这里，苦着脸，凑上去小声说道："不但捞不着什么，还倒贴了不少。"贾三冲着胡江一瞪眼，哼了一声，不相信他的话，胡江苦笑着对他们说："这位真大人，三天两头派人来牢里看看，这几十个人可占了号子里不少房间哪。"陈宝问道："朝廷有规制的，未决囚徒衣粮自备，怎么会倒贴？"胡江又苦笑了："他们有的人没有家属，有家属的也大都潦倒，连几十文都拿不出来？"贾三怒道："岂有此理？"陈宝用手指点点胡江说："你们自己须得想些法子了。"

贾三拿了名册一一翻看，拣出胡江勾出来没交份钱的，交给陈宝。陈宝会意，让胡江叫人把这些囚徒分别带到刑讯牢房，狱吏对他们每人打了二十鞭子，一时间牢里充斥了被打囚犯撕心裂肺的哭喊声、苦苦哀求的讨饶声，还有狂怒的叫骂声。冉璞心里愤怒，本要发作点什么，想到自己在这里还有使命，就按下了心里的怒气，勉强站在旁边观看。

打完了这些人，陈宝问贾三："那些人能打吗？"贾三的黑脸一直沉着，不说话，也没有反对。于是陈宝让人把那些人的头江林儿带来。陈宝见江林儿像座铁塔似的，留着长髯，面前一站，不怒自威，顿时觉得气矮。陈宝一时不知道怎么办，就回头看贾三。那贾三的眼睛一直死死盯着江林儿，知道此人不好对付，就在盘算着用别的法子。他叫陈宝过来，贴耳说了几句。陈宝就走到江林儿跟前，对江林儿说他们的钱没有交足，如果限期不交，他就要在江林儿和其他所有人家里的大门上订牌了，并且警告江林儿说胆敢私自摘掉牌子，就要杖刑八十。

订牌，就是把罪犯的罪名刻写在特制木牌上，钉在犯人家的门户上面标示为罪户，这是朝廷给犯人家族的一种耻辱性的惩戒。可是江林儿他们还未定罪，怎么就订牌了呢？江林儿觉得受了奇耻，顿时大怒，呵斥道："你们这群贪心的贼子，怎么敢如此下作？"

贾三听到江林儿这样大骂，心里的火腾腾地烧起来，拿了鞭子冲前就打。江林儿虽然戴着镣铐，却是异常敏捷，接连躲开贾三的几次鞭击。贾三更是恼怒，叫道："你们都过来，按住他。"不料江林儿力大无比，两三个衙役一起居然按不下他。陈宝恼了，拿起刑杖，照着江林儿后背偷袭了过去，江林儿听到风声，急闪躲过，那杖竟打在一个衙役身上，登时就晕死过去。

江林儿顺势一脚踢翻旁边另一个衙役，然后冲着贾三就撞将过去，立时跟衙役们搅作一团。其他囚犯见江林儿这里厮斗了起来，都大声呐喊助威，大牢里顿时秩序大乱。一些犯人开始喊着口号撞击牢门，眼看就要弹压不住变成一场暴动。贾三见势头不妙，想要镇压又怕局面闹得不可收拾，可就这么走了，面子上又着实过不去。

贾三正在犹豫着，冉璞见此，赶紧上前劝道："大人不如先撤吧，回头再计议。"那贾三怎么肯听他的。冉璞再劝道："如果莫大人知道这里又在惹事，恐怕又要不高兴了。"然后使了个眼色给旁边的狱差，两人一起夹住贾三，硬是把他给拽出去了。然后衙役们一阵忙乱，七八个人一起把江林儿弄回了牢房，准备闹事的囚犯们见他无事，也就慢慢平息了。

事态平息之后，赵奎当众夸奖了冉璞，说是幸亏冉璞救了场，才使事情没有闹大。冉璞得了个彩头，这让陈宝很不高兴，他越想越觉得冉璞这是犯忌，越他的级了。就走到冉璞跟前，阴着脸说："你今天太多嘴了，以后不管是跟谁，再被我看到，你就可以卷铺盖了。"冉璞明白陈宝为什么不高兴，淡然地回答道："有莫大人和赵大人他们在，这话恐怕还轮不到阁下讲罢？"陈宝听到如此揶揄，不禁恼羞成怒，正打算继续找茬，赵奎突然从角落里走了出来，原来他们这些话都被他听见了。赵奎笑眯眯地走到冉璞跟前，轻轻地拍了拍他的肩膀，表示赞许之意。又走到陈宝跟前说："你跟我过来，有事情。"陈宝恶狠狠地瞪了冉璞一眼，却只好跟着赵奎走了。

经过这次的风波，冉璞明白了为什么当初梅溪那些乡民会跟这些衙役发生了冲突。正在想着这些事，只见陈宝一副气恼，又有点焦急的样子叫上两个跟班出去了。看样子是被赵奎训斥了什么事情，可能是又出了什么状况了？

冉璞回去后，把今天的事情一五一十地告诉了冉玭，冉玭紧锁了眉头，他没有想到提刑司的这些人居然这么胆大妄为！他们在牢里这样无法无天，背地里一定还干了更加令人发指的事情。要紧的是要拿到证据，赵大人和真大人他们需要铁证才能上奏朝廷，拿下这班公门祸害。

冉玭问冉璞，转运司衙门差人被害一事有没有进展。冉璞坦言还没有，如果真如赵大人猜测跟提刑司有关，他已经锁定了陈宝。他认为只要盯住了陈宝，迟早会有所收获。冉玭点头，告诉冉璞以后需要联络他的话，就到麓山别院去，他会经常在那里的。另外赵汝说赵大人已经指派了蒋奇来配合他们，尽快抓获凶手。冉璞让冉玭通知蒋奇，明日中午去一趟提刑司附近的那个茶馆，他要跟蒋奇会一次面，有些情况他还要再了解清楚些。冉玭说没有问题，让冉璞千万要小心。

第十六章　三官庙外（二）

次日，冉璞一大早到了提刑司，发现衙门里乱糟糟的，贾三、陈宝他们几个正在清点人手，准备出去抓人。陈宝到处找仵作，有人告诉还没来。贾三看冉璞来了，就跟陈宝说了几句话，陈宝不情愿地走到冉璞跟前，命他跟着一起办案，当个仵作。冉璞说自己不会，陈宝不耐烦地说："你会记录就行。我们说，你记录，就是仵作了。"冉璞犹豫地说道："这个，不合规矩罢？"这时走过来的贾三的脸色变得难看，瞪着冉璞说道："以后再敢反问官长，立即开缺。"冉璞见他二人发作，只好应承下来。

贾三他们要抓的是一个叫王能的贼人，他的家就在城外不远处一座小山下面，山上有一个叫三官庙的庙宇，已经破败，早已没有了香火。一行人飞速赶到王能的家，踢开大门，里面空空荡荡，没有任何人。陈宝他们搜了一阵，这王能的家几乎家徒四壁，尽是一些破烂家什。冉璞不知道他们要搜什么，没有吩咐也不好问话，免得陈宝又对他发作。过了一会儿，贾三指着院子墙角，"去那里挖。"衙役们看那里地上全是乱稻草，但是有新土裸出。于是清理出墙角开始挖掘。

冉璞看贾三尤其是陈宝一副胸有成竹的样子，不禁内心生疑，莫非他们已经知道这里有事？果然，只挖了一会儿，衙役就惊呼一声，有一具尸体。陈宝叫冉璞过来记录，他说一句，冉璞记一句。这具尸体不是王能的，因为陈宝他们说不是。尸体的前胸、后背都有刀痕，显见是被人用刀杀害的，因为伤痕比较新鲜，冉璞估计就是昨夜发生的命案。

过了一会儿，地保来了。贾三让地保认人，地保上前仔细察看，说这人叫周卫。据他说，这王能和周卫乃是一对泼皮无赖，平日里也没有什么正经勾当，就爱一起赌钱喝酒。不知何故，周卫被人杀死，而且就埋在王能的院子里。

那王能又在哪里呢？这时贾三已然认定王能就是重大杀人嫌疑犯。回到提刑司，陈宝让衙里的师爷根据他的描述，画出王能的画像，并且让人四下里张贴告示，要捕拿王能。冉璞看他们如此迅速行事，觉得这里的种种情形透着诡异，贾三、陈宝他们一定有不可告人的情状。

这时日头还早，冉璞就寻到了一个酒馆，据地保说这是王能他们经常出入的酒馆，小二上前招呼，冉璞让上了一壶茶。过一会儿小二端来茶时，冉璞就塞给他些大钱，说有话问。小二笑了说你们公门来人问话从来不给钱的，冉璞也笑了。冉璞问他是否认识一个叫王能的人，小二又笑了，说已经从昨天到今天，已经几个差人已经来这里查问王能他们了。冉璞顺势问道："那你认识他吗？"小二说："这个自然，他在我们这里经常赊账。前几天听他说，他们就要发一笔财了，却没见他来还账过。不知道他干了什么坏事，又或者是惹到什么人了，听说你们官府正在抓他。"冉璞问道："这王能经常跟什么人在一起？"小二回答："他常跟周卫一起在三官庙厮混，成日偷鸡摸狗，也没个正经营生。"冉璞又问："他们最近有没有跟什么人发生过冲突，比如械斗什么的？"小二不认为有这种事情发生过，那两人的情形不像是有仇家，他们倒是心情不错，一副就要发财的模样。

冉璞心里又产生了许多疑团，发财？什么人给他们钱财呢？为什么要给他们呢？冉璞心里隐隐地觉得王能失踪和周卫之死，会不会另有蹊跷？而贾三、陈宝的情形，分明是知道这个王能的，而且他们对埋尸的情状好像很熟悉，莫非就是他们干的吗？如果是这样，那他们为什么要杀人呢？只有一个解释比较合理，那就是：灭口。对了，昨天陈宝急急忙忙地带人出去，好像要办什么重要事情，莫非就跟这个有关吗？

到了晌午，冉璞按照昨晚的约定去了那个茶馆，见到了蒋奇。蒋奇跟冉璞素未谋面，竟然一眼就认出了他。因为他身上有一种特质，跟冉琎非常相似。冉璞长话短说，告诉蒋奇刚刚发生的事情，他怀疑贾三他们今天干的这些事，跟转运司被害公人案可能有关联。冉璞问蒋奇被害公人的尸体是在哪里发现的，蒋奇说是在城外，靠近一个叫作三官庙的地方。冉璞说这就对上了，让蒋奇赶快去寻找一个叫作王能的地痞，他很可能就是被害公人的抛尸现场目睹证人。现在贾三正在四下里捉拿王能，情势比较紧急，必须尽快找到他保护起来。

蒋奇说他马上就回转运司找帮手。两人分手的时候，冉璞对蒋奇说如果找不到人，应该派人夜里蹲守在三官庙附近，那里是王能他们经常活动的地方。蒋奇觉得诧异，说道："这不能罢，那附近毕竟是出事的地方，王能还敢回去吗？"冉璞分析说："那王能逃出别人的追杀，一时间肯定跑不远。一定是躲藏起来了，别人找不到他。很有可能就躲在三官庙，或者附近的地方，因为那里他熟悉。可是白天王能是不敢出来的，夜里他总要出来寻找吃的跟水。我们得赶在贾山他们之前找到他。"然后两人约定，如果白天蒋奇找到了王能，就派人联系通知冉璞；如果没找到，蒋奇晚上就去三官庙守着，然后第二天同一时间在茶馆两人再见面。

冉璞回提刑司后，装作一副什么都不知道、也不关心的样子。这时贾三和陈宝以及他们的跟班都不见了踪影，赵奎则待在自己房间里，反常地一声也不吭，不知道在忙些什么，偶尔踱到莫彪的房间，两人就紧关上门商量事情。其他人都三三两两地闷头做事，没事的人也不想自讨没趣，各自找理由离开了。冉璞清楚地感觉到一种紧张不安的气氛，弥散在提刑司里。过了约半个时辰，冉璞跟同僚扯了个理由也离开了。

离开之后，冉璞直奔麓山别院，他要见兄长冉琎，想告诉他自己的计划。刚进了别院的大门，就听到有人哈哈大笑，一听声音他就知道是杨文、杨声兄弟来了。突然之间，冉璞感受到了一种特殊的亲切感，这种感觉就是清醇的友情罢，它把冉璞这些天来在提刑司积下的不快和阴霾一扫而空，仿佛心里立即撒满了阳光。他几乎是小跑进去的，立刻跟杨文、杨声欢声一片拥抱了起来，四人分外高兴，杨声立即提议去找个地方痛饮一番，他要求冉琎必须做好这个东道主，冉琎笑着说那是自然。杨声拉着冉璞，对他们在这里的一切都非常好奇，一直问个不歇。

然而冉琎看到冉璞好像有话要跟他讲，就跟杨文说："你们刚刚到，要不要四处逛逛，去几个房间看看？还缺些什么物事，我让衙门的差役赶快去办。"杨文是个反应极快的人，立即明白了他们兄弟有事情要商量，于是拉了杨声去花园后的一些房子转转。

冉璞立即跟冉琎通报了今天的情形，冉琎觉得他的分析非常有道理，看来今夜非常重要，如果错过了今晚还找不到王能，下面难度就更大了。冉璞跟冉琎商议他想今晚亲自去三官庙，冉琎当即否决了他，这实在是太危险了。

冉璞见兄长担心，就说他今夜跟蒋奇一起在三官庙去搜寻，互相可以有个照应。冉琏看冉璞一心想着这个案子，又有蒋奇跟随，自己再加派潭州府衙的差役帮忙，应该问题不会太大，犹豫了半天也就同意了。于是马上派人联系蒋奇，两下里说好了在城门外山脚下汇齐。

冉璞快速用了晚膳，这个时间冉琏又挑选了两个精干衙役跟随冉璞。走之前冉琏交给冉璞一把腰刀用于防身，还逼着他内穿了短甲，又叮嘱了几句，几个人就骑马出发了。到了约定地点，天几乎全黑了。所有人会合后，蒋奇领着冉璞他们，悄悄地转到转运司衙役们埋伏的地方，暂时都还未有什么发现。于是冉璞、蒋奇他们四人弃马上山，直奔三官庙而去。

这三官庙乃是一个道观，拜的是三官大帝天官、地官和水官。传说天官赐福，地官赦罪，水官解厄。冉璞心里想，三官爱民，倘若在天有知，一定帮助我们顺利擒拿奸凶。一行四人悄悄地摸进三官庙的一个侧门，进门时尚有微微的月光照进庙内，可以看到里面杂草丛生，所经过的殿内墙体已经开裂，损毁得极其严重，已然是一处无人问津的荒凉之地。冉璞、蒋奇四人轻声商量，两人一组，冉璞、蒋奇守在庙外，两个差役摸进殿守候，还约下了联络暗语。

大约二更时分，冉璞悄坐在一根廊柱的背后，这里位置偏高，庙内大部分动静一览无余。此时月亮忽然从云里钻出，透出的月光变得更加清亮。

隐约之间有个人影从偏殿闪出，冉璞一惊，凝神搜索过去，没有任何动静。还以为自己看花了眼，那身影稍后从柱子后面又出来了，这回更加清楚。不远处的蒋奇打手势给他，已经悄悄摸了过去。冉璞登时兴奋起来，从另一条路无声地跟了过去，准备包抄这个黑暗中走动的身影。谁料到黑夜里突然有人喊了一声："王能？"那人顿时停住了，随即醒悟，就要飞奔要逃回殿内。霎时间一个黑衣人执刀堵住了那人逃跑的路径，发出了阴恻恻的笑声："王能，还跑吗？"这声音很熟悉，这不就是陈宝吗？

那王能看到陈宝，仿佛见到鬼一样，吓得抱头大喊饶命，陈宝兴奋得就像一个刚刚抓到老鼠的猫，一步步逼了过去。王能已经跪在地上拼命求饶，这让陈宝更加兴奋，要好好逗逗这个王能。就在这时，蒋奇和冉璞刚好一齐赶到，截住了陈宝。陈宝见突然冒出来两个人，知道来者不善，大喊一声："这是公差办案，你们是谁？"蒋奇笑道："你们不是公差，是恶贼！"陈宝大怒，挥刀跟蒋奇斗了起来。冉璞趁势过来扶起了王能，告诉他："不要怕，我们是来救你的。"就在此时，又有一黑衣人执刀冲着他们奔过来，冉璞立即挺刀迎向此人，二人斗在一起。此时王能见到两拨人厮斗在一起，赶紧冲向他出来的偏殿，他觉得那里现在最安全。

冉璞从小受过名师指教，刀法精熟，且比那黑衣人强壮，出刀更快，斗了几个回合，那人就落了下风，不禁急了大喊："所有人都过来。"这一喊叫立时暴露了这人就是贾三！冉璞知道他们还有人在，一刀快似一刀地猛攻，那贾三哪里能抵挡得住，被冉璞突然转向的一刀狠狠地削到了肩膀，贾三痛苦地大喊。冉璞轻蔑地哼了一声。贾三听到这声音，一下子愣住了，这不是冉璞吗？于是他一下子全明白了，既恼怒又惧怕，忍着痛又扑了过来。这时守在庙里两边的人都赶了过来，黑夜里一阵乱斗。

冉璞心里面惦记着王能，虚斗了几下，就往偏殿方向跑去。这时陈宝也知道这是冉璞了，心里发狠一定要结果了他，于是紧追不舍，冉璞刚要进殿，又被陈宝缠住，只得回身再跟陈宝斗在一起。这时山上的动静已然惊动了山下埋伏的转运司众衙役，纷纷冲了上来。陈宝见自己斗不过冉璞，他们又有帮手上来，不由得心惊，转身就逃。冉璞并没有追过去，只要护住王能就行了。约有一炷香工夫，大局已定，蒋奇清点了一下，杀死了两名黑衣人，没有活捉的。因为己方只受伤了一人，蒋奇的心情非常好。冉璞走过去察看黑衣人尸体，仔细一看，其中一人竟然是陈宝，胸口的要害迎头穿透了一箭，显然是同伙杀人灭口；另一人虽不认识，却知道也是提刑司的差役。

蒋奇带人点了火把进偏殿找寻王能，却怎么也不见踪迹。冉璞心知王能害怕，一定是藏在殿里什么地方，于是他大声喊道："王能你现在安全了，陈宝已经被打死了，其他人都已经逃走了。我叫冉璞，就是刚才救你的那个人，是转运使赵大人让我们来救你的。"王能认得他的声音，于是就从暗洞里爬了出来。众人见那个洞就在天官座位背后，如果不是挖地三尺地仔细搜查，根本难以发现，都是暗暗称奇。

已经找到了王能，冉璞和蒋奇商量了一下，决定不要挪动尸体现场，只是派人围住了，再命人火速报知赵汝谠和真德秀两位大人。为防止有变，蒋奇派人紧急通知冉琏，务必尽快增派人手到这里来维持。这时，天已经开始蒙蒙发亮，山的那头从黑暗中露出了一丝霞光。

第十七章 相府密论（一）

黎明时分，冉琏带了一批人赶到了三官庙，立即封锁了所有上山道路，将三官庙团团围住，不许闲杂人等靠近。天光大亮之时，赵汝说和真德秀一前一后来到了三官庙，看到了所有情形，两人对提刑司里这些官员和差役的无法无天深感震惊。现在提刑司的两位官员已然涉案，那么一号人物莫彪是否也牵涉其中了呢？他会有什么样的举动呢？真德秀跟赵汝说商量着下一步的行动，决定让冉琏把王能带回麓山别院保护起来，要尽快录下证词，拿到证词后全力追捕其他涉案人员。真德秀又命留在三官庙的衙役仔细搜索现场，任何有价值的证据都不要错过。

而此时蒋奇和冉璞已经带人前往提刑司去捕拿贾三了。路上冉璞一直在回忆，喊出王能名字的第一个声音，绝不是贾三和陈宝。凭着对他们的了解，他觉得此人极有可能是昨夜贾三这伙人的头领，这人会是谁呢，会不会是赵奎？冉璞觉得那声音有些像是赵奎，但由于跟赵奎较少接触，他没有十足把握确认这就是他的声音。是谁用箭射杀了陈宝？会不会又是赵奎呢？

带着诸多疑问，冉璞、蒋奇进了提刑司。此时的提刑司除了一般衙役人员在，赵奎、贾三他们都没有出现。于是让总办林俸带路，带了几个人迅速赶往贾三的家里。等赶到贾三家中，只见房门大开，屋内一片狼藉。显然是贾三匆匆赶回，收拾了细软刚刚逃走。蒋奇跟冉璞商议，必须赶紧报给真大人，以州府名义缉拿嫌疑要犯贾山，并在潭州城各个城门口堵截搜拿。于是两人留了几人在提刑司附近监视，就急忙赶回了麓山别院。

他们赶到时，冉琏已经拿到了王能的全部证词。原来，这王能和周卫在一个偶然的机会看到陈宝带人将一具尸体扔在了三官庙附近的荒地。他俩认得陈宝。凭着对陈宝他们的了解，他俩猜测这一伙人必定干了见不得光的事情，所以才这般偷偷摸摸。周卫觉得这是个得钱的好机会，王能胆小，不敢对公差讹钱，但周卫认定了他们不敢曝光此事。两人就这样犹犹豫豫了好些日子。最后王能拗不过周卫，两人就搜肠刮肚地写了一封信，让人递进了提刑司给陈宝，让他务必送二百两银子封口，信中约定了时间，地点就是城外他们扔尸体的附近。结果信被送给了赵奎。赵奎大为光火，大骂陈宝无能，让他必须了结此事，不留后患。

陈宝恼羞成怒，赶去了约定的地点，见到了周卫话不投机，一时性起当场杀害了周卫。那王能躲在附近窥测，见到他们白日杀人，吓地扭头就跑，却被陈宝他们看到了王能的背影。陈宝当即带人死追不舍，王能被逼得没法，躲进了三官庙偏殿里的一个暗洞。陈宝他们在庙里搜寻了大半天，也找不到王能半点踪迹，只好留下几人堵着山上的出口。

莫彪得知了此事后，把赵奎和贾三两人着实训斥了一顿。莫彪心里知道，赵汝说一直在找他麻烦，最近又跟真德秀联手要对付他。这时再曝出此事，更是烦上加难。于是严令赵奎跟贾三必须清除干净，绝不留下任何口实。赵奎跟贾三商量后，觉得可以把杀死周卫的事情嫁祸给王能。他们让陈宝把周卫的尸体埋到了王能家里，然后再以官府的名义抓捕王能。

那日，王能看山上有人把守，当然不敢外逃。赵奎他们一时没法，决定带衙役夜里守着三官庙，料想那王能熬不住，总得出来寻找吃的和水。可他们却做梦也不曾想到，冉璞他们也在寻找王能，于是就发生了随后的冲突。当赵奎发现冉璞带人在追踪这个案子后，知道大事不妙，当时就要杀他们几个灭口。不料冉璞智勇过人，又有援军赶到，他只好逃走。逃跑时，他回身射杀了已经暴露的陈宝。赵奎自信自己没有暴露，受了伤的贾三却是不能再留了。于是让贾三收拾一下赶紧出城，以后再跟他联络，贾三只好按照吩咐行事。因他是提刑司的官员，城门守卫都认得，因此没有任何阻拦地出城逃走了。

这边真德秀和赵汝说赶回了麓山别院，看完王能的证词，决定马上全城缉拿贾山。真赵二位又趁热打铁，带着王能前往提刑司指认其他涉案嫌犯，然后要跟莫彪交涉，如何戕害转运司公差之事，务必查个水落石出，讨还一个公道。

提刑司莫彪此时已经见过赵奎，知晓了所有情形，虽然心里非常恼恨，但面临如此危机，不得不强行打起精神小心应付。他让赵奎把昨夜跟随他们

的那几个衙役全部送出城去，不得出头露面，一切等风声平息了再说。

　　所以真德秀和赵汝说带着王能在提刑司找人，自然是不会有任何发现了。而莫彪的脸上堆着万分惭愧，拼命地向赵汝说赔着不是，推脱说他是毫不知情，万万没有想到自己的下属贾山等人，竟敢如此地胡作非为；自己对属下管教不严，一定会向朝廷自请处分云云。真赵二位见他上来就把自己摘了个干净，心里清楚莫彪乃是罪魁，可暂时没有证据，拿他也没有办法。于是只好跟他明面上维持一下同僚的面子，回去后自然继续加紧办案。

　　回到府衙后，真德秀收到了朝廷的特赦诏书，那二十多个乡民终于可以释放了。真德秀让主簿王京前往潭州大牢办理有关手续，江林儿一行人得见天日，都是兴奋无比，自发地来到潭州府衙，向真德秀跪谢救命大恩。真德秀看众人都感恩于他，心里也是十分感慨，向众人解释说这是圣上的如天之恩，让他们一起向东行跪礼叩拜。冉琏随后也过来了，跟江林儿、江波、江虎等人约定，让他们先回家休息几日，等他们家里安排一切妥当时，就去京湖安抚使赵范处从军，真大人随后将有赏费相送。

　　一直旁观这一切的赵汝说甚是赞赏。因为案子取得突破，他的心情自是大好，又第一次见到了冉琏的兄弟冉璞，见他仪表堂堂，兼立下大功，非常喜欢。他跟真德秀商量，冉璞再回提刑司已然没有必要了，这次跟蒋奇一起立下大功，应该有所嘉奖才是。真德秀看着他，笑着说："赵大人的意思我已经明白，是不是见才心喜，就要延揽啊？"赵汝说笑道："知我者，西山大人也。"两人会心地大笑。于是赵汝说出言邀请冉璞到转运司兼提举衙门就任幕宾。蒋奇经过昨夜一役，对冉璞大有好感，在一旁连声说好。冉璞见众人如此看重自己，也就高兴地答应了。

　　事情结束后，冉琏冉璞回到麓山别院，跟杨文兄弟总算可以安心地聚会，痛饮一番了。杨声不停地打听昨夜发生的事情，当他听到在三官庙有奸人行凶之时，恨不得自己也亲自前去才好，不住声地埋怨冉璞，应该带着他一起。杨文则瞪着杨声，说这不是他平日里喜欢的走马射箭，而是同歹人性命相搏，千万不可儿戏。冉琏赞同地说："目前潭州这里，并不十分太平，以后大家都得倍加小心。"

　　四人喝了几巡酒之后，冉琏把同真赵二位大人商量的计划告诉了杨文兄弟。那杨声听说自己将被安排有重要的任务，且又是自己擅长的往来于官衙与商号，整日间觥筹交错，顿时感觉称心遂愿，恨不得马上就去。杨文当然止住，再三提醒这是真赵二位大人的官府公事，须得谨慎小心，千万不要辜负了两位大人的信任才是。

真赵二位大人这边是士气大振，而莫彪则独坐暗室，心里是怒恨交加，既惊且怕，赶紧写了一封书信，让人快马通知他在临安的兄弟莫彬，请他务必知会莫泽，在上面想办法将真赵二位拆开支走才好。否则两人联手，潭州这里恐怕早晚要出大事。

第十八章　相府密论（二）

莫泽收到消息之后，仔细斟酌了半天，决定先到宰相史弥远那里探听一二。轿子到了相府时，已然有两顶大轿停在外面。莫泽没有想到的是，史弥远让万昕站在门口致歉，此时谢绝一切访客。莫泽让人打听一下轿子是谁的，门人回报说是光禄大夫郑清之和京湖制置使史嵩之两位。莫泽顿时醋意大发：那史嵩之是史弥远的亲侄，无话可说；郑清之算个什么，不过一个马屁文人罢了！莫泽冲着郑清之的轿子啐了一口，只好先打道回府，然后再做打算。

此时，宰相史弥远在他的东花厅里，正襟危坐地侃侃而谈。这跟以往颇为不同，往日里跟赵汝述、李知孝和莫泽他们这些人议论朝事，他总是歪坐在榻上听他们讲，自己不时地加以点评。可今天这二人是他亲自走到外面去迎接的，这是非常罕见的一幕，史府家人们都知道，能让一人之下、万人之上的史相出动迎接的，除了圣上，大概就是这两位了。

史嵩之的父亲是资政殿大学士史弥忠，是史弥远的堂兄。史嵩之年少时风流倜傥，在东钱湖梨花山读书，他不喜欢甚至厌恶程朱之学，而更喜欢陆九渊、吕祖谦这些人提倡的明理躬行，学以致用。他反对空谈心性，行事果断。很多人说他一旦掌权，必将专横，他也丝毫不在意。

史嵩之与名士陈埙从小一起长大，他俩的才气都深得史弥远的赏识。对于史弥远的青眼有加，他们却持有两种截然不同的姿态。陈埙是史弥远的外甥，曾在省试时名列第一，很早就高中进士，但他唯恐有嫌疑是受了提携，竟然跟史弥远绝少往来。陈埙的脾性同他的高祖陈禾一样，看重气节而轻视名利，因此耿直一生。与他相反，史嵩之从小就注重功利，立志要建功立业，为了达到目标，可以使尽任何可能的手段。

史嵩之中进士后任职参军，不久史弥远问他说："我要给你换一个新的职位，你选择一个地方罢。"史嵩之几乎不假思索地回答说："我要远离临安，就去襄阳鄂州一带。"史弥远以为他这是要去地方上锻炼自己，听了很高兴就答应了。襄阳地处在汉水中游，与樊城遥相呼应，是朝廷扼守长江的屏障。史嵩之意识到了荆襄的地位，而史弥远却对荆襄的价值一向未有重视。史嵩之自入仕以后，一直都待在襄阳一带，苦心经营，颇有成效，如今他已经是掌握一路军马的朝廷要员。史弥远对他寄予了厚望，希望史嵩之能够继续家族得到的荣华和恩宠。

两人中的另一位，郑清之，虽然出身平常，却是参与了史弥远多次机密的合作者和策划者，是同他一起拥立理宗的功臣之一。朝廷里众人都明白，郑清之已经是史弥远选择的接班宰相位置的主要人选了。

今天两人一起到史弥远的相府，是因为史嵩之回来省亲，史弥远要创造一个机会，让他们二人跟他一起深谈，增加彼此的信任跟合作。这就是史弥远的深图远虑。

这时史弥远交给郑清之一件奏章，是大臣真德秀写给圣上，主张把行在迁往鄂州的建议。史弥远说道："德源，嵩之，你们都来看看这篇奏章。"郑清之和史嵩之先后读毕，史弥远将目光投向史嵩之："嵩之，这个奏章建议行在迁到你们那里，你怎么看？"史嵩之非常肯定地说："叔父，此乃真知灼见，极为高明之策！"史弥远目光闪烁，说道："这奏章是真德秀的大作。不过这个对策却是一个书生提出来的，一个名叫冉琎的年轻人。"然后史弥远问史嵩之："你为何如此高看它呢？"

史嵩之瞄了一眼郑清之，他是一个心有九窍反应极快之人，担心郑清之怀疑他有私心，因为他的驻军就在荆襄，如果行在迁往鄂州，最大得利者当然非己莫属。所以稍微犹豫了一下，史嵩之回答道："昔日陈亮曾经力谏朝廷经营荆襄，因为以荆襄作为朝廷重镇，可以维持一种可攻可守的有利态势：若北军侵略淮南，则朝廷自荆襄北出，断北兵之后；若北军侵略荆襄，则以两淮及川蜀两面之军牵制其后；若时机成熟，令荆襄之兵可以北上，北军必回兵增戍河南，朝廷可以川蜀之军北攻关陇，再以水军经海道与山东豪杰配合以取山东。如此则实现以荆襄与东西两翼之军配合，对朝廷来说极为有利。"史嵩之用别人的话来回答，这是他狡黠的地方，不露痕迹地为自己争取了利益。

史弥远转头问郑清之："德源，你怎么看？"郑清之不是将领，军事不是他的特长，但这个人非常善于从全局思考问题，他觉得这个建议看起来很合理，不过执行起来的问题很多，于是他说道："朝廷南迁以来，格局业已稳定多年。如果没有紧急需要，仓促迁移行在，则牵一发而动全身。倘如搬迁利益未见，反而会弊端丛生。在江南有着诸多利益牵扯的官员们必将率先反对。一动不如一静，此事必当慎重。"

史弥远笑了，点点头对郑清之说："什么叫作老成谋国，郑德源是也！"又转头对史嵩之说道："今后凡大事，你应当多多请教郑大人，必定会有益于你的。"史嵩之听到这样的话，赶紧冲郑清之一拱手施礼："今日受教了！"郑清之也还礼说道，"都是自家人，子由无须客气。"史弥远接话笑道："好一个自家人，说得很好。"

这时，管家万昕送来了新进的香炭，放进香炉燃起，顿时香气四溢，令人感觉突然之间满室生辉。史弥远喃喃自语道："'花气无边熏欲醉，灵芬一点静还通。'原来这个朱熹老夫子也喜欢熏香哪。"念完想起来真德秀写信向朝廷推荐人才，就是这位年轻俊才冉琏了。他想把这个事情说与郑清之和史嵩之，看看他们的用人之道，于是就问道："嵩之，你刚才很赞赏那个方案，现在真德秀向朝廷推荐这个年轻人，你怎么看？"史嵩之点头说道："这个策论的确高明，此人值得朝廷任用。"

史弥远又问郑清之："德源，你又如何看呢？"在朝中，郑清之跟真德秀从来就不属于一个阵营，却一直以来对真德秀颇有好感，甚至在心理上觉得跟真德秀是同道中人，于是回答道："西山先生自来不结党争，是一位以贤明著称的廉吏。如今他推荐此人，我看应该不会错罢。不过一切都由史相做主。"

史弥远沉默了一会儿，说道："'溥天之下，莫非王土；率土之滨，莫非

王臣；大夫不均，我从事独贤。'嵩之，你做如何理解？"史嵩之回道："《诗经》记周之事，所谓王乃是周朝，此诗是说士人在周苦乐不均。此句是否还有其他深意，还请叔父指教。"史嵩之明白，他叔父说的这句是一个引子，他一定另有意思。

史弥远点了点头说道："周乃天下共主，裂土分封，是为'建国'；诸侯国君分土于卿大夫，是为'立家'。如此乃为封建之意。做学问不以文害辞，不以辞害志。但我提《诗经》此句，实则是要借用其词'王臣'。我就改了一下罢，叫作国臣，对应的就是家臣。"

郑清之笑着说："史相要杜撰新词，如何远道借用《诗经》？"史弥远也笑了，继续说道，"'古之欲明明德于天下者，先治其国；欲治其国者，先齐其家。'自古以来家国天下，真正理解这些又有几人？"史嵩之不明白史弥远到底要说什么，问道："叔父这是何意？"

这时史弥远又陷入思考，问道："你们说，这大宋究竟是谁的，是赵宋一家之天下吗，还是真的是天下人之天下吗？"郑清之和史嵩之对视一眼，不知道如何回答。史弥远突然目光劲射："非也。大宋实则是以赵宋为王，君臣共治的共有之天下。文彦博曾言：'为与士大夫共治天下，非与百姓治天下。'我们说家国天下，也可以说是家族天下，士族天下。所以当先有家臣，才有国臣。"郑清之听了这话，默然不语，心里想，史相今天一定是有感而发了。

史弥远继续说道："嵩之是我侄儿，德源也不是外人，有些苦楚本不足为外人道也。我这些年来担着宰辅重责，有人说以我为首，在朝中有个什么四明党。说什么'满朝紫衣贵，尽是四明人'。德源你知道吗？那些人为何不说我们四明人才辈出，却诽谤我们在搞家族裙带？无论你怎么做，即使你鞠躬尽瘁，也会有流言蜚语。如今我也看开了，说与你们记住了：欲要成大功，必以用人为重为先；而用人必以家臣为重为先。你们两位现在已经身居高位，将来还要为朝廷、为圣上承担重责。我今天就是要跟你们好好谈谈这如何用人之道。"

郑清之和史嵩之两人听到这里，不禁在想，史相是不是真老了，人老了心胸就会变得狭隘起来，不能容人了呢？史弥远仿佛看穿了他们的想法，说道："并非我老了，狭隘了，而是这些年来血的教训。你们一定要记住，关键的时候、关键的地方只能用家臣。听说几年前去世的赵方，曾对他的儿子们评价过一个年轻将领，说他'才气横溢，汝辈不能用，宜杀之，勿留为异日患'。赵方是个明白人。你不能使用的，或者不属于你们的人，无论如何出众，你们都不要轻易拔擢。切记！"郑清之和史嵩之虽然并不十分以为然，仍然点头诺诺。

史嵩之问道："此人究竟是谁？现在哪里呢？"史弥远看着史嵩之，他很了解这个侄子，知道他对这样的人最感兴趣，说道："此人名叫刘整，现在赵葵帐下。"史嵩之随即说道："此人迟早须将为我所用。"

郑清之此时心想，史相为相多年，得罪了朝里朝外太多的人，他对用人必须小心谨慎才行。可身担宰辅之责，如果一直这样行事，恐怕会伤了天下士人之心，人心聚难散易，称职的宰辅应该以尽量拢住天下士人才对。于是郑清之问道："史相，如果只用家臣，恐天下英才，只可十得其二三。"史弥远笑笑说道："真正的英才，十得二三足用矣！我今天似乎大费周章地跟你们讲了这些，是因为看到你们两个，对有些事情还没有完全悟通。你们两位，尤其是你德源，内心还有名士情节，要不得了。你们是我瞩意的接班人选，我之后家族的延续和兴旺，你们一定要挑起这副担子。切记！"

史嵩之这时问道："叔父良苦用心，侄儿一定铭记在心。我还有一事不明。"史弥远问道："何事呢？"史嵩之说道："不少人都跟我说李全奸猾狡诈，不可信，不可用。为何叔父偏要坚持用他呢？"史弥远笑了："李全这个人，当然不是家臣。我是在把他当国臣用的。这个人有冲劲，有才。有他在，在山东那里他可以折腾金国人，甚至蒙古人。其他人做不好这个事。当然，我也在一直防备他真有反心，真有那天，自信收拾他还是容易的。嵩之，你也要在军中寻找培养你的家臣。我看孟珙这个年轻人就非常好，你一定要笼络住他。"郑清之笑道："那赵范、赵葵兄弟如何？"史弥远冲着史嵩之笑道："恐怕他二人不是你所能笼住的。不过我相信你的才能是在他们之上的。"当时赵范、赵葵二人已立战功，名气之大，在朝中无人不知。史嵩之看叔父如此高看自己，其实是在激励自己，于是冲着史弥远深深一躬说道："侄儿一定不辜负叔父的厚望！"

最后郑清之问史弥远道："那么如何回复西山大人呢？"史弥远不假思索地说道："所议之策待朝廷研判，所荐之人待科考进举，或有功于朝廷一并加职录用。"

第十九章　太平古渡（一）

　　莫彪送走书信去临安紧急求援后，一直未有消息。这日在提刑司里，虽然他表面上一如往常，坐在自己的大书案旁写着公事，没有任何的表情，但是他的内心既紧张又焦躁。潭州这里牵连着朝廷上下的各种关系和利益，他一直小心地走在这张无形的网上，不让自己跌了出去。可如今他觉得自己，已经成为这张网上被人盯住的猎物了，随时有可能被吞噬，他对这样的结局充满了恐惧。他自从进入朝廷官场以来的信条一直就是：要做这张网的猎人。他会拼尽最大的力量去防止自己也沦为别人的猎物。

　　赵奎一到提刑司就被莫彪叫了进去，而他最近也一直在惴惴不安。莫彪气恼地责问他，前些日子为何要录用冉璞这个不知道根底的人？赵奎也在后悔这件事情。人是真德秀推荐的，主办林俸跟潭州府衙的王京是多年好友，这些他都知道，官场上彼此推荐自己一方的年轻人进入职场，本来也是稀松平常之事。要怪就怪自己大意了，太小瞧了这个冉璞。

　　可是莫彪已经开始怀疑所有人了，他要赵奎排除一切可能的威胁。莫彪问："林俸这个人可靠吗？"赵奎认真想了一会儿，说道："林俸这个人，平时基本不爱管闲事，也不爱打听消息。他对贾山他们的事情应该是不清楚的。他在提刑司里干了十几年了，比我来得还要早些。可靠谈不上，但应该不会被人收买跟我们作对的。"

　　莫彪觉得应该在提刑司来个大清洗了，今天就是要征求赵奎的建议。他第一个想赶走的就是这个林俸，问赵奎怎么想，赵奎回道："林俸的父亲叫林朝义，衡山人，当年是史弥远和赵方在青阳时候的旧属。林俸的职位据说是赵方帮忙举荐的。"当莫彪听说林俸父子都是衡山人，立刻想到了赵方也是，而且赵奎也是，赵奎是赵方的远房子侄。赵方虽然已经故去，可他的两个儿子赵范、赵葵是朝廷声望日隆的年轻将领，很多朝中年轻一代的世家子弟都是向他们看齐的。他们可是千万不能得罪的。更出乎他意料的是，这个毫不起眼的林俸，居然还能牵上宰相史弥远！于是他想想也只好罢手了。

此时林俸刚买了一卷宣纸，悠然地走在回家路上。他知道最近提刑司不太平，贾三跑了，陈宝居然死了。但这些都是他平时看不上的人，对他们的所作所为，他早就非常不齿，甚至动过念头去举报他们。可是有提刑司最高官员莫彪护着，他知道举报也是枉然。况且他本来就不是一个爱管闲事的人，这一点很像他的父亲林朝义。他的父亲本来有机会跟随赵方，甚至史弥远，在朝上大有作为一番，可他对当时朝廷的党争不满，对飞扬跋扈的掌权者非常不屑，就辞官回家乡了。幸亏当初赵方顾念他父亲的昔日情分，给他推荐了一份在潭州众人都羡慕的职位。如今林俸已经无心科举，只想着过好自己的安稳日子。过些时候，他准备辞去这份差事，去办一个属于自己的私馆教授学生，也免得看到那些人生气。

刚好此时，冉璞和蒋奇正护送着杨声在前往潭州的盐商大户瑞丰记的路上。冉璞看到了路边上行走的林俸，不由得心里一动，他觉得林俸应该知道提刑司那些人干的很多事情。可是自己跟他并不熟悉，不能贸然上去攀谈。于是他决定回去找一下王京，让王京想办法争取林俸的合作。这几日，冉璞陪同杨声，已经洽谈了盐商大户丰泽号和湘盐等，当大户们看到播州的最高统治人物杨价之子杨声前来咨询，都是半信半疑。后来有在播州做生意的商人认出了杨声，而且杨声带有杨家的信物随身，这些大户们就开始纷纷地大献殷勤。

正如赵汝谠预计的一样，商人们都想攀上杨家这棵大树，好在播州做生意。而杨声则声明受父亲委托，要建几条新的盐路，防止川盐进入播州的路径被战乱切断。这真是一个天上掉下来的绝好机会，因为播州自治，并不受朝廷的盐引制度限制，商人们听到后无不心动，纷纷表示愿意合作。而杨声则要求见一次他们的盐仓和他们的盐引，以此为依据判断商户的实力。这个要求并不算过分，可有的商户是不愿意的，因为他们进的盐很多都是私盐，甚至有的大户基本都是私盐，一旦泄露，他们承担的风险就太大了。但是只要有巨利，总有人愿意承担这样的风险。

于是各种消息迅速传向了这里的关键人物：提刑官莫彪。原来这些年来，就是莫彪这伙人一直控制着整个荆湖南路最大的私盐转售仓库，潭州的几家

大户都是在受他的控制。

莫彪对杨声的突然到来觉得非常不一般，可是播州前来洽谈购盐的确也是合情合理，他只是觉得这个时机太过凑巧了。跟赵奎商量了一下这个事情后，他们意见一致地对杨声的出现持怀疑态度，只是还没有任何根据。于是他们决定不参与这些大户跟杨声的合作，还要派人盯着杨声在潭州的一举一动。派什么人去呢？

这时莫彪又一次表示了他对贾三、陈宝他们极度不满："早就跟你们几个说过了，不要去贪那些蝇头小利，欺负那些穷困囚犯，惹出事情来，总是名声不好。只要做好我交代的事情，难道还愁富贵吗？"赵奎苦笑着回答："大人你有所不知，很多事情本来就有规矩的。他们也只是按照规矩行事的。"莫彪非常看不上这样的规矩，摇摇头，他知道他下面的人就是通过各种手段来立规矩，才能树立下面人的"威权"。可是他也承认，更多时候，他下面人的"威权"的确给他带来了各种好处。只是偶尔下面人的威风耍过了头，还得是他来善后。他此时心想，贾山、陈宝他们，是不是平时有些骄纵得过头了？

想到贾山，莫彪就问赵奎："贾山去了盐仓是吗？"赵奎点头说是的。莫彪沉默了一会儿，说贾山最近出了太多失误，盐仓那里还是要小心戒备才行。他让赵奎最近抽空去一趟盐仓视察一遍，不要再出差错了。赵奎只好点头同意。

这几日，冉珊让杨声、冉璞他们几个四处去找盐商大户交际磋谈，虽然一时还没有大的收获，可也看过了几家大户的盐仓，还看到了他们的官府盐引文书一应俱全。可疑的是这几个大户盐仓的规制比他们账目应有的规模要小了许多。几个人商议了一下，觉得这些大户一定有很多不能为外人所知的隐情。

此时转运使派去袁州和江陵的差人已经回来，并没有什么可疑的发现；只有去蒲沂的两位还没有回来。冉珊心想，那里该不是遇到什么麻烦了罢？冉珊正想着心事，看到冉璞、蒋奇和王京三人一起在往外走，他们这是去找林俸去谈话。冉珊心中一动，可以让冉璞试探一下林俸，看他是否知晓蒲沂太平城这么个地方。

王京跟林俸多年好友，彼此登门入室实在寻常不过。可王京却另有安排，他让冉璞蒋奇在附近茶馆里等候，然后自己把林俸请到茶馆来饮茶叙话。大约两炷香的工夫，王京把林俸领进来了。王京向林俸介绍说这两位是转运司的蒋奇和冉璞，林俸看着冉璞微微一笑说道："前几日二位刚找过我帮忙，不想今日又见面了。原来阁下已经离开去转运司了。"林俸说的是那日领路带他们去抓捕贾三的事情。冉璞见他有微讽之意，鞠了一躬笑着回道："都是为朝廷尽力当差，还请先生原谅。"林俸见他谦逊，自己倒有些不好意思了。

于是四人落座，小二给众人上茶。王京先开口说道："前些时候转运司公差被害，现在已经查明，是贾山和陈宝他们干的。那贾山现在不知下落，他们今天是来请教你是否了解他的消息。"林俸知道必会问此，坦然回道："既然子平发问，我一定会知无不言。这贾山逃去了哪里，我的确还不知晓。子平也知道，平日里我跟他们那几人并不往来，他们做的事情基本只跟赵奎知会。我也不打听他们那些事，免得惹来麻烦。"

冉璞看着林俸，又看了一眼王京，王京冲他微微点头。冉璞知道林俸是个非常谨慎的人，本来也并不期望他能够告知一切内幕，于是对林俸说道："我们都知道先生的为人正直，不会跟贾山他们同流合污。今天来，只是有些事情想请教先生，还望先生知道的话，能告知我们一二。"林俸见他说得真诚，便回道："那么请问。"

冉璞便直接问道："请问先生是否见到贾山他们时常跟盐商们来往？"林俸听到问这个，有点意外，想了一下说道："我倒并未亲眼见到他们公开地常来常往，不过求提刑司办事的人很多，他们如果私下往来，这也并不奇怪。"蒋奇问道："那么有没有盐商去过提刑司？"林俸回道："这个自然有的。"蒋奇接着问："那他们一般都是见谁呢？"林俸回忆了一下回答道："如果有盐商来，基本都是找的赵奎，偶尔莫大人也接见的。"冉璞接话问道："赵奎是否经常外出公干呢？"林俸肯定地说："好像不是。"蒋奇又问："那么贾山呢，他会不会时常离开潭州公干呢？"林俸有点犹豫了，回道："嗯。"

冉璞心里一动，问道："知道他去什么地方吗？"林俸这时说不知了。冉璞想不如单刀直入地问一下，看他的反应如何："是不是蒲沂？一个叫太平城的地方？"当林俸听到太平两个字时候，脸色变了一下，瞬间又回复了平常，只说不清楚了。冉璞都看在眼里，见他不肯说了，只好绕着问点其他的。蒋奇也看到了林俸态度的变化，心里想这里一定有蹊跷。

说了一会儿闲话，冉璞和蒋奇见林俸已经没什么可说了，心里猜测他不愿意再讲别的了，于是两人就都看向了王京。王京见他二人也问不出什么了，就对林俸说道："曾经有一位前辈讲了一句话，'催科不扰，是催科中抚字；刑罚无差，是刑罚中教化'，我知道此句是令尊朝义公一篇文章中所写，后来被赵方赵大人反复引用，人们都觉得是至理名言。令尊大人为官最是清廉，对官府里面的腐败禄蠹之徒深恶痛绝。现在，真德秀大人即将要大力整顿潭州官府风气，赵汝谠大人要在潭州清除官府作奸犯科之辈，他们还要削除强加在潭州百姓身上的种种苛捐杂税，在潭州实行真正的惠政。林公，这些难道不是在践行令尊大人的遗志吗？我们都希望此时你能给我们一点儿力所能及的帮助！"

林俸听他说到这些，心里被打动了。最后他跟冉璞说："贾山经常去的地方，我确实不知，不想给你们误导。但是我的确听到他们提过太平这个地名，那地方应该靠近鄂州。我还曾经听他们说过，有一批重要的账簿文书，装在几口箱子里面。前段时间被贾山刚刚运走了。至于其他的情形的确非我所能了解了。"三人知道林俸说的这些话一定都是实情，于是都对他称谢不已。

第二十章　太平古渡（二）

回到麓山别院后，冉璞、蒋奇一起跟冉琎商量了一下，现在大家基本确定，的确有一个相当规模的非法盐仓存在，而且位置就应该在他们判断的附近。今天最大的收获是知晓了有一批账簿的存在，缴获这批账簿，将是破获这起荆湖南路私盐大案的关键一步。

就在冉琎跟他们商量的时候，有人来报说潭州乡民江林儿等几十个人聚在潭州府衙门前，正在跟真大人告别，还想见一下冉琎。冉琎知道他们已经把家安顿好了，今天就要出发从军去。等他到了府衙门口，众人还未散去，一见到冉琎，都是分外的亲热。江林儿拉着冉琎的手，说道："大恩不言谢。大家都知道，没有真大人和你的周旋，我们这批人是逃不脱这牢狱之灾的。

大家早已经把你当作自己的兄弟了。我们这就出发从军去，山水相连，今后总有再会的一刻！珍重！"冉珹被他们的热忱感动了，连声说谢谢："有真大人的书信推荐，赵范大人那里会接纳你们的。如果出了任何问题，务必不要冲动，回来跟我们联系就好。路途遥远，你们都要千万小心！"于是众人挥手作别。

江林儿一行人告别了冉珹，向着鄂州方向行进。他们被告知赵范赵大人就在鄂州，到了那里找官府衙门，自然可以寻到赵范的军队驻地。约莫两日工夫，他们到达了江边。要想过江，就得找到渡口。他们顺着江边往下游行走，看到那些江边的船夫都把自己的衣服剥得赤精，只在腰下绕着一块布，常年的日晒雨淋，给了他们一身紫棠的肤色和健硕的肌肉，都在喊着号子，拉着江中的船向上游艰难地行进。这些船户都是继承的，世世辈辈，在江边维持着渡船生计。

江林儿他们经路人指点，来到了一个渡口。只见这里江面平静，竟然不甚宽旷。又见苍鹭灰雁，出没于水天之间；往来渔舟，穿梭于烟波之中。真是沽舟泛泛，渔艇悠悠。这是一个古渡口，名字叫太平渡，船夫说此渡口大约有千年历史了，所以又称太平古渡。附近就是赤壁山，传说三国时候东吴大将周瑜火烧赤壁就在这里。他们一路走近了最西端的赤鼻矶，由赤壁山麓向西突出了近百米长，达数十米宽，状如悬挂的鼻梁，通体岩石，颜色赭赤。众人见此，都是啧啧称奇。

众人正在流连之际，几十个官军沿江巡哨走了过来，见到江林儿这一伙人衣衫褴褛，且模样并非善类，于是为首的军官就过来查问。江虎几个素来厌恶官差傲慢的样子，见这军官态度甚为凶恶，没讲上几句就强顶了起来。那军官大怒，挥鞭就打，不料被江林儿一把抢了过去。士卒们见军官吃了亏，冲上去要群殴江林儿，江波他们哪里肯饶，于是两边大打出手。官军们不曾想到，江林儿这伙人武艺不俗，竟然被他们打地落花流水般四散奔逃。只有那军官没有逃脱，被江虎几个围住一顿痛殴。江林儿喝住众人罢手，那军官被打了个鼻青脸肿，还要强撑呵斥众人，江虎大怒，上前一脚踹倒军官，正要继续行凶，后面传来一声大喝："住手！"

只见又一军官，手拿朴刀冲了过来。众人见这只是一个青年模样，却是将军装束，虽然年纪看着不大，却是威风凛凛，呵斥众人道："你们这群泼皮，为何殴打官军？”江林儿听他辱骂，顿时大怒，回道：“你们哪里是官军？分明就是一群腌臜饭桶，无能之辈！”那青年将军大怒，挺刀就奔江林儿过来。江林儿抢过士兵手中一杆铁枪，也冲了上去。

二人刀来枪往，往来反复，斗了约有一炷香的工夫仍难分难解，未分胜败。两人一般高大，江林儿魁硕力大，可是那军官反应奇快，这两个正是遇到对手了。这时两人彼此打量了一下对方，打点起精神又斗了几十个回合，还是不分胜负，众人止不住地齐声喝彩。再斗了几下，两人同时住手，彼此竟然有点惺惺相惜起来。

那青年将军问道：“我叫刘整，是这里的巡江哨军的偏将。你叫什么名字？你们究竟是何人？”江林儿回道：“我是江林儿。我们要寻渡口过江，不知何故你们要这么为难我们？”刘整看了看这群人，问道：“我等负责巡江安全，一切可疑人等都需要盘问的。你们过江干什么去？”江林儿说道：“我们都是潭州的乡民，受真德秀大人的荐举，前去赵范赵大人处从军。”刘整觉得奇怪，说道：“赵范大人已经调任两淮，难道你们不知道吗？”原来这里不再是赵范，换做赵葵统军了。真德秀不管军务，所以对此并不知晓。

江林儿等众人听到这个，顿时有些泄气，他们商量了一阵，很多人并不愿意再跋山涉水赶往两淮，而只愿意在家乡附近的地方从军，可以守护家乡父老。

刘整问道：“既是真大人推荐，可有书信为凭？”江林儿就呈上荐书，刘整看完想了想，说道：“我们赵葵赵大人乃是赵范将军的兄弟，本来就是一家，如果你们愿意，就投在我们这里如何？”

江林儿跟众人商量一番，走到刘整身旁说：“今日跟将军是不打不相识，也许就是缘分罢。望将军不计前嫌，受我等一拜！”刘整大喜，赶紧挽住了江林儿，说道：“今日能遇到各位壮士，实在是我刘整三生有幸！愿众位不弃，从此我们就是同胞了！刘整愿意跟各位同生死，共患难！”江波、江虎他们都过来向刘整作揖行礼，刘整赶紧还礼，众人一片欣喜。

这时被打的官军士兵也聚拢了过来，到底是年轻人心性，经历过一次这样的群殴并没有彼此介怀，反而很快地就亲热了起来。刘整见一下得到了这许多身强力壮，且武艺高强的士兵，那自然是非常高兴。此时刘整驻军的位置就在太平城几十里外的汉阳军。于是把他们带回军营，吩咐差官好好安顿他们，隔日发给军装盔甲，讲授士兵章程守规等，然后再编入行伍之中。

在太平渡口附近有一个山头叫太平岗，数年前山上建了一个寨子，名字叫太平寨，寨主是两位兄弟，叫作贾宗耀和贾宗辉。这二人是贾山的同宗兄弟，数年前受贾山的邀请在太平岗上招兵买马，聚了几百号人马。这个寨子就是用来囤积莫彪、赵奎、贾山他们中转的物资的，主要就是私盐，还有粮食等大宗货物。

太平岗距离江边渡口很近，而且这个渡口几近废弃，主要是当地人还在使用。莫彪、赵奎就看中了这太平岗上好的位置，而且不引人注意。多年以来，寨子的盐仓越来越大，竟然变成供应整个荆湖南路，甚至更远地方的大型私盐中转地。这时，贾山正躲藏在这个寨子里养伤，没有赵奎的通知，他也不敢回到潭州去，但是心里一直怒恨交加，总想着寻找机会报复冉璞、蒋奇他们。

这日，贾宗耀告诉他，巡哨的喽啰看到一个可疑的人在渡口附近，转来转去地打听事情，渡口的酒店就是他们开的，就在此人的饭食里下了迷药，结果在他的衣服里面搜出了转运司腰牌。贾山一听转运司，登时大为紧张，让喽啰赶紧把此人处理干净，同时寨子外面加强戒备，封锁上山路径，防止再有官府差役前来探听消息。

冉璘、蒋奇他们哪里能想到这种情形，还在苦苦猜测派去蒲沂的差役为何迟迟不回。这日在衡山的穆春回来报告消息，他等到并且跟踪了一支盐队，摸清了他们是从蒲沂一个叫太平寨的地方购进了这批私盐。又过了一天，终于等回派去蒲沂的一名差役，他说蒲沂那里的确有大量私盐从江上运进。只是他并未曾探听到盐仓的具体位置在哪里，而且与同伴失去了联络，找寻了好几日没有收获。他担心耽搁太久，潭州这里着急，所以先行回来禀告，然后再想办法寻找失踪的同伴。冉璘他们听到这样的回报，都猜测失踪的衙役恐怕已经出事了。这件事情必须赶紧向赵汝谠大人汇报，尽快派人前去搜救。

此时赵汝谠跟真德秀正忙于组织人力对潭州的大中户盐商进行稽核，程洵给他们送来了十几位生员，这次派上了很大用处。他们经过转运司培训后，对这些盐商的盐引账目，一笔笔地逐一核查。查完大户之后，甚至抽查了一批小户盐铺。他们已经发现了大户们的往来账目跟历年购买的盐引，还有盐仓实物台账严重不符。更有甚者，一些盐商在使用伪造的盐引。用赵汝谠的话说，这些盐商们的肆无忌惮和朝廷的损失触目惊心。冉珙他们根据现有的线索，向他报告后，赵汝说就开始寻思着能否顺藤摸瓜，派出转运司兵力清剿了这个太平寨。

就在赵汝说大人计划出动兵力的时候，却发生了一件意想不到的事情：林俸失踪了。而随后发生的变故，则让众人更为震惊。

第二十一章　火烧太平（一）

赵汝说跟真德秀他们在潭州查处私盐进展得如火如荼，正在大有进展的时候，突然从临安转来了两份弹劾赵汝说和真德秀的奏章，分别是刑部侍郎赵汝述和御史台侍御史王仁二人：赵汝述奏劾赵汝说唆使下属，胁迫提刑司属员诬陷上司；王仁弹劾真德秀纵放歹徒，说江林儿那些人是郴州暴动头领陈峒的党羽。朝廷要真、赵二位大人限期上疏自辩。

真德秀知道弹劾自己的理由，就是朝中有些官员望风捕影的惯用手段，不值一提。只是赵汝说被参劾的事情透着蹊跷，奏章上说是提刑司主簿林俸向刑部状告，有转运司属员王京、蒋奇和冉璞，三人胁迫他诬陷上司莫彪、赵奎等诸多罪名，尤其威胁他做伪证说莫彪等人参与贩售私盐。这份举报是林俸本人亲自署名，并且递送到临安的。

这让王京、蒋奇、冉璞三人大吃了一惊，赶紧去找林俸，想问到底发生了什么事情。结果三人寻了一整天也没找到林俸，提刑司衙门里没有，家里更是大门紧闭，连他的家人都不知去向。三人知道这一定是出事了，会不会林俸被人挟持了？又或者甚至被害了？如果说林俸此时在临安了，如何连他的家人也踪迹全无呢？这时，众人都意识到他们面对的对手比他们想象的更加阴险而且势力庞大。为了一个偏远州府的事情，他们可以编造谎言借用朝廷的力量来打击政敌！他们现在这样干了，下面会不会有更加狠辣的手段？

真德秀被参劾的事情很容易解释清楚，所有的审问对话记录及签名供状，以及当地地保的证词都在，只须提交给朝廷作证即可。赵汝说被弹劾的事情，需要同林俸本人置辩，可现在找不到他本人，如何处理呢？赵汝说倒是没有他的下属们那么紧张，这不是他第一次被参劾了。在瑞州他就曾经因为制止了一个大户谋夺百姓田地，被大户的朝中势力弹劾扰民。只是这一次被人参劾的罪名有点匪夷所思。

在赵汝说和真德秀上呈自辩奏章及有关证词之前，他们并没有停止追查潭州的私盐大案，甚至扩展到了整个荆湖南路。这让莫彪整日地坐卧不安，记得上回赵奎进来告诉他一个坏消息：转运司的人找到林俸问了话。他们问了些什么？林俸又知道什么，并且告诉了他们哪些事情？莫彪迫切地想要掌握一切情况，在跟赵奎商量后，就派人挟持了林俸。两人对林俸软硬兼施，林俸没有办法，只得讲了他都跟王京他们说过哪些内容，只是保留了关于蒲沂太平寨的事情。赵奎觉得林俸说的情况应该属实，平日里的行事风格决定了他不可能了解他们太多的事情。

莫彪见林俸说出的情况并没有什么太多价值，心也就放下了一半，就准备放了林俸。这时赵奎给他出了一个主意，让林俸写状书控告王京、冉璞他们胁迫自己诬告提刑司主官，请莫泽他们朝中大臣主持公道。莫彪觉得此计可行，于是干脆派人把林俸的家人全部软禁在一个秘密的地方，然后用林俸的家人要挟他就范。林俸虽然为人比较正直，但他的性格颇为软弱，而且一直以来顺风顺水的生活，使他毫无任何经验和能力来处理这种危机。平日里目睹耳闻了他们的所为，他知道这些人能干得出什么样的事情。当听到赵奎暗示以家人性命威胁自己，心里早就惊慌得没了主张。赵奎也磨了一整天，才终于拿到了林俸的签名状书。

莫彪派人连夜将林俸的签名状送往了在临安的兄弟莫彬处。莫彬看了书信，知道这是个大事，当即前往莫泽处商议。莫泽将书信反反复复地读了好多遍，让莫彬通知莫彪赶紧把林俸送到临安来，下面的事情由他处理。就这样，莫彪秘密扣押了林俸的所有家人，并将林俸送去了临安。

那莫泽其实早就在心里酝酿了一个计划去弹劾赵汝说和真德秀，现在莫彪送来的林俸正好能派上用处。莫泽精心地选择了赵汝述和王仁两人来弹劾赵真二人。赵汝述是刑部侍郎，跟提刑司正好对接；而且赵汝述是太宗的八世孙，赵汝说是太祖的八世孙，都是汝字辈的朝廷宗室成员，朝里并不会认为他们之间有什么私仇;更何况赵汝述跟自己同党多年,他也在那个盐仓里面分利,彼此的利益早就盘根错节在了一起。所以赵汝述无疑是参劾赵汝说的最佳人选。而王仁是新进侍御史,一直受莫泽等人控制。

就这样,赵汝述按照莫泽的计划,在林俸到达刑部后当面讯问,林俸只好按照签名状上所说一一回话。有了林俸在刑部做的证词和控状,赵汝述跟王仁就同时发起了弹劾。这里莫泽再让莫彬私下里串联了一些大臣,在弹劾的同时附议,于是他们就在朝中掀起了不小的声势。

赵汝述他们办的这些事,精明的史弥远当然知道这里面大有水分,他只看了一下弹劾的奏章就猜到了背后是莫泽在组织策划。莫泽是自己的亲信,他针对的目标又是他并不喜欢的赵汝说和真德秀,所以就由着他们先去折腾,只要他们不太过分,以至于事情闹得大反转就可以了。

此时身陷临安的林俸,时刻地为自己家人的安危感到担心。虽然他已经昧着自己的良心,为莫彪他们做了伪证,但是他了解这些人的心性,他担心在事情结束以后,莫彪、赵奎他们仍然会对自己下手迫害。既然身在临安,他觉得自己应该为了自救做点什么。当朝宰相史弥远,是自己父亲的老上司,父亲去世前曾经提过这些。他决定应该写一封信,向史弥远澄清事情的真相,并且向他求救。在刑部做完证后,莫泽他们对他的看管也放松了一些,于是他寻找了一个机会从被软禁的驿馆偷跑了出去。在临安,宰相府是无人不知,所以他很容易地就找到了史弥远的府邸。他知道相府的门人当然不会允许他进去见史弥远,于是他送了一些银两给史府门人,只说是史相的故人林朝义之子,只求把书信送去给史相就行,里面有非常重要的公事。于是书信就被递进去了,而且史弥远也终于看到了这封信。

知晓这件事情的真相后,史弥远并没有感到任何惊讶,这就是他的猜测,他对这几个人的行事风格非常了解。史弥远当然什么都不会去做,只当作从来没有见过这样一封信。他对自己识人断事的把握从来都是自信的,当想到如果有需要的话,这封信可以变成他辖制莫泽、赵汝述他们的有力手段,他不禁诡异地笑了。不过,林俸的父亲林朝义,的确是他当年的部下,想起以前共事的经历,史弥远觉得可以保一下林俸。他让人查了一下,广南西路的柳城正好有一个空缺,于是他让吏部任命林俸到那里去当一个知县去了。林俸到任柳城后曾经多次联系赵汝说未果,为此他抱憾终身。

远在潭州的赵汝说和真德秀他们当然无从知晓临安发生的这一切，他们只是按部就班地对提刑司以及其他潭州贪腐官员开始了最后的收网。真德秀和赵汝说商量，想先抓捕已经有了确凿证据的潭州私盐大户，然后寻找突破。可是冉琎提出建议，不要先在潭州动手，如果没有铁证来证明莫彪等人涉案，很有可能最后虎头蛇尾。他建议先直捣他们的要害：太平寨。赵汝说和真德秀也觉得很有道理，可是他们有一个顾虑，毕竟蒲沂并不在荆湖南路，如果跨路派遣兵丁，更加会给人以攻讦的口实。他们知道莫泽和赵汝述等人现在已经盯住了他们。

　　正在两位大人为难之际，有一封书信寄到了潭州府衙真德秀处，是驻守汉阳军的参将刘整写给真德秀的。信里告知真德秀，江林儿、江波、江虎等人现在已经编入了他们的行列，他们目前的表现非常优异，他谨代表赵葵将军向真德秀表示非常感谢。真德秀一看此信，以手加额，连声说道："真是天助我们，此事成矣！"

　　真德秀马上召来了冉琎，让他读一下此信。冉琎读完，也是大喜过望，马上向真德秀拱手作贺："恭喜大人，此案就要成大功了！"真德秀捻须笑道："你且说说看。"冉琎回道："刘整江林儿他们的驻军就在蒲沂附近，与其费事费工调军前往，不如就请刘整他们的驻军以剿匪缉私为名，清剿掉这个太平寨，一切都合情合理，不会给朝中那些人攻击的口实了。"真德秀哈哈大笑："你说的正合我意。"

　　两人高兴之余，又有一些担心，就怕刘整此人谨慎有余，不愿意介入这趟浑水。这时冉琎主动请命前往刘整驻军处，只要带着一封加盖潭州大印的真德秀亲笔书信，他觉得应该有六成把握能够请动此人；然后再凭自己的雄辩口才说服刘整，应该是有八成胜算了。

　　两人正在商量行动计划细节之时，赵汝说跟蒋奇来了，听到他们的计划，二人也都很是高兴。赵汝说表示他也愿意出具转运司公函，请求刘整出兵缉私，这样一来，他就更加不好拒绝了。

第二十二章 火烧太平（二）

于是次日，冉琎、冉璞跟蒋奇三人就带着真赵二位大人的公函飞马赶往汉阳军。到达刘整的军营后，冉琎请军校通报有荆湖南路转运司和潭州府衙紧急公干，需要马上见到刘整将军。小校不敢怠慢，领着三人进入中军等候，结果刘整此时并不在军营里，有公事去主将赵葵那里了，大概还要一两日方回。三人没法，只得调整一下出发前的计划。冉琎问当值军官是否知道江林儿他们在哪里，因为他们就是潭州府送来的士兵，希望能够见到他们。当值军官表示理解，当即派人叫来了江林儿、江波他们。江林儿他们再次见到冉琎，都是非常高兴。于是领了冉琎他们到自己的军营稍歇片刻，因为大营有军规不好留宿外客，就又带他们出去寻了个旅店住下。

众人就在旅店叫了一个简单的酒席，大家才得坐下好好叙话。此时江林儿已经被刘整任命为一个校官，统领了一营士兵，可见刘整对江林儿非常看重。江林儿、江波、江虎几个轮着向冉琎敬酒，再次表示谢恩。冉琎赶紧回道："各位，以后休要再如此说了。如今大家都是为朝廷办差，少不得此次还需你们的鼎力相助。"江林儿听他如此说，知道他们此来必有缘故。

冉琎就将此行的目的原原本本地告知了他们。江波、江虎一听说要剿了这个太平寨的私盐盐仓，而且贾山此时很有可能就在那里，终于可以为死去的马恺报仇了，顿时欢欣鼓舞，恨不能马上就要行动。而江林儿现在做了军官，考虑事情更加周全，告诉冉琎此事还得刘整将军首肯。蒋奇问道："这位刘整将军会如何行事呢？"江林儿想了一下说道："刘整此人虽然年纪很轻，比我要小，却是个有胆有识，敢作敢当的汉子。"江虎、江波也都赞成他的说法。冉琎听他如此说，就放心了一点儿。江林儿建议等刘整回来，大家一起跟他好好商量一下。

这时冉璞问他们是否知道太平寨这个地方，江林儿他们到军营的日子尚短，对太平寨并不熟悉，只是听说那里有一个太平岗，估计这个寨子就是安在太平岗附近，那里距离太平渡不远。明日江林儿可以告假，给他们带路到那里去侦查一番。就这样三人跟江林儿约定明日一起前去太平渡。

第二日清早，江林儿就来到了旅店，而且还带来了几套巡江士兵的军服。江林儿跟他们说，他们一行四人可以扮作巡江士兵，他们时常在那一带出现，因此不会引起人们的注意。冉琎三人对此大加称赞，都说没有想到江林儿还是个粗中有细的有心人。

于是一行四人快马加鞭地赶到了太平古渡。到了以后，他们看这个渡口非常萧条，已然接近废弃，不过依然可以看得出原先的格局很大。虽然破败，在这里卸载江船是没有问题的。四人顺着渡口往上游行走，不久就见到了一个门口挑着很长幌子的酒店。江林儿说道，这里并无其他酒肆旅店，此处一定可以探听到一些消息。冉璞认为既然四下里只有此一家，恐怕跟太平寨也脱不了干系，那个失踪的差役极有可能也来过这里，这个酒店应该知道一些情况。

四人装作巡江士卒，大大咧咧地走进了这个酒店。小二平日里也时常招呼这样的士兵，所以并没有任何疑心，把他们引进店里坐下。四人正好奔了一个上午，有些肚饿，就让小二上些热菜，切一盘牛肉，再温上一壶酒来。不消一会工夫，小二开始端上酒菜。

蒋奇乘小二上菜的时候问他："前些日子我们走脱了一个士兵，找了十几日竟然找不着。据讲，他就是在这渡口附近走没的，小二你见过有这样的人吗？"小二回忆了一下，问道："要说像您几位这样来小店喝酒吃饭的军爷，确实有一些。至于有人走丢了，我却是不知道这事，或是他去了别的什么地方罢？"蒋奇见他不肯说，转头四下里看了一遍，见没有其他人，悄悄塞了一些大钱给小二。

那小二见给了钱，脸上顿时笑开了，低头悄声问蒋奇："军爷，你问的那人是单独一人，还是几人一起呢？"蒋奇顺口回道，"应该是一人罢。"小二诡异地看着蒋奇说道，"其实我也是刚来这里不久，倒是听说有一个客人住过店，后来失踪了，他的同伴来找过他，所以我知道这个事。可他并不是你们军爷？"小二刚说到这里，从里面走出了店主，怒气冲冲地骂了小二，让他赶紧到后面干活。四人见这样的动静，不禁都对店主的行为产生了怀疑，难道他有什么见不得人的事情，不愿意让小二多嘴？

酒足饭饱结账之后，四人让小二带他们到后面马厩去，看看四人的马喂得如何。到了马厩后，冉璞打了个手势给冉琏，冉琏会意，跟江林儿两人守住了过道的入口，冉璞跟蒋奇立即抽刀按住了小二。那小二被突如其来的变故吓得脸色都白了，蒋奇把刀架在小二脖子上面，威胁说道："你说的那人就是我们要的，活要见人死要见尸，你必定要给我们一个实话！"小二颤颤巍巍地说："不干我事，我什么都没干。我只知道那天，是他们在饭菜里面下了迷药，那人给迷倒了，后来山寨上来了几个人，让他们把那人给勒死了，尸体就埋在后面的小山上。"说着，用手一指方向，蒋奇问道："他们知道是官差，还敢下此毒手？"小二点点头，又摇摇头说他也不知情，说那人身上的确没有多少银钱，只搜到了一个转运司的腰牌。蒋奇问那腰牌现在哪里，小二说应该在那里一起埋了。

冉琏见小二胆小，料他说的都是实情，于是走过来对他说："听着，你要是想活命，就须得听从我们的安排。"小二拼命地点头。冉琏说道："现在即使我们不杀你，他们那些人一旦知道了你跟我们说了这些话，也会要了你的命！知道吗？"小二已经吓得说不出话来了，只有拼命磕头连说军爷救命。冉琏就跟他说："你现在不能逃跑，逃了就会被他们发现，他们一定会追上你杀人灭口。你只能保持一切正常，当作没有任何事情发生过，明后天我们就会带人过来起出尸体。"蒋奇还特意安慰了小二几句，告诉他如果他能提供帮助，官府一定会给他重赏。小二连声地答应下来。

四人离开酒店之后，顺着山路绕着太平岗走了一大圈，把当地的地形基本摸清楚了。由于担心惊动了寨子里的喽啰，四人没有敢往山上走太深就下来了。这时遇到了一个打柴的樵夫，蒋奇给了樵夫一些铜钱，问清楚了山上的基本情况。樵夫说大约有三四百人聚在了太平岗上，这些人很是奇怪，轻易不骚扰当地山民，平时的行踪比较诡异，经常深夜从江边运送货物，估计是私盐私茶这一类的东西。当地人见他们人多，也不敢上山去招惹他们，所以还算是保持了彼此相安无事。冉璞问樵夫："是不是经常有马队挑夫前来驮货？"樵夫仔细回忆了说："的确经常有挑夫们在山里进出。"冉璞接着问："知道挑的是什么吗？"樵夫肯定地说："那些人挑的货物很像是盐。而且有人带刀护送着。"众人知道所有细节全部对上了。

这时看看日头将下，四人就抓紧往回赶路。赶回之后已是深夜，旅店小二告知今天有人来寻他们，冉琏以为是江波他们几个。江林儿跟冉琏三人说，明日且等他的消息，如果刘整回来了，他会尽快通知他们的。

天亮之后，疲劳了一天的三人还在深睡之中，江林儿来通知他们刘整要见他们，原来昨夜他也回到军营了。于是三人赶紧匆匆洗漱，就跟随江林儿到军营来了。

进了中军大营，三人终于见到了刘整，见他是一个好像二十岁都不到的高瘦青年，双目精光四射，炯炯有神，一看就是个极为精明的人物。江林儿向刘整介绍了三人，荆湖南路转运司赵汝说大人派来的蒋奇和冉璞，和潭州知州真德秀大人派来的冉琏，分别向刘整转递了各自的公函。

刘整看完之后，想了一下，说道："我这里有一千兵左右，基本上都是新兵，所以被安置在沿江南岸，平日里就是训练为主，也做些杂项安排。剿匪缉私按说也可以是驻军职责，只是务必要通知一下主官赵葵赵大人才行。"冉琏拱手进言道："听闻将军虽然年少，却是深通兵法，明白兵贵其速的道理。昨日我们已经去那里侦查了一番，找到了一个愿意领路的人。虽然没有露出破绽，只是拖得时间久了，难保出现变动。灭贼乃是朝廷军队的天职，我相信赵葵赵大人深明大义，一定会同意将军出兵的。虽说刘将军您这里新兵颇多，这次剿贼实在是个练兵的绝好机会。我相信以将军的指挥，一定能够兵不血刃地拿下这个太平寨。"

刘整见冉琏如此说，不由得笑了。他不担心拿不下来这个小小的太平寨，他绝对相信自己的指挥能力。只是出动兵力，务必先行知会主官得到将令。他请冉琏他们等待两日就好，可冉琏担心会出现任何变动，不能等待了，于是他劝道："那么这样如何，将军可以让传令官将这两封公函快马送往赵葵将军处，同时我们出军立刻向太平寨移动，相信赵大人一定会批准的，等传令官令到，我们再发起进攻如何？"刘整见他如此说，也有些道理，就有点动心了。

这时蒋奇接话说道："我们提刑司的一个衙役，前些日子因为查案被太平寨杀害，已经查明尸体就埋在山上。将军此去，乃是替我们这个冤死的同僚报仇雪恨的。"当刘整听到这个太平寨竟然如此胆大妄为，杀害公差，也是大为惊讶。

这时二人基本已经说动了刘整。冉琎见状，趁热打铁地说道："太平寨有一个规模巨大的盐仓，据我们估计，目前至少有十几万担的巨额私盐存在那里。"冉璞补充道："据报还有很多粮草和贩盐得来的大量银钱，这些都可以补充军用，将军难道不在意吗？"冉琎紧接着说："如果迟了一天，这些都有可能出现变动。将在外，君命有所不受！愿将军早做决断。"

刘整听完了这些后，在桌案上将鄂州附近的大幅地图打了开来，冉琎、冉璞知道他在看地图做准备了。冉琎就上前把昨天观察到的太平岗地形对照地图一一讲解给刘整，而且进言说太平寨总共只有三百多人，估计其中一半其实就是脚夫，所以能打仗的二百人都不到，且根本没有什么训练可言。所以应该毕其功于一役，将他们先彻底包围起来。通往山下的通道有四条，每条可布置百人左右彻底封死，其余的人全部上山攻寨。尽管山上的地形并不熟悉，所幸现在有了一个店小二做内应引路，需要的话还可以再把店主抓了，也让他引路。因此可以说胜算非常大。

刘整见冉琎谈得头头是道，每一条也都无可辩驳，有点惊讶，心想此人看起来是个文人士子，却还擅长军事。基于这样的分析，这几乎就是一个必胜之战。于是刘整就下了决定，命令传令官将各营士兵全部集中，一个时辰后就出兵太平岗。到这时，冉琎感觉到了这个刘整果然是个有胆有识，而且明白事理的担当之人。

刘整随后让人将真赵二位大人的公函，和一封自己写的请战书信，快马送往赵葵处，然后就率领自己的一千人马开往太平岗。在快到太平岗二十里外，冉琎请求先带人前去捉拿渡口酒店的店主，刘整让江林儿带了五六十人跟着，众人飞马而去。

正如冉琎的计划，顺利地将店主捉拿到案。当蒋奇出示转运司腰牌之时，店主被惊得目瞪口呆，蒋奇呵斥他残害公人是十恶不赦的大罪，那店主立即如捣蒜一般地磕头求饶。冉琎见他如此，就问他是否愿意将功折罪，带路领着众人上山去剿灭太平寨，店主连声表示愿意。

一切都如冉琎安排，随后到达的刘整大军顺利地在太平岗周围展开，首先拿下了在半山上路卡警戒的喽啰，随即封锁了所有下山通道。然后大军分作两支隐蔽集结起来，分别由小二和店主引路，万事俱备，就在等待刘整的最后命令，向前寨和后寨展开攻击。

此时的刘整，心里一直盼着传令官能赶快到达。眼看太阳就要落山，夜里攻击对不熟悉地形的他们来说绝非好事。现在已然是箭在弦上，不得不发了，于是他下了决心，挥动了令旗。前后两军几乎同时射出了第一排箭，射倒了警戒的哨兵，随后江林儿和江波他们一马当先，带着前锋士兵冲开了寨门，如猛虎下山一般冲向山上的中营。

　　此时贾宗耀和贾宗辉两位寨主正在跟贾山商量事情，突然听到外面喊杀声四起，不知道发生了什么，正准备出去察看，喽啰们跑进来喊官军来了。三人一听就慌了神，赶紧披挂起来准备突围。这时分开行进的两支军队进展极其顺利，不到一炷香的工夫杀散了众多喽啰，冲进了第二道寨门，然后就要会师在太平寨的主营。

　　贾山他们见官军势大，就开始四处点火，希望能燃起大火，趁乱突围出去。江林儿江波冒火突烟，四处寻找贾山，却遇到了贾宗耀、贾宗辉兄弟，就截住了他们厮杀在一起。贾宗耀哪里是江林儿的对手，战不了几合就被江林儿一枪挑翻，贾宗辉见势头不妙，赶紧往外逃跑，被江波赶上手起刀落，砍倒在地。众喽啰见头领被杀，纷纷跪地投降。贾山此时正在放火，突然想到还有四大箱账簿文书，就往回赶要去纵火烧了内室。正好冉璞、蒋奇赶到，贾山再次见到他们，怒从心起登时眼红，恨不得立时杀了冉璞，只是本领不济，不是冉璞他们的对手，被蒋奇一刀砍在了腿上，冉璞趁势踢飞了他的武器，让军士把贾山捆了起来。

　　此时刘整也杀到了中营，见大局已定，就指挥士兵们四处灭火，再搜索残余喽啰。众人在山寨里到处搜检，看到了仓库里面堆积如山的大包私盐，居然还堆了大量的粮食，估算了一下足有总数二十多万担的私盐和粮食。更令众人惊讶的是还发现了很多武器盔甲，这些人积聚了这些东西究竟要干什么呢？

　　冉琎、冉璞、蒋奇他们此时正在内室查找，只见靠墙的架子上面堆满了各种规制的铜钱和银锭。搜了一会儿就发现了四个大箱子，打开检查，除了厚厚的账簿，还有一些书信，以及大量的交子和盐引。然而，冉琎他们此时哪里能想到，就是这四大箱的账簿文书，即将给他们带来意想不到的麻烦。

第二十三章　密函之争（一）

　　彻底剿平了太平寨，并且拿到了这四大箱的账簿文书，冉珺的心放下了大半。可是就他们三人，如何能将这许多缴获的东西安全送回潭州呢？冉珺跟蒋奇商量一下，蒋奇说他马上就动身，连夜赶到潭州向二位大人禀告。冉珺提醒说道："真赵二位大人，至少有一位必须亲自到太平寨来，而且必须多带一些人马，否则难以顺利地将这些东西带回去。"蒋奇问道："能告诉我你在担心什么吗？"冉珺回道："现在不好说，我们必须考虑周全些才好。"蒋奇答应了，快马连夜奔回潭州。随后发生的事情，马上证明了冉珺的担心完全不是多余。

　　此时刘整正在指挥清点缴获的东西，他见这里居然有这么多盐和粮食，而且这次清剿并没有许多伤亡，心里非常高兴。正盘算着这些东西该如何分配才好，又想起刚才有人讲还有四大箱的账簿文书，那些是文官们感兴趣的东西，是真德秀赵汝谠他们办案的证据。他忽然心里冒出了一种好奇心，这些文书密函肯定会牵涉到朝中的一些官员，说不定会是很高层的大臣，他们会是什么人呢？于是他也想进去看个究竟。

　　走进内室，看到冉珺兄弟正在忙碌地清理这些文书，一时间不好插进去，于是又退了出来。这时传令官传来了赵葵的命令，果然不出大家的预料，赵葵当然会同意刘整这次出兵。不过传令官还带来了另一道命令：一切缴获必须就地封存，等待赵葵亲自前来处理。刘整心想，这里说的一切缴获应该包括这些账簿文书。于是他又走进了内室，要冉珺兄弟传达此事。但是见到他们正心无旁骛地专注于办案，自觉不便打扰他们，只好又走开了，等他们结束后再通知他们就是。

　　这时冉珺、冉璞正紧锁眉头，阅读着几封密函，以前的很多谜团和猜想正在被这些信札和账簿一一解开和证实。他们此刻的心里无比沉重，他们没有想到这些官员如此贪婪枉法，牵涉到的官员又如此之广，有的官员位阶如此之高。这一切预示着，他们将面临的情势比之前预想的要严重得多。冉琏不由得想到了法纪松弛、纲常颓废等词句，而这些通常是史书上朝代更替的预兆哪！当想到这四大箱的文书一旦公布，将足以撼动朝局，冉琏的头上开始冒出了冷汗。而真德秀和赵汝谠二位大人又会面临多大的压力，以他们的官职，又能有何等作为呢？因为办案而牵涉进去的他们兄弟二人，也不得不考虑一下自己的安危了。

冉琏他们没有料到，正在发生的变故却比他们想到的还要恶劣，就在他们离开潭州的第二天，赵汝谠因为那个弹劾而被降职，并且被要求十日之内离开潭州，前去温州担任知州。赵汝谠接到旨意后，跟真德秀闭门商谈了半天。真德秀被朝廷指定暂时代理赵汝谠的转运使职责，两人仔细磋商了在赵汝谠离开之后，潭州的反腐大案该如何继续，赵汝谠移将有关案情文档交给了真德秀以及他了解的所有内幕情形。办好交接后，赵汝谠喟然一声长叹说道："以前读到诸葛武侯这句，'出师未捷身先死，长使英雄泪满襟'，未曾领会此中意味，现今轮到我也尝到如此滋味了。心有不甘哪！"

真德秀心里也是极度不满，却不愿意看到赵汝谠如此的灰心，他知道哀莫大于心死，如果赵汝谠就此沉沦下去，朝廷将失去一位股肱忠臣。于是他劝慰赵汝谠道："赵大人你不可就此灰心，此事一定还有挽回余地。只要我们最终破获此案，将事情真相上奏朝廷，相信陛下会还给赵大人一个公道的。"赵汝谠摇了摇头："真大人，你看出来了吗？只要皇上还没有真正亲政，朝政就会一直把持在这些人手里。我曾经上奏圣上，请求圣上独自掌握朝政，想必这一定触怒了史相他们。如今是断断容不下我了。"真德秀怒道："且莫说赵大人你是朝廷宗室长辈，就算是寻常官员上奏此言，这也是应有的公义！"赵汝谠点了点头，又摇了摇头说道："真大人，你可知此中其实是有缘故的？想必你曾经听说过宁宗皇子赵竑罢，他是太祖的十世孙，被宁宗在嘉定十三年立为唯一的皇子，准备承继大统。只因赵竑素来不喜史弥远，曾经说过将来即位后就要发配史弥远至千里之外，不料他身边的侍妾是史弥远布的眼线，就将这话传给了史弥远。从此那史弥远就有另立皇储的野心了。"

真德秀曾经风闻过这些事情，因为是皇家秘事，外人都不敢牵涉其中，传言又往往似是而非，所以真德秀对这些传言都是将信将疑。现在，赵汝谠

对他说出事情的真相了。

　　原来赵竑喜欢音律，史弥远就赎买了一个精于弹琴的美女送给他做侍妾，赵竑果然中计，对美女宠爱有加，全无防备。然而这美女无时不在监视赵竑，将他的一言一行，通过秘密的渠道告诉了史弥远。有一次，赵竑不知为了何事极为恼怒史弥远，就指着墙上地图里的琼崖州说："日后如得志，定会将史弥远发配到这里。"又私下里称呼史弥远为"新恩"，意思是日后把他流放到新州或者恩州。史弥远听闻了这些，决定趁七七节日进奉宝物，来最后一次地试探他。赵竑那日喝得大醉，怒从心起把这些东西都摔碎在地上。自此史弥远就决意废掉赵竑。他的第一步就是寻找另一个合适的皇子。此时史弥远心里已经有了候选人，只是并没有把握，为此他把一个任务交给了当时还仅仅是国子学录的郑清之。

　　当时朝廷选择了宗室赵希瓐的儿子赵昀作为沂王嗣子，这位赵昀就是现在的理宗。一天，史弥远跟郑清之两人秘密地登上净慈寺惠日阁，说道："皇子赵竑的种种行为，表明他不堪重任。听说沂王之子赵昀非常优秀，我如今请你担当他的授业导师，你要认真地训导他，以备大位。事成之后，我的官位一定会传给你的。不过切记，这些话如果泄露出去，我与你都将被灭族的啊。"郑清之曾受厚恩于史弥远，不得不答应，拱手作揖说："丞相放心，清之心中有数。"

　　于是郑清之每天教授赵昀文章诗词，赵昀也比较聪慧，进步很快。数月之后郑清之会见史弥远，就把赵昀所作的诗文拿给他看，史弥远看了，赞不绝口。史弥远问郑清之说："我听说他已经很贤德，你觉得他如何？"郑清之说："他的贤德，我虽不能一一列举，只用一句话说就是：此非凡人！"史弥远点头，下定了决心，一定要改立赵昀即位。

　　嘉定十七年，宁宗去世，史弥远马上派遣郑清之告知赵昀，丞相他们想要拥立他承继皇位。郑清之询问他自己的意愿，赵昀总是默然不答。最后郑清之说："丞相对我置为心腹，绝对地信任，我才告诉你这样的计划。现在你一句也不回答，让我如何向丞相复命呢？"赵昀听到此言，这才慢慢回答说："绍兴老母亲还在。"郑清之就明白了他的心意。于是把此话传给史弥远，两人越发赞叹赵昀不凡。

　　得到了后宫杨皇后的支持后，史弥远将赵昀带到到宁宗灵柩前，行太子的哀礼。然后命人召见赵竑。此时赵竑正在自己府内焦急地等待，闻命急忙入宫，但是每经过一座宫门，禁卫军就拦阻他的侍从，最后只得他一人进入。史弥远把他引到灵柩前，由自己的心腹，殿前司统领夏震守住了他。然后召百官立班，公开宣读遗诏。他请赵昀坐在御座上，宣读诏令赵昀即位，随即号令百官拜舞，向新皇效忠。此时赵竑无论如何也不肯下拜，那夏震就命人按下他的头强行下跪。接着杨皇后矫制遗诏：立赵昀为宁宗皇子即位。然后改封赵竑开府仪同三司，为济阳郡王。理宗赵昀即位后，又加赵竑为少保，晋封为济王。随后任命赵竑为醴泉观使，令他立即搬往湖州，居住在赐予他的府邸里面，无旨不得外出。

这些都是皇室的绝密，赵汝说是宗室长辈，才有他的秘密渠道，获悉了所有实情。如今他转告了真德秀，把真德秀惊得是冷汗涔涔。赵汝说对真德秀说道："本来我们宗室查获了实情，就要向天下揭露史弥远等人的阴谋和罪行，但杨太后坚决不允。而且现在大宋外敌环伺，国家危机日甚，再也经不起这样的内耗了。所以我们就一直引而不发。尽管如此，每当想到有史弥远这等阴险小人，尚在皇上周围掌握大权，我就坐立不安。这次在潭州查办私盐大案，也是要找到这些人招权纳贿的罪证，争取从外围揭露他们的罪行。"

真德秀总算明白了赵汝说的良苦用心。自程朱以来的理学，对于篡上作乱，最是不能容忍。真德秀从根本上来说，是绝对不能容许这样的事情发生的。即使现在公认为最臭名昭著的奸臣秦桧，当时的太子公开地表示对他非常厌憎，他也没有干出史弥远这样的事情。这真是，是可忍，孰不可忍！

就在两位大人还在商议的时候，蒋奇飞马带回了令人振奋的好消息，太平寨已经被成功剿灭了，四大箱的账簿文书已经拿到，即将可以运回，赵汝说以手加额，高兴地说道："苍天有眼，佑我大宋。"真德秀也是兴奋地跟赵汝说说："我就说了，你一定会没事的。"赵汝说劝说真德秀马上带领人马赶往太平寨，立即将赃物和物证取回。潭州这里有他，他要尽好他在潭州最后几天的职责！

于是第二天真德秀带人，由蒋奇引路，火速赶往太平寨去了；而赵汝说则派出人马暗暗守住了提刑司、几家私盐大商和潭州各个城门，随时准备发签捕人。

第二十四章　密函之争（二）

这时在太平寨里，冉琏、冉璞已经大致清理出了所有账簿文书，做了分类排列。正准备休息一下，刘整进来了，跟他们说请二位先生将这些账簿文书整理好后留下，赵葵赵将军派人来要求封存这些档案，他必须将所有的东西移送给赵葵将军。冉琏他们很是诧异，对刘整说这些是潭州私盐大案的物证，怎么可以交给赵葵呢？刘整回答这是赵将军的军令，希望他们能够理解。冉琏他们明白了，这是有人想要抢走这批账簿了，因为这些密信牵涉到了朝廷大臣，心术不正之人完全可以利用这些密函，来要挟大臣为己所用，难道就是这位赵葵将军心术不正吗？赵葵有没有这样的动机，他们不得而知，但是他要拿走这批文书，则是他们万万不能答应的。

冉琏跟冉璞耳语了几句，冉璞点头出去了。冉琏跟刘整说："刘将军请坐，冉琏有几句话想要跟你聊聊。"刘整勉强坐下，这时冉琏请刘整让军校送些吃的进来，大家边吃边谈，刘整这才想起自己也有些饿了，笑着跟冉琏说："从昨晚开始到现在，大家都是水米未进，我们是武人，尚能支持，你们这些文人也能吃得这样的苦来？"冉琏见他言语间有点轻视之意，就笑了笑，对此并不置可否，说道："在下跟刘将军认识虽短，但能看得出，刘将军乃是一个明白事理之人。"刘整见他先送出一句恭维，知道要游说自己了，心里不禁觉得可笑。文人的话再有道理，最后还是敌不过武人的刀，不是吗？

冉琏看他脸上微笑着，却不置一词，知道他对自己毫不在意，那他会在意什么呢？谁能让他在意呢？赵葵是他的顶头上司，他们的上面又是谁？冉琏想起了赵汝谠曾经提过，宰相史弥远的侄子史嵩之正在担任京湖置治使，作为这里的军事长官，他掌管着本地区对外谋划军事攻防，对内训练军队镇压盗匪等，几乎所有的军队行动和人事调度。现在看起来史嵩之还不知道此次行动。这批文书密函里面有几封直接牵涉到了宰相史弥远，不如就用这个名目来吓阻这个骄横的赵葵，以及面前这个刘整。冉琎心想，这样做还有一个用处，通过这些人把宰相史弥远涉案的消息散布出去，应该能起到一些微妙的作用。

这时小校送来了食物和水，刘整向冉琎做了一个请的手势。冉琎明白，刘整这是在传达一个意思，这里的一切都是他来做主，他是主人，自己是客人，得识趣。冉琎笑了，一边吃着东西，一边理了一下思绪。都想好了以后，他喝了一口水，对刘整说道："刘将军不是外人，你是否想知道这些账簿信件都牵连到哪些人？"刘整说道："这是你们文官关心的事情，我们武将不管这些。"冉琎笑着说："那如果跟将军有关呢？"

刘整顿时停住了笑容，问道："不知此话何意？"冉琎接着说道，"我是说，如果这个私盐大案牵涉到了你们赵葵将军，那就跟你有关了。你将会如何做呢？"刘整听了这话，顿时哈哈大笑，仿佛这是他听过的世上最可笑之言："赵葵将军的父兄都是大宋征战四方的名将，他怎么会干这样蝇营狗苟之事？"

冉琎等他笑声停了，继续说道："如果这个大案并非直接牵涉到赵将军，而是他的上级长官史嵩之大人，又该如何？"刘整这时不再笑了，怀疑地说道："史嵩之大人可能干这样的事情。"这时他的语气已经变成疑问了。冉琎也不再微笑了，正颜说道："这个大案虽然没有直接牵涉到史嵩之大人，却已经牵连到了他的叔父丞相史弥远大人。"这话如同晴天霹雳，一下子震住了刘整。刘整此时有点迟疑地问道："你说的当真？"

冉琎没有回答他的问话，而是开始背诵："嘉定十四年，荆湖南提刑司转临安五万两白银，其中史相处二万两……嘉定十五年，经京西北提举转临安七万两白银，史相处四万两……同年，史相命支取两万至许国处……嘉定十六年，进两浙盐二十万石，为多出的盐引，供各处银十万两，史相处四万。"这时刘整喊了一声："别念了。"此时刘整见他不像是在编造假话大言来吓唬他，但是见他背诵得如此滔滔不绝，不禁还是有点怀疑。冉琎见他狐疑，笑着对刘整说："这些东西，我只须过目一遍，即可不忘。将军如不信，试一试如何？"随即拿起箱子里一封信件，打开有关内容，展示给刘整检看，果然是刚才背诵之言。这时他彻底相信了冉琎的话。

宰相史弥远此时一人之下，万人之上，权倾朝野。而他的侄子史嵩之正

是赵葵及刘整的上司，如此说来，这次缉私已然把自己绕进去了。刘整是个聪明人，想到了这层，不禁有点冒出了冷汗。冉琎见他有些怕了，说道："刘将军是个明白人，知道里面的要害。我们从一开始就在办理这个大案，并不知道会有如此情势。如今我们已知其中厉害，不知你和赵葵将军为何也要主动卷入其中？"

刘整回道："这是赵将军要的，不干我事。"冉琎说道："那是赵将军不知道此中情况，刘将军现在知道了，是否要通知一下赵将军呢？"刘整犹豫了一下："刚才赵大人口信，只怕他已经在来的路上了。"冉琎也知道会如此，现在只能找那个比赵葵更高的官员介入，才能制止住赵葵索要这批账簿文书了。冉琎就点了一下刘整说道："鄂州离这里只怕更近罢？"刘整听他突然提到鄂州，愣了一下，随即明白冉琎的意思，站起身向冉琎一躬身说道："多谢先生提醒。"他随即跟自己的传令官耳语了几句，就让他向鄂州史嵩之大人那里疾驰飞报去了。

二人这才坐下，开始安心吃些食物，此时刘整开始对冉琎礼敬有加，他已经看出了冉琎绝非凡人。稍许工夫，冉璞回来了，看他二人如此，猜到冉琎已经说通了刘整。冉琎让冉璞也抓紧时间补充些食物，好好休息一下。

这时小校来问，那个店主跟小二如何处理？冉璞请小校们跟随二人，去那个酒店附近的山上，挖出提刑司差役的尸体后抬过来，然后又做了详细的口供，二人都供认不讳，画押了供状。只是提刑司腰牌尚未找到，可能是让贾山给销毁了。冉琎想，应该尽早对贾山展开审讯才行。

忙乱了一阵，此时已经日近黄昏，满山洒满了金灿灿的霞光。冉琎此时在想，不知道真大人或是赵汝谠大人是否已经在出发的路上了。如果是那个赵葵先到了，并且提出无法满足的要求，那他又该如何处理呢？正在胡思乱想之际，军校来报，让刘整出去迎接，赵葵已然到了。

刘整赶紧带人出了中营，到了营门外，看到赵葵的旗帜尚在几里之外的山下，然而营门口却有十几骑人马，其中分明就有赵葵本人骑在马上，正在跟人说话。刘整赶紧小跑过去，向赵葵施礼。赵葵没有理他，继续跟别人说着话，刘整只好等在那里。过了一会儿，赵葵扭头问刘整："听说你没有等我的令牌到，就把兵带出去了。刘将军，你是将在外，军令有所不受是吗？"

刘整听话锋不对，赶紧向赵葵解释：实在是为了防止太平寨转移赃物，另外救人心切，必须尽早出兵，就是这样还是迟了，转运司的差役已经被害了，现在尸体就在营里，刚刚才做完了口供。赵葵揶揄道："不是吗，刘将军真是厉害了，现在是抓捕杀人犯的捕快啦！"弄地刘整脸色一阵青一阵白，赵葵看他难堪，说道："这次就算了，下次再来，一定两罪并罚。"说着打了刘整一马鞭，正甩在脸上，登时一道血印。因为刘整没有躲避，赵葵也就气消了，说了声："进帐。"刘整想向他报告一下冉琎刚才讲的案情，竟然没有机会说话，只好跟着进去了。

这一行人前呼后拥地走进了中营。此时冉琎、冉璞刚刚从外面回来不久，正在箱子上面贴潭州府和转运司的封条。赵葵进来后发觉有外人在内室，也没有理他们，直接坐上了正厅主位，说道："请外人出去，我们这里有事。"

冉琎只好过来，回话道："请赵将军稍等片刻，我们这就将箱子封好搬走。"赵葵也不看他，说道："箱子留下，你们出去。"冉琎犹豫了一下，问赵葵道："这些箱子里面就是些账簿文书，乃是我们办案的证据，不知赵将军要它们何用？"赵葵从来没有遇到下属敢反问自己的命令，倒是一愣，想起了这二人并非自己属下。于是耐着性子说道："这个寨子是我们剿平的，这里的一切都得由我们先行处理。有什么事情，叫你们真大人找我。你们现在回潭州复命去罢。"

冉琎料到了赵葵会比较骄横一点儿，但没想到他对自己如此傲慢，就说道："赵将军此言差矣。朝廷有制度，军人不可干涉地方行政。还请赵将军谅解，收回成命。"赵葵呵呵笑道："好一个地方行政，你们是在哪里办案？这里是你们潭州吗？"冉琎回道："替朝廷办案，大宋的王土，无论哪里都是一样，就是去临安也是一样。"赵葵听了一愣，问道："你提临安是什么意思？"冉琎说道："朝廷有规制，跨境办案乃是平常之事，我们只是不能跨区调军行动，所以这次才烦请了赵将军和刘将军。"赵葵见他说得有些道理，无法直接反驳回去，只好直截了当地说道："这些账簿先留在我们这里，它们是我们的战利品，得由我们军人先行处理。"冉琎见他蛮横，只好回道："赵将军，这些箱子里的账簿文书，不是什么战利品，乃是我们潭州府一个重案的物证。我们已经处理好了，刚刚贴上了封条，还请赵将军理解，通融一下。"

赵葵听到已经贴上了潭州府的封条，顿时勃然大怒，说道："来人，将这二人赶出去，把箱子抬过来，封条撕了。"赵葵带兵极严，他的命令一下，亲

兵们齐声应诺，过来几个卫兵向冉珏、冉璞示意出去。冉璞此时反倒走近护住了箱子，淡然说道："谁敢违反大宋王法？"几个亲兵听他如此说话，就往前动手抓他出去，却不料冉璞武艺精通，几人竟然拿他不下。赵葵见此喝道："有反抗者，军法从事！"亲兵们听如此命令，就抽出刀剑攻向冉璞。冉璞也带了刀的，却并不拔刀，就用带鞘的刀跟亲兵们斗了起来。那上前的三个亲兵战不下冉璞，不到片刻，其中两个就被冉璞用刀背拍倒在地上。

赵葵见自己的亲兵今日如此丢脸，发怒道："都进来，拿下此人。"这时帐外竟然冲进了两拨士兵，一拨人立刻护住了冉璞，正是江林儿、江波他们；另一拨待要拿人，却见许多士兵正在护着冉璞，就都愣住了，难道要自己人火拼吗？

赵葵见状，几乎就要气炸了，铁青着脸质问刘整道："这些就是你带的兵？"

刘整看是江林儿他们，立刻明白是冉璞联络了他们，可是一时间跟赵葵也说不清楚，饶是他平时机智过人，现在竟然想不出该怎么办。尤其要命的是，他自己竟然也在想要不要服从赵葵的这个命令。以赵葵的军令之严，这在平时他是怎么都不敢这样的。赵葵见他呆若木鸡，更加火大，严令刘整亲自上去平乱。眼看着一场军内火拼就要爆发了。

第二十五章　珙琪初会（一）

赵葵严令刘整亲自带人平乱，刘整这才如梦初醒，向着冉珏一拱手说道："冉先生，多有得罪了。"然后大喝一声："来人。"外面刘整的亲兵听到了，一齐冲了进来。一时间众多士兵对峙起来，两方剑拔弩张，就等刘整一声令下，随时可能爆发一场厮斗。此时赵葵正在纳闷，为什么刘整会对面前的这个书生如此恭敬，突然眼前一花，一个灰色人影冲向前来，贴身的两个卫兵立即持刀阻拦。

赵葵定睛一看，原来就是刚才还在说话的冉琎，见他手持一把短刃，与两个卫兵贴身斗在一起。他不禁吃了一惊，此人原来习武。说话间，冉琎出招飞快，逼地卫兵不住地往旁边退让，赵葵赶紧拔剑，还未拔出，冉琎已经掠过两名卫兵，到了赵葵身旁。刘整看到了大惊失色，大喊："冉先生且慢。"赵葵的剑身太长，冉琎跟他贴身短打，他的长剑几无用处，反显累赘。不过赵葵毕竟军中成长，处变不惊，而且自幼习武，并无丝毫惧色，跟冉琎一时间拆了十数招。因为两人贴身缠斗在一个狭小空间里，卫兵们反而无法上前帮忙，众人一时不知道该如何做。这时冉琎一个急攻，短刀刺向赵葵的左耳，赵葵连忙闪避，不料却是一个虚招，冉琎趁势撞向赵葵左肩，赵葵顿时立脚不住。正待要强行站稳之时，只见一道寒光，短刀已经架在了他的脖子上。

　　冉琎平静地说道："赵将军，多有得罪。请你们的兵出去。"赵葵的脖子被刀刃压着，一时间动弹不得，但他天生倔强发狠，绝不服输，一个字也不肯发出。冉琎见他不从，就对刘整说道："刘将军，我们还是坐下来，好好再谈一次，如何？"刘整见上司被他挟持了，当然不敢违抗他的意思，正准备让他的亲兵全部退出去。

　　这时，营外有人进来传报，忠顺军都统制孟珙将军奉命前来，传达京湖制置使史嵩之大人的宪令。正通报完毕，就又有一批人闯了进来。为首的是一个年轻将军，此人目似朗星，剑眉上翘，豹腰熊背，身形敏捷，视之极其英伟，正是将军孟珙。才刚进来，孟珙立刻察觉里面剑拔弩张，形势危急，就命令手下亲兵将两边隔开，然后径直走近赵葵。一看冉琎手持利刃，正挟持了赵葵，不禁眉头一皱，转身举起令牌，向众人大声喊道："请各位放下兵刃，孟珙有话要说。"

　　众人见了令牌，纷纷放下手中武器，这时孟珙转身看了一下赵葵和冉琎，先对冉琎说道："我不认识阁下，但请你放心，我会保证你的安全，请收起你的武器。"冉琎见局面已经被他控制住了，就收起了短刀。孟珙又对赵葵说道："请赵将军让部下先出去好吗？"赵葵见到史嵩之的令牌，只好听从孟珙的吩咐让众人先出去。

　　这时江林儿他们仍然犹豫不肯退出，孟珙觉得奇怪，问道："你们是谁的兵？"听得此言，刘整有些面红。冉琎冲着江林儿他们拱手说道："请各位放心，先出去一下，冉琎自有分寸。"江林儿、江波见他如此说，连同冉璞都先后鱼贯而出。孟珙也让自己的属下随后离开了，此时营中就只孟珙、赵葵、冉琎、刘整四人了。

孟珙冲冉琎点了下头，问道："请问贵价是？"冉琎一拱手答道："在下冉琎，乃是潭州府真德秀大人的部下。"孟珙点头，回头又问刘整："你就是刘整？"刘整一叉手向孟珙行了军礼，回道："末将就是。"孟珙看了看他问道："就是你通报了史大人罢？"刘整坦然回答道："正是末将。"赵葵听得此言，心里顿生疑惑，这个刘整有什么样的事情，竟然不向自己汇报，却犯忌越级向史嵩之汇报？

刘整见赵葵面带不悦，知道他生气自己了，就向他叉手行礼道："赵将军，末将有难言之隐，本来想找个合适的场合，向将军单独汇报一事，奈何竟然没有机会。"赵葵一听此言，更是满腹狐疑。此时冉琎向赵葵说道："不干刘将军事，是我的意思请他向史嵩之大人汇报的。本案目前，关碍颇多，收缴的密函里竟然有几处涉及朝廷中枢，以及丞相史弥远之事。此等书信真假难辨，多半纯属小人伪造攀诬之言，我们认为应该将此事告知史嵩之大人，如果能亲自前来辨一下真假才好。"

赵葵听到这样的案情，心里不禁咯噔了一下，这办的是什么案子，分明是纯粹给自己找麻烦。赵葵知道丞相史弥远大权在握，地位稳固，皇上对他言听计从，凭这样的所谓密信账簿，根本没有可能伤及史弥远分毫，更不要说扳倒他。其实自己根本无意介入这样的事情，所以他已经后悔听到了这样的案情，也明白了为什么刘整非常为难的样子。

孟珙听了冉琎的言语，点头道："冉先生此言乃是老成之语，待会儿我和先生仔细商谈一下此事可好？"冉琎点头同意。然后孟珙转头对赵葵说："赵将军，孟珙有一事相告。"赵葵对冉琎等人甚为倨傲，但是面对级别比自己低的孟珙，却是非常尊重，说道："孟将军请讲。"孟珙的父亲孟宗政曾经是赵葵的父亲赵方手下最得力的大将，赵方在世的时候就对孟珙极其看重，称孟珙乃是奇才，大力提拔孟珙。所以赵葵从来不把他当作外人看待，孟珙也知道赵葵待自己亲热，说道："赵将军，我此行是被抓差来的。本来我在史嵩之大人处另有事情，史大人就顺便让我来此看一下。"赵葵一听这话心想，这样敏感的差事，史嵩之让他来，可见对他非常信任。孟珙继续道："我今天听说了将军马上就要调任滁州知州，你可知晓？"

赵葵一听就明白了，此事跟李全有关，因为李全就在那附近，而自己跟兄长赵范一直上书，要防备李全早做准备。如果调他现在去滁州，难道意味着朝廷可能要有所行动了吗？丞相史弥远一直对李全信任有加，不知何故，做出这次调动，难道跟史嵩之有关？赵葵回答道："还未接到朝廷的调令，既然你都听说了，看来我须得回去做些准备。"孟珙说道："是的。另外，史大人的意思是，你这里训练的新军，都要交给我了。所以正好我也过来看看。"赵葵明白史嵩之跟孟珙今天谈的本来就是这事，而孟珙说出这些话，也是告诉刘整，他将是刘整他们的新上司了。赵葵点头说好，两人又闲聊了几句，他就找个由头告辞，离开了这个是非之地。

　　赵葵做事最是雷厉风行，刚才还在这里发雷霆之火，才过了一会儿，就如风卷残云一般带着部下走了。他走了后，刘整赶紧向孟珙施礼，参见新的上司。孟珙安抚了几句，让他告知属下，继续整理外面的缴获，准备明后日就返回。

　　现在就是孟珙跟冉琎二人了，孟珙请冉琎把涉及宰相史弥远的有关事情详细说明一下。冉琎就凭自己的记忆，把那几封信件的内容复述了一遍，然后问孟珙："将军需要看那些原件吗？我可以启封，拿给将军察看一下。"说完，开了一个封口，从那箱子里面抽了几封信出来，随意打开了一封，翻到有关内容递给孟珙，孟珙仔细检看，果然跟冉琎刚才背诵的有关内容完全一致，不禁对他的记忆能力大加赞赏。冉琎待要打开第二份，孟珙一摆手，说道："不需要了。就是你刚才讲的那几条，对吗？还有其他的吗？"冉琎说道："没有了。我想这些账簿文书，真大人早晚会全部上报朝廷的。"孟珙问道："你们缴获的所有文书账簿都在这里了？"冉琎回答："是的。孟将军还有什么问题吗？"

　　孟珙想了一下，回答暂时没有了。冉琎又问："史嵩之大人是否有什么要求？"冉琎的意思是想问史嵩之是否要求带走这几封密信，孟珙回道没有。史嵩之根本没有那个意思要带走这些密件，这本身就是一种自信。冉琎忽然有种如释重负的感觉，本来他很担心这些东西会给真大人和自己带来麻烦，现在看来是不是有些多余了。仅凭这些东西，不足以对宰相史弥远产生什么威胁，至多是有些受贿的嫌疑，而任何人都不会相信真德秀和赵汝说两位大人会去查处宰相受贿的，不管是不是真有其事。

　　这时，孟珙走到那几个大箱旁边，看到了封条是潭州府和荆湖南路转运司的，想到了刚刚看过的朝廷邸报，有荆湖南转运司赵汝说调任温州的事情，就问冉琏："你可知道，赵汝说大人已经被降职调任温州了？"这是在冉琏离开潭州后的事情，冉琏有点吃惊地问道："孟将军，此事当真？"孟珙听他此问，明白他还不知道此事，就点了点头。

　　冉琏默然不语了片刻，他开始为真德秀担心了起来。孟珙见他不语，问道："你是否在为真德秀大人担心？"冉琏想了一下回道："本来有点担心。"孟珙听他这样回答，问道："现在就不担心了吗？"冉琏笑道："我相信以圣上和史相的英明，不会允许贪腐墨吏逍遥法外，更不会让正直的官员反而蒙冤！"孟珙笑了笑，心里想这位到底还是书生意气啊。冉琏继续说道："尤其是这几封可能是'伪造'的书信让史相受到了牵连，我相信史相会让真大人一查到底，以向世人证明清白的。"

　　孟珙听到他这样说，其实是反话正说的意思，他忽然明白了冉琏让刘整向史嵩之报告此事的真实用意，这可能是一石三鸟之计：其一，通过刘整将宰相史弥远涉及此案的消息传递扩散出去；其二，不管信中所言之事是真是假，史相他们至少会有所顾忌；其三，通过史嵩之的介入，防止了赵葵强行扣下四箱文书账簿。这个书生未跟任何人商量，自行做出了这个决定；随后，在紧急之中能够挟制赵葵，控制即将爆发的冲突。孟珙不禁对此人的反应之快感到佩服。

第二十六章　　琏珙初会（二）

　　孟珙说道："对了，没想到先生居然精通武艺，能够挟持赵葵将军。请问先生师承何处？"冉琏微笑着说："说起来，我们的师父跟阁下的祖父还有相当渊源。"孟珙顿时有了兴趣："哦，请问是谁啊？"冉琏回道："他的名字叫杨钦。当年被岳飞将军感化，是跟随岳飞将军北上抗金的岳家军名将之一。"

　　孟珙的曾祖孟安、祖父孟林都是当年岳飞的部将，所以一提到杨钦的名字，他当然是知道的。孟珙大为惊讶，问道，"杨钦将军仍然健在吗？那真是太意外了。"冉琏回道："是的，师父杨钦福泽深厚，今年有百岁高寿了，现住在播州一个道观里面。"孟珙听到这些，非常高兴，拉着冉琏的手说道："当年岳家军的传人又多了你们兄弟两个，真没想到今天能在这里遇到你们。"于是，两人一见如故，滔滔不绝地聊天竟然到了夜深之时。

次日早晨，孟珙又来看望冉琏，冉琏向他介绍了兄弟冉璞。孟珙见冉璞气宇轩昂，十分地喜欢，邀请他们二人跟随自己到枣阳的驻军，就是当时已经颇有名气的忠顺军那里去看看。冉琏对他的邀请表示了谢意，只是现在还得等待真德秀大人他们前来，有很多事情还要处理，将来有机缘的话一定会去。孟珙觉得跟他们兄弟二人甚为投契，有点不舍，于是说道："不知真大人他们何时能到，不如我们一起到山下的江边，走走谈谈，如何？"孟珙跟那位名声在外的赵葵将军不同，完全没有赵葵那副盛气凌人的模样，冉琏冉璞都觉得这位孟珙将军十分可亲，而且又都有岳家军的渊源，因此对他颇有好感。

于是三人一起踱至太平古渡，看到朝阳之下，远处江心波光粼粼，白鹭成行飞过；近处江水拍岸，细沙清澈，卵石斑驳。三人走到一块大石旁，停了下来，观赏这一江之水，浩浩荡荡地向东北转向流去。

孟珙开口说道："我最喜爱苏大学士的那首，'大江东去，浪淘尽，千古风流人物'。这里正是当年火烧曹军之处。想那东吴大将周瑜建立奇功之时，不过三十出头。岳飞将军这个岁数时，也已经是威震金军的一路节度使了。这样的功勋，令人敬佩啊！我有时想，如果岳飞将军没有被秦桧等人陷害，是不是能够继续击溃金军，然后收复国土呢？"冉琏问道："孟将军觉得会怎样呢？"孟珙摇了摇头，说道："时也，运也！那是我的曾祖和祖父，和你们的师父杨钦他们梦寐以求的愿望！但我以为那时朝廷新败不久，实力不足，民心不稳，只恐难以凭一时之功，驱除金军，恢复中原。"

冉琏很是赞成，说道："将军此言，正是当时的实际情形。兵法云：'天时、地利、人和，三者不得，虽胜有殃。'欲要成大功，三者缺一不可。高宗孝宗之时，得地利不得天时；宁宗之时，有地利无有人和。"

冉璞听着笑了说道："那么今日如何？"孟珙也笑了："是啊，如今怎样？"冉琏回道："最近听得一句话，说'高宗之朝，有恢复之臣而无恢复之君；孝宗之朝，有恢复之君而无恢复之臣。'我以为似是而非啊。大臣们一直以来，总是在争论是战是和，说多做少，更少有战略远望；而现在更多的大臣，已经习惯于富贵偏安，再没有北伐中兴的动力了。"

孟珙回答道："你说得有些道理。我认为，我们每一代人中都是人才济济，所谓'恢复之臣'是永远有的，只要朝廷有宽广心胸，真心选拔，真心任用，就一定能得到自己的'恢复之臣'。"冉璞一拱手说道："佩服！这个道理亘古不变！"

冉琎接着说："其实有所作为，不一定非得打仗才行。谈和也是重要策略，只是很多时候，有些大臣谈和也谈得极不成功：听说朝廷曾经跟金国谈了数十年之久，经常争论一些琐事末节，诸如送交国书之时君主是站是坐，国书上称叔还是道伯，等等，为此用尽种种手段，甚至不惜抢夺国书，贿赂使者。"

冉璞接道："是的，'战'与'和'相辅相成，这二者都是服务于朝廷大略的手段。那些大臣只要谈和，就是割地、称臣、纳贡，一味地出让朝廷利益，于国家战略目标没有任何益处；殊不知，朝廷最早就是'和'金，才弄出了一个致命的'海上之盟'。这些都是不善于'和'。与之相反，大臣虞允文，在关键时刻大胜金军，挽救了朝廷危机，可谓是善于'战'。但是后来在孝宗多次催促下，他仍然不同意北伐。孝宗以为他胆怯了，非常失望。在他死后派人视察他的军队，却是无比精锐之师。虞允文既是善'战'之臣，也是谨慎持重的善'和'之臣。他看到了当时并不具备北伐的条件，所以不愿意朝廷冒险一战啊。"

孟珙此时正在边境训练军队，时刻准备对北作战，所以他对"战"有着特别的兴趣。他问道："二位先生，根据我对金国一直以来的观察，现今他们的气数已经将尽，你们说我们是对金应该'战'，还是继续以前的'和'呢？"

这时冉琎笑了，说道："真巧，一月之前我曾经跟真德秀大人他们有过一次深谈，也是关于这个话题。当时我们都谈到了一定要吸取'海上之盟'的教训。他们问朝廷是否可以联金抗蒙，当时我回答：金国与我有累世深仇，结盟非常困难。除非金国能主动向我表示诚意，取消一切不平等条约，真心与我结盟为兄弟之国。从金国的动向看，他们并没有这个想法。所以，我以为朝廷对金还是应该立足于'战'。"

孟珙点头表示赞同："如果只以灭金复仇而言，此时已经难度不大了。问题是灭金之后，朝廷将面临比当年的金国更加危险的蒙古军队。蒙古崛起得实在太快，国力庞大，实在是我们的未来大敌！所以我一直以来在枣阳一带练兵，史嵩之大人也在襄阳一带屯粮练兵，绝不只是为了对金作战的需要。现在朝廷最缺的就是优秀将领和军事人才。"

这时孟珙停了一下，带有深意地看着冉琎、冉璞说道："朝廷外患不止，正当用人之际；我与你二人年纪相仿，正是黄金般年岁。你们为何不学习岳家军前辈，加入军旅，建功立业！岂不强似整日埋于案头文牍，与那等龌龊贪官争个不休？"

冉璞觉得孟珙所言，难道不就是自己的平生志向吗？正要点头作答，却听冉琎回道："我等受真德秀大人提携，应该辅助他在潭州理政，实现他实行惠政，百姓安乐的理想。如你刚才所言，朝廷当真有所需要，我等一定乐于从军报效。"

孟珙点了点头，沉默了片刻说道："我知道真大人乃是朝廷的清流领袖。只是有句话，不知道你们是否愿意听进去？"冉琎冉璞说道："孟将军有什么话但请直言。"孟珙斟酌了词句说道："我虽是武人，却也知道真大人是如今的理学大师，他在朝中一直无党无私，所以受人赞誉；可是从另一面来看，既然无党，也就往往势单，容易受到排挤。他离开朝廷中枢而到潭州来，就是这个缘故。你等跟着他，这次又是办这样得罪人的案子。从今往后，你们要想立足朝堂上举业立功，只怕实在渺茫。这是为兄给你们的肺腑之言！"

冉琎、冉璞片刻无语，稍许冉琎说："最多蹉跎数年，我等再做计议罢。"孟珙看着冉琎，轻声叹了口气说道："人生最宝贵的就是年轻岁月，你们能有多少个数年时光。如果老了之后，朝廷更加不会用了！"

这时江面之上飞过一群白鹤，鹤唳之声穿透江面传至对岸，对面有山，于是隐隐然听见回声，久久不绝于耳。冉琎忽然想起师父杨钦念过的诗经一首"鹤鸣"。于是回道："鹤鸣于九皋，非时则不鸣，非时则不舞。"说罢默然。孟珙是武将，虽然不是太懂他的意思，但是看冉琎的神情，也猜到了大概的意思。

冉琎继续说道："虽然现在跟随信奉理学的真大人，我却还一直信服这样的话，'上德无为而无以为'，顺应自然，有功则有，无功也可。若朝廷看重我等，我们尽力就是。当年精忠报国的岳飞将军初立大功之时，不顾自己官卑职低，反对黄潜善、汪伯彦等降金乞和之人，向高宗上书数千言，说道：'今社稷有主，已足伐敌之谋。而勤王之师日集，彼方谓吾素弱，宜乘其怠击之。'结果被批语'小臣越职，非所宜言'。并且被革除军籍，逐出了军营。那时朝廷尚处灭国危机，却以此等言语对待士人，实在让士族寒心。如此有功无功，又有何意义呢？"

冉璞听了此言，心里不是很赞同兄长之言，问道："兄长当真不想建功立业吗？以前跟着杨钦师父念书时，记得师父曾说，鲲鹏志向高远，'风之积也不厚，则其负大翼也无力。故九万里，则风斯在下矣'。我等当厚积薄发，积才积学积势，等待时机就是。"

冉琎轻轻叹了一口气说道："如有机遇，为兄又怎能无意？只是这中间必定艰险，似我等并无根基，如今官场险恶，互相倾轧，一步走错，步步皆错。为兄不想委屈自己，也不愿你去奉承迎合。如今我们跟着真大人，可以清白做事，心安自得。如果真如孟兄所言，以朝堂之大，连真大人这样的人也容不下，恐怕也就是我们该离开之时了。"

孟珙是一个有家国情怀并要建功立业之人，他不赞同冉琎此言，但是也能理解于他。孟珙认为冉琎应该是受了师父杨钦道家的影响，又从此案中看到了朝局腐败已深，所以才入仕尚且未久，就已经想着离开了。可当今朝廷的确有不如意之处。他心里叹息该有多少有才之士被埋没了！和平时期也就罢了，如果国家一旦出现了危机，就会没有足够的人才，为朝廷分忧出力。所以他想竭力邀请二人到他那里去，他相信他们身上有巨大的潜力，他们的价值是在军队，军队一定能够发挥他们最大的聪明才智。

这时冉璞对孟珙练兵屯田的事情产生了兴趣，正在跟孟珙聊着，军校来报真德秀大人到了，三人赶紧回到山上。真德秀跟冉琎几日未见，局势已经发生了很大的变化，自然有很多的事情商议。所以在冉琎向真德秀介绍了将军孟珙之后，两人就迅速进入内室商谈了许久。而冉璞也见到了蒋奇，自然要询问赵汝说大人的情况。

真德秀了解到宰相史弥远的名字出现密信里面，也觉得甚是棘手。当他听到赵葵曾经想要劫走这批账簿文书时，不禁觉得好笑。然后冉琎跟他解释为什么要让刘整通知史嵩之的原因，真德秀觉得冉琏做得很对，现在应该适当地在高级官员里散布这个消息，可以让他们承受一些官场舆论的压力。赵汝说已经遭了他们的黑手，真德秀觉得这些事情应该好好琢磨一下，必须利用好为赵大人洗脱诬陷。冉琏建议应该尽早赶回，去抓捕莫彪和赵奎这些要犯，与被捕的贾山一同审讯。真德秀就叫来了冉璞和蒋奇，让他二人赶紧奔回潭州，急速通知赵汝说大人按计划捕人。

等他们一切布置妥当，孟珙走过来跟真德秀商量说，此次共彻底清缴私盐二十余万担，全部交由真德秀处理；其余粮草辎重一律充作军用；缴获的银两盐引等由真德秀上交朝廷。孟珙问真德秀这样处理如何？真德秀说如此安排非常合理，并一再感谢孟珙将军的慷慨帮助。

就在真德秀等人准备启程回去之时，冉琏突然又想到了一件事，这是一件必须解决的未决之事，于是赶紧飞马去找刘整、江林儿他们。

第二十七章　驱虎吞狼（一）

冉琏在回潭州之前，想到了江林儿他们，这次对自己兄弟两人仗义相助，恐怕刘整未必能容下他们了。于是他又找到了刘整，说道："刘将军，昨天在情况紧急之下，我不得已找了江林儿他们相助。如果有错，错在冉琏，万望将军见谅。"刘整说道："此事已经结束，先生不用再提了。我不会计较江林儿他们，请先生放心就是。"冉琏知道刘整是个言出必行的人，听他这样说，总算是放心了。

冉琏再去找江林儿，跟他讲自己已经向刘整求情了，江林儿笑了笑，说道："多谢先生这么费心。正好我也要告诉你，我们几个已经决定要离开这里了。"冉琏吃了一惊，问道："这是为何？是不是怕受这件事情的牵连？"江林儿回道："不是的，请先生不要多想。是这里并不适合我们几个。我跟江波他们商量过了，要带部分兄弟去夔州山上去，那里我们可以扎下一个寨子，再招一些人马，以后就在那里安身了。"

冉琰问道："你们真的打算去落草？"江林儿笑道："不是落草。夔州那里有个大庄主，曾经邀请我去那里组织民军自保，现在我想通了，就去那里。江波、江虎他们几个，愿意留在刘将军这里，继续给朝廷效力。但我们不能全都留在这里，将来如果有个山高水低，大家也有个退处。"冉琰见他主意拿定，就不再劝了，让他安顿好了后派人送个信到潭州，将来有机会总要再见面的。然后江林儿、江波他们一起送冉琰下山，众人挥手作别。

冉璞跟蒋奇飞马奔回了潭州，径直去见留守的赵汝谠大人，细说了山上发生的所有细节。赵汝谠大喜，叫他二人稍事休息，就带着令签去抓捕莫彪和赵奎。冉璞说道："此时片刻不可耽误，逃脱了这些要犯，再抓就非常困难了。"于是二人带着衙役们风驰电掣般地冲向提刑司。

提刑司此时几乎没人了。莫彪和赵奎在几天前，就已经发觉提刑司被人盯住了，他们的一举一动都有人跟梢。两人知道大事不妙，必须赶快做出决定是去是留。莫彪还一度抱有幻想赵汝谠被贬能够收敛一些，现在看来，他是要在离开潭州之前跟自己彻底摊牌了。可是朝廷只给了他十天时间，他能做些什么呢？莫非是太平寨会出事？他派去太平寨探听消息的人迟迟不回，前日他派去盯梢真德秀的人回报说，真德秀带了一大批人出城了，却探听不到他们要去哪里，只看见队伍往北方走。他就知道太平寨可能出事了，跟赵奎紧急商量对策，两人觉得必须赶紧逃离潭州。于是两人忙了一天，销毁了所有他们认为有关的不利证据，并将所身边所有银钱通通分给了部下，部下们欢欣鼓舞，纷纷誓死效忠。

今天，派在城门观察的人报说，看到冉璞和蒋奇急匆匆地回到了潭州。赵奎跟莫彪就立即带人离开了提刑司。赵奎对莫彪说："只怕此刻城门是出不去了，必须来个声东击西，打乱他们。"他们把跟随的人分作两部，由赵奎带一部分人去袭击转运司衙门，赵汝谠那里有事，城内必将大乱，莫彪他们就可以趁乱冲出城门去。

赵奎他们按照计划，偷偷摸到了转运司衙门附近，看见冉璞跟蒋奇带了许多人从衙门里急急忙忙出去了，方向是奔往提刑司的，此时赵汝谠衙门一定非常空虚。于是赵奎带了十几个人，全都蒙住面部，听他一声号令冲进了转运司。那赵奎只要见人，开弓就射，连续射杀了几个转运司差事，其他人则四处杀人点火。

转运司衙役们见势不妙，拼死护着赵汝谠从后门出来，逃往潭州府衙调人平乱。赵奎命人四处扔下事先预备好的郴州陈峒令牌和传单。他们这是要冒充陈峒的党羽在潭州作乱，正好栽赃坐实真德秀纵放歹徒，才导致了今日之乱。

转运司此时大火烧起，冉璞他们远远地瞧见，知道出事了，赶紧兵分两路，蒋奇带人回援，冉璞带人继续赶往提刑司。到了提刑司，搜不到莫彪他们，冉璞立即带人增援各个城门口，防止莫彪、赵奎他们冲击城门出逃。

潭州城东边有龙伏山的阻隔，莫彪他们逃亡不易。此时莫彪正赶往城西边的潮宗门附近。在潭州西半城，德润门潮宗门通货门这些地方有湘江码头，只有在这些地方，才方便从江上乘船逃走。莫彪看见转运司火起，知道赵奎已经得手。当他赶到永丰街，见商铺众多，人来人往，就吩咐手下全部遮住脸部，大喊"陈峒来也！"然后到处胡乱杀人，纵火焚烧店铺，意图制造混乱，然后趁乱出城。

这时杨声带人从麓山别院过江而来，正在街市上游逛，恰好遇到莫彪他们杀人，就立即招呼众人上前阻止。双方厮斗在一起，正乱作一团，冉璞他们赶到，截住了莫彪等人，这些人认得冉璞，知道他的厉害，也不敢纠缠，全部往潮宗门逃去。冉璞、杨声带人追赶，这时突然飞来一箭，杨声应声倒地，冉璞赶紧来救，见他的右肩正插了一支箭，冉璞拔下箭一看，跟杀死陈宝的那支是一样的。

为杨声简单包扎了一下后，冉璞又追了出去。出了城门顺着江边向前苦追不舍，远远地看见前面正在厮杀，原来是沿江巡检士卒望见城内火起，就赶往城门口支援，恰好截住了正在夺船的莫彪等人。冉璞大喊留下活口，已然来不及了，莫彪等数人悉数被杀。冉璞找到了莫彪的尸体，正在懊恼间，想起还有赵奎，他有一种强烈的感觉，箭应该是他射的，这是一个十分危险的人物。他赶紧带人四处搜寻赵奎，然后遇到了蒋奇他们，众人一边灭火，一边继续搜寻。

搜寻了赵奎一日，没有任何发现。蒋奇诧异地说道："赵奎这厮当真狡猾，难道他已经逃出去了吗？"冉璞说道："赵奎是这群人中最阴险狡诈的一个。刚才几个城门都是乱了一阵，极有可能已经出逃了。不管怎样，城内还

是不能放松就是。"于是两人回到转运司衙门，这时大火已经扑灭，众人正护着赵汝谠检查损失情况，共被害了五人，四人中箭，多人受伤。冉璞仔细检查，发现这些箭跟射杀陈宝，以及杨声中的那支都是一样的，应该是同一人所射。此时冉璞已经认定了这人就是赵奎，就等着真大人他们把贾山带回审讯来确认了。

再说孟珙跟真德秀和冉璙他们告别后，先去了鄂州，向史嵩之复命。当史嵩之听说赵葵想要这批箱子时，不由皱了一下眉头。他知道赵葵的脾气秉性，虽然心高气傲，却不是一个喜欢玩弄权术的人。可是这次他为什么对这个案子表现得如此积极呢？史嵩之心想，可能是官做大了的人，见到这些秘密的东西，就像老饕闻到了鱼腥一样，忍不住都要咬住不放的。从孟珙描述的情形看，真德秀他们这起人办这个案子，并不像是冲他叔父去的。但是那些密函里面有给叔父行贿的记录，这些一旦在官场传开，总是一件麻烦事情。于是他问清楚都是哪些事情后，马上写了一封密信让人赶快送往临安宰相府邸。

此时在临安，莫泽、莫彬他们已经多日没有收到潭州的消息了。虽然上回给赵汝谠说他们使了手段，然而这是挡不住真德秀继续查案的，要想迫使真德秀停止追查这个案子，必须用些雷霆手段才行。两人秘议了几日，也没有想出一个万全的办法。真德秀这个人是有名的清官，从来不沾手贿赂，也不贪剥百姓，从这方面下手是打不倒他的；他又是文官，手里并无半点兵权，告他图谋造反连自己都说不服。

后来莫泽想到了一个绝户计，他让莫彬重金寻找了一个模仿笔迹的高人，模仿真德秀的笔迹，以他的名义起草了一封书信写给一个人。莫泽把书信翻来覆去地读了好多遍，终于满意地点了点头，说道："就这一封信，就可以要了他真老西的命！"书信是过关了，还需要让史相看到这封信才行，才可以借史弥远的手除去真德秀。可最近史弥远对他一直比较冷淡，已经多日没有叫他去府上了。这在以前，几乎隔日就得去一趟的。他心想，自己难道已经是史相那里一枚弃子了吗？

莫泽有点灰心地跟莫彬说："因为真老西搞的这个盐案，史相那里好像要撇清我们了。我们绝不能束手待毙，一定要逼史相出手，一起整垮这个真老西才行。"两人对坐搜索枯肠，苦思冥想，莫彬突然以手加额，仰天大笑，说想到了一个连环计。莫泽让他快说，莫彬却故作神秘状，问道："听说兄长家中有极品之茶，此计策须得有佳茗才行，我们边饮边谈，可好？"莫泽立即让管事把家里珍藏的极品龙凤取来，说道："只要是好对策，莫说是此茶，为兄给你磕头又有何妨？"莫彬笑道那倒不用，然后仔细说出了他的计策。

莫泽顿时大喜过望，拍案叫绝。莫彬笑着说："史相现在唯一忌惮的还是此人，如果我们能成功地激活此人，让他在朝野掀起动静来，史相还能不出手吗？办好这件事，圣上都得站在我们这边了。这就叫作驱虎吞狼之计。"莫泽点头，问道："你说的这几个人可靠吗？"莫彬回道："兄长放心，这些人过去曾经做水匪，我对他们有救命之恩，他们就视我为再生父母。多年以来，我又一直对他们照顾有加，留着他们，现在终于可以用上了！"莫泽说道："这个计策实在是高明，我们必须精心策划，耐心地实施，千万不能着急。等到时机成熟时候，争取一击成功。"莫彬点头赞成。

真德秀哪里能料到一个为他而起的阴谋即将开始实施，他正在回潭州的路上，此刻的他恨不能立时飞到潭州，尽快跟赵汝谠见面详述。还有几日，赵汝谠就必须前往温州了，真德秀希望能在他启程之前将案情厘清，然后尽快上奏朝廷为赵汝谠陈情。路上他跟冉琏说道："你们此次立下大功，我一定向朝廷上奏你们的功劳，朝廷应该会给大家有所褒奖。"冉琏笑了笑，说希望下面能顺利地把案子办完。真德秀听他这样说，觉得他还有所担心，毕竟这个案子的背后牵涉的官员层级很高，谁也不知道下面会有什么样的事情发生。真德秀觉得他能做到的，就是把案子坐实，证据抓牢。在铁证如山之前，这些官员应该是无法抵赖狡辩的。

冉琏告诉了真德秀，江林儿他们几个人即将离开军营，去夔州办民军，立山寨自保。真德秀听完，沉默了好一会儿，问道："他们做此决定，是不是受我们的牵连？"冉琏回道应该不会，是江林儿他们自己的选择罢。再说刘整将军看起来不是那等量浅之辈，倒是赵葵将军比较骄傲些，恐怕难以容下他们。真德秀听罢无语，然后让冉琏跟他们联络一下，请他们回潭州，就在他手下办差罢。冉琏劝道："人各有志，不可强求，也许那样对他们更合适，也未可知。"

第二十八章　驱虎吞狼（二）

　　傍晚时分，众人刚回到潭州就听说转运司衙门遇到了袭击，真德秀发怒说道："没想到此辈如此丧心病狂，可见平时该何等猖狂！所幸赵大人没有受伤，真是万幸！"赵汝谠紧紧握住真德秀的手，笑着说："这就是他们最后的疯狂罢了！"真德秀问："抓到莫彪了没有？"赵汝谠向冉璞示意，冉璞回答道："莫彪已经死了。他的党羽大部被歼，只有赵奎等少数几个还在缉拿当中。"真德秀马上要去验看尸体。蒋奇引去了后堂，真德秀仔细地检看莫彪的尸体，长叹一声说道："你本可安享富贵，为何偏要做贼？"赵汝谠在旁说道："做贼的绝不止他一个，在临安还有他的同党。"真德秀点头，若有所思。

　　因为火烧了转运司衙门，赵汝谠搬去了潭州府衙。两人刚刚回到衙里，真德秀就问赵汝谠："你刚才提到莫彪在临安的同伙，是不是已经有了安排？"赵汝谠回道："正要跟你商量。我们都知道莫彪的背后是莫泽，如何扳倒莫泽就是我们下一步的关键。"真德秀说道，"莫泽的背后还有人。所以一定要深思熟虑，把案子坐实，证据无懈可击，才能一击中的。"赵汝谠回道："这是当然的。为了防止莫泽及其同伙在朝上联手欺蒙圣上，我已经联络了兄长赵如谈，和参知政事乔行简大人一同上书，参劾莫泽他们。就等我们的卷宗送到临安了。"真德秀很高兴，说道："如果乔大人肯出援手，这次史相应该不敢太过护短。"

　　乔行简和真德秀的政见曾经多有不同，过去廷议之时公开辩论过。不过都是为了朝廷公事，二人从无私怨。官场上都说乔行简此人素有智略，平日里极其谨慎，但遇事敢言。那是因为乔行简在朝的资历很深，是两朝帝师、三朝元老，自然有足够资本敢于言事。朝中大多认可，他可以平衡一下大权在握的宰相史弥远。请动了乔行简，应该说此次获胜的把握大大增加了，真德秀自然是信心大增。赵汝谠继续道："不过乔大人提出了一个条件，就是一切必须听他的指挥，不能擅自上书言及此事，更不可弹劾丞相史弥远。真大人你觉得如何？"真德秀捻须笑道："这个乔寿朋，分明是说与我听的。"赵汝说也笑了："你们两个以前争论太多，可是这次非同小可，我们一定要听从乔大人的居中协调，如何？"真德秀回道："一切服从大局，为了清除朝中奸党败类，真德秀知道该怎么做。"

赵汝说认真地看着真德秀，问道："有一件事情，你一定要依我！"真德秀见他如此说，问道："什么事情？"赵汝说放低声调，说道："所有牵涉到丞相史弥远的事情，都不要写到奏章里面；卷宗里如果有口供涉及他的，留下来先不要上报。你刚才提到奸党二字，我希望你不要再提，否则容易让人推说，这又是一次党争。你能答应我吗？"真德秀听到这话，心里非常不舒服，待要反驳什么，又想起这个主意必定是乔行简出的，刚刚答应了赵汝说，也不好马上反转，就说道："先看看情形再说罢。"赵汝说严肃地说道，"真大人，你一定要答应我这条，我们的力量暂时达不到，不要一下子就给自己树立过于强大的敌人。这次只打莫泽他们，等今后条件具备了，自然会把全部证据拿出来，再一举清算。这就是先削其党羽的策略，你看行不？"

真德秀想了一会儿，答应了赵汝说的要求。不过他提出了自己的建议，反正史嵩之已经知道了有关内容，不如主动出击，到时候把涉及史弥远的有关内容抄写一份，用信札密封，送给史弥远自己拆看，这样也可以敲山震虎。赵汝说点头呵呵笑道，"真大人也开始思考权谋之术了。"

此时的史弥远正拄着一根黑檀木杖，在宰相府邸的竹林里徘徊，路过竹林边上的鱼池时候，他停了下来，观赏池中的鲤鱼。他在想，这世上好些人，就是喜欢自作聪明，不甘心只做池中之物，却只能永远困在池中，只因为他们没有自知之明罢了。

他刚刚看了侄儿史嵩之的来信，自己当然不会害怕被人指责收受贿赂，多少年来，他曾经被人弹劾的罪名太多了，这种都是不值一提的。他真正担心的是，自己经营多年稳固的圈子，开始出现了裂缝。他知道，这种裂缝，一旦出现，就不可能完全弥合上了。有了裂缝的鱼缸，一旦注满了水，垮塌就是迟早的事情。现在这个裂缝，就出现在莫泽那里了，说不定其他人，比如赵汝述和梁成大，这几个平时跟莫泽有紧密往来的，都可能随时变成他所说的裂缝。

这些事情，他还暂时不能找人商议，尤其是郑清之，史弥远不愿让他也被这些人搅和进来。他认为赵汝述对莫泽的事情知道得比较清楚，于是他让万昕叫人通知赵汝述，到府上来一趟，他有事情要问。

赵汝述不知道潭州的事情发展到了什么情形，但是他知道莫泽最近麻烦不断。上次莫泽找他帮忙弹劾赵汝说，他立即照办了。这并不是因为他跟莫泽有多么深厚的交情，而是赵汝说的所为已经损害到他了：太平寨的盐仓，他虽然从不直接沾手，但是每年莫泽都会分他一大笔银子。作为回报，他会应莫泽的要求，派人去地方州府为他办事，这就是一个交换。如果其他人提出类似要求，他会一口回绝。但是他愿意跟莫泽合作，这是多年以来形成的默契和信任。现在有人要打破他多年以来的巨大财路，他当然要支持莫泽他们了。今天史相突然叫他去府邸谈事，他估计多半跟莫泽有关了。上次他弹劾了赵汝说，作为回报，莫彬刚刚送到他府上一千两银子，难道史相知道了这个事情吗？

他到了宰相府邸，跟往常一样，史相正在东花厅等他。这是他们都很熟悉的地方，这让他心安了一些，今日跟往常并不会有什么不同罢？进了东花厅大书房，史弥远正怀抱了一个手炉，歪在榻上，半眯着眼睛打盹儿。万昕正要小心翼翼地叫醒他，赵汝述赶紧摆手，示意他不要这么做。他轻声地对万昕讲："我就坐在这里等，你去忙别的罢。"万昕就知趣地退出去了。

过了半晌工夫，史弥远醒了，看到赵汝述正坐在对面看书，就坐了起来，叫万昕进来，训斥道："今后大人们进来了，一定要叫醒我。"赵汝述赶紧解释："不干他的事情，是我看史相为了国事而劳累如此，实在是不忍打扰。"史弥远点了点头，让万昕点上几炷他平日里最喜欢的熏香，他有事要谈，说完忍不住地打了一个哈欠。赵汝述见他有一副精力不济的样子，心里暗暗想道，史相真是见老了！

史弥远等万昕出去后，说道："今天叫你来，是有几件事情想问问你。"赵汝述回道："史相请问。"此时史弥远突然目放精光，问道："你们以前给我送银子，我也不太多问怎么回事，只是让你们为人做事都要小心谨慎些，不要被人说出闲话来。"说完，眼睛盯着赵汝述看。这时赵汝述见史弥远刚才的老态龙钟之相突然完全消失了，锐利的目光看得自己直发毛。赵汝述有点磕巴地回道："史相这是何意啊？"

史弥远问道："莫泽，还有他的兄弟，这几年都在做些什么啊？是不是在弄私盐？"赵汝述当然是清楚这件事的，可是他不知道史弥远到底知道多少，今天他突然这么问，难道史相真的不清楚莫泽他们吗？于是他表现出有点为难的样子，说道："曾经听别人说过，好像过去他是干过。至于现在，是不是还在弄，就不清楚了。"史弥远心里完全明白了，莫泽这次肯定是不能保了，也保不住了，他的把柄已经被人牢牢地抓在手上，他必须要撇清跟莫泽的关系。他又问道："你们几个，都有谁收过他的钱，帮他办过哪些事情？"赵汝述为难地说道："别人如何，我真是不知道了。至于我自己，是收过他一些，但都跟私盐没有关系啊。"史弥远知道他轻易不会说出实情的，他心里感叹道："这些人，都是不见棺材不落泪的。"

沉默了一会儿，说道："你去办一件事情。"赵汝述赶紧回道："史相请说。"史弥远不紧不慢地讲道："马上就有人会弹劾莫泽了。记住，你们不要帮他。你去告诉他们几个，都不要说话了。还有，跟他有私盐方面牵扯的，必须要趁早告诉我。如果现在不说，到时候，不要怪我坐视不救！"

赵汝述开始冒出冷汗了，史相这是向自己交底，也是向别人交底，这次不会再保莫泽了。在赵汝述的记忆里，自己这些人中任何一人如果有事，史相平日里从来都是力保的。这还是史相第一次不肯帮忙，难道以后也不会再帮吗？于是他问道："丞相，莫泽的事情真的无可挽回吗？"史弥远微微冷笑道："他曾经在我这里，大谈什么'同天下之利'。他的'利'，就是去贩私盐，还蠢到让人抓住了把柄，铁证如山。你说，让我如何去保他？"赵汝述明白了，这次莫泽肯定是逃不掉了，自己得赶紧回去，清查一遍，该销毁的书信文档必须马上销毁。

史弥远继续说道："你们这几个人，我一直引以为心腹，对你们信任有加。唉，总是怪我平日对你们管束不够。有人说我太纵容你们几个，看来说得不错啊。"这时赵汝述觉得手脚都有点凉了。史弥远一边盯着他，一边继续说道："莫泽在弄盐，说不定你们有人就会弄茶、丝绸、瓷器，还有铜铁，只要能生财，是不是？"赵汝述听到这里，吓得赶紧站起来，以至于一个趔趄，磕磕巴巴地说道："属下实在不敢。属下再怎么不成器，也不敢做这些授人以柄，连累丞相的事情啊！"

史弥远认为赵汝述是他们几个人中间比较老到持重的，平日里也一直最信任他，刚才说话时一直冷眼观察他，见他如此，知道他不会直接参与这些事情，就换了一种语调安慰他道："我想你应该不会，所以对你一直最是倚重！这次，你要多担些担子，把莫泽他们在潭州带来的恶劣影响，降低到最小，明白吗？"赵汝述明白，史相这是要出手了。御史可以风闻奏事，他的第一步应该就是要安抚好御史们。果然，史弥远让他出面暗地里联络御史们谈话，让他们不要乘乱起哄。赵汝述诺诺领命。

第二十九章　湖州疑云（一）

真德秀在为弹劾莫泽做最后的准备，一切都要争取在赵汝谠离开潭州之前完成。蒋奇、冉璞等人连夜轮番提审了贾山。这个贾山生性狠偪，在无可辩驳的事实面前，以及诸多证人的指证之下，仍然拒绝招供。蒋奇无法，只好动刑，各种手段用了之后，依然不肯招认罪行。旁观审讯的冉璞担心用刑过度会出意外，就请蒋奇暂时停止。然后他跟真德秀耳语了几句，真德秀点头同意。

然后冉璞对贾山说道："你如此熬刑抗拒招供，不过是以为莫彪可以为你撑腰，是罢？"贾山不理。冉璞继续说道："你如果这么想还是算了罢。实话告诉你，莫彪已经死了，没有人会为你出头了。"贾山听了这话，根本不信，将头转过去不听冉璞说话。冉璞见他如此，心知他其实是十分在意这点的。于是他笑了说道："莫彪已死，你们如今已经是鸟兽散了！别人为了自己的活路，都已经招供。毕竟，你们不是元凶首恶，只要你肯说出实情，为案情真相大白立些功劳，真大人会酌情给你减刑，也给你一条活路。听懂了吗？"

贾山仍然不肯说话，但是神情中，已经没有那种偪狠了。冉璞见状，说道："现在让你去见一个人罢。"然后蒋奇把戴着镣铐的贾山领到了后堂一个房间，那里放了几具尸体，是莫彪和他的几个手下。当贾山看到莫彪那具枯黄的尸体时，终于崩溃了，一下瘫坐在地上。

再次提审贾山，他开始陆续交代了。他们多年以来，如何在荆湖南路以及附近各州府贩售私盐和倒卖会子，甚至利用官船偷运私盐及粮食等大宗货物，这些实情全都坦白给了真德秀。这些年来，对于拒绝配合他们的各地官员，他们就伙同莫泽利用一切手段打压排挤。各州路府被他们买通的官员数不胜数，甚至朝廷里面多位大员，包括赵汝述和梁成大等人，都被他们行贿买通，做了许多为虎作伥之事。莫泽更是利用掌管户部的便利，直接参与了他们的盐引交易。

冉璞又问他杀害转运司几位差役以及周卫之事，贾山也供认不讳，主谋都是莫彪和赵奎。冉璞问他，那夜是谁射杀了陈宝，果然不出所料，这人就是赵奎。贾山还交代赵奎一直深藏不露，不但射箭了得，而且善于骑马。这让冉璞不禁怀疑，这位赵奎是不是曾经接受过严格的军事训练？

拿到了贾山的画押供词，真德秀和冉琏如释重负，总算可以赶在赵汝说离开潭州之前完成所有审讯了。冉琏连夜将所有供状、物证和证词整理完毕，马不停蹄地送给真德秀和赵汝说两人共同审阅。连续数夜，潭州府灯火通明，众人不辞辛苦终于将案情卷宗整理完毕。

赵汝说又跟真德秀交代了几件他放心不下的事情，包括他想处理的几宗潭州非法土地兼并案，都移交给了真德秀。真德秀慨然允诺，这将是他在潭州对百姓实施惠政的几件大事之一。

次日，赵汝说与家人踏上了前往温州的行程。临行前，赵汝说跟真德秀说，他要静悄悄地离开潭州，其他人就不要送别了。出了府衙大门时，只有蒋奇、穆春等少数转运司公差跟着，一些潭州府衙役也陪着送别。蒋奇、穆春二人一定要将赵汝说安全送到温州，真德秀非常赞许二人。冉璞也要去送，赵汝说跟他说，潭州这里还未完全稳定下来，所以真大人离不开他的，而他有蒋穆二人就可以了。冉璞只好作罢，依依不舍地跟着众人送行赵汝说。

真德秀陪着赵汝说到了城门，这才发现原来众多的转运司衙役兵丁已经等在城门附近，还有很多受过赵汝说恩惠的百姓，全部都聚在了城门附近的码头上，要送赵汝说一家上船。上船前，真德秀握着赵汝说的手说："此去行程路途遥远，只怕是多有艰险，一定要小心珍重。今后书信联络，千万勿忘。"赵汝说紧紧握住真德秀的手，轻声说道："一定会的。西山兄，朝中之事，诡谲莫测。你身上担着重任，一定要千万小心，不要意气用事啊！多与乔行简大人商议，会有很大帮助的。"真德秀点头说道："赵兄放心，真德秀会做到的。"

冉琎、冉璞、王京等众人也都轮流向赵汝谠作揖送别。赵汝谠感慨地说："赵汝谠何德何能，大家如此地对我抬爱，令我感动且惭愧。诸位请回罢，今后诸位一定要帮助真大人，在潭州干出一番轰轰烈烈的事业来。我在遥远的温州，也会时刻挂念潭州，念兹在兹，无时或忘！大家保重！"众人目送赵汝谠走向官船，上船之后他就一直站在船头向众人拱手致意，跟众人挥手作别。真德秀没有想到，虽然他们今后一直有书信往来，他却再也没有见过赵汝谠了。

真德秀自从到任潭州之后，痛恨这里的官吏以各种苛捐杂赋盘剥百姓。在荆湖南路，除了朝廷征收的正赋之外，还有大斗大斛加耗重催等等各种名目，百姓苦不堪言。现在他暂时代管了赵汝谠的转运使之责，对钱粮税赋有了深刻的了解。所以他在潭州开始推行惠政的第一步就是取消了田税正额之外很多不合朝廷规制的税赋，其中取消了"捧撮米"每石增收一斗七升的附税以及加收斛面米等苛政，最受潭州乡民的拥护；真德秀还废除了榷酤制度，免征了苛重的酒税以刺激商业发展；同时还免去了和籴制度，废除了对乡民的额外剥削。

他以儒家正统要求施行仁政，创立了义仓的办法。用缴获的私盐变现后的部分钱款，设立了惠民仓五万担，又在辖区内十二个县普遍设立新仓，使之遍及乡落，专门在春季青黄不接时，平价卖给乏粮度日的乡民，这样避免了这些乡民被迫借下高利贷，因而失去耕地的情形。这就打破了潭州乡民土地被地方豪门扩大兼并的趋势。此外他特别设立了潭州府慈幼仓，常年储备粮食，专门用来赈济当地无依无靠的老人和儿童。

真德秀还着手整顿吏治，以"廉仁公勤"四个字勉励僚属，即"律己以廉，抚民以仁，存心以公，莅事以勤"。真德秀对莫彪、赵奎他们在提刑司的恶行深恶痛绝，为了杜绝这些残民害民之事，他写下了有名的《喻属文》："狱者，民之大命，岂可小有私曲？听讼不审。讼有虚有实，听之不审则实者反虚，虚者反实。淹延囚系。一夫在囚，举家废业，囹圄之苦，度日如岁，岂可淹久？惨酷用刑。刑者不获已而用，人之体肤同己之体肤？何忍惨酷加之？今为官者以喜怒用刑，甚或以关节用刑，殊不思刑者国之典，所以代天纠罪，岂容官吏惩忿行私？不可不戒！"

有了这些举措，真德秀在冉珽、冉璞及众多僚属的帮助下，很快使潭州政风吏治为之一新，扰民害民之事渐渐杜绝，民众安居乐业，百行逐渐兴旺。因为真德秀在潭州的政绩名声大作，连理宗也听说了对他的颂扬之声，原来西山先生不仅是理学大师，还是经世济用的实干之臣。于是理宗就想调真德秀回到临安，任他为中书舍人兼侍读。真德秀未及到任，过了一段时间后又升改为礼部侍郎兼直学士院侍读，升迁之快前所未有，可见理宗对真德秀极为看重。

真德秀在潭州励精图治的同时，弹劾莫泽及其同伙也在一直进行之中。他没有想到他上报的案情后来被驳回取证，然后再次上奏就如泥牛入海般，许久没有音讯。这日，真德秀府里突然来了一个不速之客，来人行色匆匆，说从湖州过来有要事，必须面见真德秀大人。衙役进去向真德秀禀告，真德秀心里纳闷，就让衙役把此人引进来。这人进来之后，立即请真德秀屏退其他人，他有密信要呈送真大人。真德秀看了看旁边的冉珽、冉璞，对来人说："此处没有外人，你到底是何人，又有何事如何不能明说？"这人无法，只好呈上信件说道，"既如此，大人请自己读信罢。"真德秀是个正大光明之人，见此人言行举止透着诡异，心里就已不喜。

真德秀拆开信阅后，不由得变了脸色。这信的落款是济王赵竑的号，字迹看起来也是济王赵竑写的，真德秀认得他的字迹。因为真德秀曾经被宁宗指定给赵竑当过一段时间的讲读师父，所以这信里赵竑以学生自居，向老师真德秀描述了他迁居湖州之后，心中如何的愤懑，对宰相史弥远的愤恨之情跃然纸上，更透露出对新皇理宗的不服，对朝局极度不满的情绪，最后明确讲出了向自己求助的意思。

真德秀是个理学中人，对以下犯上、篡位夺权之人最是不能容忍，赵汝说最近给他讲了理宗即位前关于赵竑的一些事情，他对曾经的学生赵竑充满了同情怜悯之心，对他的遭遇也是愤愤不平。可是突然面对这样一份来历不明的信件，还有这个透着诡异的使者，他不能不隐藏自己真实的想法。于是问道："贵价究竟是谁？是谁让你来送这封信的？"来人从容答道："我不能透露我家主人是谁，只能说他现在湖州。我家主人不让告诉真大人他是谁，说这也是为了真大人好。信既然已经送到，小人这就告辞了。"真德秀说道：

"且慢。"这人看着真德秀，只见真德秀走到灯烛前，将信点着火烧掉了。

那人见此，面不改色。真德秀看着他说道："你既不肯明说你家主人是谁，这封信，我也从未见过。"那人听了这话，就说道："真大人此举，恐怕会让我家主人失望了！"然后向真德秀作了一躬，说道："佩服！西山大人，告辞。"说罢扬长而去。

冉珽、冉璞见他们如此，心里自然觉得纳闷。真德秀并未阻止那人离去，只是坐在书案旁愣愣地想着心事，过了好一会儿，真德秀喃喃自语道："看来，说不定要出事了。"冉珽问道："大人，究竟为何事如此忧心？"真德秀想了一下，觉得现在把这些事告诉他们不合适，就说道："此事跟潭州这里没有关系，你们无须理会。"冉珽、冉璞听他如此说，也就不再问了。

真德秀并不知道，在临安，此刻以宰相史弥远为首的中枢大臣们，正在关注着一个在他们眼里远比私盐案更为重大的消息，这就是他们刚刚得到密报，说济王赵竑有谋反之意。这个消息来得突然，未知真假。邸报里不可能出现这件事情，真德秀自然无从得知。

这个信使的突然造访，让真德秀的心里受到了很大震动，如果他不知道济王赵竑的冤屈则罢了，如今他已经从赵汝说那里得知了真相，作为理学大师的他，不能装作不知道，而不管不问。为此他彻夜难眠，辗转反侧，索性披衣起来，坐到书房里独自想着心事。

第三十章　湖州疑云（二）

天亮之后，他起草了一封书信给湖州知州谢周卿。这个谢周卿是在真德秀担任主考官的一次会试中的进士，所以他从来都对真德秀以门生自居，非常恭敬。现在济王府就在他主政的湖州那里，真德秀写信让他对济王赵竑多加照应，不要为难这个落难的皇子；还要他去见一下济王，要提醒他千万不要说不该说的言语，更加不要做不该做的事情，这样才能保全自己，也能让社稷安稳，这才是顾全大局的做法。

写好之后，真德秀阅读再三，又改了几次，重新誊写，这才密封。然后将冉璞叫进来，让他今天就出发，到湖州去，将这封书信交给知州谢周卿。冉璞问还有什么话需要交代吗，真德秀想了一下，跟冉璞简短说了一下济王赵竑的事情，以及济王与谢周卿跟自己的关系。他吩咐道："你到了湖州之后，先去见谢周卿大人，将这封信交给他。然后在那里盘桓数日，调查一下济王府那里的情形。不要跟别人透露自己的身份，有机会能进去王府见一下济王赵竑最好。我想要你传话给济王：为了社稷安稳，为了保全自身，要顾全大局，千万谨言慎行，不要结交陌生之人，到时候朝中自然会有人说话的。如果你没有机会进入王府，千万不要自曝身份强行去见，这样会带来不必要的麻烦。"冉璞明白真德秀的苦心，于是回去整理了一下行装，又跟冉珽交代了一下，就骑上快马奔向湖州去了。

世上的事情，很多时候就是那样的荒诞，可它们的的确确地发生着。济王赵竑不知道有人在传播关于他要谋反的谣言，而他根本就从来没有过这个念头。先皇去世后，他失去了以为是笃定的皇位，被他从来就没有在意过的族弟赵昀给夺去了。起初，他是无比的愤懑，憎恨宰相史弥远的阴险狡诈，鄙视朝中大臣们的趋炎附势。后来终于有宫人向他透露了他宠幸的爱姬竟然是史弥远送来的眼线，原来他的一言一行，史弥远全都无时无刻不掌握着。他痛悔自己的稚嫩和无能，同时也对史弥远的狠毒，产生了一种恐惧心理，这种恐惧几乎每晚都在他的噩梦里出现。每当在噩梦里被惊醒，他都禁不住想呕吐，他是如此的无力，这是一种生不如死的感觉。

他曾经想过奋起反抗，与其这样如同行尸走肉一般地活着，不如轰轰烈烈地大干一回，向世人揭露奸相史弥远和他的同党的阴谋。可是他天生软弱，没有那种胆魄和决心，更加缺乏那种行动的能力和毅力。于是他已经从心底里彻底放弃了那种念头。

当初是由杨皇后作伐，他娶了太皇太后吴氏的侄孙女作为夫人。他从来就没有喜欢过她，觉得这个女人过于强势，仗着自己的家族身份高贵，言行之中竟然会欺压他这个过继的皇子。他喜欢弹琴，醉心于《阳关三叠》《阳春白雪》和《醉渔唱晚》这些名曲之中。之所以他会宠昵那位史弥远送来的美人，就因为这个美人擅于弹奏，且对他的心意百般依顺，让他品尝到了美人的温柔。于是他日渐冷落了那位吴夫人,跟她的关系一天天紧张了起来。吴氏夫人就经常到杨皇后处哭诉告状,杨皇后对赵竑也一天天不满起来。等到他真的没能继位,被贬到湖州之后,吴夫人反而后悔了,痛悔当初不该到杨皇后那里告他的那些状。因为有了这些悔恨和愧疚,吴夫人对赵竑比过去温柔了许多。而赵竑也认识到了,究竟谁才是他真正值得信任的人。于是两人的关系日渐和谐了起来。

朝中原来熟识的大臣们,现在几乎全部没有往来了,这不仅是因为他们势利,朝廷对他也有严格的管制,不准他再交结高官们了。他觉得这样也好,不会再有那些苍蝇们嗡嗡地烦他了。在这里,只有湖州知州谢周卿,不时到他府上问候一下。起初他以为谢周卿是来监视他的,后来聊过几次之后,他跟这位大人熟络起来了,知道谢周卿进士出身,是理学大师真德秀的门生,不禁对他多了一些好感。慢慢地就了解到了,谢周卿其实是个正直的官员,从来不涉贪腐,也不盘剥百姓,在湖州的官声一直不错。而且他跟其他人不一样,不因为济王如今落难就躲着走开,该他做的他一直在做,不时地到济王府来看望安慰他。赵竑觉得湖州能有这样一位父母官,不仅是湖州百姓的幸运,这也是他的幸运。

总之,赵竑慢慢地已经接受了安淡平和的日子,至少可以做个富家翁,不用在朝中整日里提心吊胆的,他觉着这样也挺好。他和吴夫人已经准备就这样终老一生了。

这样的生活终于在一天被两个上门拜访的不速之客打破了。这两个人一个是湖州巡湖军营统领潘壬,另一个是他的同宗兄弟,衙门里的曹掾官潘甫。这两人以护佑王府安全为由,见到了济王赵竑,一见面,两人就朝赵竑跪下,行了三跪九叩的大礼。赵竑大惊,严词呵斥两人逾制行礼,这是何意?潘甫说道:"我们刚刚听说了奸相史弥远违背先皇意愿,擅行废立之事,这真是人神共愤哪!我们军营里大家听说此事,都义愤填膺,特地委托我们来向济王您来问候。虽然您现在被贬到我们这里,大家心里都把你看成是真正的大宋天子!"

赵竑听了这话,心里五味杂陈,心里既感到恐惧,又觉得这是一种莫大的安慰,自己的委屈和怨愤终于通过这两人的口,得到了一丝安抚,甚至自己还有觉得一点儿兴奋。他压抑着自己的高兴,对潘甫说:"你们千万不可如此。如今已经有了新朝天子，我虽贵为先帝皇子，也是接受拥护新朝的，你们今后不可再提这些话了。"

潘壬见他如此，知道他的心里非常受用他们刚才的话，就叩了一个头说道："大王不必灰心。我现在掌管湖州军营，手下有几千士卒。我们都自愿任由大王调遣，鞍前马后，护佑大王在湖州的安全。大王只要在湖州一天，我们就绝不会让大王受到任何委屈！"

赵竑听到这话，心里真是像久旱之地突遇甘霖一样的喜悦，每人赏赐了几百两银子。从那天起，两人就跟王府常来常往起来，赵竑不时赏些珍玩给他们，他们也经常上供些本地太湖的湖鲜特产，彼此日渐熟络。赵竑这么做其实也是有自己想法的，他时常害怕史弥远不会放过他，现在有了当地驻军的保护，他终于可以安心了。

而他却不知道潘壬、潘甫他们的真实目的，以为这些人就是普通的军人而已。一个可怕的阴谋被这几个人的伪善和甜言蜜语掩盖着，背后的策划者正潜藏在湖州。潘壬、潘甫称他为恩主，自称名叫上官镕，包括潘壬、潘甫在内的一批人都在受他的操控和指挥。

当知州谢周卿得知了济王府最近总有当地人出入后，心里立即产生了很大的疑虑，他觉得这些军人有些过于亲近这个被贬的济王，他们难道有什么不可告人的目的吗？他知道济王虽然位高尊贵，但是毕竟年轻，阅历有限，不知人心艰险。于是他冷眼旁观，并不干涉，只是派了几个人盯梢了潘壬他们。

潘壬背后的上官镕发觉了有人在跟踪探查潘壬、潘甫他们，精明的他很快就辨出了那些人都是谢周卿派来的，并不是他最害怕的机速房的探子。只要没有被宰相史弥远发觉就行，他心里暗骂谢周卿多管闲事，待事情结束后再寻机收拾这个谢周卿罢了。

饶是谢周卿官场历练多年，也不曾想到此刻在湖州，有一个惊天的阴谋正在实施。谢周卿只是在为官一方，尽好他的本分，他对济王也是这样对待的，但如果超出了他的权责，他想也只好明哲保身了。

处理好一天繁杂的公务，他回到了府里，使唤丫鬟给他送来了茶水，他觉得家里很是舒适惬意。他的夫人前几年已经过世，两人并没有子嗣，他一时间还没有考虑续弦。去年从老家衡州接来了侄女谢瑛，一方面帮他管理府

衙，料理杂务；另一方面，由于谢瑛的父母不幸染病去世，把她接来也是为了就近照顾抚养，再给她一个良好的教育。

谢瑛姑娘年方十七，生得秀丽端庄，温婉可人，虽然不是闭月羞花的绝色之姿，却实在是眉目如画，典雅大方。尤其擅长琴棋，聪颖过人，才来没多久，就将谢府内外管理得井井有条，使谢周卿再没有为家中杂务劳过神。湖州城里的大户人家都听说了谢府里有这么一位可人的谢姑娘，有人就动了心来求亲。而谢姑娘眼光甚高，不看重高官显族，也不看重家资丰厚。谢周卿问她心意究竟如何？她说自己主意已定，只要才华人品出众之人，否则即便国戚皇亲，也不会让她动心。谢周卿呵呵一笑，只当她是小儿女之心，经不过磋磨砥砺的。

谢周卿正在书房饮茶看书之时，家人谢安进来报说有客拜访，是潭州真德秀大人派来的，有事情找谢大人。谢周卿一愣，真德秀是他以师礼相待的朝廷大臣，听说他被调任潭州，今日派人找他有什么要事吗？吩咐谢安将来人请进来。来人正是冉璞。

冉璞进来之后，谢周卿看到他的仪容身姿，不禁暗暗称赞，觉得这个年轻人真是相貌堂堂，仪表不俗。冉璞先自报家门，然后呈上真德秀的那封书信。谢周卿仔细读完书信，不禁疑惑，为何这真大人会突然写来这样一封信？谢周卿问道："你家真大人写此信来，可有缘故？"冉璞知道真德秀心意，在提到济王赵竑的话题上他必须谨慎用语，于是说道："真大人知道济王已经迁到了湖州，过去他曾经当过济王的讲读师傅，心里还是挂念的。因此让我来见一下谢大人，如果方便的话，请谢大人帮忙安排我见一次济王，传递一下真大人给他的口信，跟给大人此信中一样的意思。不知道谢大人能否通融一下？"

谢周卿听完此话，捻须不语，思考了一阵，说道："带你去见济王，倒也不是太难。只是如果传扬出去，恐怕对真大人，和我都有不便之处。"冉璞听他如此说，马上站起来拱手说道："冉璞理会得。临行前，真大人已经再三叮嘱了我，属下绝不会造次的。"谢周卿于是说道："那好，明日我安排一下，后日就可以带你去见济王了。"

冉璞致谢，告诉谢周卿他住的驿馆后，就要告辞。谢周卿见他办事干练，倒也喜欢，说道："且慢告辞。我从邸报上看到真大人在潭州搞了一些新政，正好你来，可以给我讲讲大概吗？"冉璞想了一下，就把真德秀和赵汝谠一起查处莫彪他们私盐大案的经过告诉了谢周卿，又讲了赵汝谠大人离开之后，真德秀在潭州实施了很多惠民新政，听得谢周卿心动神摇，大呼没有想到真大人能有如此大手笔，不住声地赞好。

谢周卿真心觉得真德秀在潭州的举措，给沉闷的朝局吹来一股难得的新风，这些不也是他一直想做而不敢做，也做不了的事情吗？他非常高兴，就邀请冉璞留下来陪他小酌，他还要详细咨询潭州发生的事情。冉璞见他如此热情，也就不推辞了。于是二人月下成席，一边饮酒，一边畅谈。当谢周卿听到在冉琎、冉璞他们领着刘整的新军，在太平寨一举铲除了莫彪他们规模巨大的盐仓时，不禁拍案叫好，大呼痛快。谢周卿只因心情大好，就不停地向冉璞劝酒，冉璞也是当仁不让，来者不拒。

二人正聊地畅快，酒酣耳热之际，谢瑛姑娘带着丫鬟雁儿过来给二人端上了点心和杨梅汤醒酒。冉璞第一次见到了谢瑛姑娘，见她生得如此端庄俊秀，清丽绝俗带有书卷之气，淡雅温婉而又风姿动人；肌肤雪白，眉目如画，宛若莹光浸润美玉，又如晕红轻染明珠。让他一下涌上心头那句"黛眉开娇横远岫，绿鬓淳浓染春烟"。冉璞看得一时呆住了。

第三十一章　夜探王府（一）

冉璞第一次见到了谢瑛，看到她如此秀美，不禁一时愣住了。丫鬟雁儿在旁边见他有些失态，轻声嘟哝了一句："无礼！"谢瑛看他们饮了那许多酒，知道他们都有点醉意了，倒也不以为意。冉璞片刻失态，马上自己就意识到了，赶紧站起来感谢她们送来了点心和醒酒汤。谢周卿坐在旁边，全都看在眼里，笑着说道："这是我的侄女，名叫谢瑛，你就叫她瑛姑娘罢。她是衡州来的，离你们潭州不远。"冉璞回道："在下去年正是在石鼓书院访学过一年多，对衡州还是熟悉的。"

　　谢周卿听提到了石鼓书院，不由得兴致大发，因为他就是从那里出来的，问了冉璞很多关于书院现在的情形，谈到了程洵，还谈了他自己对"二程"、朱熹、叶适、陈亮他们的理解。冉璞见他如此滔滔不绝，知道一定是太长时间没有人跟他谈论这种话题了，今日恰逢酒兴，又遇到同一书院来的人，那必定要畅抒胸臆了。想到此不禁笑了，他了解为什么谢周卿会这样，因为他也是那个书院出来的，见过了很多像他这样的人。

　　这时，谢瑛见她叔父跟往日大不相同，平日里从来没有今天这般兴致，知道他难得如此高兴，就说道："叔父今日高兴，我给你们奏上一曲助兴如何？"谢周卿笑道："如此妙极！"于是谢瑛让雁儿取来了长琴，调了调弦，开始弹奏第一曲。众人听得此曲清越和雅，节短韵长，气度安闲。此时月朗星辉，正适宜在此乐中饮酒畅谈。冉璞虽不抚琴，也识得此曲，乃是《良宵引》。曲毕，冉璞笑道："好曲，这个曲名此刻倒是应景。"谢周卿也说道："正是如此"。这首曲是士人们月夜常奏的曲子。

　　谢瑛停了片刻，开始奏第二曲，冉璞听闻琴声，仿佛穿越松林，来到溪口，忽见山上有飞泉，淙淙然自石缝涌出，冲刷坚石，珠串四落，让人不由产生一种寄情山水、结盟泉石的冲动。冉璞不由得赞好："真是好奏。石上流泉，确是高人名曲。"

　　谢瑛见他颇通乐曲，有意考他一下，于是在第三首奏前，明言这是一首新曲。随着谢瑛弹奏渐起，飘逸的音乐立即使冉璞想到了一望无际的洞庭湖，水波荡漾，云雾缭绕；湘江之水浩浩渺渺，奔腾不止，汇入湖中；然后天边的彩霞，映照在水面之上，变成五彩斑斓；又见澄清的月光，静静地洒在无际的湖面之上，微风乍起，泛出粼粼的波光。冉璞轻声吟诵："载满舡风与月，水云遥遏，沧浪唱彻。心堪太虚，志存清节！"

　　谢瑛听他朗诵曲词，知道他懂得这个曲子，于是对他微笑示意。曲毕，谢瑛问道："这是郭沔移居到衡山后作的新曲，最近才流传回临安，不知冉公如何知道？"冉璞微笑着说道："这不是我第一次听到这首曲子。郭沔曾经到书院访问，大家都喜欢他的这个曲，有人为他填词，因此我才记得。"谢瑛不禁佩服冉璞的记忆能力，想必他也是非常喜欢这个曲子，否则不能对这个曲词如此熟悉。

　　这时，谢周卿笑着说道："你对乐曲如此了解，想必也是精通琴艺了。何不也来奏上一曲？"冉璞赶紧推托说道："我只是喜欢听曲，却从来不曾学琴。"谢周卿此时有些醉意上来，说道："世上若无钟子期，又何来高山流水之知音？你就是今晚的钟子期罢。"谢瑛听了此话，突然有点脸红，知道叔父酒意上来了，赶紧给他添上醒酒的梅汤。这时冉璞也听出点意味了，想说点什么又觉不妥，于是站起向谢瑛他们拱手致谢，说道已经太晚，不要影响了谢大人明日公务才是。于是叫上谢安一起搀扶谢周卿进入内室休息，然后再次向谢瑛致谢，这才离去。

次日上午，冉璞酒醒，发觉日头已高。洗漱了一下就从驿馆出来，找个地方买些吃的，顺便看看湖州街面风光。冉璞知道这里是个江南商业名镇，一个富裕之乡。看街道上人群熙熙攘攘，店铺挨着店铺，几乎每个店铺里面都有客人正在光顾，街面上商贩的吆喝声，混杂着行走的车马声，真是一片喧闹的繁华景象，冉璞不由得心里暗暗称赞。又看见各处小河纵横交错，船行其中，来去自如。民居又都沿河分布，街区之间又有无数小桥，街道多半铺上了青色石板，有些石板之上还刻了纹路。

这里的风光跟潭州衡州自是大不相同。冉璞问了路人济王府在何处，路人给指了方向，于是他信步走出了街市，向王府方向踱去。走到了郊外，看到东苕溪与西苕溪，至此之后汇合，溪水湍急，霅然有声，此处故名霅溪，又称霅川。

再走一炷香工夫，看到行人渐少，而多了不少军士，三三两两地在巡逻。冉璞还看到了一些像是穿着便袍的军士，也可能是衙门的差役，路上还设有明卡盘查。这种情形透露着一种不正常。这是济王府外的常态呢，还是最近突然发生了变化？冉璞远远地绕着济王府走了一圈，把济王府外的情形基本看了一遍。他有一种判断，济王府外分属不同的军士和差役，不仅是因为他们的着装不同，而且他们的行事方式也完全不同。白天看到的是这样，会不会夜晚是另一种情形呢？不知道为什么，冉璞产生了一种强烈的好奇，他决定夜里到那里再走一遭，有夜色的掩护，说不定他可以走得更近一些，看到更多的东西。

冉璞回到驿馆后，小二给他送来一封信，是谢周卿差人送来的，约好明日上午，冉璞先到他的府里去，然后一道去济王府。冉璞休息了一阵，想起了一件事，把小二叫了过来，问他有没有地图本，小二说有，可以到掌柜的

那里去借，也可以买一本，待会就可以送过来。冉璞让小二送一本过来，最后一起结清。过了片刻，小二果然送了一本上来。冉璞仔细翻看，见这图本有些粗陋，好多地方并未标注，不过也强于没有地图罢了，可以对湖州城及济王府一带有了一个大概清晰的印象。

太阳落山后，冉璞随便用了晚膳，换了一套随身的便装，出门往济王府方向散步过去。约一炷香工夫，此时天已经全黑下来，郊外的夜晚黑漆漆一片，只能凭借时有时无的月光看清路上的状况。不知为什么，冉璞突然有点紧张起来，现在的情形不由得让他想起了三官庙那个夜晚。冉璞决定再往前走走，没有什么异状就回去了。走了没一会儿，看到了王府大门前的灯笼，再走走就已经可以看到大门了。

冉璞停了下来，仔细地向四周探寻了一番，白天那些明岗大部分已经撤去了，看见前面只有一个还在，冉璞悄悄靠近了过去，听听那几个士卒都在说些什么。听了好一会儿，只听到他们在抱怨一个叫潘二爷的人，让他们如此辛苦地守着王爷府，也不知道为了什么。冉璞心想，这个潘二爷可能就是他们的指挥军官？听了一会儿他们不得要领的聊天，冉璞悄悄退了出去。

此时夜已经开始深了，冉璞决定回去。正在回去路上，突然发觉有人在跟踪他。如果他走快起来，那人也会加快；如果他慢下来，那人也跟着慢了。此人刻意地保持距离又跟着自己，怕是想弄清自己要前往何处。冉璞索性回头向着他走过去，那人就停了下来，看着他走近。冉璞走到跟前，盯着这人察看，见此人一身精干装束，半夜还头戴着一个斗笠。冉璞问道："你为什么跟着我？"那人反问道："你不是本地人，你是干什么的？"冉璞笑道："你的口音也不是本地人，你是干什么的？"那人像是有点恼怒，手开始抓紧了刀柄。冉璞见他佩带长刀，自己只有一把防身短刀，下意识地往前走近了一点儿。那人见他靠近，就退后半步，说道："不要过来。"冉璞停了下来，盯着此人。

两人对峙了一会儿，那人问道："你是湖州府衙的公差？"冉璞没有理他。那人继续问道："难道不是？你不像是湖州军营的士兵。你到底是谁？"冉璞不理他，反问道："阁下是谁？"那人喝道："我当然是官府公差。你深夜在此行走，刚才又鬼鬼祟祟地偷听那几个士卒谈话，究竟是干什么的？"冉璞明白了，刚才已然被此人盯上了，自己却还不知道，可能此人就埋伏在附近。冉璞反问道："你刚才不是也在偷听吗？"

那人已然被激怒了，仍在竭力克制着自己，右手紧紧握住了刀柄，往旁边侧跨了半步。冉璞知道他随时可能暴起袭击自己，也抽出了短刀，随时应变可能的攻击。两人就这样继续对峙，过了一会儿，月光突然被云彩完全遮住，此时四下里一片漆黑。冉璞心知不妙，悄悄往旁边挪动了几步。果然，那人突然就冲过来了，却扑了个空，冉璞趁势一个勾腿将此人绊倒。这人倒也反应奇快，跌倒的同时，刀也向着冉璞方向砍来。冉璞听得风声躲过，一脚踹出，正中此人右臂。这人右臂吃痛弃了长刀，却立即辨清了方向跟冉璞短打了起来，两人拳来脚往，斗了一会儿，然后这人喊道："停了。"

于是两人住手，这人说道："阁下好俊的身手。"冉璞回道："你也不错。"这人沉默了一下，说道："你肯定不是这里的士兵。"冉璞笑着问道，"你如何知道？"这人回道："阁下这么好的身手，必定不是凡人，怎会跟潘壬那等人厮混？"冉璞呵呵笑道："世上的事情原本难料。"这人听他如此说，不禁疑惑地问道："你当真？"冉璞笑道，"只怕我们的使命也许一样，让我们各行其便，如何？"这人一听，拱手说道："好说，我们各自方便罢。"说完从地上拾起刀自行离去。

这时月光又从云里透出了，四周陡然清亮了许多。冉璞正要离开，看到地上有一块铜牌，应该是那人刚才打斗时掉落了。拾起来一看，上面写了几个字：机速房执事。冉璞不知道这是个什么衙门，就揣在自己身上然后离去。

冉璞回到驿馆已是深夜，躺在床上，拿着这块铜牌，反复地查看。济王府周围的种种情形，实在不同寻常，看起来这里有几拨不同的势力，他们到底要干什么呢？胡思乱想着，慢慢就睡着了。醒来的时候刚好天亮，于是起来洗漱，吃了些东西就赶往谢府了。

第三十二章　夜探王府（二）

冉璞到达谢府的时候，谢周卿跟谢瑛她们正好用完早点。谢周卿笑着问冉璞道："昨日很是忙碌，竟忘了叫人招呼你，你昨日还好罢？"冉璞谢道："有劳大人费心，昨日休息得很好。"谢周卿道："前日在这里喝了不少酒，估计你需要休息下。明日我让人陪着你在这湖州城好好游玩一番可好？"冉璞称谢。然后两人出门，一轿一马赶往济王府去。

这一路过去，跟昨日一样有不少明岗设在路上，因那些士卒认得是知州大人的轿子，所以并不加以阻拦，一路通畅地来到了济王府大门。冉璞骑着马边行边看，仔细回忆昨夜见过的情形，跟现在白天时候互相比较，于是对济王府外的情况有了更加清晰的了解。这时湖州府差役上前叩门，王府官家看见了就过来迎候，一面让人赶紧通报济王，一面将谢大人和冉璞引进王府会客厅稍候。进去时，冉璞见这济王府虽然规模并不大，但是非常精致，楼台亭阁样样俱全，又在江南水乡，自外面引溪水进入王府里，各种花卉遍植池塘周边，倒真是像世外桃源一般的安静祥和。冉璞心想，如此平静的王府之内，跟王府之外的诡异实在是很大的反差。

管家引了二人进入客厅入座，然后让值事赶紧上茶。上茶后不到半炷香工夫，济王赵竑走了进来。冉璞仔细观察赵竑，见他跟自己想象的大致不差，是个面目清秀的瘦弱青年，只是比自己想象的还要消瘦些。谢周卿跟赵竑很熟悉了，向济王请安问好，赵竑也是跟他亲热的样子还以问候。谢周卿示意，请济王把旁边的王府宫女全部支开，赵竑明白他的意思。此时客厅里面就只他们三人了，谢周卿就向济王介绍冉璞，这是真德秀大人派遣的部下外出公干，路过湖州代他来问候济王的。当赵竑听到真德秀的名字时，眼睛不由得一亮，一种发自内心的喜悦之情马上溢于脸上。他就走向冉璞，冉璞连忙起身致意。

济王赵竑问道："真大人在潭州一向可好？"冉璞回道："真大人现在很好，虽然公务繁忙，身体一向还不错，平日里还是爱写些文章诗词。"赵竑马上问道："最近可有新作？"冉璞想了想说："真大人在潭州搞了一批于民惠政的措施，写了好多劝耕诗让人教给乡民传读，我记得其中有：'千金难买是乡邻，恩意相欢即至亲。年若少时宜敬老，家才足后合怜贫。'还记得一首：'使君元起自锄犁，田野辛勤事总知。要为尔民除十害，肯容苛政夺三时。'"赵竑听罢很是开心地说道："我这位真师父就是这样认真的人。"冉璞又背诵一遍真德秀写的《山西政训》给赵竑听，赵竑肃然起敬，说道："师父是我朝难得的好官，清官！"

　　这时谢周卿接着向他介绍了真德秀在潭州的一些政绩，以及破获莫彪等人私盐大案的事情。赵竑听罢，许久不言，愧然长叹一声，说道："师父都那么大年纪了，尚且为了国事奔走操劳。这难道不让赵竑感到羞愧吗？"谢周卿见他伤感，只好言语安慰他一番。

　　然后又闲聊了一些，冉璞见时机可以了，走到赵竑身边悄声问道："济王殿下，近来可有跟真大人书信联络过？"赵竑说道："没有。不过我真是挺想念真师父的。"冉璞看他的反应很是自然，不像是在说谎，心里想，那真大人收到的信就一定是有人冒名写的，这个事情就很严重了。冉璞轻声说道："真大人让我给您传话，请您为了社稷安稳，也为了保全自身，一定要顾全大局，务必谨言慎行，千万不可结交陌生之人。到时候真大人他们这些老臣自然会说话的。"赵竑一脸的惊愕，问道："真大人这是何意啊？"谢周卿接道："就是请济王千万小心，不要有授人以柄的言行，更不能有书信外传。"赵竑惊讶地看着冉璞和谢周卿，沉默了一会儿，说知道了，请冉璞转达向真大人的谢意。谢周卿又委婉地提醒赵竑，不要随便跟湖州军营的军官们来往了。赵竑知道谢周卿乃是善意，也点头答应了。

　　这时谢周卿见在王府逗留的时间已经不短了，就向冉璞示意，于是两人就起身向赵竑告辞。赵竑有点不舍，待要说些什么，却又止住不语了，起身送二人，看冉璞他们就要向外走了，突然解下身上的玉佩，走到冉璞跟前交给他说："请你把这个带给我师父，就算是留个纪念罢。"冉璞接过玉佩，看着赵竑，见他十分不舍的样子，知道他非常地想出去，太想见到真德秀这些跟他亲近的人了。冉璞顿时非常同情起这位落难的济王，不由得想起那句话：

无情最是帝王家。不能自由自在地生活，即使是那等富贵又有何意义呢？

在回去的路上，谢周卿问冉璞："刚才你问济王最近是否联系过真大人，这是何意啊？"冉璞不知道是否应该告诉谢周卿关于那封信的事情，犹豫了一下说道："就是顺口一问。我看济王还是非常想念真大人的。"谢周卿听他这样说，也没有疑心。冉璞问谢周卿，这些济王府外面的军士是最近调来的，还是一直就在这里呢？谢周卿想了想说道，原来也一直有的，最近好像增加了一些。冉璞问："这里可有什么原因？"谢周卿不管军队的驻防，所以的确不知道，冉璞这一问，他想这里的确有些可疑，就说回去后他派人去查问一下。

回到驿馆后，冉璞又拿着那块铜牌，翻来覆去地检看，他越发觉着这里大有问题，真大人一定知道这是哪个衙门。还有那封信，为什么有人冒名济王写信给真大人？是不是在包藏祸心？他认为应该尽快赶回潭州，向真大人禀告这里的情形。现在还有那些王府外的士兵，究竟是怎么回事，此行离开前还需要调查一下。

就在冉璞沉思的时候，小二过来敲门，说有人找他。冉璞下得楼来，有一个白衣先生正在等他。一看到冉璞下来，就过来问："请问是冉先生罢？"冉璞点头回道："是的。请问贵价是？"这人自我介绍说是湖州府衙的书办，叫马良，是知州谢大人差来陪同他在湖州城游逛的。冉璞向他表示感谢。马良问是现在，还是明日想出去游玩一番。冉璞想了想说道："改日不如撞日，就现在如何？"马良说，"好啊，那我在这里等先生更衣，然后一道出去。"冉璞点头说："好，马先生请稍等片刻。"

原来马良就是湖州本地之人，对湖州的风土习俗最是了解，衙门里多是由他干这种差事。马良带着冉璞顺着小街走走停停，一一讲解湖州各处的掌故。往前就到万寿寺了，只见这周围清溪环绕，秀山起伏，翠竹掩映，古木参天。马良说此寺建于唐代，号称本地第一禅林。又见从山脚到山门口的石板通路上，每隔一块即雕有形态各异的荷花、荷叶、莲、莲子等图案。山顶建有修长的宝塔，沿山小径旁边修建了各色亭阁。冉璞赞道，这里真是一个修身的好去处。两人在山上和寺院里赏玩了一会儿，就下得山来，找了一个酒肆一起吃了晚膳。此时已是傍晚，夕阳西下，马良就陪着冉璞往驿馆方向踱步回去。

知州谢周卿今天带人去见济王的消息，很快就传到了潘壬的那里，他们在王府买通了眼线，赵竑的每一个异动，他们都能马上知道。谢周卿并不是第一次去王府了，只是今天他带了什么人一起去的王府呢？潘壬心中没底，就找上官镕报告去了。上官镕听了潘壬的消息，问此人是不是湖州衙门的公差？潘壬说肯定不是，这是一个陌生人。上官镕就让潘壬带人分头在湖州城的大小客栈驿馆里面查找此人，湖州城并不大，一定可以找到此人的，务必要搞清楚他的身份。

　　此时正巧马良和冉璞正往驿馆走去，有人立即给潘壬指认，湖州府衙书办马良的旁边就是他要找的人。潘壬就走了过去，跟马良打个招呼。马良认得他是本地军营巡检军官潘壬，两人就互相问候一下。潘壬看着冉璞，问马良："这位是？"马良回道："哦，这位是潭州府过来公干的冉先生。"潘壬一听是潭州过来的，就问："先生是特地来湖州的？"冉璞答道："冉某有公干去临安，路过湖州，就逗留了一下。"潘壬又问："那先生你认识济王殿下？你是真德秀大人派来的是吧？"冉璞听他有盘问的意思，就随口敷衍一下。潘壬还要继续发问，马良也看出来他别有意图，就岔开言语，只说有事告辞了。于是两人离开，潘壬有点悻悻，如果不是因为湖州府的人在，他一定会缠住盘问到底的。

　　潘壬赶紧地向上官镕回报，说此人是潭州府过来的，应该跟真德秀有关。这让上官镕满腹狐疑，的确是真德秀派人过来见济王吗？如果是，真德秀是为了证实那封书信的罢？难道潘甫去送信给他出了破绽吗？上官镕左思右想，只有等潘甫回来才能知道了。

　　上官镕的性格非常阴冷，平日基本不说话，绝大部分时间用于思虑问题。他待在湖州，正在主持一件惊天的大事，对任何可能的阻碍他都高度重视。真德秀会不会已经看出点什么来了？潘甫已经离开一段时间了，什么时候才能回来呢？这些都是一个个的疑问，他每天都在不停地设问，然后自己不停地解答。他认为应该加倍小心，因为他面临的对手们非常厉害。种种迹象表明，可能需要提前发动计划了，迟则生变。

　　冉璞回到驿馆后，对刚才的情形回想了一遍，他觉得这个叫潘壬的军官很可疑，他很可能就是那些士兵口称的"潘二爷"了。这个军官很可能已经掌控了济王，王府外的那些士兵多半都是他派来的，他究竟要干什么？他的

背后是什么人呢？冉璞认为必须尽快赶回去了，向真德秀汇报他目前发现的可疑情况。

于是第二天上午，冉璞就跟驿馆结了账，准备返回潭州，又想起还没有跟谢大人告辞一下。于是他赶到了谢府，此时谢周卿有事已经出门了。冉璞就跟谢安说，他有事必须赶回潭州，不能跟谢大人辞行了，务请跟谢大人致谢一下。谢瑛姑娘自从那晚，对冉璞颇有好感，听到是他，就跟雁儿从里面走了出来，关心地问冉璞："是不是出了什么事情，为何如此着急？"冉璞连忙解释说没有事情发生，只是他自己必须赶回去了。谢瑛看了看他，觉得他一定有事，也不好多问。她就让冉璞等一下，然后让雁儿拿了一些精致的点心，自己亲手包好，交给了冉璞，说是路上一定用得着。

冉璞看着谢瑛，忽然觉着心里非常温暖。这种贴心的温暖，来自一个如此美丽且善解人意的年轻姑娘，这是冉璞第一次有了这种感觉，他突然非常舍不得走了。

可是理智告诉他现在必须回去了，于是感激地向谢瑛拱手致谢，说道："冉璞此去后会有期，瑛姑娘和谢大人都千万保重！"然后离开谢府，驱马直奔潭州而去。

冉璞在路上奔了七日，终于赶回了潭州，立即到潭州府衙去见真德秀，把在湖州见到的情形详细讲述了一遍。真德秀不禁紧锁了眉头，看来自己的判断没有错，那信根本就不是济王写给自己的。究竟是什么人在模仿济王的笔迹，用他的名义写信给自己呢？基本可以判断，这些人一定不怀好意，济王那里可能要出事。

这时冉璞把济王赠的玉佩呈给真德秀，说济王非常想念他，特意赠送此物留作纪念。真德秀看着这个做工极其精美的玉佩，心里不禁感慨起来，他很想为济王做些什么，至少为济王争一下该有的公道也行。

冉璞想起还有那块机速房的铜牌，也交给了真德秀，又讲述了一遍那夜的经过。真德秀抓着这个铜牌，眉头锁得更紧了，说道："这个机速房，是宰相府设的军事情报机构，他们一般只对军情边报有兴趣。现在居然有探员被派到了济王府，这究竟是为了什么？"

冉璞问道："难道湖州那里会有异动？"真德秀摇了摇头，说道："现在还不知道。不管怎样，宰相史弥远感兴趣的事情，就不会是小事！"

就在真德秀苦思冥想的时候，那个神秘的送信人，潘甫回到了湖州。上官镕一听到潘甫回来，顿时兴奋起来，连忙把人都叫了过去，他们要连夜商量大事。

第三十三章　雪川之变（一）

上官镕听说潘甫刚刚回来，立即召集了潘壬和他的族弟潘丙。上官镕问潘甫这一趟情形如何，潘甫微笑着说："大事成矣！"上官镕和潘壬大喜，连问到底如何，潘甫说道："是李全。"上官镕有点失望，他最想要的是真德秀或者赵葵的支持，于是说道："先说真德秀如何罢。"一提起真德秀，潘甫的表情就变得没那么高兴了。

原来上官镕他们的计划，是湖州发动"兵变"，拥立济王称帝。一月之前，上官镕对潘壬、潘甫兄弟几个说了一番慷慨激昂的言语：现在的皇上大位不正，几个人被他煽惑得对此深信不疑，这个皇位，应该是先王指定的皇子济王赵竑的。既然济王就在他们这里，他们完全可以效仿大宋开国之时，发动第二次陈桥兵变，建拥立之功。可是他们几人的兵太少，而且这里距离行在临安又太近，他们觉得应该去争取外援。于是上官镕挑选了善辩的潘甫，去联络一些重要的大臣和掌握军队的将军。上官镕派他首先去见真德秀，然后去见离湖州较近的江淮一带实力人物。

当然，上官镕是不会告诉他们自己真正的目的的。其实在湖州发动一次"陈桥兵变"，上官镕根本不指望能成事，他要的是用这个惊天之变，来搅乱朝局。上官镕知道自己这个计划，关键在于宰相史弥远。史弥远忌惮赵竑，赵竑就是他心头上的刺，必定要拔出的。但如果史弥远得知是有人在布局，还会按照他的意思去做吗？上官镕完全没有把握。所以他尽自己最大的努力去保密，任何公开的事情都由潘氏兄弟出面实施，他只在背后指挥操控。

潘甫去见真德秀，带去一封高人伪造的济王书信。结果真德秀把信当面烧了，却并没有为难潘甫。上官镕听了，骂道："这个老东西，果然是太狡猾了！"不过他也并不指望一封伪造济王的书信就能骗倒真德秀。

上官镕问道："然后你就去见了赵葵？"潘甫答道，"是的。赵葵非常不友善，看了书信一把就扯碎了。"上官镕面无表情，这也是他预料之中的。赵葵是个最精明的，这种书信意味着什么？一旦落到陷阱里面，等待他的必将是万劫不复。当时赵葵本打算将潘甫斩首，旁边的幕僚跟他耳语了几句，赵葵明白了，这个人不能在他这里给杀了。

赵葵问潘甫："你既能把这样的信送到我这里，可有打算去李全将军那里？"潘甫说道那是自然。赵葵就说，"这样吧，如果李全将军愿意，我这里也会全力支持。"说罢让人把潘甫送走了。

其实赵葵的想法是祸水东移，他希望李全能被煽惑起来。他自己清楚地知道，济王根本没有可能东山再起，乾纲已定，他是先帝瞩意的唯一皇子又能如何？更何况先帝并没有向天下昭告他就是太子。

然后赵葵就立即去了扬州，把有人送来济王书信的事情告诉了他的兄长赵范。赵范是老成持重的朝廷大员，一听说济王在信里诉冤，希望赵葵能出兵到湖州去，他马上就意识到有人想借此事兴风作浪。这些人会是谁呢？在情况不明的情况下，他认为赵葵的做法是对的，两人就商议在滁州扬州两地，秘密地集结军马粮草，预防湖州方向出现兵变，更防止在楚州屯有重兵的李全会有南下的企图。

潘甫此行的最后一站就是楚州。这时李全正来往于青州和楚州之间，他自己主要兵力屯在了青州，让夫人杨妙真和兄弟李福领了一支军驻扎在楚州。这个李全，是金国占领的潍州北海人，山东汉人武装的主要首领之一。早在金章宗时候，山东汉人对金国的横征暴敛极度不满，暴动频发，其中就有益都杨安儿领导的汉人起义。金宣宗南迁前夕，杨安儿起义军不断壮大，以青州、潍州和密州等地为中心，活动地区扩展到整个山东。那李全自小就喜欢习武，弓马熟练，善使一杆铁枪，人称"李铁枪"。李全也带出了一支军队，发展迅速，手下聚集了一些大将如刘庆福、国安用、郑衍德等人。李全、杨安儿和刘二祖领导的武装，是汉人在山东的三支主力，也是宋廷竭力争取的军队，希望他们能够在山东、河北一带牵制金国主力。金国主力被蒙古消灭后，金国势力日渐衰落，不能控制山东、河北。所以现在这一带就是蒙古军、金军和汉人武装三方在彼此牵制争夺。

后来成吉思汗大举西征，蒙古军于是北撤。金军压力陡然减轻，金国君主就派遣宣招使仆散安贞率领重兵，镇压河北一带汉军，黄掴阿鲁答率金朝精锐部队来进攻山东汉军，杨安儿所部被金军击败，所占州县相继失陷，之后逃亡途中被人出卖身死。他的余部由其妹杨妙真与母舅刘全统领。杨妙真也以善于使枪闻名，且有胆有识，人又长得标致，杨安儿军队里人都很拜服她，奉称杨妙真为"姑姑"。刘二祖不久也被金军击败遇害，其部下彭义斌等率领残部继续作战。李全本人也险些被金军所擒，为保存余力，退至东海。刘全、杨妙真等人率部万余人与李全会合。李全与杨妙真然后在磨旗山结为夫妇。不久，彭义斌率领的刘二祖余部也来归附李全。至此，李全声势大振，所部势力是山东河北最大的汉军武装。

于是他们引起了宋廷的高度重视，派人收编了这支军队，改编成"忠义军"。宋廷集中所有各路义军分两路攻金，李全袭破莒州，擒金守将蒲察李家。李全的兄长李福也率军克青州。朝廷就授予李全武翼大夫及京东副总管的官职。不久，金国大将黄掴阿鲁答又夺回密州，李全战败。兵败之后，李全和杨妙真想出奇谋，四处散布消息出兵围攻海城，其实将主力秘密集结在密州附近，等黄掴阿鲁答派出主力援救海城之后，他们突然强力反攻密州，一举擒获黄掴阿鲁答和夹谷寺家奴，进而攻克寿光、邹平、临朐等各地府县。

金军山东大败之后，派仆散安贞率大军围攻滁州、濠州和光州，淮西告急。将军李庆宗在濠州战败，金军前锋严重威胁到了建康甚至江南地区。当时的淮东提刑楚州知州贾涉负责节制忠义军，他命令李全和李福断金兵后路，并报帅司调各路义军分头出击。李全率军与其他义军互为鼎立以御金兵。李全率部行至涡口，正遇金将纥石烈牙吾答率军渡淮河。李全突然进袭，金兵溺水淮河者数千，俘获甚众。其后又与金驸马阿海激战于化湖陂，斩金将数人。其他各处金军也遭到忠义军的沉重打击，金庭只好退兵，从此金兵不敢出兵骚扰淮东。由于这次大胜，李全晋升达州刺史衔，夫人杨妙真获封令人。

后来李全回潍州省亲扫墓时，听说依附金国的益都府张林，想要反金归宋。于是李全单骑进入青州城，劝说张林早日附宋。张林置办酒席，两人交谈甚欢，相见恨晚，就结为了兄弟。张林于是上表将所辖山东青、莒、密、济南等二府九州版籍归于朝廷。李全因为此功再次升职，改为京东总管，驻扎淮东军事重镇楚州。

虽然李全等人屡立大功，却没有感受到朝廷的真正信任。当时朝廷官员都称北方抗金义军为"北军"，只想利用他们跟金军作战，对他们的防范心理非常严重，实行了分化抑制的措施。给李全数次封官升职，同时也拉拢他的所有部将，对每人都不吝于加官晋爵，希望他们各个互相牵制，李全对此咬牙痛恨。

这时，有的朝廷官员因为恐惧北军可能造反，于是封锁了淮水，不许北军南渡。这样一来，各路义军无法协同，不能联合共同抵御金军。这些军头进不能攻取金国中原之地，退不能到江南获取军需供应，于是逐渐地割据地方，他们既要统领军队，又要干预地方政事经济，才能获取足够的粮草供给以扩张军力。

作为最大的军头李全，随着权力和地盘的扩大，野心也一天天膨胀起来了。身处乱世之中，在社会底层成长起来的李全，没有世家子弟深厚的背景和良好的教育，深深地刺痛于长期的贫困和各种屈辱中，一朝得志获得了权力和财富的他，就很没有节制地开始骄横跋扈。这时如果有人横亘阻挡他的欲望之路，他必会不遗余力地向其报复，不惜一切手段，铲除自己的敌人。这时只有他的夫人杨妙真，才能让他静下心来听一点儿规劝，不要做不义之事。不幸的是，他有一个兄弟李福，比他更为贪财龌龊。

因为李全所部占领了宋金交通的要道关卡，李福就动了歪心，要利用这个便利为他们自己渔利。驻扎在楚州之后，李全兄弟就诱骗大批商人到了山阳，派出水军俘获商人们的货物，将一半没收归己，然后派这些商人从楚州转运贩售货物至山东河北各地。李福为人贪鄙至极，规定往来商人都必须用他们家族的车船，行走运河之上，还要缴税一半。作为回报，他们听任这些商人违反朝廷法度，往返于江南及金国各郡。金国及蒙古君臣上下都非常看重江南的丝绸茶叶瓷器等货品，这种非法贸易往往获利都在十倍之上，由此李全兄弟获得了巨大利益。

尽管如此，李福还嫌不足。后来他看到张林所辖境内六个盐场利润丰厚，就凭借李全的势力，敲诈张林，提出要分走六个盐场中的一半。张林敢怒不敢言，就答应他可以任意取盐，但不能分场。李福遭到拒绝，心中大怒，要与李全提兵去取张林首级。张林无法，只好告状到了制置使贾涉那里。贾涉出面说话也是无用，李福不听，出兵邀击张林。于是张林向蒙古军队请求援助。贾涉因此责备李全，李全顿时恼怒，率兵全力攻击张林。

张林只好弃地而逃往蒙军。当时成吉思汗授爵蒙古军帅木华黎为大师，晋封国王，经略太行以南，河北山东一带。张林一投到蒙军那里，就受到了木华黎的热情对待，被任命为山东东路都元帅府事，特命为蒙军经营山东。木华黎要利用张林在山东的人脉势力，逐步扩张蒙军对山东的实际控制。

由于李全兄弟的嚣张跋扈、恣意妄为，致使朝廷的大局利益一再受损。张林的出走，使得李全兄弟又占领了青州全境。随后，李全又吞并了原来由贾涉掌握的帐前忠义军。因此李全的势力急剧膨胀，官升领承宣使、保宁军节度使。

自此，李全变得更加骄悍，并且目空一切。一次他以超度国殇为名义，到镇江金山寺大作法事。镇江知州率领全府官员出动迎接李全，准备了数艘豪华方舟，里面大备宴席，更准备了十数名美貌绝伦的女乐陪侍，李全兄弟倨傲而坐，与陪侍的镇江大小官员畅饮尽欢，旁顾左右，满列吴姬，放眼望去，俱是谄媚。等到了金山，入得寺内，开坛设祭。法事做完，又尽情玩乐，入眼总是佳丽，触目尽是狐媚。回去后，李全对手下诸将说道，"我去了江南，今日才知道什么叫作尊荣。六朝金粉，名不虚传，想必行在临安更是佳丽如云。我们得志之后，一定要尽情享受此等富贵，这才无愧于大丈夫一世! 江南繁华无比，你等是否愿意与我共去江南? "手下诸将被他撩拨地心痒难忍，自此李全之部就有了叛乱的野心。

第三十四章　霅川之变（二）

朝廷之中也有有识之士看出了李全的苗头不对，纷纷上奏朝廷，要求遏制李全。可是宰相史弥远有自己的打算，总是说对李全以安抚为主，不要生事。赵范、赵葵屡次上书要求朝廷必须防范李全，赵方旧部的许国上书朝廷称："李全必反，非豪杰不能弭患！"朝里大臣们就附和说许国就是这样的豪杰，他可以制住李全。于是朝廷就征调许国就任淮东安抚制置使，进驻楚州，直接制约管理众多"忠义军"人马。

许国到任后，百般压制李全北军。只要是北军与南军即朝廷军队发生矛盾有所争执之时，无论对错，全都怪罪北军。许国又将朝廷犒赏北军的物资，扣留了十之七八。李全当时驻军青州，许国就任后，他一直不肯参谒。许国多次发信给他，邀请李全前来楚州议事。等李全前往参谒时，许国又故意表现得倨傲自大，意图羞辱并激怒他，再寻找借口除掉李全。结果那日，李全表现出完全一副卑猥的模样。李全知道，此时忍不下这口气，就过不了这一关口，下面他的麻烦就可能层出不穷。于是他竭力地奉承许国，又赠送了许多昂贵的礼品给他和他的心腹下属。下属们就为李全说尽好话，结果许国对李全的表现非常满意，对手下心腹说道："李全他们军队全都仰仗我供养军需，只略微展示一下我的恩威，他就已经彻底臣服了。"手下心腹们听他这样说，全都纷纷祝贺他成功降伏了李全。

其实李全是要给许国一种错觉，好让他对自己暂时放心。李全知道这个许国，还有他背后的赵范、赵葵，一直在向朝廷诋毁自己，跟自己作对，因此他一直在盘算，找个机会跟赵范、赵葵较量一下，并且要铲除了这个许国。只是他的军队严重缺粮，暂时动弹不得，不得不跟许国维持表面的友好才行。

这时，突然来了一个不速之客潘甫，送来了一封号称济王赵竑写给自己的书信，要求他领军到湖州勤王。李全看完大喜，这个机会终于等到了。李全对潘甫礼敬有加，潘甫提出的任何要求，他都满口答应。连潘甫自己都觉得太顺利了，这位李全将军是不是答应得过快了呢？于是他疑惑地问李全："将军如此深明大义，令潘某感佩！请问将军，可否坦白相告，事成与否还未可知，将军所求究竟为何？"

李全坦然回道："李某虽然只是一介武夫，但也知道，大丈夫在世当以'忠义'二字为重。如今先皇嗣子有难，殿下蒙尘，我等岂能坐视？我现在蒙济王殿下看重，委托以君臣大义，必当以死效命。上为社稷完成先皇之遗命，下为殿下讨还应有之公道。所以拥立之功，就是我等所求。"潘甫听他说的话有理有节，而且令人感动，心里就彻底放心了。

李全突然问潘甫道："先生此来楚州，难道没有顺路去见一下赵范和赵葵将军吗？"潘甫老实回道："李将军坦诚待我，我自当明白告知，赵葵将军称如果李将军愿往，那么他一定也会响应。"李全马上哈哈笑道："这个赵葵，从来都是自诩敢为天下先的。这次竟然愿意让我先，怕是因为他的兵马不够罢？"

于是两人约定，两日后，李全自楚州起兵，分水陆两支，车船人马陆续进发。水军船只自运河入长江，然后进入太湖，最后到达湖州，行程四日可期。潘甫答应，但看兵船抵达，湖州那里自然有人接应至城里。

约定之后，潘甫就要赶回湖州，李全拦住他说若要此事成功，还须答应他做到一事。潘甫连忙问道："何事？将军请讲。"李全让他过江之前，要沿途散布消息，就说李全将率军前往湖州；过江之后，要沿路大张旗鼓地说，赵范、赵葵将军即将前往湖州勤王。潘甫不解，问道："李将军，这是为何？"李全笑道："不这样做，他们是不肯出兵的。"潘甫一听大喜，向李全拱手鞠躬，说道："没想到李将军如此高明，潘某一定照办。"临行前，李全还奉送了二百两银子作为川资，潘甫感动地对李全说："将军厚爱，潘甫一定铭记于心。"于是，潘甫满心欢喜地赶回了湖州。

上官镕和潘壬等人听了潘甫这样说，无不欢欣鼓舞。于是几人按照李全所说算好日期，定下了日子在湖州发动兵变，拥立济王赵竑为大宋皇帝，向天下宣布理宗继位并非先皇意愿，乃是奸相史弥远矫诏所立，实为非法，济王赵竑才是真正的大宋天子。

这时潘甫返回湖州沿途散布的消息，已经在四处传播。当赵范、赵葵得知了李全将要到湖州去，这是真的还是假的？两人不禁觉得甚为奇怪，这种极其秘密之事，为何人尽皆知呢？那么这一定是潘甫干的，他这么做是要干什么呢？难道是为了让李全没有退路，逼着他一定要到湖州去吗？两人不禁觉得好笑。那么李全会不会去呢？凭着这些年跟他打交道的经验，这是个无利不起早的人，他应该根本不会理睬潘甫才对，甚至很有可能将他捆起来送到临安去。

过了一天后，人们开始到处传赵范、赵葵的消息，都在传说他们二人将要到湖州去勤王！赵范、赵葵这才意识到，他们可能会有麻烦了。这个潘甫根本就是一个无赖，赵葵很后悔，那日就应该把他杀了。就在两人竭力向外界澄清关于他们的谣言时候，得到了探子的军报，李全军有大动作了。李全各部开始向楚州集结，并且运河上有大量船舶集中，探子报告说有大量士兵开始上船。赵范、赵葵登时紧张起来，这个李全要干什么，真的要去湖州吗？那得愚蠢到怎样的程度，才会这么做呢？尽管两人并不相信李全会去拥立济王赵竑，还是做了十分的准备，以防止李全利令智昏，真的带兵前去湖州。然而，从内心上讲，他们希望李全真的能去，这样他们就可以名正言顺地讨灭李全了。于是他们将各部人马向扬州和滁州的官道上集中，并且在运河上设下重重关卡，要全力阻截李全军南下的路线。

再过了一天，机速房将李全、赵范和赵葵军的动向传到了临安宰相府。史弥远听说这些事，大为惊讶，有传言说这三人都要带军到湖州去，可是探子报告，赵范、赵葵都驻防在扬州滁州的官道上，并没有向南移动；李全所部是在顺着运河开拔，但是行进速度很慢，军船走走停停，他们这些带兵的将军究竟要干什么？

史弥远想到了最近的机速房报告，说湖州军营有军官最近频繁造访济王赵竑。史弥远觉得应该做一些布置了，他让殿司将彭壬最近做好准备，随时要带领一支禁军到湖州去，防止发生不测事件。

这时远在潭州的真德秀，也在猜想湖州那里，即将会有大事发生。他最近总是心神不宁，也许是心里牵挂济王的缘故，他始终放心不下。于是叫来了冉璞和蒋奇，吩咐他们二人收拾一下，然后到湖州去找知州谢周卿，争取再见一次济王，必须告诉济王要小心防备一场针对他的阴谋。冉璞跟兄长简短说明了一下事情，就收拾好行装，再次出发奔向湖州而去。

终于到了跟李全约定的日子，潘丙留在军营等待消息，潘壬和潘甫一大早就到了太湖边登台眺望，期盼李全的兵船能早点开到。自早晨到黄昏，两人期盼着，焦急地等待着，每分每刻都是那么煎熬，可是湖面除了零零散散的渔船，以及凛冽的湖风，其他什么都没有。两人的心情从渴望到沮丧，最后绝望了。于是潘甫留下继续等待，潘壬则去见上官镕了。

上官镕也心神不定地等了一天，当看到潘壬一个人进来，他就似乎明白点什么了。李全的话不可靠，他是一定不会来的，潘甫必定是被他耍弄了！上官镕现在也顾不上考虑为什么李全要骗他们，他认为箭在弦上，不得不发，当务之急是不管出现任何情况，必须发动这场兵变了，哪怕没有任何外援。

于是他们召回了还在湖边等待的潘甫，决定今夜就举事。上官镕居中协调指挥，潘壬、潘甫带人进入王府，迎立济王；到了王府举火为号，潘丙就带人封锁湖州所有城门，任何人今夜不得出入。

按照计划，潘壬、潘甫带着士兵前往济王府，去王府路上的岗哨都是他们的士兵，见到潘壬前来，绝不阻挡，一行人非常顺利地就来到王府大门，潘壬立即叩门。王府差役见外面来了这么多军士，都点着火把，全都带着兵刃，早就吓得不知如何才好。管家见势不妙，立即通报济王，赵竑听到说外面哗变了，惊得面如土色。此时吴夫人有些定力，让管家带人出去应付他们，自己则带着济王躲进了王府内小湖上的画船里面。

潘壬等人遍寻不着济王，喝令管家告知济王下落，管家死活推说不知，潘壬又急又恼，立时拔刀就要行凶，有胆小的王府仆役吓得跪倒，愿意带路寻找济王。最后在画船里搜到了济王赵竑夫妇。潘壬、潘甫见到了济王，立即下跪行三叩九拜大礼，口称"吾皇万岁"。济王夫妇已经被惊吓得战战兢兢，又见他们如此行为，更是又惊又怕。赵竑问道，"潘将军，你们究竟意欲何为？"潘壬叩首答道："大王不要害怕，还记得臣等说过吗？我们湖州军营上下将士都为殿下的遭遇愤愤不平，愿意为殿下讨回公道，现在我们全体官兵，拥立济王殿下您登基称帝。"

济王听到他们这样说法，心里既惊又怕且喜，只是不知道外面情形如何，如果被临安的朝廷知道，一定会被认为是济王谋反，那会派兵来剿的。于是他坚决表示不同意。

潘甫见济王不答应，就劝道："济王殿下不要担心，我们有三千人马聚在了湖州，而且已经联络了忠义军李全将军和赵范、赵葵将军，他们都答应派兵到湖州来支持殿下。我们这就去湖州州衙罢？湖州知州以及大小官员都愿意支持殿下称帝的。"

济王对他的说法非常怀疑，他认为谢周卿是个谨慎之人，不可能支持他们这样做的。这时潘甫不管济王如何反对，招呼手下士兵，一起拜请济王，众人下跪一起山呼万岁。济王无法，被这一行军人裹挟去了湖州府衙。此时潘壬派了另一队士兵，前往谢周卿家里去请他立刻到府衙议事。

第三十五章　李赵之争（一）

　　就在潘丙他们封锁城门之前，冉璞和蒋奇已经进了湖州城。两人刚刚入住了驿馆，吃了一顿简单的晚膳，冉璞就要去见谢周卿，蒋奇有点诧异，问冉璞："又没有什么特别着急的事情，为何不好好休息一夜，明日再去呢？"冉璞其实是心里惦记了一个人，那就是谢瑛姑娘。但又不好明说，只好绕着说是因为担心明日谢大人公干，可能见不到，反正无事，不如现在就到他的府上去。蒋奇拗不过他，只好跟着去了。

　　两人到了谢府，谢周卿正在书房跟谢瑛讲书，听谢安来报说是冉先生前来拜访，谢瑛听了，不由得心里喜悦，待要站起去迎，又坐了下去。谢周卿说道："冉先生不是外人，就请直接到这里来罢。"片刻工夫，冉璞和蒋奇二人进来，谢周卿笑着对冉璞说："那日你不告而别，我还道你有甚急事，不想今日又来了。这位是？"冉璞抱歉笑道："在下有些事情，想着早点回去请示真大人。这位是我的同僚蒋奇，此次真大人让他跟我一起来的。"蒋奇向谢周卿叉手致意，谢周卿点头道不必客气。

　　谢周卿猜测冉璞再次回来一定有事，于是让谢瑛跟雁儿回房休息，再让家人上茶。然后问道："你们二位此来，是不是还是为了济王？"蒋奇点头说道："真大人最近不放心，特地让我们赶来，跟济王再见一次。"谢周卿点头说行。冉璞说道："有件事情应该让谢大人您知道。前些日子，一位自称从湖州来的人，送了一封书信给真大人，据真大人说，信的落款是济王殿下，那信里的内容多是对今上和朝廷不满之词，并且向真大人求助。"

　　谢周卿一听此言，顿时摇头："此信不可能是济王所写。"冉璞点头称是："真大人也是如此认为，当场就烧了此信。上次我见济王，就已经证实了济王并未曾写过信于真大人。"谢周卿说道："难怪那日你要问济王那个问题。"冉璞接着说道："既然有假书信给真大人，极有可能别人也有收到类似的伪造书信。我们认为有人要对济王不利！"谢周卿紧缩了眉头，点头同意。冉璞问道："最近谢大人可有听到任何风声？"谢周卿想了一下，说道："要说可疑，就是王府周围多了很多湖州军营的士兵，巡检潘壬，还有潘甫他们多次去见济王。我认为这里一定有问题，可是还没有查到任何实据。"

冉璞说道："大人，此事不妙。您一定得多加小心。上回我曾经夜里到王府周围探查了一下，结果遇到一个神秘人物也在探寻王府，并且跟我发生了冲突。此人遗落下一块铜牌，就是此物。"

看到这块铜牌，谢周卿惊得顿时站起来："这是宰相府的机速房！这些事情难道是史相指使？"冉璞摇了摇头，说道："现在还不能确定。但至少朝廷应该已经听到了关于济王的一些风声。所以必须让济王知道，千万不要上了别人的圈套。"

谢周卿点头同意，说明天上午就去见济王。话音还未落，外面传来了一阵急促的敲门声音。家人开门，见是十几个全副武装的士兵都点着火把站在外面。谢周卿出来，问道："你们是何人派来？这么晚了究竟是什么事情？"领头的士兵向谢周卿施军礼，回道："我们潘壬将军有急事相邀，务必请谢大人现在就跟我们走一遭。"说完，左手紧握刀把，右手摆了一个请的手势。谢周卿无法，只说回去换穿官服就出来。

进来后，谢周卿一脸的局促不安。冉璞、蒋奇安慰他，他们愿意保护他一起去。谢周卿稍微定了下神，点头同意他们跟着一起去。谢周卿然后又叮嘱了谢瑛几句，吩咐谢安把大门紧闭，今夜任何人都不要放进来，一定要保护好家眷们。谢安点头诺诺。

然后一行人向州衙走去，只见街上已经戒严，每个要道口都有士兵把守。接近府衙的路口，聚集了稍多的士兵，冉璞一路估算下来，总数应该不到一千。到了府衙大门，一些士兵正押着一群官员向里面走去，官员们见到谢周卿，都纷纷问道今夜发生了什么，谢周卿也是一脸的茫然。

众人进去后，惊讶地发现居然是济王坐在官厅的正中，他的两边各站了一排的军官，为首的就是潘壬。谢周卿先向济王致意，然后问潘壬道："潘将军，你们这是要作甚？"潘壬回道："大家都在等你呢，谢大人。今夜，我们湖州军营全体将士拥戴济王进位称帝，这是先皇的遗愿！"

谢周卿一听此言，几乎就要晕厥，真是怕什么就是什么，连声说道："潘将军此举极为不妥，你将陷济王于不义，必将引起朝野震动，引来朝廷讨伐！"潘甫厉声说道："先帝生前瞩意济王，不过是奸相史弥远与杨太后勾结，伪造圣旨才篡夺了皇位。当今大位应该由济王继承。"

谢周卿问道："你之所言，可有凭证？"潘甫怒道："先帝所立皇子，即济王一人，还需什么凭证？"谢周卿一时语塞，稍许工夫反应过来问道，"那么先帝在时，为何不明文册立济王作为太子？"潘甫从来没有想到过这层，不知该如何回答。潘壬顿时恼羞成怒，猛然抽出了兵刃，大声喝道："今日之事，有如箭在弦上。如果不成，大家一同就死，可以吗？"济王已经吓得战战兢兢，只在那里哭泣，不愿听从。

这时潘壬向部下使了颜色，外面的士兵全部同时进来，一齐跪倒，齐声喊道："愿大王登位！"潘壬不由分说，从桌案上面取下了黄色龙袍，披在了济王身上，然后抽刀架在谢周卿脖子上面，喝道："全体官员，立即跪拜。"在外面的冉璞和蒋奇两人面面相觑，他们这是要重演陈桥之变的黄袍加身吗？

谢周卿被刀威胁，没办法只好就跪了，他想不如暂且应付过去，等回头抽身了再想办法对付他们。谢周卿一跪，其他所有官员也就跟着跪倒，潘甫大声喊道："湖州文武官员，一起恭请济王殿下登基称帝！"济王更加害怕，说什么都不从。潘壬急了，喝道："大王，就算你再不情愿，如今也已经生米煮成熟饭，朝廷肯定容不得大王，还不称王更欲何为？"

潘甫在旁边柔声劝道："大王请听在下一言，明日李全和赵葵将军他们将有三十万大军开到，大王还有什么可担心的呢？"济王听如此说，颤声问道："果真他们会来？"潘壬说道："当然会来。"济王犹豫了很久，说道："那你们不会伤害太后罢？"潘壬、潘甫痛快地回道："当然不会。"于是济王点头。潘壬、潘甫大喜，立即喝令全体官员行三跪九叩大礼，叩完就宣称："礼毕，新皇即位。"潘甫向众人宣布明日商议年号和封赏等大事，令众官员无令不得擅自离开。

站在外面的冉璞和蒋奇看见里面如此情形，都替谢周卿捏了一把汗。等后来众人礼拜已毕，济王已经是黄袍加了身，看起来好像局面暂时稳定了下来。可是冉璞知道情况仍然非常凶险，随时可能发生暴动厮杀，此时应该拖到白天，等谢周卿能出来时再行商议。

这时济王看到谢周卿跟他使眼色，见他目光看向大厅之内的里间，知道他有话跟他说。于是济王对潘壬说有些事情，需要单独跟他商量，潘壬就让潘甫在大厅看住众官员，自己引着济王去了里间。济王一进去就问："潘爱卿，你们都说李全和赵葵将军的军马明日能到达湖州，此事可是确切？"潘壬叉手回答道："一切请皇上放心。我们都已经准备好了钱粮船只，准备接应他们。就算他们不来，我们也有足够兵马，皇上勿忧。"济王见他如此肯定，突然心里放松了一点儿，说道："武备之事，全赖爱卿了，望爱卿勿让朕失望才是！"潘壬听他如此说，心也放下大半，认为济王已经完全相信了自己。济王接着说道："光有爱卿还是不够，还需文事才行，谢周卿大人对我忠心可鉴，可以信赖，你将他请进来，我有话说。"潘壬也没有疑心，当即答应，出去将谢周卿请了进去。

　　济王见谢周卿进来了，就对潘壬讲："爱卿辛苦，可否弄些膳食进来，这半日下来，朕颇有些饥渴，正好我与谢大人商量一下明日的文告，写好后让你们几位将军都来读一下，提些建议可好？"潘壬见济王如此说，也不好置疑，犹豫了一下就出去了。

　　潘壬一走，谢周卿马上轻声对济王说道："殿下此时危机重重，千万不可为他人利用啊！"济王说道："天可怜见，我从未想过此等之事。刚才你也亲见，如果不从，我等立时就有性命危险。可如今我就是千万张嘴，也已经是辩解不清了。"

　　谢周卿问道："那么殿下现在还想继续此事吗？"济王坚决地回道："如果我真有此心自行称帝，愿祖宗弃之，死后不得入宗庙。"谢周卿见济王回答得如此坚决，知道济王真无反心。于是对济王说道："且到明日，看他们有无援兵。如果没有，我会联络湖州城外的州军，再火速通知朝廷派军前来征剿。殿下您千万小心，先稳住他们几个，不要让他们行凶连累殿下就好。"济王点头称是。

　　这时潘甫见潘壬出来，觉得不妥，就闯了进来监视他们，济王只好停止了对话，佯装小睡。不一会儿，潘壬让人端了一些食物和水进来，济王就招呼谢周卿等人一起分用。

　　这时外面的天已经开始蒙蒙发亮了，济王让潘壬护驾，要到太湖码头上去，等待李全他们的兵船到来。潘甫连忙建议不要去，说现在外面情形不明，还是留在城内好。济王疑问地说道："潘爱卿如此阻拦，莫非根本就没有援兵？"潘甫接话说道："陛下勿疑，他们一定会来的。"济王顺势对潘壬说道："那朕要亲自去迎，潘将军休要推辞辛苦，去带路罢，陪朕同去。"潘壬见其他官员都在认真地听他回答，心知非去不可，如果强行拒绝，这些官员一定猜到根本没有什么援军，那局面立时就会生变。潘壬只好前去引路，带领一众官员护着济王向湖边行去。

趁着行进路上的混乱，谢周卿跟冉璞、蒋奇他们碰了头。谢周卿向他们通报了情况，冉璞问道："今日如果真有大军来助济王，大人如何处之？"谢周卿犹豫了一下说道："不管如何，当立即奏报朝廷。"蒋奇接着问道："如果根本就没有兵来，大人可有打算？"谢周卿知道他问这话的用意，说道："潘壬他们只有数量有限的士兵。城外州兵并不属于他管，如果他们没有大军接应，我会派人要求州兵听我指挥，你们到时看我号令。"冉璞说道："擒贼先擒王，那要争取尽速拿下潘壬、潘甫，大局就控住了。"谢周卿点头说道，"好，那就这样罢。"

第三十六章　李赵之争（二）

众人到了太湖边，此时天光已经大亮。济王和谢周卿他们仔细观察潘壬他们带的兵，数量远远没有他们说得那么多，估计也就几百人而已。这时远远眺望太湖，茫茫荡荡，并不见大船踪影，只有漕运散船零零星星地驶过，连平日里多见的渔船如今都没有了踪影。等了约有半个时辰，有人突然大喊："有船来了。"济王一惊，站起来细观，只见三艘大船从远处驶来。

谢周卿心里琢磨，三艘船才能装多少兵呢？说话间，大船慢慢靠近，众人见大船上并无很多士卒，打的旗号的确是"忠义军"，还挂有"李"字旗幡。等船靠岸，潘壬带人上前接应，只见船上下来的士兵并无半点军容，所穿军衣并不统一，很多士卒没有盔甲，所执武器也是长短不一，甚至有的人竟然手执鱼叉。三艘船共约二百号人，乱糟糟地下了船。潘壬问他们谁是指挥的将官，士兵们茫然不知，其中有人大喊："大人，说好了赏钱在哪儿？"

这时谢周卿手下的官员乘乱询问这些士兵，才弄清楚了他们其实就是附近的渔民和杂役，昨夜被湖州巡湖官兵逼着换了衣服，上了这三艘大船，并且约定今日就能领到不菲的赏钱。

谢周卿听到了真实情况后，立时就下定了决心，要调用州兵平息潘壬他们的叛乱。在回州衙的路上，谢周卿就跟济王讲了自己的计划，济王立即同意。于是谢周卿吩咐手下心腹官员王元春带上他的官印，前去湖州城外州兵军营那里宣调，这是他跟济王赵竑的共同命令，让他们中午之前务必进城将州衙迅速包围。然后谢周卿又跟冉璞、蒋奇讲了自己的计划，冉璞、蒋奇让谢周卿放心，他们一定会保护好济王跟谢大人两人，然后见机行事，争取一击成功拿下潘壬、潘甫。

回到府衙，潘壬让潘甫在城内四处张贴布告，宣示济王已经在湖州称帝，忠义军大将军李全即将率领三十万军马抵达湖州，讨伐奸相史弥远的篡逆恶行。城内百姓见到布告，无不惊讶骇然。而此时王元春已经成功说服了州兵将官，正率领着他们赶向湖州城。

州衙之内，潘壬正在等待潘甫商议下一步行动，却听见外面一阵嘈杂，正恼火时，有亲兵来报，王元春反水了，带着州兵杀进城里，正奔向州衙过来了。这时城里已经有不少士兵不再听从他们的指挥，开始哗变逃亡了。潘壬大怒，立即拔剑就要出去。此时冉璞跟蒋奇对视了一下，互相点头示意，两人同时拔刀扑向潘壬，潘壬见里面有人袭向自己，随即回身格斗。

那潘壬到底是军官，也颇为勇猛，跟冉璞、蒋奇一时斗在一起，旁边的士兵纷纷上前帮忙，可是衙内空间有限，人多反而施展不开。一时厅内秩序大乱，谢周卿等州府官员赶紧护送济王进入内室。此时衙门外面，王元春引路的前锋官兵已经到达，就要冲了进来。就在此时，突然外面又是一阵大乱，潘甫带人也赶到了，顿时州府衙门内外一齐杀声震天。

蒋奇正跟潘壬缠斗在一起，冉璞眼快，望见潘甫正在外面指挥。冉璞知道潘甫是他们的核心人物，于是悄悄地逼了过去，骤然暴起袭击潘甫。潘甫虽然颇多心计，却不善武艺，冉璞快刀猛攻，他一时手忙脚乱，被冉璞看准了破绽，一刀砍倒在地上。那些叛乱的士兵以为潘甫已死，顿时大乱。王元春官兵士气大振，不消一炷香工夫，就平定了州衙内外叛乱士兵，活捉了身受重伤的潘甫，但是没有找到潘壬。那潘壬见势不妙，早已冲了出去，骑马跑到潘丙把守的城门，要叫上潘丙一起逃走。潘丙让他先走，他们来断后。随后蒋奇带人赶到，一阵厮斗杀死了潘丙跟他的手下。至此，湖州之乱已经彻底平定。

平乱之后，谢周卿见王元春前来汇报战况，就让他稍事休息一下，他正在书写奏章。写完之后，让济王过了目，然后特意让济王也一起署名了奏章，交给王元春，让他火速报往临安，将事情原委以及济王此次的大功，原原本本地向朝廷陈述。

济王见谢周卿如此用心良苦，不禁感激得哭泣起来，握着谢周卿的手说道："倘若此次朝廷能够免予追究本王，全都仰仗谢公的恩惠啊！"谢周卿见济王如此伤感，只好站在一旁不停地安慰。

于是王元春飞马加鞭地向临安赶去。在离临安城西五十里外，恰好遇到了禁军统领彭壬，正率领禁军前往湖州。王元春向彭壬通报湖州之乱已平，现在谢周卿大人已经控制住了湖州城，禁军已经不再需要前去湖州了。彭壬摇头说道："军令如山，岂可因为你的通报就擅自退军。这样罢，请王大人火速赶往临安，向圣上和史相报告此事。彭某继续领军前行，如朝廷通知撤军，彭某一定照办。"王元春于是继续向临安飞奔而去。

湖州平叛的消息也飞快地传到了李全、赵范和赵葵那里。李全正在缓慢行进的兵船上听到了这个消息，不禁冷笑了起来，他的兄长李福问道："兄弟，你为何发笑？"李全笑道："可笑世上偏有潘壬、潘甫这样不知天高地厚之辈，妄想靠着拥立那位寸权都无的济王，希图一世荣华富贵，这真是痴心妄想！"李福问道："他们争他们的好了，与我们何干？兄弟你带兵出来，究竟是要干什么？"李全呵呵笑道，"兄长，现在有三十万担粮食，可有兴趣吗？"李福一听大喜说道："有了粮草就能招兵买马，为兄当然有兴趣。可三十万担不是小数目，兄弟不要说笑！"李全回道："走，我们回船舱里去看图。"

进了船舱里面，李全把一幅地图摊在了桌上，对李福和其他心腹将官说道，"你们看，现在我们的位置已经靠近了高邮，再往前行，就要进入了扬州地界。探子来报说，赵范已经调集了几万兵马要沿河堵截我们。可是他不知道，我并不要穿过他的扬州。"李福有点听糊涂了，问道："兄弟你究竟要干什么？"

李全用手指着两个地方，说道："大家看。"李福定睛一看，指的是泰州和兴化两个地方。李全继续说道："泰州和兴化各有一个泰州仓和兴化仓，两仓都囤积了十几万担粮草。这两个地方就是赵范的命根子，多年攒下的粮草辎重都聚集在那里。我前些日子散布出去的消息，已经吸引了赵范的注意，他把驻防的军队基本都抽调去了扬州。现在这两个储粮仓库是无比的空虚，我们只须各去几千人马乘虚而入，就可以将它们搬空了。"李福听后大喜，连声赞道好计。

李全又指着扬州说道："下面我继续随着兵船前行，兄长你跟庆福在进入扬州地界之前悄悄下船，你们各领五千兵马分头前往泰州、兴化，我已经派人预备了赵范的旗幡，你们就打着他的旗号秘密前往两仓，一举拿下里面的粮草。"旁边的刘庆福诧异地问道："那李将军你去扬州做什么？"李全呵呵笑道，"马上就要到人家的地盘上，怎么说也得去拜会一下这个老邻居才行。顺便给你们打个掩护。"李福、刘庆福二人大笑，领命而去。

事情的发展基本就如李全预料的一样顺利，李福、刘庆福二人乘着夜色的掩护，悄悄下船，带着各自的人马向泰州兴化急速行军。到了第二日上午，两军都到达了各自位置，顺利地骗开了把守仓门的小校，因为两仓几乎没有多少军士把守，守仓将官见肯定厮杀不过，只好眼睁睁地看着他们把粮草搬空。李福二人临走前，跟守仓军官说李全将军已经把借条送达赵范将军了，大家无须担心就是。众人面面相觑，只好听任他们扬长而去，再火速报往赵范那里。

那边李全按照计划一直前行到了扬州，此时赵范军马已经将运河封住，李全车船只得停下，派人向赵范联络，要求会面。赵范也爽快地答应了两人会面。此刻艳阳高照当空，运河两边都是各自旗帜飘扬，刀枪如林，船上士兵们肃然站立成行，一片大战来临的气氛。

李全和赵范站立在各自的军船船头上面，相互拱手致意。赵范问道："李将军带着这么多军队，这是要去哪里啊？"李全笑道："前几天我听说了赵将军要带军到湖州去，我觉得此事颇为蹊跷，所以亲自前来问问赵将军是否有这事情。如果需要的话，我这些兄弟就算是给将军您助阵来了。"赵范跟赵葵虽然是同胞兄弟，但脾气秉性颇为不同，赵范城府很深，即使李全当面这样诬陷于他，也是不动声色，冲李全一拱手说道："李将军不要听信谣言，断然没有这种事情，就请李将军赶紧带军回去罢。北面金军如果听说将军南下，一定会乘机来犯的，千万不要误了朝廷大事。"李全也回礼说道："听赵将军如此说，李全就放心了。在下不请自来扬州，还望将军海涵不要计较才是。"赵范回道，"哪里，李将军客套了。我这船里备下了酒席，如果将军不嫌弃，就这里给将军饯行如何？"李全笑道："好说好说，多谢赵将军盛情相邀。"

于是两人聚在了赵范官船之上，客套寒暄已毕，各自介绍了两边的将领，赵范见没有李全的左膀右臂李福和刘庆福，不禁心里疑惑。酒过三巡，赵范和李全的各自属将也敬酒完毕，李全呵呵一笑说道："赵将军，久闻你豪侠仗义，素喜济人之急。我们忠义军最近跟金军一战，虽然大获全胜，但粮草辎重消耗大半，如今要再发动一次作战，已经是有心无力了。今日特地求见赵将军，万望能伸出援手才是啊。"

赵范听他如此说，觉得有点诧异，没有料到李全会如此厚颜无耻地提出这样的要求来。想了一下说道："李将军说笑啦，我们去年军粮入库不多，且又新近招募了不少士兵，实在是爱莫能助。这样罢，我会上奏朝廷，为李将军陈情，朝廷自会斟酌利害，为李将军拨发粮草军援就是。"李全呵呵笑道，"朝廷军粮，我们已经是指望不上了，有赵葵和许国二位将军，十成军粮能有两成给我们就算不错了。赵将军，您跟赵葵将军乃是同胞兄弟，一定能劝服他的，请赵葵将军把朝廷拨给我们的那份，就留给您如何？"赵范一听有点不解，问道："李将军这是何意啊？"李全就走到赵范跟前，递给他一份公文袋，赵范看着李全，犹豫了一下打开一看，是一份借据，是李全亲写，大意是向赵范借取军粮二十万担。赵范苦笑着要将借据还给李全，说道："李将军，我们的确拿不出这许多军粮啊。"李全说道："将军且慢拒绝，还请暂时收着。如你真有，借我就是；如若没有，权且放在将军这里，等有了给我就是。"

赵范是个实诚人，听他如此说得入情入理，一时倒也想不出什么合适的理由拒绝。赵范正打算敷衍搪塞过去的时候，李全那里有差官来报有急事，知道李福他们已经得手了，李全就起身向赵范告辞，只说楚州那里有事必须赶回去了，再三向赵范致谢盛情款待。赵范就率领众将，将李全等送至船头，两人挥手作别。

李全上得自家兵船，吩咐赶紧向北行走，不得停留。只见船行如飞，稍许工夫就都不见了踪影。这里赵范心里纳闷，这李全究竟要干什么？真正的来意尚且不明，又为什么要走得如此迅速？赵范看着桌案上的借据，隐隐地产生了一种不祥的感觉。

突然，赵范意识到了不妙，李全一定是在打自己的主意，强行送上借粮凭据，意味着他有把握取到军粮，他会不会在打泰州仓的主意？那里是最大的产量区，也是最大的存贮仓库。想到这里，赵范不禁冒出了冷汗，连忙派人去泰州仓那里探查情况。

刚过一个时辰，探子来报，李全军诈开了泰州仓，取走了里面全部存粮。赵范顿时大怒，用手狠拍桌案，骂道："此贼不除，我实难安！"赵范手下众将也是议论纷纷。又过了一个时辰，探子又报，兴化仓也被李全给偷劫了。泰州仓和兴化仓是几任前任以及自己带着手下诸将数年来辛苦屯垦的积蓄和心血，一旦失去怎能不让他心痛，赵范登时怒恨攻心，一时晕厥。

众人顿时手忙脚乱，赶紧叫来医官，将赵范救醒。赵范长吁一口气，对众人叹道："恐怕最近那些传言，都是李全派人散布的。此人心胸之险恶，行为之异常，实在让人难以琢磨。"手下众将齐声说道："赵将军勿恼，我们这就全军出动，追上李全，将此贼除去，为朝廷去除一大隐患。"赵范摇头说道，"兵法最忌因怒出兵，自取其败。李全此人如此胆大妄为，既然敢去抢劫我们的粮库，就一定做了足够准备。你们倘若追击，正中他意，大为不利，不能去。"

手下将领纷纷不服，有人愿意立下军令状去攻打李全军。赵范坚持不允，坚决地说道："此人将来必定为我们所擒，只须忍住一时即可。"众将依然愤愤不平，但赵范威望很高，大家只得听从他的命令，暂且忍气吞声。自此，李全和赵范、赵葵兄弟相互间的仇隙越来越深，直接导致了随后的一系列纠纷，甚至兵变。

第三十七章 权臣密议（一）

湖州那里刚刚平叛，机速房探子飞快地将消息传送到了临安。这之后李全和赵范又搅到了一起，然后各种乱糟糟的消息纷至沓来，王元春的速递也刚刚送到了宫里。宰相史弥远这些日子一直请假不去上朝，专心处理湖州可能面临的巨大变故。他待在自己钟爱的东花厅书房里面，一边阅看各种邸报和奏章，一边等待新的消息，随时地让万昕传达自己的最新指令。

他想起了最近的机速房报告，说湖州军营的几个军官频繁联络赵竑，这几个军官还跟一个神秘人物还有密切联系，据称这人名叫上官镕。此人到底是谁？他究竟要干什么？

史弥远走到香炉旁边添加香料，刚放下一块，想到了最近真德秀和乔行简他们几位资深大臣，在弹劾户部尚书莫泽胆大妄为，持续多年地向各路州府贩售私盐。这个案子自己并没有直接干预，而是让刑部和大理寺先受理检看卷宗。自己和朝中其他几位重臣的心思，都集中在了最近来自湖州的很多惊人消息。

忽然，史弥远想到了这两件事情之间，会不会有什么关联呢？会不会这个上官镕就是莫泽他们的人呢？如果是这样，对他莫泽又有什么好处？看起来唯一的好处就是分散了朝廷对他们的注意力，但这并不能豁免甚至减轻对他们的处罚，除非他们还有后手。想到这里，史弥远不禁冷笑了一下，他们还是在打自己的主意，应该是逼自己出手，去对付真德秀。史弥远觉得如果真是这样，这是犯了大忌讳，他们是在自掘坟墓，绝对不能容留这些人了。可是，他还没有任何证据来证明自己的推测，也许自己根本就是在胡乱联系。

随后，史弥远又看了几遍湖州过来的快报，原来赵竑还是相当同情民间的，只怕朝廷当中，也有大量官员内心里是拥护济王，反对当今圣上和自己的。如果此次湖州之变成功，只怕自己以及史家整个大家族不但要身败名裂，而且当真要死无葬身之地了。想到了这层，史弥远不禁额头冒出了冷汗。在他看来，济王赵竑就是一个毒疮，只要他在那里，圣上和自己就会一直于心不安。如果能借着这次机会挤掉这个"脓疮"，倒也是一劳永逸，永绝后患了。

在仔细权衡了各种利弊之后，史弥远拿定了主意。他要开始实施下面的行动了，就叫来了万昕，吩咐他派人将余天锡和郑清之秘密请到府上来。

余天锡此时担任吏部尚书兼给事中，朝廷二品大员。他是拥立理宗的关键功臣之一。余天锡的祖父余涤，与当时的盐监史浩交厚，史浩就是史弥远的父亲。后来史浩担任了宰相，派人礼聘余涤作为家塾师傅。余天锡随祖父读书，与史弥远自幼交往密切。史弥远拜相后，又聘请余天锡为家塾老师。余天锡生性谨慎，自己分外之事绝不参与，也不多言，因此深得史弥远的信赖。当初史弥远知晓皇子赵竑对自己深恶痛绝，势不两立之后，就动了废立的想法，他需要找到一个合适的新皇子来取代赵竑。他就向宁宗说道："沂王现在没有子嗣，朝廷应该在宗族里面找一个合适的子弟，过继给沂王，以继承香火。"宁宗听了很是高兴，认为史弥远考虑深远，立即批准了他的请求。

正巧余天锡要回乡有事，史弥远就拜托他暗暗寻访合适的赵姓宗族子弟，要继承沂王。一日，余天锡在绍兴府要渡过钱塘江，恰巧有一个僧人同船，两人闲着无事，就聊了起来。船行江面上时突然下起了倾盆大雨，僧人对他说，过一会儿船靠岸，你下船后往左行，有一户人家，就是当地保长家，姓全，叫全恩，可以到他家里去避雨过夜。余天锡就按照僧人所言找了过去，全恩问明了来意，知道了他是丞相史弥远宾客，自然是多了几分敬意。于是让家人杀鸡做饭，殷勤招待，对余天锡恭敬有加。余天锡用饭之时，来了两个男童站在旁边陪侍。余天锡问是何人，全恩说："他们是我的外孙，曾经有算命的先生给他们摸过骨相，说他们是极贵之人。"余天锡不禁觉得好笑，问道："他们叫什么名字？"全恩回答道："大的叫赵与莒，小的那个叫赵与芮。他们都是朝廷宗亲子弟，有族谱记载的。"

余天锡顿时有了浓厚兴趣，让他把家里那份族谱拿过来看看。原来，这两个小兄弟是太祖赵匡胤的十世孙，赵德昭的九世孙。一直以来，朝廷的帝位并非由赵德昭这一脉后人继承。到了赵与莒父亲赵希瓐这一代，已经与皇室血缘十分疏远。赵希瓐并没有得到任何封爵，只做过山阴县当地的小官，

一家的生活与一般平民没有差异。不幸的是赵与莒七岁时，父亲赵希瓐逝世。生母全氏就带着他和弟弟一起返回了娘家，在全恩家寄居。余天锡就跟两兄弟攀谈了起来，两兄弟对他十分的恭敬。余天锡心里觉得兄弟二人言行非常得体，认为他们就是合适的人选去继承沂王。于是嘱咐全恩好好照顾兄弟二人，随后朝廷会有恩典给他们两个。

回到临安后，余天锡向史弥远推荐了他们。史弥远听后，也有了浓厚兴趣，派人将两兄弟接到临安，要亲自考量。全恩得到通知大喜，以为这两个孩子有望继承沂王，就将自己的田地卖了，买了衣冠将两兄弟精心收拾了一番，亲自送到了临安。

余天锡接了两兄弟把他们引见到相府。史弥远擅长观相，见了兄弟二人，大为惊奇，也觉得这两个兄弟都是贵人之相。但史弥远心计很深，他还要观察一下他们，以及他们家族的行事方式和心胸气度，再者这个事情如果泄密，对他非常不利。于是他就让全恩将两个孩子带回去，却并没有给出任何说法。全恩以为此行空欢喜一场，沮丧地带着二人回到家里。乡里的邻居们也都偷偷地笑话他们是痴人说梦。

谁知道过了一年，史弥远又让人去山阴，要带回兄弟俩，这次全恩只表示谢意，却不肯再送他们到临安去了。史弥远得知后大笑，嘱咐余天锡道，"这两个孩子中，兄长赵与莒并非凡人，其相贵不可言，请你去一趟山阴，亲自把他接来，就在你家里抚养教育罢。"于是余天锡亲自去了山阴，接来了赵与莒，交给自己的母亲抚养，平日里教他读书习字、各种礼节规矩等。过不了几年，赵与莒就被朝廷立为宁宗弟沂王嗣子，赐名赵贵诚。后来被立为宁宗皇子，赐名赵昀，宁宗过世后，赵昀被召入宫，继承了帝位，就是当今皇上理宗。

可以说，史弥远是把赵昀推上帝位的决定性力量；余天锡是赵昀的启蒙师傅和把他从泥潭里拔擢出来的恩人；郑清之则是赵昀的政治导师。史弥远今天请来这两位，是要跟他们商量，做出一个跟皇室尤其是理宗有关的重大决定。郑清之和余天锡下朝之后，直接奔向史弥远的府邸。两人的轿子一前一后到达，本来郑清之在前到达，因看到余天锡的轿子也到了，就特地站在门口等余天锡走过来，两人寒暄了几句，一起步入相府大门。万昕正在门内等候，见这二位大人一起到了，忙过来行礼，然后将二人引入史弥远的花厅书房。

这时史弥远歪躺在榻上，正在一边读着书、想着心事，一边等待这两位大臣。听到他们正在进来，史弥远就赶忙起身相迎。两人向史弥远问安，史弥远就一手挽着一人，一起到里屋坐下。史弥远看着他们二位，问道："今天朝上，可曾议论了湖州事情？"郑清之知道史弥远想知道朝臣们的看法，回答道："今日最新的消息下午刚刚送到，只我们几位和皇上看过了。准备着明日早朝时候，向朝臣公布湖州事件的结果。"史弥远摇了摇头，说道："这件事情，你们先不要跟朝臣们公布。"郑清之问道："史相，这么大的事情，恐怕是瞒不住的。"史弥远说道："不是要瞒，是推迟公布。"郑清之疑惑地问道："这是为何？"史弥远转头对余天锡说道："畏斋大人，这次又要辛苦一下你了，今夜就动身，去一趟湖州如何？"余天锡问道："为了大局，我理当把这个难担起来，助朝廷渡过这个难关。"

史弥远忽然有点感动了，走过去握住了余天锡的手，说道："关键时候，还是你们这些老人可以依靠啊。"余天锡回道："史相要我怎么做，尽管说就是。"史弥远看着余天锡，一字一句地轻声说道："这次务必一劳永逸地解决问题。"

虽然声音很轻，在郑清之和余天锡听起来，无异于晴天响了一个霹雳。郑清之从内心里极其不赞成走出这一步，但是史弥远既然开了口，说明他这次就已经下定了决心，一定这么做，没有人能够拦住他的。跟史弥远合作了这么些年来，他清楚地知道史弥远的内心之强硬和手段之狠辣，所以他一句反对的话也不说。

余天锡以做人厚道谨慎而为人称道，他听了史弥远这话，内心也是极不情愿去做这个将来要担负骂名的任务。但是作为两代交厚的朋友，他们两个家族的利益已经紧紧地交织在了一起，可以说是一荣俱荣，一损俱损。如果史弥远在这个重大问题上失了手，他必定会跟着一起沉下去。所以他不假思索地答应了下来，不过提了一个要求，需要一个太医随行。

史弥远回答没有问题，并且给了余天锡禁军的令符，到了湖州以后，禁军统领彭壬就听从他的指挥调度了。

郑清之在一旁提醒说："这等事，务必做得机密，不可让任何外人参与。"余天锡问道："彭壬可以信赖么？"史弥远回答可以让他参与。余天锡又问：

"湖州地方官员以及济王府的宫人和差役如何处理？"史弥远马上回道："州府官员除谢周卿之外，一律不许知道。济王府宫人、差役由彭壬全部带回临安。"余天锡最后问道："那谢周卿如何处理？"史弥远想了一下回道："他如果配合，就留他在湖州罢；如果他表示反对，就以参与济王谋反罪名，或者渎职，由彭壬立即抓了，随后带回来，交由刑部跟大理寺审讯。"余天锡沉默了片刻，叹了一声说道："要论起来的话，这个谢周卿，也算得我的半个学生，他中进士那次是我担任的副主考。后来他在国子监任学官多年，曾是我的属下。在我做吏部尚书时才得外任的。"史弥远看看余天锡，知道他的意思想要保一下这个人，就回答道："到时候看情形再说罢。"

然后三人又商量一下随后两天朝中的事情，最后敲定了三日后余天锡从湖州赶回，再根据当时情势，商量一下如何给朝局一个交代，要安抚朝中大臣们的怀疑和不安情绪。史弥远叹了一口气说道："我们如此殚精竭虑，为皇上扫清未来的一切障碍，希望皇上能够理解今天我们的苦衷罢。"郑清之肯定地回道："皇上天纵英才，不须多言，他自然明白的。"史弥远想了想说道："这个事情还是要让皇上事先知道为好，这么大的事情，不能只我们三个人就决定了。我们几个得进宫去，跟皇上说明此事。"郑清之和余天锡心里明白，这个事情必定拉上皇上才行。这样，将来后世之人写到这一段历史，史相作为这件事情的策划和主导者，才有可能不会被写进"佞臣"之类。

第三十八章 权臣密议（二）

三人商定以后，史弥远让万昕立刻送上来一些简单而精致的膳食。用完之后，三人乘着各自的轿子往宫里赶去。到了宫门，执事太监一见是这三位大人一起深夜入宫，知道必定有大事，不敢有丝毫怠慢，赶紧跑进去禀告内殿执勤太监，再向皇上禀告。

理宗听到传报，说宰相史弥远、郑清之和余天锡三位大臣一起请求拜见，他马上意识到一定跟湖州有关。今日下午，他已经知道湖州平叛了。不知道是高兴，还是有点失望，他的心情是非常复杂的。自从即位以来，他虽然每天都看各种奏章和邸报，但基本都交由宰相史弥远和其他即位大臣商议着办理。一者，他不熟悉朝政，还在学习和积累经验；二者，每次当他面对满朝的官员时候，总是觉得有些心虚。他觉得满朝大臣之中，只有郑清之和余天锡让他感到有安全感和亲近感。对史弥远，不知为什么，他有一种说不出的畏惧之感。他知道自己的皇位，是史弥远为首的一些实权大臣全力拥戴自己得来的。

先帝在驾崩之前，从来没有向他表示过任何寄予厚望而要传位给他的意思。他自己也根本没有想过会去当这个皇帝，直到某一天郑清之突然问他是否愿意承继天子之位，他的反应是错愕的，继而感到一种惊恐。能够成为沂王嗣子他已经非常满足了，他经常回忆起在山阴时，过着寄人篱下的生活，虽说外公全恩对他们母子不薄，可他们毕竟是外姓之人，全恩家族的人对他们一直是不满的，平日里遭受明里暗里的歧视，还历历在目。几乎是一夜之间，他和他的兄弟，摆脱了平民的身份，成为大宋真正的贵族。乡里有多少趋炎附势之人，转眼之间，对他们兄弟和外公全恩的冷嘲热讽通通不见了，竭尽全力地表现出对他们热忱的关心和温暖的问候。每每想到这里，他就不禁冷笑起来。

自己曾经出身寒微的痛苦，加上对各种非议和诽谤的抵御本能，"一步登天"这个词语是理宗最忌讳听到的。自己在庞大的宗族子弟群体里面毫无威望和资本可言，宰相史弥远就是自己最大的政治靠山。可恰恰就是因为这样，他才感到恐惧，甚至有时候还添加了一种负罪感。是对赵竑有歉疚感吗？他觉得不是。他跟赵竑并不熟悉，自己谈不上因为"夺位"而对他心怀愧疚。是对违背先帝意愿愧疚吗？也不是。这一点，师傅郑清之已经说过多次了，先帝并没有立赵竑为太子；自己登上皇位，是天命所归，不用多疑。

可是既然是"天命"归于自己，为何有这么多复杂而痛苦的"人事"纠缠不休？直到最近，湖州那里还不断传来消息说有人要拥立济王，最耸人听闻的是昨日济王赵竑终于黄袍加了身，登基称帝了。可是今天下午就传来消息，济王自己和湖州知州谢周卿已经带人平息了事变。这个赵竑到底扮演的什么角色呢？他是真的有野心称帝，还是只是要投机一下，然后见不成事只

好放弃了吗？这些都充满了疑问。此刻，宰相史弥远和两位师傅一齐深夜前来，看来是要彻底解决济王赵竑这件事情了。

理宗要贴身侍候的宫人准备好上朝时才穿的龙袍，去见这三位对他来说至关重要的大臣，他觉得必须这样才可以表示他的尊重。当他步入偏殿，三人一起向他行礼，他赶紧上前说道："三位大人，快快请起。"郑清之起身，看到他穿得郑重，举止得体，不由得暗暗点头称是，这个学生越来越成熟了。

正如理宗所料，史弥远开口说了来意，他们此来就是要商议如何处理济王赵竑的。史弥远解释说道："圣上，这一次朝廷不能，也不应该养痈为患了。济王只要在湖州一日，就会有潘壬、潘甫这样的野心之人，不断地冒出来犯上作乱，以从中渔利。这些日子以来，我们收到了各种报告，还有其他传言都证实了赵竑开始时候态度是暧昧的，他竟然虚伪地提出了以不要伤害太后作为条件，随后就在大庭广众之下黄袍加身，登基称帝，真是是可忍，孰不可忍！如果不加以制裁，陛下的威望就会受挫，朝廷的根基就会动摇。所以必须对他，和其他策划参与叛乱的官员，施加最严厉的制裁！"

理宗听了这话，虽然有所准备，心里还是咯噔了一下，他没有想到史相这是要大开杀戒了。犹豫了一下，他没有直接回答史弥远的建议，把目光投向了郑清之和余天锡，问道："二位师傅，你们怎么看？"

郑清之点头附和道："我们都同意史相的建议。现在的确该用雷霆手段，杜绝这样的事情再次发生。"余天锡也表示同意，说道："朝廷外患内忧，经不起这样的折腾了。史相的建议很正确，我们必须痛下决心，早做了断。"

理宗明白了，三人的意见已经统一，就是要处死赵竑了。可是身为先帝嗣子，赵竑在朝廷宗族勋贵当中还是有相当影响的。本来就有人私下里诋毁自己，如果真的处死了他，会不会激起更多人的不满来呢？理宗觉得还应该想得周全一些。于是问史弥远："丞相，济王参与叛乱的证据确凿吗？他毕竟是先帝嗣子，必须要慎重再慎重。"

史弥远点头回答："请陛下放心，目前已经是铁证如山，不容他赵竑狡辩了。我们这么做，也是为了震慑赵竑背后的支持者，还有那些恐怕更多的赵竑同情者。"

当史弥远提到赵竑的同情者时候，理宗就不再犹豫了，他觉得史弥远讲得很有道理。于是说道："非常之时，当用非常手段。丞相，两位师傅，朕同意你们的建议。去做吧，朕自当全力支持你们。"于是史弥远简短地向理宗讲解了他的计划，理宗表示完全同意。

会谈结束以后，余天锡到太医院找了当值的太医吴友德，跟他说明了要一起动身到湖州去执行圣上批准的一件紧急公务。然后又回到府里跟家人嘱咐了一番，大队人马就启程直奔湖州而去。

此时禁军统领彭壬已经率领禁军进入了湖州，进城以后，他派人立即接管了湖州的防务，又命人将济王赵竑严密地看管在王府里，不许任何人出入王府。同时全城戒严，继续搜捕潘壬及其他漏网的余党。忙乱之后，稍有空闲，士兵来报外面有人要见他，自称是他的老友上官镕。彭壬听这个名字陌生，既然自称是自己老友，难道是个化名吗？于是让人把上官镕带了进来。

上官镕一进中军行营对着彭壬就作揖笑道："彭将军别来无恙。"彭壬一看来人，就笑着回道："原来是你啊。没想到在此处，会有先生来访，可是有事来寻彭某？"上官镕奉承道："都说彭将军见事机敏，义气过人，名不虚传！在下的确有事。"彭壬回道："先生有事请直说就是。"上官镕点了点头，又摇了摇头，看了看他的左右。彭壬明白，他是要单独跟他谈话。

于是彭壬让左右全部回避，说道："好了，你说罢。"上官镕立即送上一个公文袋，彭壬打开一看，里面是一张一千两银子临安通兑的银票。彭壬问道，"先生，你这是何意？"上官镕笑着又送上一个信封，说道："彭将军，朝廷的钦差马上就要到了，济王即将获罪，而你会奉命抄没济王府，届时还请将军寻机将此信放入抄没的文书账簿里面。"彭壬觉得诧异，说道："我尚且未收到任何旨意，你又如何知晓？"上官镕故作神秘状，笑道："余天锡大人已经带队前来湖州，执行一项特殊使命。我也是刚得到这个消息，就来找将军了。"彭壬将信将疑地说道："真如你所言，到时再看罢。"说完眼睛瞥了一下信封，因为没有封口，彭壬抽出里面的信快速读了一边，原来他们要栽派真德秀暗通济王。

彭壬将书信放下，轻轻地拍了拍，然后疑惑地问道："这件事情，史相知道吗？"上官镕笑了笑，没有直接回答，却说道："事成之后，我在西湖边购置的一幢院落，就赠予将军了。"说完，上官镕向他展示了手中的几把铜匙。这下彭壬似乎明白了，这件事情跟宰相史弥远没有直接关系。彭壬觉得自己跟真德秀没有任何交情，而且自己对上官镕所说的这套院子有着浓厚的兴趣，

于是点了点头说道:"好说。你暂且先去,真如你所言,彭某照办就是。"上官镕吃了这个定心丸,心中大喜,于是作揖告辞。

过了半日,果然如同上官镕所言,余天锡带着大队人马到达湖州。余天锡进了州衙,见到了彭壬和他的手下诸将,出示了调动禁军的令符,余天锡说道:"各位将军,余某此行,受圣上和丞相的委托,要彻底平息湖州发生的叛乱,还给湖州及天下百姓一个稳定的大局。所以余某同各位身上,担着天大的干系。希望诸位同余某一道,同心协力完成这个使命。"彭壬率领手下诸将叉手施礼,齐声答道:"请余大人放心,末将等一定听从余大人的调遣。"

然后余天锡命令将禁军分作两部,一部由彭壬副将夏泽恩带领,负责守住湖州各处要道,继续戒严,抓捕潘壬、潘甫的同党;另一部由彭壬亲自率领前去济王府,将济王府里的家眷及宫人按男女分开关押,济王和王妃单独关押两处,各处关押人等不得相互串联交通,王府内的文书财物要尽数登记抄没。余天锡让自己的幕宾罗子常跟随前去,负责抄没登记,而彭壬负责拿人看管,如遇反抗就地格杀。

各人领命而去,余天锡又召来了留在州衙的当地官员:"谢周卿大人现在哪里?"此时王元春已经回到湖州,上前回答道,"谢大人前夜受了风寒,又有突然遇到事变,身心俱疲,已经病倒了,现在家中将息。"余天锡点头说道:"谢周卿大人此次是有功的,你们湖州府官员也大都不错。希望你们各位能配合我们,共同完成朝廷交给的使命。"王元春率领属僚们齐声答应。

忙了一阵,余天锡想起还是要见到谢周卿,当面谈一下才行,于是问王元春:"你可知道谢府在哪里?我有事要到他的住处去。"王元春是个心思很细密的人,他早已经感觉到余天锡此行一定有着特殊目的,弄地不好就是天大的麻烦,自己最好是能躲则躲。于是回道:"属下暂时走不开,书办马良可以给余大人引路去谢大人的府邸。"余天锡点头同意,于是带着几个从人和一队护卫,由马良带路,往谢府赶去。

第三十九章　济王冤案（一）

　　马良前面领路，余天锡的轿子跟在后面，很快就来到了谢府门前。马良上前叩门，谢安开门见是马良领着一些人在门口，就埋怨马良道："我家大人服完药刚刚睡下，你偏又来叨扰。"马良轻声说道："你且休要啰唆。"然后指着不远处一顶大轿说道："这是钦差大人余大人驾到，他要马上会见谢大人。"谢安见大轿前后都有一群士兵跟随护卫。看到这个阵势，谢安知道马良所说不假，于是不敢怠慢，正准备进去通报谢周卿出来迎接，余天锡已经走了过来，说道："不用去通报了，你家大人乃是我的门生，我并非外人。你直接引我进去就是。"谢安见钦差发话，只好听从。余天锡吩咐随从守在门口等候，他只一人进去叙话，不需要随从侍候。

　　谢安领着余天锡进了客厅，赶紧上茶，请余天锡稍候，他去叫醒谢周卿。余天锡说道："我听到你家大人刚刚服药睡下，他这几日也是辛苦。且慢叫醒他，就让他小憩一下等等罢。"谢安说："如此怠慢钦差大人，小人断断不敢。"余天锡说道："这跟你无关，是我旅途劳顿，也要稍事休息一下，就在此饮茶，安静休息片刻。过半个时辰你再去叫醒你家老爷罢。"谢安听他如此说，只得应声好，然后退出。

　　于是客厅里就只余天锡一人坐着饮茶，因看到桌案上有书，就顺手拿起一本读了起来。读了一会儿，耳朵里飘进了一阵若有若无的琴声，起初声音有些微弱，余天锡也不以为意，过了一会儿奏曲的音调有了变化，引起了他的注意。凝神细听，忽然这个曲节奏迅疾突变，大有风雨欲来之势，一时间萧萧如风之烈，隆隆如雷之迅，狂雨如天河决口而下，欲罢然而势不可挡。突然一声迅雷响过，暴雨瞬间减弱，直至雨过天晴而止。余天锡自幼颇习乐曲，知道这是发源自春秋时期传至今日的古曲《风雷引》，不由得拍案叫好，弹奏之人对此曲理解得透彻，只可惜弹奏之时稍显力度不足，莫非是一女子所奏？

　　于是他叫来了谢安，问道："刚才奏曲之人，可是一位女子？"谢安一听，大为惊讶："正是，请问大人如何得知？"余天锡听自己猜对了，笑了说道："我平日里也喜欢奏琴，刚才那个曲也是知道的。不知弹奏的是何人？"谢安回道："是我家谢大人的侄女，名叫谢瑛。小姐平时最喜弹琴，几乎每日都练。"余天锡捋须点头，想起为什么此时此刻她要弹奏这个曲子？莫非她是在影射这几日湖州发生的兵变吗？

　　余天锡又想，此女是谢周卿的侄女，应该年纪不大。他于是想到自己的儿子余继祖来，幼时本来也是聪颖过人，只因一场变乱被惊吓过度，后来虽然经名医调理，却留下了幽闭之症，自此见到生人就会狂躁不安。太医诊脉多年，用药无数，都没有见效。平日他癫狂之时，只要自己抚琴一曲，他马上就会平静下来，安静地坐在那里听他弹奏。唉，继祖要是正常地成长，想必也是琴棋书画无不精通了。想到这里，余天锡不禁神伤起来。

　　过了半个时辰，谢安叫醒了谢周卿。当谢周卿听讲钦差余天锡正在客厅等候他时，顿时惊出一身冷汗，厉声责骂谢安误事。谢安觉得委屈，也不好分辩，赶紧帮着谢周卿收拾停当去见余天锡。谢周卿拖着病体，谢安扶着他急急忙忙地走进客厅，见到余天锡马上一躬到底："恩师，学生无礼了！"余天锡用手挽起谢周卿，笑道："仲元，你好些了没有？不要责骂他，是我自己要等你的。你这几日辛苦了！"谢周卿听到这样安慰的话出自朝廷钦差，又是自己的老师，动情地说道："恩师，您来了好啊，幸亏有您来主持大局，这下湖州安定了，大局安定了。"余天锡则拉着谢周卿说道："仲元，来，坐下说话。"

　　两人坐下后，余天锡端详着谢周卿说："看看，你都有半头白发了。真是'人生天地之间，若白驹之过隙，忽然而已'。"谢周卿回答道："是啊，我都有十几年未见恩师了。恩师这一向可好？"余天锡说道："自从你外任以后，很少回到临安看看。现今临安的格局已经大不相同了。"谢周卿小心地回道："望恩师给学生指点一二！"余天锡笑道："不急不急，仲元咱们慢慢聊。只是今天我们大队人马凌晨自临安出发，到现在水米未进，让你的家人简单准备一些饭食可好？"谢周卿赶紧站起说道："哎呀，这是学生的错，我着实病地糊涂了。谢安，快，赶紧通知厨房准备。"

余天锡看着他们忙了一阵，接着又问谢周卿道，"刚才我等你的时候，听到了《风雷引》的乐声，真是高人之奏啊。听说是你的侄女，可否请进来见见？"谢周卿说好，让人赶紧去请谢瑛小姐过来见客。

谢瑛听讲说家里来了钦差大人，现在还要见见自己，有些惊诧，又听讲是叔父的老师，也就不以为意了。雁儿帮着稍事梳妆一下，谢瑛就来到客厅向余天锡盈盈一拜。余天锡仔细打量了一下谢瑛，见她清秀绝俗，光艳照人，眉宇之间洋溢着一种书卷的气质。因是来见生人，她看起来双颊晕红，尽显羞涩，不由得让人看了顿生怜惜之意。余天锡不由得暗赞，这实在是一个青春绝丽的美人。

余天锡看谢瑛拜完，微笑着说道："还请小姐勿怪余某突兀，刚才听到小姐抚琴，你年纪轻轻就有如此造诣，不简单！"谢瑛听了回道："多谢大人赞誉。"余天锡又说："只因此行来得匆忙，老夫竟连见面礼也没有准备。待回到临安之后，一定补上。"然后跟谢瑛聊了一会儿，问了些何处学得如此地道的古曲，平时都喜欢读些什么书之类。谢瑛见这位钦差余大人丝毫不端架子，非常和蔼可亲，而且言语之间对自己颇为欣赏，于是放下矜持，开始与他侃侃而谈。

因余天锡问她关于这首古曲的问题，谢瑛答道："此曲在春秋时期所作，只因曲调激荡奇幻，适宜快速弹奏，因而听来句句风云，声声雷雨，自然与其他曲音大为不同。"余天锡频频点头，问道："不知小姐如何想起弹奏这曲《风雷引》，可是有感而发呢？"谢瑛犹豫了一下回答道："正如大人所言。叔父乃是一州父母官，前夜竟然被贼人突然胁迫，随后又听闻湖州纷乱，一家之人全都担惊受怕。况且叔父回来后随即卧病，小女心里更加忧思，所以才想起这首曲来。"余天锡劝慰道："我受朝廷委托，带军前来湖州恢复秩序，如今变乱已平，你们都不要再担心了。"谢瑛就向余天锡致谢。

余天锡跟谢周卿、谢瑛聊了不到两炷香工夫，谢安开始把膳食端上，余天锡的确有些饿了，只看了一眼端上的菜品就很有食欲了，谢周卿一人陪着余天锡用餐，介绍这些是当地名产吕山湖羊、太湖蟹黄蛋、蒸鱼丸、老鸭煲、油焖笋、鱼头汤，等等。余天锡指着最后一个说："这个一定是绣花锦了！"谢周卿说道："原来恩师也知道这个啊？"余天锡笑道："以前尝过，知道这是个湖州名菜。"绣花锦其实就是一种青菜，炒熟之后，色泽碧绿，苍翠欲

滴。余天锡品尝此菜，闻到菜汁中有一种清香，尝起来绵糯甘甜，不禁食欲大开，连声说好。谢周卿说道，据说此菜乃是纪念西施而培植起来的，又叫"美女菜"。

余天锡听得"美女"二字，不由想起谢瑛来了，心想若是能有这样的儿媳，也算对得起自己的儿子了。于是他问谢周卿："谢姑娘可许配了人家没有？"谢周卿回道："她年纪尚小，我也一直忙于公事，还没有考虑此事呢。"余天锡点头。他因自觉对不起儿子继祖，常常有愧疚在心，想要好好补偿儿子。今日见到了谢瑛，心里甚是喜欢。但是继祖有病在身，实在配不上人家好女儿，不能害了人家。因此他的心情突然又变得复杂起来，神色也跟着暗淡了。

谢周卿哪里知道余天锡的心思，只道他是颠簸了一天，很是疲累了，于是小心陪着余天锡用完了饭食。两人用完之后，余天锡说道："仲元，为师知道你很孝敬师长，我很喜欢。这次来湖州，为师有些极其重要的公事，而你又在湖州知州任上，少不得帮着为师担些担子。"谢周卿回道："恩师，我理当尽力。"余天锡点头，说道："你现在身体还行吗，我们现在就去州衙议事如何？"谢周卿回道："好的，一切听从恩师安排。"

谢周卿就吩咐谢安让家人准备轿子，他现在就要去州衙。谢周卿陪着余天锡刚走出家门，正看到冉璞和蒋奇二人骑着马往这里过来了。于是冲二人摆手示意，冉璞看见，赶紧骑马过来。二人下马向谢周卿施礼，冉璞说道："我二人特意向大人辞行来了。"谢周卿说道："你们现在就回去吗？"冉璞回答，"我们准备明日上午回潭州去。"谢周卿想了下说道："我现在有事要去衙门，不能跟你们说话了。你们看，那位就是钦差余天锡大人。"谢周卿指了一下正在上轿的余天锡，然后对冉璞说道："你们二位明日早上再来我府上可好？我还有话要跟你们讲。"冉璞、蒋奇答应了。谢周卿随即上轿，跟上余天锡轿子一行人赶往州衙而去。

冉璞因心里记挂谢瑛，再者也想问问谢安这位钦差大人前来谢府的目的，就在门口拴好马，跟蒋奇两个人进了谢府。因为刚刚经历了前夜的变故，谢安等家人再次见到冉璞，多了很多亲近。冉璞又见到了谢瑛，两人自然有些话说，于是又逗留了一阵。

第四十章　济王冤案（二）

就在余天锡回到州衙之前，彭壬早就带人冲进了济王府，王府里面一时人仰马翻，女人儿童被惊吓得失声尖叫，此起彼伏。王府的卫兵已经被集体缴了械，敢怒却不敢言，只得听任彭壬他们在王府里横冲直撞，稍许工夫，所有王府的女人儿童被集中关到了一个院子，男子们被驱赶到另外一个院子。

彭壬带着贴身卫兵往济王赵竑的卧室闯去。赵竑听到外面秩序大乱，正害怕是不是又有变乱发生，管家跑进来说是钦差到了。赵竑顿时面色惨白，知道大事不妙，一定是皇上和宰相史弥远要清算他了。他的夫人吴夫人此时倒是无比镇定，安慰他说："王爷不要害怕，妾马上就回临安，向太后求情。你没有参与此次兵乱，更加没有谋反，这是事实，太后自然会为我们做主的。"赵竑听了这话，心里稍微安定了一些。

彭壬进来后，向赵竑和吴夫人行礼，说道："济王殿下，王妃，请恕末将孟浪了，朝廷有旨意，钦差大人马上就会到来。彭某奉命前来，维持这里的秩序，请殿下不要害怕。"赵竑此刻不再慌了，问道："彭将军，你将孤王的家人都看管起来意欲何为？"彭壬回道："殿下勿忧，他们不会有事。就等钦差大人来了以后，他有旨意宣布。现在还请济王殿下挪步。"赵竑跟吴夫人对视了一眼，犹豫地问道："你要带孤王去哪里？"彭壬回答："就在这个院子，不去别处。"随后彭壬将赵竑和吴夫人单独关押在不同的房间里面，派兵严加看管，然后下令手下士兵开始抄检济王府，罗子常带着书办们逐一登记抄没的各项物事文档。

在彭壬他们抄没济王府的同时，夏泽恩一直带人在湖州街头四处抓人，只要是潘壬、潘甫的手下，还有被人告发的州衙官员，一律先抓起来，等候审问。一时间湖州大乱，谣言四起，人人自危。一些心怀不轨之人，趁机诬告，许多无辜之人也先后被抓进府衙大牢里，以至于很快湖州大牢就要不敷

使用了。

　　余天锡和谢周卿的轿子行在路上，街上的乱象全都看在了眼里，谢周卿几次想要下轿询问，看到那些士兵穿的都是禁军铠甲，自己并没有权力去查问禁军。因看余天锡并没有干预的意思，谢周卿猜测这就是余天锡布置的，只好默不作声地一路到了州衙。

　　进了州衙，王元春一眼就看到了，赶紧招呼众官员全都过去，等待余天锡和谢周卿的指令。余天锡入座之后，询问禁军的一个副官道："彭将军那里进展如何？"副官回报："彭将军已经按照大人的吩咐，一切妥当了。"余天锡点头说道："很好。夏将军在哪里？"副官回道还在外面捉拿嫌犯。余天锡就让副官将夏泽恩叫回来，他马上有事分派。

　　然后，余天锡吩咐衙门里众官员各自复位，不要耽搁了正常公务。随后对谢周卿说道："仲元，我们去内室说话罢。"谢周卿知道，余天锡有机密事情要跟自己说了。两人进了内室，余天锡让谢周卿把门关上，随即向他传达了理宗和宰相史弥远的决定。

　　谢周卿听完以后，震惊得一句话也说不出了。他曾经设想过朝廷如何处置济王赵竑，这个结局就是他有过的最糟糕的一种设想，没想到这么快就来临了。谢周卿立即向余天锡跪倒，痛哭流涕地说道："恩师明鉴，这次湖州之变，济王有功无罪！千万不能这么做啊。"余天锡听到此言，不禁皱起了眉头，谢周卿丝毫不顾余天锡已经不高兴了，继续说道："这不仅是对济王个人的极大不公，对整个朝局来说，必将带来长期的莫大损害：朝廷将长期充满戾气，失去人们对它的信任，士人们将毫无疑问地对皇上的即位充满了怀疑。人心一旦失去，再想聚起就是难上加难了啊。丞相，他不应该为了一己之私，而破坏朝廷该有的公义！"

　　余天锡听了这些话，脸色顿时变了。作为大儒的他，这些道理岂能不知，只是他现在已经是箭在弦上，不得不发了。于是他忍住怒气，又向谢周卿传达了史弥远关于如何处理谢周卿的态度，这已经是赤裸裸的威胁了。合作，可以继续保住自己的爵位俸禄；不合作，等待谢周卿的未来将是黑暗无边的刑狱，甚至会丢掉自己的性命。

　　谢周卿是彻底信奉道学的儒士，如果让他只是闭口不言，尚且可以商榷；现在让他去执行处死济王，他是万万不会从命的。当余天锡听到谢周卿坚定地拒绝时，心里知道他无能挽回了。于是叹了口气，说道："仲元，当初我将你外放，希望你能多历练历练，成熟一些。现在看来你对官场，尚且没有悟透，将来何堪大用？"谢周卿叩头哭泣着说道："恩师，的确是弟子不肖。可是这样的冤情，弟子实在下不了手啊。"余天锡点头作罢："看来，你是不愿顾全大局了？"谢周卿一时语塞，无言以对，只好沉默。余天锡这时突然也有点激动了，说道："诶，你们都不愿意，难道要我这个即将入土的老朽之人去做吗？也罢。"说完，余天锡就出去了，只留下谢周卿一个人，痴痴地呆坐在椅子上。

余天锡叫来了夏泽恩和吴友德，向夏泽恩交代了命令，由吴友德监督执行并且事后验看。夏泽恩非常惊讶，他丝毫不知此行是来处死济王和济王妃的，听讲济王虽然被贼人强行黄袍加身，却并没有参与叛乱。相反还是有功的，是济王会同谢周卿一起镇压了这次湖州兵变。但现在，作为钦差的余天锡命令自己去处死济王，而且并没有出示圣旨，将来这件公案如果反转，到时候全是他来顶缸担责了，所以他心里非常忐忑。

于是他面露难色，问余天锡道："余大人可有圣旨么？"余天锡盯着夏泽恩说道："我是钦差，我的命令就是代表圣上，你难道要抗旨吗？"夏泽恩慌忙说道："余大人，属下不敢。只是……"余天锡知道他在想些什么，冷笑了一下，说道，"你只管执行，还轮不到你来担责。吴太医，御酒在哪？"吴友德赶紧端出了一个托盘，黄色盖布下面有两杯御酒，余天锡指着御酒跟夏泽恩说道："这两杯酒给他们，清楚了罢？"夏泽恩赶紧回道："属下明白，大人放心。"余天锡见他回答得勉强，于是说道："当年夏将军的叔父殿帅夏震，那是何其英勇，何其担当，以一人之力，锤杀了奸相韩侂胄，才解了朝廷的危局。将门无犬子，今天，又轮到将军你为国效力了，希望你要以你的叔父作为榜样，不要辜负我们对你的厚望！"夏泽恩听他如此说，立即叉手行礼道："请大人放心，末将一定完成任务。"

夏泽恩跟吴友德一行人急急地赶到了济王府，正碰上彭壬从里面出来，夏泽恩是他的副将，他觉得按照道理应该由主将执行才对。于是他迎向彭壬，对彭壬说道："大帅，钦差大人有令。"彭壬往他后面看了看，问道："余大人在哪里？"夏泽恩回道："余大人把东西交给末将和吴太医了。"说完，让吴友德把托盘举给彭壬看，彭壬尽管有所预料，心里还是砰的一声给震了一下。但彭壬毕竟是见过场面的，而且在战场上厮杀过，瞬间就恢复了自己平常的神色，问道："余大人自己是不来了吗？"夏泽恩回道："他说他是钦差，命我们执行。"然后走近了小声说："他还说，有事情他来担责，还轮不到我们。"彭壬哼了一声，小声骂道："这个老滑头。"然后对夏泽恩跟吴友德说道："那就我们执行罢。如何做，分开来，还是一起？"吴友德摊上这样的差事，本来就极其不情愿，听他这样问，赶紧回道："当然是一起的好。"于是三人走进了囚禁济王的房间。

济王正在悲愤地想着如今的处境该怎么办。他现在万分地后悔当年自己的轻率和幼稚，导致了自己一步一步地被人推向深渊，如今还连累了自己的夫人和家人，他的心痛苦得有如刀绞一样，他是如此地渴盼出现奇迹，父皇能够突然降临，只有父皇才能解救他现在的困境了，可是他的父皇已经升天了。他不断地哭泣小声念叨着："父皇，父皇，儿臣无能，无能啊。您在天有灵保佑儿臣吧！"

突然门打开了，彭壬、夏泽恩和吴友德三日鱼贯走入。彭壬严厉地看着赵竑，说道："殿下，有旨意。"赵竑此时已经不再惊惧了，他反倒是想着能早点解脱这种痛苦也罢了。于是他伸手问道："圣旨呢？"彭壬使了个颜色给吴友德，吴友德会意，把托盘端了过去，说道："这是赐给殿下和王妃的御酒。"赵竑明白了，冷笑了数声，又大笑了数声，厉声问道："彭将军，你们应该将我明正典刑，这样的偷偷摸摸，算是什么？"

彭壬有些尴尬，说道："殿下，我们也是奉命而为，请您理解。"赵竑又冷笑了起来，喃喃自语道："赵贵诚啊，赵贵诚，你比我心肠狠，我服你的，希望你能把大宋江山传下去，千万不要毁在你手里，否则我绝不会饶了你。"彭壬三人知道他说的是当今圣上，这样的话传出去都是要掉脑袋的，夏泽恩和吴友德紧张得脸色都白了。只有彭壬，面色如常，平静地等着济王。济王继续说道："奸贼史弥远，我就是做鬼也要永远诅咒你，将来有人会诛灭你的九族。"

当赵竑诅咒史弥远时，彭壬有点不耐烦了，说道："济王殿下，这是皇上和丞相给你的恩典，换作别人，早就……"赵竑喝道："早就怎样？你们这些腌臜的帮凶，大宋的江山迟早毁在你们这些人手里！"这时彭壬恼了，厉声说道："殿下，彭某虽然不才，得到现在的功名，是一刀一刀地拼出来的。"

说完，扯掉上衣，裸出上半身，只见累累伤痕，遍布身体，彭壬继续道："彭某为了大宋江山，杀敌无数。请问殿下你为大宋做了什么？你曾经毫不费力地拥有了高高在上的地位，可今天你又要承受你该有的罪责，生死由命，何必怨恨？"

赵竑大怒说道："我是清白的，何罪之有！"彭壬面无表情地回答："这不关我们的事情。我们是奉命行事，请殿下不要再为难末将了。"这时济王仰天大笑，他知道现在的大宋已经容不下他了。赵竑走到桌子旁，掀开盖布，看到了两杯封好的御酒，仰天长叹一声："我贵为先皇嗣子，虽然没有承继大统，也没有可怨了。希望有朝一日，赵贵诚，你能清除奸党，重振朝纲，我死也可瞑目了。愿我大宋能够国祚绵长！"说完，开了封口，连饮两杯毒酒倒地身亡。

这时三人看得都愣住了，只觉得哪里有些不对，吴友德率先反应过来，"不好！"彭壬和夏泽恩也随后明白了，赵竑竟然连饮了两杯御酒，那么就没有给济王妃吴夫人的那杯了。三人都明白了，济王当然是有意这么做的，他在最后一刻还要保护自己的王妃。忽然间，三人觉得在自己心目中济王的形象有些高大了起来。彭壬问吴友德："你可带有第三杯？"吴友德摇了摇头。夏泽恩说道："那就给她一根白绫？"彭壬怒道："混账话。这也是你能说的吗？"夏泽恩被骂，心里有点羞恼。而彭壬喃喃自语道："现在只有向钦差大人请示怎么办了。"

三人沮丧地来到湖州府衙，向余天锡做了汇报。出人意料的是，余天锡听了以后，竟然没有说任何责备的话，只是让彭壬赶紧回到王府，要看紧照顾好济王妃，并且不要透露任何消息给她，不要让她自寻短见。三人听了这话，都是面面相觑，这么说来，不会再赐死吴夫人了？但是余天锡再没有任何其他表示了。

彭壬满腹狐疑地出去了。他想，难道是余天锡改变了主意？还是他跟吴友德事先串通好的了？身在禁军那么长时间，彭壬看过了太多阴谋诡谲，片刻之间，就能伸手为云，然后覆手为雨，自己不能不为了自保而多想一些。这时，彭壬想起了上官镕拜托给他的信，正好此时他们几个都不在济王府，自己赶过去可以轻松地把这封信塞进去。想到即将能够到手临安西湖边的一幢院子，彭壬心里一阵高兴。高兴之余，谨慎的他又把前前后后的细节过了几遍，最后才确信应该不会给自己带来什么风险了。

彭壬走了以后，余天锡让夏泽恩去提取人犯潘甫，他要亲自问话。过了一会儿，夏泽恩回来说："潘甫伤重不治，下午就已经死了。"余天锡问道，"仵作验过尸没有？"夏泽恩呈上验尸格目，余天锡仔细察看，并没有中毒等可疑状况，只好将此事放过。余天锡命令夏泽恩将关押的人犯按主从轻重等连夜甄别，明日将重犯全部提走，送到临安刑部大牢候审；轻犯则留在湖州大狱。如有冤情的要尽快释放，被裹挟参与的官员军民按照情节轻重，分别处理，避免民情反弹可能引发新的变乱。

做完了这些，余天锡觉得自己也是为湖州百姓做了一件好事，他认为也只有他这样的官员，才能处理好湖州这么大的案件。要是换赵汝述和梁成大那几个人来，恐怕一定会搞出大量的冤案错案，到时候再惹得民怨沸腾，恐怕湖州百姓真的会反了。

最后轮到这位湖州的父母官，也是自己的学生，谢周卿，该如何处理他呢？余天锡陷入了深深的矛盾当中。

第四十一章　谢府智斗（一）

该如何处理谢周卿，这个疑问在余天锡心里早就想了好多次了，甚至在来的路上就已经设想好几种可能了。现在的情形，这是他能设想的最差情况之一。按照史弥远的吩咐，现在就可以用失职和涉嫌参与谋逆的罪名逮捕了他。可是谢周卿也算是他的门生，而且这些罪名又比较牵强，真的这么抓了他，朝中的官员们今后会怎么看他这个当恩师的呢？

余天锡盘算了好久，最后觉得以向朝廷汇报湖州兵变及平叛过程的名义，先把他带回临安，这样的处理比较缓和，留下的余地也大。于是余天锡把谢周卿叫了过来，说道："仲元，你今晚就不要回家了。先休息一下，然后把这次湖州兵变的整个经过写下来，整理好。明天跟我们一起到临安去，你需要向圣上和史相做个汇报。"

　　谢周卿知道此时济王已经冤死，既然济王已死，现在为他辩冤暂时没有意义了，此时应该先保全自己再说，于是他回道："好，一切听从钦差大人安排。"余天锡叫来了马良，吩咐他到谢府去一趟，让谢府家人为谢大人准备一些衣服以及煎好的药送来，明天谢大人就要去临安了。谢周卿一听此言立刻就明白了，从此时起自己就是被软禁了。果然，过了一会儿，夏泽恩就走来请谢周卿到另外一个房间去，然后两个士兵就寸步不离地守在门口。

　　马良刚出了衙门，余天锡心中一动，让人出去叫住马良等一下。过了一会儿他自己走了出去，对马良说："你顺便见一下谢大人的侄女谢瑛姑娘，问她是否愿意一起到临安去做客，就说是我邀请她的。同时她们可以在临安照顾她叔父的起居。"马良对钦差余大人向谢瑛发出这样的邀请，颇有些诧异，不过他是一个磨炼得很圆滑的人，若无其事般地点头答应了。

　　马良到达谢府的时候，冉璞和蒋奇已经离开了。他们俩在谢府几乎逗留了一个下午，当谢瑛得知冉璞明天早上就要回潭州了，心里非常不舍，但天性的矜持又使她不能表露出这种心思来，就让谢安到外面去买了一些湖州上好的特产给冉璞带上。到了现在，蒋奇总算看出了冉璞、谢瑛两个人彼此的心意了。他觉得冉璞和谢瑛两个非常般配，而且看起来他们彼此对对方也都喜欢，可就是都藏着掖着。蒋奇有点想笑，知道这是读书人的特点。

　　在回客栈的路上，他笑着跟冉璞说，"冉兄弟，我看出来你对谢瑛姑娘很好。有句话要跟你说的，咱们是做事的人，可不比那些书生。大丈夫就该有担当，喜欢就说出来，敢爱敢恨才是真汉子！"冉璞听他说出这番话，知道他是为了他着想，明天就得回潭州去，再次见面还不知道是几时了？冉璞冲蒋奇拱手说道："蒋兄，多谢点拨！"蒋奇笑道："当初我跟你嫂子是媒妁牵线，父母指定，彼此根本就不认识的。我算是运气好，遇到你嫂子人好。要是遇到不合适的，那也没有办法了。你们已经相识，而且彼此相互喜欢，这实在是一桩大好事。要不，回去后我替你说，请真大人写信来给你求婚？"蒋奇这个话的确说中冉璞的心里了，可是他只是笑着，却不再说话了。

　　马良进了谢府，他跟谢府的人是常来常往，并没有让谢府家人觉得有何异常。可是当他提出余天锡要求的东西，并且马上送往州衙给谢周卿时，谢瑛和谢安马上就敏感地感觉到了危险的信号。谢瑛问马良，到底出了什么事情，是不是叔父受到了牵连，朝廷要治罪他呢？马良说没有，钦差大人没有说过任何要治罪谢大人的话，只说让谢大人明天到临安去，要向朝廷述职和汇报这次湖州之变的经过。谢瑛这才心里稍微安定了一些，让谢安马上去多煎一些药，她亲自整理一下叔父用到的衣物和其他用品。

这时马良看谢安离开了，就轻声地跟谢瑛说，钦差大人希望她也能够陪着谢大人一起去临安。谢瑛不解，疑惑地问马良这是为什么。马良稍有迟疑地说："钦差大人原话是说你可以在临安照顾一下谢大人的生活，他还要请你去他府里做客。"谢瑛听了这话，没有答应，也不好马上拒绝。马良就一直看着她，意思是在等她的回话，谢瑛就说要见一下她的叔父再做决定。

马良听她如此回答，也不好再说什么，想想拿这话也可以搪塞一下钦差大人。结果他回到衙门后，连余天锡的面都见不着了，而且也见不到谢周卿了，带来的东西由夏泽恩检查过后转交给谢周卿。谢安跟着马良一起到州衙，询问跟随谢周卿过来的谢府轿夫发生了什么，他们都是茫然不知。谢安央求夏泽恩让他见一下谢周卿，夏泽恩说道："你们任何人现在都不能见谢大人。"谢安不解地问道："请问将军，这是为什么？我们大人是不是已经获罪被你们拘捕了？"夏泽恩瞪了谢安一眼，喝道："不要乱说！谢大人现在很忙，没空见你们的。"谢安见跟他说不通，想找一些平时熟悉的州里官员了解一下，可现在已经是夜里，大部分人都不在，留下当值的一些官员看到他都是躲着走开，竟然连问话的机会都没有。谢安心里想，都说人走茶凉，可是我们大人还没有离开就这样吗？想到这里忽然一个念头冒上心头，这些人这样的态度，难道意味着我们大人真是有了天大的麻烦吗？

谢安心里忐忑，又毫无办法，只好先回去了，把看到的情况跟谢瑛一五一十地讲了。谢瑛心里登时沉重起来，她是个聪慧的姑娘，知道叔父现在的处境不妙，看来跟钦差余大人有着直接的关系。如果自己再违背他的要求不肯去临安，只怕会更加连累叔父了。于是她决定明日跟着他们一起去临安，就叫谢安和雁儿帮着连夜收拾了行装，准备明日出发。

第二天六更时分，冉璞和蒋奇已经整理好行装，在客栈结账退了客房，就骑马来到了谢府准备跟谢大人辞行。此时谢瑛和雁儿一夜未睡，整理好了所有必须带走的物事，打好了十几个包袱，正在叮嘱谢府家人，在她们离开时务必看好院落，等候谢大人归来。这时，冉璞他们进来了，看到府内如此情形，不禁愣住了。

无形压力之下，谢瑛忙碌了一夜，正是身心俱疲之时，突然见到了冉璞，心里不由涌上一阵喜悦，仿佛有了巨大支撑的力量。谢安把昨夜发生的所有事情跟冉璞他们讲述了一遍，冉璞跟谢瑛对视了一眼，知道她的心理压力很大，冉璞故作轻松地说："也许是谢大人跟钦差余大人商量要事，那时不能被打扰罢。瑛姑娘不用太紧张，我们大家都知道这次湖州事变，谢大人有功无过，到了朝廷那里——奏明，自然会有公论的。"

谢安小声说道："我昨天听有人传言，说济王已经被钦差大人赐死了。"这个消息立即惊到了所有的人，冉璞不信，问谢安道："你确信吗？"谢安回道只是传言。蒋奇一直没有说话，听到这个消息后说道："现在湖州城确实比较诡异，昨日禁军在街面上到处抓人，我听讲湖州大牢里都快关不下犯人了。种种迹象说明，济王被赐死的说法恐怕不是空穴来风。"

说到这里，众人的心情立刻又沉重了起来。济王如果被赐死，说明皇上和宰相史弥远对湖州之变非常震怒，要用最严厉的手段解决掉济王。那么作为湖州知州的谢周卿恐怕也很难逃脱被朝廷追责，虽然目前并没有证据来支持这个猜测。谢安说道："钦差余大人自己说的，他是我家老爷的恩师，不是外人。他来我们这里时候，跟我们老爷又那么亲热，到了这个关节，他难道不出来说话吗？"蒋奇苦笑道："做官，第一条就是要辨风向，识时务。如果谢大人真是被扣押的话，我推测应该是他得罪了钦差余大人了，或者是在某些重要事情上，比如处死济王这件事，并没有支持余大人。"众人细心一想，觉得蒋奇的话很有道理。

冉璞说道："这样吧，既然钦差余大人要求瑛姑娘一起去临安，不妨先假装拒绝一下。作为试探，可以看出他真正的态度来。"谢瑛听了，点了点头。

就在众人商量的时候，突然传来一阵急切的叩门声，雁儿被吓得顿时失色。此时谢瑛望着冉璞，冉璞让谢安去开门，他们也跟着过去看看。

谢安开门一看，是几个禁军士兵，领头的看见谢安开门，不耐烦地说道："叫门这么久都不开，干什么呢？"谢安赔着笑问道："昨夜睡得很晚，才醒，没有听见叫门。请问几位，有什么事情？"领头的说道："奉我们夏将军命令，来押解谢周卿家眷前去临安。"

后面的谢瑛听到此言，立时脸色苍白，刚才的担心这么快就变成现实了。

冉璞不慌不忙地走过去问道："既然是捕人，可有文书？"领头的看有人提出异议，说道："押到衙门里，自然会有文书给你们。"冉璞回答："如果这样，请恕我们不能答应。"领头的怒道："这是禁军拿人，你要造反拒捕吗？"冉璞不紧不慢地回道："没有官府文书，不管是谁，都是非法拿人。"

领头的大怒道："给我拿下！"说完几个士兵就要用绳索捆拿冉璞，蒋奇在旁早已忍无可忍，喝道："像你们这样无法无天，怎么可能是禁军？"领头的听了更加恼怒，冲向蒋奇就打。蒋奇公门多年，见过很多不讲理的，哪怕是贾山那样的败类，也没有这样的嚣张，心里也是大怒，两人立时就厮斗了起来，其他士兵见此情形，就冲过去要锁拿冉璞。

谢瑛雁儿她们在后面看到这样，都惊得愣住了，正不知道怎么办才好。可是众人没想到的是，这几个禁军士兵原来都是色厉内荏的银样镴枪头，那个领头的片刻之间被蒋奇踢翻在地，其他几个士兵也被冉璞打得落花流水。领头的见实在斗不过他们两个，喊了声："你们等着！"然后带着那几个兵就跑了。

众人见此，又是好气又是好笑。笑过之后，谢瑛开始担忧他们会回来报复。冉璞安慰谢瑛说道："这几个兵是那个姓夏的派来的，并不是钦差余大人差遣。而且他们的所言跟昨夜马良的说法并不一致，我看情况恐怕没有那么糟。"蒋奇也认为冉璞说得对。谢瑛的心情就好了一些，又想到冉璞为了她得罪了禁军，不禁深深地感到内疚。这时谢安建议大家且不管随后会发生什么，先一起用些早膳吧。

第四十二章　谢府智斗（二）

很快夏泽恩就得知他派去的几个士兵被人打了。领头的那个是夏泽恩的亲兵，平日里一直仗着他势力耀武扬威惯了，今天一旦吃了亏，便添油加醋地向他告状，诉说谢府家人如何蛮横，还故意侮辱禁军。夏泽恩听了勃然大怒，让人把这几个丢脸的士兵拖下去，每人各打二十军棍，放言从此谁要是再办差不力，就直接开除出禁军了。然后自己带了些亲兵骑上马，风驰电掣般地奔向谢府。他要亲自捉拿刚才打人的冉璞和蒋奇。

夏泽恩奔到了谢府，看到谢府大门紧闭，直接就撞将过去，却一时撞不开。冉璞和蒋奇的早膳还没有吃完，听到了如此大的动静，冉璞急速冲了出去，蒋奇紧跟其后，两人打开了大门，看到夏泽恩正凶神恶煞般地站在门口。跟过来的士兵指着冉璞、蒋奇说道："夏统领，就是这两个刚才行凶打人的。"夏泽恩仔细看了看冉璞、蒋奇，瞪着眼喝道："你们两个胆大包天，竟然敢殴打禁军士兵！你们也要造反吗？"

冉璞听得此言，知道那几个士兵回去必然会添油加醋，就冲夏泽恩拱手说道："这位将军请息怒。刚才那几位军爷口称要押解谢大人眷属到临安去，我们要求看一下文书，他们不肯，还要强行扣押我等。将军，这是非法拿人，禁军在天子脚下当差，更应知法守法才是。"夏泽恩听了这话，想起自己也没有文书。这个差使是钦差余大人交代给他的，要他派人去谢府接谢瑛姑娘准备今日一起去临安，并不是什么捕拿犯官眷属，当然不会有什么文书。他现在明白了，估计是他派去的士兵太过骄横，才引发了一场冲突。可是现在就这么算了，这口气当然无法咽下。

于是夏泽恩横下心来，呵斥道："不管怎样，你们殴打官差，就是犯法。我现在就是来抓你们归案。"说完，吩咐手下道，"一起上，拿下他们。"

于是十几个禁军士兵一哄而上，蒋奇见状，上前挡住众士兵，冲冉璞喊道："先拿下这个当官的。"冉璞明白他的用意，擒贼先擒王，要想避免更大冲突，只有拿下夏泽恩才行，于是他冲着夏泽恩飞扑上去。夏泽恩见状不妙，急忙拔剑。没料到冉璞动作太快，已然冲到了跟前。冉璞两指直戳夏泽恩两眼而去，夏泽恩急忙躲过，还想再次拔剑。冉璞变指为掌，如刀一般砍向他的左脸，夏泽恩急闪退后，不想却是冉璞的一个虚招，腿下才是实招，被冉璞一个勾腿，顿时扑倒在地。冉璞不给他起来反扑的机会，手里瞬间多出一把短刀架在了夏泽恩的脖子上，喝道："别动，叫你的人退下去。"

夏泽恩感到自己脖子上一阵寒意，然后突然觉得有股热流顺着脖子流下来，他顿时吓得魂飞魄散，以为锋利的刀刃已经割破他的脖子出血了，急忙叫道："你们都退下去。"手下的亲兵见到自己的统领大人被人用刀挟制了，都不敢造次，只好退下。一时双方僵持了起来。

　　蒋奇见状赶紧上来，掏出身上带着的绳索将夏泽恩捆紧。冉璞让众士卒退后，然后一步步将夏泽恩拖回院内，蒋奇立即将大门紧闭。那些禁军士兵因忌惮主官被擒，不敢擅自攻门，领头的几个人商量了一下，派了一个人赶紧回去向钦差大人汇报，余下的人将谢府团团围住。

　　门内的谢安听到外面没了喧闹声音，却见冉璞、蒋奇抓了一个军官进来，仔细一看是夏泽恩，这一惊非同小可，赶紧过来劝冉璞、蒋奇将夏泽恩松绑。冉璞本来也不想为难夏泽恩，跟蒋奇说道："蒋兄，要不就松开他？"蒋奇点头，将夏泽恩的佩剑解下交给冉璞，然后给他松了绑。

　　夏泽恩正在懊恼当中，看蒋奇手法娴熟，而且捆人的方式是捕快常用的，他立刻就明白了，这两人并非寻常之人，问道："原来你们是公门中人？"冉璞回道："正是，所以才跟阁下索要拿人的公文。这是朝廷制定的规矩，夏将军应该知道的罢。"夏泽恩情知理亏，也不愿承认，只好默然。谢安问道："夏将军，请您告诉我们，我们家大人他现在到底是怎么回事了？"夏泽恩拒绝回答，只说："你们去问钦差大人，我们都是奉令办差的。"蒋奇轻声跟冉璞讲："这人是不会说实话的。"冉璞对谢安说道："既然夏将军不愿意讲，自然有他的道理。夏将军在我们这里做客，得有待客之道才是。"谢安立即明白了他的用意，就请夏泽恩跟他到客厅稍坐，又给他端来上等的好茶，夏泽恩见谢安如此地殷勤，刚才羞恼交加的心情这才开始慢慢平复。

　　冉璞进去找谢瑛说话，谢瑛满目柔情地看着他走进来，她没有料到冉璞竟然如此精通武艺，不由得忧喜交加，喜的是自己的意中之人原来是能文能武，忧的是他为了自己而惹下的麻烦越来越大，那些人能放过他吗？冉璞问谢瑛是不是下定了主意跟随余大人他们一起到临安去，谢瑛回答："为了叔父能够摆脱牢狱之灾，我什么都愿意。"冉璞点头说道："好吧。但是最好能见一下谢大人再做决定。"谢瑛问："现在扣了这个夏将军，下面如何收场呢？"冉璞想了想说道："很快钦差余大人就会得知，我预料他会派人来说明情况的。谢大人现在并未定罪，姓夏的他们没有公文就要随便捕人，这是有错在先。余大人应该明白我们有正当理由进行防卫的。"谢瑛听了，也觉得冉璞说得有道理。

　　夏泽恩被谢府家人胁持扣押的消息很快传回了州府衙门，余天锡和彭壬正在商量事情，听到消息后两人的反应大相径庭。彭壬觉得夏泽恩作为一个禁军统领，竟然会被谢府两个家丁挟持，如此的无能，着实丢了禁军和他的面子，于是他非常恼怒。而余天锡只面无表情地问前来报信的人："我让夏将军去接人，何故会被扣押在那里呢？"来人回话："小的不知为什么他们起了冲突，听讲是因为第一次去的人被打了，夏统领才去那里抓人的。"

余天锡点点头，看着彭壬说道："接人这么简单的事情，为何需要去两趟？听起来那里已经冲突两次了。彭将军你觉得可有什么缘故吗？"彭壬听他话里有话，心想夏泽恩的确办事不力，自己为他无可辩解。于是站起身向余天锡说道："请大人放心，我现在亲自去一趟如何？"余天锡点点头，说道："那就辛苦一下彭将军了。还请你对谢府家人优待一些，她们现在不是犯官家属。"彭壬点头答应，于是带上几个亲随，由刚才禀告消息的小校引路，骑上快马直奔谢府而去。

去谢府的路上，彭壬越琢磨这件事情，就越觉得有些蹊跷，虽然现在还没有正式逮捕谢周卿，他知道谢周卿已经被软禁了。可是为什么余天锡要去关心一个犯官的女眷？难道余天锡别有用意吗？到了谢府，他看见夏泽恩手下的士兵都还在围着谢府的院子，就问他们夏统领现在哪里，一个领头的回答说夏统领被两个年轻人抓了进去，现在还在里面。

彭壬听了这话，心里既恼怒，又觉得好笑，堂堂禁军的统领竟然被普通百姓活捉了去，传出去不就是个天大的笑话吗？这个夏泽恩在禁军里虽然沾了不少他叔父的光，但他还是有一定能力的，否则他也坐不到副统领这个位置，他所缺的是经验。这两个人既然能活捉夏泽恩，他们绝对不可小觑。难道这两个年轻人并不是谢府家人？彭壬颇有些好奇，很想见见这两个人，于是彭壬让自己的一个亲兵去叩门，并且命令他说话的态度必须谦逊有礼。亲兵不敢造次，上前敲门。

冉璞和蒋奇正在跟谢瑛、谢安说话，听到外面有敲门的声音，这声音不像刚才夏泽恩那般粗鲁无礼。谢瑛让谢安出去看看是谁，谢安开门见到还是那群士兵站在外面，敲门的士兵恭恭敬敬地说："叨扰了。奉大帅的命令，我们来接小姐和其他家眷一起到州府衙门去，谢大人正在那里等候。"谢安见他们前倨而后恭，也不明白他们在搞什么名堂，就说道："那请等候一下，我进去通报。"这时彭壬冲这个士兵使了个眼色，士兵明白，问道："请问夏将军

在哪里，可否让他现在出来？或者我能不能进去一下？"谢安回道："好，请等一下。"然后又把门关上了。彭壬看到这情形，心里着实非常恼火。这次出来办差，哪里受过这样的窝囊？这个谢府看来的确有点不简单。

冉璞跟蒋奇此时就站在门里，听到了他们的对话，两人商量了一下，觉得可以把夏泽恩放走，就让谢安把夏泽恩领了出去。夏泽恩一出谢府大门，就看到了彭壬，彭壬正铁青着脸瞪着他。夏泽恩满脸羞愧地走到彭壬跟前，施礼说道："大帅，末将无能，刚才失手了。"彭壬哼了一声，没有理他。这时谢府大门又开了，谢安追了出来，说道："夏将军，你的剑落下了。"夏泽恩这才想起，刚才着急离开，竟然忘了去拿回自己的剑。他正要接过去，彭壬大笑了起来，对夏泽恩戏谑地说道："夏统领，你是我在禁军见到的第一个，这样拿回自己武器的人。"说得夏泽恩满面羞惭，接了剑立即骑上自己的马，头也不回地走了。

彭壬对谢安说道："你们本事不小啊，竟然能缴了夏统领的武器？"谢安赶紧说抱歉误会，彭壬让谢安把冉璞、蒋奇叫出来，他要见见他们。谢安见势头不好，继续向彭壬赔罪，这时蒋奇出来了。彭壬盯着蒋奇，看他不慌不急地站在那里，双脚微分呈丁字站步，左手叉腰，右手握紧端在腰间，似乎是在握刀状，正全神警戒着自己。这种站姿分明就是衙门里捕快们常有的动作，彭壬看着蒋奇问道："你是个捕快吗？"蒋奇回道："没错，我是捕头蒋奇。"彭壬看他的背后问："还有另一个呢？"冉璞从门后走出，说道："我是捕快冉璞。"说完站在蒋奇旁边，彭壬见他年纪很轻，身板笔直，肩背雄阔，动作敏捷，一看就是练过武的熟手。旁边有人指着冉璞跟彭壬说，就是此人今早袭击夏统领的。

彭壬微笑道："很好，你们本领不错。本将军想跟你们切磋一下，如何？"蒋奇回道："您是禁军的大统领，我们怎么会是对手？"彭壬见他话里有骨头，不禁又生气了起来，下了马走到蒋奇跟前停下，目光紧紧盯着两人，蒋奇和冉璞也全身戒备着。突然彭壬飞起一腿踹向蒋奇，蒋奇急忙往一旁闪过，却是一个虚招，彭壬中途突然改变方向，猛然向着冉璞袭击了过去。冉璞不慌不忙地应战，两人拳来脚往，以快打快，霎时间拆了十几招。蒋奇于是就站在旁边，一面观战，一面戒备站在一旁的其他士兵。

二人又斗了十几个回合，彭壬突然停止，说道："好拳脚。会用兵刃吗？"冉璞回答可以奉陪。彭壬走回自己的坐骑旁，将自己的佩刀拔出，递给了冉璞，然后走到一个士兵跟前拔出了他的腰刀，走到冉璞跟前说："来，试一试我们的刀。"说罢，突然跃起急速攻向冉璞，眨眼间攻出了八刀，而冉璞从容不迫地挡回了这八刀，随即攻还了过去。两人都是快刀手，只见刀光闪烁，众人看得眼花缭乱，不由得齐声叫好。二人斗了约有四十个回合，未分胜负。彭壬力大，刀刀有风。可是他知道自己的佩刀是一把厚重的快刀，不敢贸然地用手中的劣刀，去硬碰冉璞手里的快刀，所以关键时候他总是避让。这样又交手了几个回合，冉璞突然醒悟，停下手来，刀尖向下拱手说道："在下讨了便宜，这对将军不公平。"

彭壬听了哈哈大笑，说道："年轻人，好本事，好眼力！以你这身本领，留在衙门里面，实在屈才了。到我们这里来罢，怎么样？"冉璞称谢，却推说道："在下现在做个公门，已经很满足了，从来没有奢想过另攀高枝。"彭壬觉得很是诧异，说道："年轻人，能进御前禁军是多少人梦寐以求的机会，你难道不想要吗？"冉璞把刀还给彭壬，再次称谢，此时双方已经化解了敌意。而彭壬见才心喜，对冉璞实在难以舍得，可眼见又劝他不动，就对冉璞说道："你再好好考虑，我也会跟谢大人说明此事。"冉璞只好笑笑，并不做任何解释。

过了一会，谢安和雁儿开始把经理好的包袱往马车上搬，冉璞就进去帮谢瑛一起收拾。不一会儿，东西全都收拾停当，谢瑛就上了马车，冉璞和蒋奇骑着马跟上，一路护卫着她们前往州府衙门。

第四十三章　楚州之乱（一）

彭壬赶回州衙后，余天锡跟他商量返回临安的各项事宜。两人协商一致后，余天锡命彭壬带领一半禁军押解王府宫人及管事杂役，并护送济王妃吴夫人以及济王灵柩一道前往临安；然后吩咐罗子常立即将抄没的王府文书和财物等运至州衙来；再让王元春将湖州大牢的参与兵变的重犯，全部提出集中，登记好名册，跟随大队一道押解至临安；最后吩咐夏泽恩跟州兵将官交接湖州的防务。然后众人领命各自办差去了。

余天锡又想起一件事，谢周卿被自己带走后，湖州知州的职责暂时交给谁呢？王元春是他第一个想到的人选，虽然余天锡并不了解此人，可是多年的官场阅历，让他不喜欢也不信任这个王元春。余天锡喜欢既能干，又能为他所用，肯对他说实话的官员。这个王元春的确是干练的，能力没有问题，自己年轻时候可没有这样的办事能力。可是这个人给他感觉有点太过精明了，做起事情来滴水不漏，让他挑不出半点毛病来。而此人说的话，他总觉得不能完全相信，这让他很累，他不想多费工夫去思考和猜测下属们对他说的话。

余天锡心里喜欢谢周卿这样书生气十足的官员，可是书生气太足就容易钻牛角尖，根本看不见自己的缺陷，甚至是自己致命的缺陷。这次来湖州本来竭力拉拢了谢周卿，即使以恩师这样的亲近，最后都不能使谢周卿改变初衷，来主动配合自己完成使命。想到这些，余天锡就感到恼怒。可是生气之余，他又有点欣赏谢周卿这样的官员，讲道义有学识，倔强而且有担当。余天锡觉得也许自己本来也是这样的人罢？

对于谢瑛，余天锡非常欣赏她青春姣美的容貌，尤其是她超凡出众的琴艺。他想，如果儿子继祖无病，他定会尽力撮合他们两个。可是儿子现在这样，他实在无法开口。后来一念之间，他想起了史弥远曾经送给济王赵竑一位美女，她也擅长奏琴，这位美女对史相和皇嗣子赵竑之间的博弈曾经起到了关键的作用。作为朝廷中枢大员的他，敏锐地感觉到，谢瑛对他来说可能是非常有意义的。他认为，既然自己可以为朝廷找到一位最合适的宗族子弟，培养起来承继大统，那么也可以为他找到一位非常合适的贤良内助，甚至她将来可以是皇后的有力人选。这是他的深谋远虑，还需要跟史弥远深谈，更需要进一步观察和考验谢瑛和她的叔叔谢周卿。

在离开湖州之前，余天锡带着谢瑛去见了谢周卿。谢周卿见到谢瑛进来，顿时愣住了，不知她为何被带到这里来。余天锡解释说谢周卿可能要留在临安一段时间，为了互相有个照应，他邀请了谢瑛姑娘一起到临安去。余天锡透露说，在临安那里他会给他们准备一个住处，有什么需要可以随时到他府上去。谢周卿听得他如此说，只好连声感谢恩师想得周到。

大约一个时辰过去，王元春送来了重犯名册，并回报说所有重犯都已经用囚车装载完毕，随时可以启程了。余天锡听罢点头，说道："谢大人跟我到临安述职。他不在的时日，就由王大人你暂时代署他的职责。在谢大人返回或者新任知州上任之前，王大人须事事谨慎，担起这个重任来。这是朝廷以及本官对王大人的期待！"王元春诚惶诚恐，赶紧回道："下官一定尽力。"

　　余天锡又把各种事情在头脑里面重新想了一遍，觉得基本没有疏漏了。这时差官来报说，彭将军他们已经启程上路，余天锡就下令众人也开始返程。于是大队人马纷纷开始上路，浩浩荡荡地向临安开去。

　　外面冉璞和蒋奇已经等了有大半日，终于等到谢周卿和谢瑛他们出来了，赶紧上去询问。谢周卿说他必须去临安述职，本来还想跟他谈谈，有些话想让冉璞带给真大人，可是现在来不及了。看到冉璞将要离开，谢瑛内心里极其不舍，但她不愿冉璞受到自家的牵连，就对他说："冉公对我们几次相救，妾永远铭记在心。天下没有不散的筵席，请冉公早日返回潭州，将来有缘的话，我们还会再相见的！"冉璞猜到了她的心意，但他实在放心不下谢瑛。于是就对蒋奇说："蒋兄，我想跟随他们到临安去看一看。如果他们没有什么问题，我会尽快返回潭州。就请蒋兄先行回去如何？替我向真大人告假几日。"一旁的谢瑛听他如此说，心里自然无比欢喜。

　　蒋奇本来想劝说他跟自己尽快赶回，但看他对谢瑛这样情深义重，劝返的话也就说不出口了。于是他看着冉璞，轻声叹了口气说道："冉兄弟，你此去一定要小心，万万不可意气用事。一定要保重自己！"两人就此互相叉手施礼告别。

　　于是，冉璞就护着谢瑛的马车，跟随大队一起驰向临安。蒋奇目送他们出了湖州城，这才调转马头，向潭州奔去。

　　余天锡动身离开湖州之前，已经派人快马先行一步，将奏章递到宰相史弥远手里。史弥远刚刚读完了余天锡的奏章，以及谢周卿所写的湖州之变全部经过。现在济王终于除去，他觉得自己的心可以放下了。但是谢周卿写的这个东西必须要扣住，绝不能让它流传出去，不然如何向朝野交代济王之死呢？下面该怎么处理潘壬那些人的余党，以及谢周卿等这些湖州官员，这些交给余天锡和赵汝述他们商量处理就可以了。他对自己说道："湖州之事不足虑矣。"

他的心思已经移到了楚州。最近一些日子，从楚州和宋金对峙的前线盱眙等地，接连传来了各种不祥的信号，那里很可能就要出大事了。史弥远知道，很多人在非议他祖护纵容李全。这次李全使诈掳劫了赵范的两个粮仓，赵范能善罢甘休吗？就算赵范能忍下，他的兄弟赵葵是那样的强势性格，迟早会报复李全的。新任的淮东安抚制置使许国，看起来刚刚在楚州那里站稳了。自己曾经告诫过许国，一切要以大局为重，对于现在李赵之间的纷斗，他会如何动作呢？史弥远认为许国这个人是赵方旧部，跟赵范、赵葵过于亲近，恐怕迟早会举措失当。

于是他写信给自己的亲家，沿江制置使兼建康府知州赵善湘，让他派人严密监视李全、许国、赵葵他们，务必要约束住这些人，不能让他们发生太大的冲突以至于不好收场。

赵善湘接到信后，心想史相身在临安，如何对远在楚州之事了解得如此深入呢？一定是他们彼此几方都在互相攻讦，现在他们的矛盾是否已经不可调和了呢？赵善湘跟赵范私交很好，他对赵范、赵葵兄弟非常欣赏而且信任有加，于是他决定亲自到扬州视察一趟，找赵范面谈。到了扬州赵范府邸，手下叩门让赵府家人通报，赵范得知赵善湘来了赶紧出迎。两人叙礼已毕，赵范让家人上茶，说道："我正要去见大人，没有想到赵大人您就亲自来了。"赵善湘笑了，回道："我知道你要找我何事。"赵范奇道："大人且说，是何事呢？"赵善湘诡异地笑着说："必定跟那位李三有关？"赵范笑道："真是什么都瞒不过大人您，正是此人。"

赵善湘问道，"我已经得知李全劫了你的泰州兴化两仓，你现在如何打算，是不是想要出兵夺回呢？"赵范回道："两仓之事，虽然于我来说是很大损失，但跟朝廷的整个淮东大局来比，就是小事了。赵范不会以私人恩怨，去坏了朝廷大局。"赵善湘听了这话，立即连声称赞："好，好！我就说赵大人不是那等量浅之人。你的损失，我自然会向朝廷禀明，史相那里一定会尽快给你拨来军需粮草。"赵范站起来施礼道："如此多谢大人！"

坐回座位后，赵范接着说道："但是对于李全，朝廷绝对再不能像以往一样姑息放纵了。这个人狡诈反复，还有他手下的骄兵悍将，迟早会成为朝廷的心腹大患。我们一定要未雨绸缪，做些准备了。"赵善湘听了这话，知道他想说的就是对付李全之策了。赵范接着说道："我有三策，可以让朝廷制约住这个李全。"赵善湘立时有了兴趣，点头说："赵大人请讲。"

赵范说道："第一条就是继续分化他的手下诸将，我知道朝廷一直不吝于给那些人进封官爵，但仅有这些还是不够的，据我所知，李全最倚重的人除了他的夫人杨妙真，就是他的兄长李福和心腹大将刘庆福两人。杨妙真已经不带兵了，暂时不用考虑。而李福和刘庆福两人都有很大的缺陷，李福卑鄙龌龊，自私贪婪；刘庆福为人狭隘，睚眦必报。这两人在军中威望都不高，不能服众而握有大权，迟早给李全带来不可收拾的麻烦。"

说到这里，赵善湘赞赏地点了点头，他觉得赵范对了解李全那里的情况是下足了功夫。赵范端着杯子饮了口茶，继续说道："他的部将国安用、张林、阎通和邢德等人，一直以来都想为朝廷立功，希望自己和自己的家族能得到朝廷的恩眷。驻扎在盱眙的四位将军夏全、张惠、范成进和时青等人，并非他们的嫡系，但都掌握重兵，而且驻扎在要害地区。朝廷一定要想办法收拢住这些人。必须让他们彻底明白，他们是在为朝廷出力，不是为他李全。怎么做呢？除了赏功以外，控制粮饷是个非常好的办法，许国一直在坚持这么做了，目前看起来还是有效果的。"赵善湘心里想，这大概就是为什么李全如此厌恶许国的主要缘由了。

赵范接着说道："许国这个人，有时比较刚愎自用，他需要能干的人辅助才能成事。他的两个主要部下，是苟梦玉和章梦先两人，对这两个人我不甚了解。我最近在挑选一个能干的幕宾，准备推荐到许国那里去。"赵善湘点头说："很好，你想得很周到。"赵范见得到了赵善湘的肯定，继续说道："刚才说到要分化李全手下的将领，我认为必须要有重点人物，就是那些能用而且可用之人。"赵善湘问道："你认为他们之中哪些是这样的人呢？"赵范回答道："这样的人其实非常少。彭义斌就是一个，他本来是刘二祖的部下，不是李全的嫡系。这个人很讲忠义，真正配得上'忠义军'这个名号。而且此人在与金军作战时非常勇猛善战，我看此人应该大力培植起来。朝廷不是想以李全作为北方屏藩吗？光有一个李全是不够的，再有一个彭义斌，两个屏藩互相配合互相牵制，一起为朝廷所用不是更好吗？"

赵善湘不知道彭义斌这个人，就问："此人可靠吗？"赵范点头肯定地回道："应该可靠。大人，我这里有一封书信。"说完，赵范起身到书房里拿了一封信出来递给赵善湘。赵善湘打开一读，原来是彭义斌写给赵范的，信中大意是他对李全的自私和蛮横深恶痛绝，他请求跟赵范合作，共同应对李全的种种不法行为。赵范说道："重用彭义斌，就是我说的第二策。将来如果李全一旦谋反，我们可以调用盱眙四将，分军一半防范金军，另一半抽调向北。我这里的扬州之兵，加上赵葵的滁州兵，三路大军合兵一处，一日不到就可到达楚州城下。同时令彭义斌从河北山东率军南下，如此军势如同泰山压顶，想那李全如何抵挡？"赵善湘对此表示同意，但是提醒赵范道："你的想法很有道理。不过，丞相还是希望你们能够达成一致，共同应对北方金蒙对我们的威胁。"

赵范向赵善湘拱手说道："不错，这也正是我要说的第三策，要让他们不停顿地处于对金对蒙的作战之中。而且朝廷应当督促褒奖他们对北用兵，有了北方压力和动力，他们的精力就得集中在北方。正常情况下他们就不敢再有非分之想了。"

赵善湘笑道："很好，这是一石二鸟的好计策。其实，让他们对北用兵，这才是丞相养着他们的真正用意。说白了，他们是朝廷搏兔之鹰犬，而你我就要做控制这些鹰犬之人。"

第四十四章　楚州之乱（二）

说到这里，两人会心地笑了。但是赵范很快就忧心忡忡起来，说道："如今金国日衰，看起来亡国有日。蒙古的势力越来越强。我们未来的强敌，是蒙古大军，单靠李全和彭义斌这些人，恐怕是挡不住蒙古军队的。朝廷应该早立良策，早做准备啊。"

赵善湘对蒙古知道得不多，不过他觉得赵范说得很有道理，于是要求赵范召集幕宾，对蒙古现在的军势做一个完整的判断，要写一份奏章先送他读一下，再由他转给宰相史弥远。赵善湘提示赵范，今后有任何事情，要尽早地通知他。由于他跟史丞相有着特殊关系，赵范的奏章和报告由最快的途径送到史相那里得到处理。

赵范听他说得如此直白，知道赵善湘对自己非常信任，被他的诚意深深打动了。于是起身对着赵善湘躬身施礼，说道："赵范何德，能得到大人如此信任！如今有了大人，今后朝廷两淮之事，就有了主心骨了。"赵善湘扶起赵范，说道："武仲不必如此多礼，这都是为了朝廷之事。就让我们一起努力，共同挑起两淮这个重任吧。"

就在赵善湘和赵范在商议的同时，许国去了盱眙，并秘密邀请了赵葵跟他一起议论兵事，讨论如何防备李全。赵葵问许国："许大人，李全现在在哪里？"许国说："上次劫了粮仓后，李全把所有粮食都运往了青州，看来那里还真是缺粮的。"赵葵又问："那么楚州都有哪些人在驻守呢？"许国回道："就是他的夫人杨妙真，还有几个散将带了一些兵，人数也不多。主要的将领和大部兵力都被李全带到青州了。"赵葵就说："既然李全的主要兵力都在北面的青州，我们要想防备他，就容易多了。在往北的交通要道重兵设防，让他南下不得就可以了。"许国犹豫着说道："目前我能调动的兵太少，都散在各地，无法集中。能集中的兵也都不是精兵，这就是最大的问题。"赵葵回答道："我请求视察淮南两路的士兵，有些还是我的旧部。您授权给我去挑选其中的精锐带回来，这样您就可以留下大约三万精兵听从随时调遣。我认为这样的话，李全和他的属下就不敢贸然对您行动了。"

许国想了想说："不如这样，由我来集合这里各州府士兵接受检阅，由您赵将军统领，这样可以对外显示我们的兵力众多，又可在这其中选择精锐。"赵葵反对道："目前这里有兵的州府，一定是军事或者产粮要地。不错，各州府会服从您调兵的命令，但是他们会不留一兵一卒吗？不会的，他们一定会向朝廷力争，留下一部分军队自卫，而且留下的一定是他们最强壮的士兵，却派老弱残兵给您来充数。本来您要挑选精锐之师，相反得到的却是愚钝之兵；本来您想显示兵强马壮，相反却给人兵力羸弱的感觉。反而让李全他们看轻大人您，觉得有可乘之机。"许国犹豫了许久，最终也没有听从赵葵的建议。

许国在盱眙见了赵葵以后，又约见了夏全、张惠和时青等人。夏全是盱眙忠义军总管，许国在跟他对话之中稍加撩拨，就发现夏全对李全也是非常不满的。许国心中大喜，觉得这个人可以利用，于是说了很多勉励的言语，并且承诺只要夏全听从他的调度指挥，今后对夏全所部的粮草军饷，许国都会按时足额供给。然后分别见了张惠、时青和范成进等其他将领，知道了这些人彼此之间互相不和，只是碍于"忠义军"这面旗号，并没有撕破面皮而已。由此，许国了解到李全其实在忠义军里并没有一呼百应的人望，这给了他莫大的信心，他觉得自己应该可以把这些人马掌握在手里。既然目前李全是这些人中最大的军头，首先就必须让李全彻底臣服于他。而李全竟然没有事先知会他，就出兵劫了赵范的粮仓，这说明李全并没有把自己放在眼里。于是许国决定要继续对李全施压。

许国在盱眙的动静很快传到了楚州，李全的夫人杨妙真听到报告后，心知不妙。这个许国私下里联络忠义军的将领，明显是意图拉拢忠义军别的将领来孤立李全。她已经接到了秘密报信，说许国这次到盱眙去就是要求那几个统领疏远李全，尤其是夏全，已经向许国表示效忠了。李全有这样的上司，今后一定再没有安稳的日子了。杨妙真跟随她的兄长在山东起事反抗金军欺压，经历过各种刀光剑影的血腥场景，自然也见识过各种阴谋算计。虽然她比李全更加珍惜现在安稳的日子，但是如果有人威胁到她和她的家族，她也会不惜动用一切极端手段来反制敌人。她比李全冷静，觉得跟许国没有彻底摊牌之前，她还要再争取一下。

于是她打听了许国返回的日子，命人预备了丰厚的礼品，那日亲自到楚州城南官道上等候许国返回。等了有半日工夫，许国的人马浩浩荡荡地如期而至。杨妙真见许国的官轿到了，赶紧上前施礼请安，口称大人辛苦，然后奉上礼物，连同许国的手下官员人人有份。许国在轿子里看得清楚，却不肯下轿接见，还命令手下诸人不准接受杨妙真的馈赠，随即起轿继续返城。

这是故意对杨妙真进行当面的羞辱，连许国的手下们都看不过去了，苟梦玉安慰杨妙真说："许大人旅途劳累，又有病在身，请夫人千万见谅。"杨妙真知道许国这是在示威，但她此时不能发作，于是忍着羞愧，强笑着说无妨无妨。回去之后，杨妙真越想越觉得今后的事情怕是不可收拾了。于是她派人连夜到青州去，将这些事情报告给了李全。

李全得知之后，勃然大怒，叫来了心腹刘庆福商量此事。刘庆福说道："大帅勿恼，我这就回去打听情况，如果真如夫人所言，我们就得跟此人彻底决裂了。楚州是我们的大本营，杀许国应该是易如反掌之事。"李全说道："不到万不得已，不要杀他。杀他确实容易，下面跟朝廷如何相处？"刘庆福说道："如果怕这怕那，就什么事情都做不了。这个许国到任后，大肆约见我们忠义军各个将官统领以及所辖州府官员，我听讲他四处纳贿，光银两就收了二十万两之多，其余古玩字画不计其数。"李全兄弟都极其贪财，听到许国有如此多的钱财，李全不禁怦然心动。刘庆福接着说："如果真闹翻了，干脆杀了他全家，将这些钱财抢来。听说夫人曾经几次给史丞相送礼，不如拿出这些钱财的一半送给史丞相。他得了我等钱财，就得为我们消灾对不？"李全是个短视的，听他说得有道理就同意了。不过他还是让刘庆福凡事必须征得夫人的同意才行，刘庆福点头答应。于是他悄悄地潜回了楚州。

刘庆福回到楚州后，没有立即去见杨妙真，而是去找了一个人，就是许国的左膀右臂之一，章梦先。他想要先了解点情况。刘庆福以前就认得章梦先，自以为跟他有些交情，备了些礼物就直接上门去了。到了章府之后，刘庆福让人叩门，管家开门见不认得，询问姓名。刘庆福是个武人，不喜欢平常的繁文缛节，嚷道："我是李大帅帐下大将刘庆福，跟你家主人是旧日相识。你进去通报，就说老刘来拜访他了。"

管家见他粗鲁，心里不喜，进去跟章梦先说有个鲁莽的客人要求见面，来人自称是大将刘庆福。章梦先一听就知道他是来探听消息的，本来不想见他，但一来却不过旧日交情，二者这厮在楚州的确算个人物，于是让管家把他领了进来，却不让他进入客厅，只在客厅门口的屏风外站下说话。刘庆福没有料到章梦先连门都不给进，心里登时大怒，待要发作，却又想起此行的目的，只好忍气吞声。

章梦先站在屏风旁边，询问他来的目的。刘庆福本来是想套话询问许国的，可如今的处境竟然连话都不好开口了。这时，随从已经把带来的礼品一一摆好，如此的尴尬让刘庆福心里的怒焰腾腾烧起。他强行压下自己的羞愤，说道："老章，你我多年未见。今日特地来此，就想见一下老友。"章梦先知道他来求自己，见了面叙话，难免就要讲到许国，他不想告诉刘庆福任何有关情况，也不想跟他发生什么瓜葛。章梦先心想，对于无用甚至有害之人，不如就断了他想要跟自己交往的念头。于是他决心不出来了，就说，"老刘，谢谢你今天来看我。我这里有一个重要的客人，实在没有空来见你。你就先回罢，改日我们再谈，如何？"刘庆福知道他在扯谎，章府门口明明没

有任何官轿马匹，哪里来的重要访客？既然他已经这样说了，今日必定是空手而回了。于是刘庆福哼了一声"告辞"，头也不回地就走了。

骑马行在路上，刘庆福想到自己从来没有受过这样的羞辱，章梦先这种人分明就是狗仗人势的下流人物。想不到今日竟然被这种人羞辱了，他心里的万丈怒火，仿佛被泼了一勺又一勺的火油一样，一直烧个不停。按照刘庆福平日里的做派，受辱之后一定会拔刀拼个死活，可是今天他必须忍住，不能因为一己之怒，坏了大帅派给自己的任务。然后他已经不由自主地开始琢磨起如何报复这些人了。

见到杨妙真之后，刘庆福向杨妙真描述了刚才的经过，这种刻骨的屈辱感，杨妙真刚刚也经历了。两人共同的经历，使得他们认定许国这些人已经是他们最危险的敌人了。刘庆福向杨妙真献计说，可以四处散布消息，就说许国谋反。有一个赵姓宗室，就住在楚州，可以打着他的旗号为国除奸，诛灭许国。杨妙真想起许国平时处处刁难李全，这次又当众故意折辱自己，新仇旧恨涌一齐上心头，就同意了刘庆福的计划。但让他必须去一趟盱眙，去联络夏全他们四位忠义军统领，即使说不服他们几个，希望他们看在同为忠义军的份儿上，至少能袖手旁观就行。

刘庆福到了盱眙跟几个人谈过之后，才发现这些人对李全和自己已经是三心二意了，竟然没有一个人痛快地表示愿意跟随他前往楚州。刘庆福更没有料到的是，有人偷偷地把消息传递给了许国的军机参谋苟梦玉。苟梦玉大吃一惊，赶紧通报给许国。许国听后，却不以为意，呵呵冷笑道："这些鼠辈，竟然想造反了。就让他们来，正好把他们一网打尽。"苟梦玉听他言语之中，极其鄙视刘庆福这些人，就劝道："大人千万不能掉以轻心，赶紧调兵吧。"许国笑道："不需要。他们真的来了，我这里的楚州兵就足够剿灭他们这些乌合之众了。"苟梦玉见他不肯听从，心里知道许国必败。

乱世之中，首要就是保住自己的性命和家族平安。于是苟梦玉寻得一个机会到盱眙去了，见到了还在那里的刘庆福，告诉他说："许大人已经得知你们的图谋，马上就要派兵来盱眙征剿你们了。"刘庆福听了大惊，就胁迫其他几位统领说："我们忠义军一荣俱荣，一损俱损。如果李大帅和我先倒了，你们还会远吗？再说许国已经知道我们的谋划，他能饶过你们吗？"几位统领觉得他说得有道理，于是决定派兵支持。

趁着许国的兵力还未集中到楚州，刘庆福决定先下手为强，连夜带兵赶往楚州。清晨时分，乱军赶到了楚州，刘庆福带领手下士卒率先冲向置制使官衙。许国正在起床，听到门外大乱，管家报说忠义军暴动了。正说话间，刘庆福带人手执利刃冲了进来。许国厉声喝道："贼子，你们要干什么？"话音未落，突然一支箭飞了过来，正中许国面颊，顿时血流不止。管家见状，带人拼死护着许国往外杀出突围。正好置制使亲兵闻讯赶到，接了许国向楚州城外拼死杀出。刘庆福等人见许国逃走，就返身杀回，将许国全家杀害，然后又指挥乱兵到章梦先家见人就杀，直到手刃了心中痛恨的章梦先，这才算出了胸中恶气。然后喃喃自语说道："老章你不要怪我，是这个世道不好。要怪就怪你跟错人了，要怪就怪你自己太过市侩！"

乱军四处放火，楚州城内秩序大乱。刘庆福又带人抄了许府，发现只抄出了几万两银子，才知以前的传言都是不确实的。刘庆福转念一想，也许是被许国转移走了，也未可知。于是又带人打开了置制使官衙府库，抄出了十几万两官银。这些应该是军饷，刘庆福跟众人商议了一下，就跟几个统领私分了这笔官银了事。刘庆福哪里能想到，就是因为分了这笔银子，才导致了他不久之后的杀身之祸。

楚州之乱刚刚开始，很快地各种消息就像雪片一样，飞速地报向临安宰相府的史弥远那里。

第四十五章　临安风雨（一）

湖州之变尚未完全平息，楚州兵乱的消息又纷至沓来，真是一波未平，一波又起。此刻的史弥远在自己的书房内心事难平，他觉得国事是日渐艰难了。在这个困难的时刻，他比以往任何时候都更加需要自己最信任的人，来帮他出谋划策。史弥远知道余天锡刚刚回来了，于是他让万昕派人去把余天锡和郑清之两位大人请到府里来，他要跟他们商议湖州楚州之事。然后自己

拄着那根檀木杖，到竹林里徘徊散心。此刻刚过中午，日头正高，路过竹林边上的鱼池时，他像往日一样停了下来，给池中的群鲤喂些食物。他想，李全到底是不是池中之物呢？自己往日里难道真是看错了这个李全？

过了一个时辰，余天锡先到了。万昕把余天锡引到鱼池边的凉亭下，史弥远正半躺在竹椅上打着盹。旁边的桌子上面煮着沸水，而史弥远一直想着心事，以至于忘记碾茶了。余天锡走过来时全都看在眼里，于是他笑着对史弥远说道："史相今日好心境啊。"说完，拿起掰碎的茶饼放入石臼里，一边看着史弥远，一边开始研磨。

史弥远这才回过神来，看到是余天锡到了，坐在自己对面正在研茶，就坐直了笑着说："哦，你来了啊，你看我，耳目都开始不灵了，老了，不中用了！"余天锡摇头说道："并非如此。史相啊，你是思虑专一，已经灵台一而不稽，物我两忘啦！"史弥远听他打趣自己，也笑了。

史弥远想，都说天子称孤道寡是因为权力至高，而无人可伴，因而孤独；自己身为宰相，也体验到了这种孤独。平日里官员们看到他不是害怕，就是奉承，能像余天锡这样，跟自己轻松聊天说笑的人，越来越少了。他愈发珍惜像郑清之和余天锡这些屈指可数的几个人，凡事也更愿意征求他们的意见。史弥远问道："淳父，湖州的人和东西都带回来了？"余天锡明白他问的用意，回道："全都带回来了，已经移交给刑部了。"史弥远点头说道："你办事，我从来都不用操心的。"

这时，余天锡轻声地说道："史相过誉啦。这次还是出了一点差错。"史弥远又半躺了下去问："你是不是在说吴氏？"余天锡点头说是的。史弥远沉默了一下，说道："没什么关系的。"余天锡有些担心地问："那吴氏定会去找杨太后告状，虽然恐无大碍，却也是麻烦？"史弥远说道："杨太后的侄子在台州巧立名目，强夺民田上千亩，御史参奏的奏章还压在我这里。她不会怎样。"余天锡听到这话就含笑不语了。

然后两人开始聊点轻松的话题，这时郑清之到了，余天锡站起来跟郑清之互相致礼问候。史弥远让两人坐下，开始烹茶，又对郑清之说道："德源，我就接着刚才的话题继续说了？"郑清之点头说道："史相请讲。"史弥远说道："本来我的打算是让淳父一个，赵汝述一个，再加上湖州知州谢周卿，你们三个人在刑部把湖州案子审结。现在看来，谢周卿不是合适人选了。"余天锡接话说："他这个人，有点过于迂腐，虽然不是个干才，不过人还是老实的。"史弥远已经读了谢周卿写的奏章，知道了湖州之变的全部过程，他了解谢周卿是什么样的人。

史弥远就问两人："那么现在谁来接替这第三个位置呢？"未等两人回答，史弥远提议道："你们看乔行简如何？"两人都点头说，"不错，是个适合人选。"史弥远叹道："本来呢，一个是钦差，一个是刑部，一个是湖州父母官。三个人是最佳组合，去审这个案子。现在用乔行简换掉谢周卿，也是没有办法的办法。"郑清之接口说道："乔大人在大事上面从来不糊涂，是个顾大局的人，行事又谨慎。况且他在清流那里，口碑是不错的。我看用他没有问题。"

史弥远问道："明天在朝上可以公布这次湖州兵变和济王病故的事情了。你们看吴友德这个人，能不能顶住大臣们的质询？"这时余天锡和郑清之都默然了。史弥远问郑清之道："只怕事后有人要验尸。我已经让刑部赵汝述今晚就会同太医院，把验尸格目做好，然后封棺，准备择日礼葬。不要再弄出风波来。"余天锡说道："吴友德那里，我在回来的路上已经把其中的利害点给他了。这个人胆小怕事，我看他绝不敢乱说的。"史弥远点点头，说道："让赵汝述去太医院，他是有手段的，自然会让太医院守好这个关口。下面这些事你们都不要再管了，特别是德源，那些得罪人的事情，我会让赵汝述和梁成大那几个去做。你们两个人，我要在朝堂给你们保持一个好的名声。"

说到这里，史弥远把头向他们凑近了点，说道："你们跟他们不一样，我迟早是要向你们交班的。他们，不行。"说完，将手摇了摇。听史弥远说了这些话，郑清之和余天锡都站了起来，一齐向史弥远拱手鞠躬致谢。

两人坐下后，余天锡说道："一切都得服从朝局的稳定，这是第一位的。所以御史们那里，恐怕还得事先把话说透才行。"史弥远点头答道："这个你们放心，我已经派人去做了。"郑清之接着说："我们事先要做的，基本也就是这些了。如果以后这个案子再有什么意外翻出来，那就相机抉择吧。"

这时，茶已经被余天锡碾好了，郑清之笑着问道："原来丞相要我们今天来，是要斗茶吗？"史弥远微笑着说："要说这茶，除了皇上和太后的宫里，大概就属我这里最好了罢。你们二位的茶技，我早已熟知，还用着斗吗？"说得两人都笑了。郑清之拿起一个茶盏，将茶粉倒入，然后将沸水慢慢注入，

开始调匀；然后又添沸水，再调匀，如此三遍。调好后，将茶注入三个茶盏，说了声"请"。然后自己拿起一杯细品起来，不住声地赞道："史相，果然好茶。"

余天锡也举了杯品了一下茶，刚要说话，却看史弥远又陷入了沉思，就问道："丞相还有心事？"史弥远回过神来，说道："你们还没有看到军报，我也是刚刚看到的，楚州那里出事了！"郑清之问道："是许国吗？"史弥远点头，然后把旁边桌子上的军报递给了他。郑清之快速浏览了一遍，不禁深深地皱起了眉头，然后把军报递给了余天锡。

余天锡对李全、许国他们那些人的事情所知有限，所以他读完后并不评论，只看着史弥远和郑清之两人。郑清之这时说道："那李全本人并不在楚州，难道他的手下就胆敢擅自对朝廷大员发动兵变吗？"史弥远回道："据报刘庆福是李全手下第一个得力的将军，李全要是说他不知情，那就是个弥天大谎。"郑清之点头说道："他的夫人杨氏不是一直都在楚州吗？这些一定是事先谋划好的。"余天锡接话问道："那个许国现在哪里？要不要把他紧急召回询问？"史弥远冷笑了一下："这就是个马谡，还有脸到临安来吗？"郑清之说："军报上说，他全家已经被害，现在本人下落不明。"史弥远说道："不去管他了，随后应该有消息来的。我们想想，是不是要出兵弹压？派谁去，从哪里调兵？还是另想别的法子？"

郑清之马上接话道："史相，朝廷调兵弹压的姿态一定要做，而且要大张旗鼓。一来对这些胆大妄为的叛将予以震慑；二来做些预备，防止事态扩大。如果扬州甚至建康府也跟着乱了，那损失就太大了。"史弥远回道："你说得很对，那么你觉得派谁去好，用哪里的兵呢？"郑清之想了一下说："赵范、赵葵他们行吗？"史弥远马上接道："恐怕不是李全的对手，他们新练的兵少，又没有经历过战阵。"郑清之又说："子由那里可以调一些兵吗？"他问的是史嵩之，正带着孟珙等一些少壮派将领在荆襄一带屯垦练兵，现在正是兵强马壮之时。

史弥远沉默片刻，说道："嵩之那里的军队，历经多年练成，不易啊。他们可以说是现在朝廷最精锐的一支军队，驻扎的位置又是那么重要，如果他们调动了，金国乘虚而入怎么办？他们这支军队不可轻动。"其实，史弥远也根本舍不得拿史嵩之那里的精锐去征讨李全，在他看来，这根本就是汉人军队之间自相残杀的愚蠢举动。他最想要的是让李全他们的忠义军去消耗金国和蒙古的军队。

余天锡问道："那再想想别的法子呢？"郑清之想到了一个人，问道，"史相为何不问问赵善湘呢？我觉得他应该有些办法。"史弥远点头说道："已经派人去询问他了，几日之内就应该有他的回信。"

郑清之说道："现在具体情形还未彻底明朗，观察一下也好。可以严令赵范、赵葵整军备战，赵善湘那里，暂时不再发饷供给楚州盱眙的忠义军。在朝廷做出最终决定之前，还要下一份旨意严词斥责李全。"余天锡说道："应该的。德源，你说我来润色，现在就写如何？"三人都是进士出身，写移文自是信手拈来。郑清之随即滔滔不绝，朗朗成诵："朝廷养兵以定乱，诸将何敢以自专？昔将军用兵山东之时，非唯致果为毅，亦且厉兵为武，故海内称之。众臣皆谓将军鹰犬之才，可任爪牙，然终不可信也。朕继承先皇，仁慈体怀，惜尔之功。尔今部将刘氏，何等狂妄，乱我楚州，戕害主官。若汝果能约束所部，当自清残秽。惟冀将军能奉辞伐罪，征其恶稔之时，显其贯盈之数，则天下幸甚，将军幸甚。"史弥远拍桌说道："好，这样写恰到好处。既敲打了他，让他收敛；又逼他自己清理门户。且看他如何行事。"

三人协商完之后，余天锡问史弥远道："知州谢周卿该如何处理才好？"史弥远想了下说道："湖州之乱，济王黄袍加身，身为知州他难辞其咎。更何况他竟然率领湖州官员跪拜济王，渎职已算太轻，暂时就关押刑部候审罢。明日，我就不去早朝了，你们几位要相机行事，一定要稳住朝堂，如遇争执就往后推延。我想要看看，究竟有哪些人要借此事，兴风作浪。"郑清之和余天锡点头答应。然后三人一起乘轿进宫觐见理宗，将诸事逐一汇报，理宗也全部采纳三人之议。三人进宫之时，已然下起霏霏小雨；出宫之时，雨势渐大，竟是一个淫淫雨夜。三人都是满怀心事，乘轿回府。

第四十六章　临安风雨（二）

余天锡回到临安之前，就已经派人为谢周卿一家找了一个小院，现在他们暂时安顿了下来。此时谢瑛正领着雁儿四下里张罗布置房间，冉璞则陪着谢周卿小酌，他第二日即将返回潭州。谢周卿对他这些日子的帮助感激不尽，特意让谢安安排了酒菜，他为冉璞把酒饯行。几杯酒过罢，谢周卿看着窗外的雨夜，院子里的树上，梧桐树叶被风搅动得沙沙作响，叹了口气说道，"马上将要满城风雨了。"冉璞知道他话里有话，劝道，"大人吉人自有天相，不必太过忧虑。"谢周卿跟他说："我有些事情告与你听，你回潭州之后，只可告与真大人，绝不可与旁人知道，以免连累无辜。"冉璞听他说得如此郑重，心知绝非小事。

谢周卿将济王赵竑曾经对他说过的一些话一一转述给冉璞，就是他被史弥远等人联手陷害的所有过程。这些事情冉璞其实已经知道了大概，因为赵汝说已经将详情告知了真德秀。当谢周卿得知真德秀早已知晓此事，这才明白为何他会派遣冉璞、蒋奇到湖州来公干，心里大感安慰，说道："有真大人他们在，朝廷自然迟早会还给济王一个公道。朝廷不能没有了公义啊！"冉璞问他济王遇害传言是否确实，谢周卿点头，又摇了摇头，说道："此事并非我所为。钦察余大人曾经要求于我，被我拒绝，后面的事情我就无从知晓了。"

话说到此，两人沉默了片刻，冉璞说道："大人，有一句话，不知当说不当说？"谢周卿说："请讲。"冉璞想了想说道："这些都是天家之事，与我等并无干系。且不说究竟济王已经在不在，就算还在，天无二日，倘若争执不休，于百姓何益，于大宋何益？"谢周卿知道冉璞在劝自己不要再为济王之事所累，他叹了口气说道："我自然可以袖手旁观，可是这件事干系到了朝局安危。倘若朝廷失去了公义，就会有一股无形的戾气充斥了上下，害天理，弃人伦，对我大宋立国之根本伤损太多。天下的士人也会在心里置疑皇上得位不正。而士人离心，无疑有着更大的危害。"说到这里，冉璞点头赞成。谢周卿继续说道："所以我希望朝廷能为济王平反正名，化戾气为祥和，笼住失去的人心。"

冉璞问道："这么说大人已经想好下面如何做了。"谢周卿将杯中之酒一饮而尽，说道："我要上书，上奏章给皇上，陈明真相。"冉璞叹了口气说道，"果真如此，大人危矣。在这种时候，大人上书恐怕非但于事无补，反而会白白牺牲。"谢周卿问道："历朝历代，国无忠臣必亡。我为大宋做牺牲又有何妨！"

说到这个份儿上，冉璞已经无法再劝了，只好沉默。这时谢瑛进来了，给二人斟上酒，说道："叔父，其实不必作此牺牲。"冉璞问道："这般说，瑛姑娘可有良策？"谢瑛点头说道："叔父大可不必上疏，也不必说话。如果朝廷派人问话，只须摇头推说不知就可以了。此刻，只有沉默，才能救了自己，也是为救济王。"谢周卿问："这是何意？"谢瑛回道："湖州之事，只有叔叔您知道，也愿意说出所有真相。沉默，不只是为了保全自己，更是为了保全真相，日后济王平反才有可能。如果叔父牺牲了，就再不会有人揭露真相了。所以沉默并不是抽身退出，而是曲中求直，暂时忍耐而等待时机。"

冉璞听到这话，将手中酒杯端起，向谢瑛致意道："佩服！听到如此高论，我自当浮一大白。"说完，将手中酒一饮而尽。这时谢周卿仔细想想，也觉得谢瑛所言有理，愧然说道："哎，难怪钦差余大人说我尚未悟透官场！丫头，你刚才那番话确实点醒了我。叔父要敬你一杯酒。"谢瑛说道不敢。冉璞接着说道："如果不出意外，大人您很快就要身陷囹圄，的确只有沉默才能保全自己。"谢周卿这时看着谢瑛，说道："我自己倒也无所畏惧，只是下面要苦了丫头你，再没人看顾你了。"说到这里，眼圈就红了。冉璞听了此言，站起身说道："大人放心，只要冉璞一口气在，一定尽全力保护瑛姑娘和家人平安。"

谢周卿这时微笑着对冉璞和谢瑛说道："你二人的心意，我已经知道。"听到此言，谢瑛羞得满脸通红，一言不发。冉璞只是笑着，也不说话。谢周卿又对谢瑛说道："趁着我今日在，可以给你二人指婚。按说非常之时，当行非常之事，只是我们读书人的礼仪还是要的。"冉璞马上说道："我明日就返

回潭州，本来应由家母派帖，只恐播州路途遥远，来往不便。我想请真大人向您致帖，您看行吗？"谢周卿笑道："如此甚好。"谢安、雁儿听到这些，全都笑着走过来向冉璞和谢瑛道喜。

这时，虽然屋外秋风乍起，寒雨飘零；屋内却如沐春风，人人喜气。冉璞和谢瑛此刻都在心里默念：缘何聚首，还诺前世；聚散依依，皆为今生；爱何相守，此心相依。

次日清晨五更时分，天犹未亮，凤凰山下的皇城丽正门门口，大臣们已经排队等候上朝了。大内宫城四周有皇城包围，南为丽正门，北为和宁门，东有东华门，西有西华门。皇城大内分为外朝、内廷、东宫、学士院、宫后苑五部。外朝建筑有大庆殿、垂拱殿、延和殿和端诚殿四殿。今日朝会就在平日里常用的垂拱殿。随着钟声响起，宫门开启，百官们人人都身着方心曲领的朝服，手执笏板，依次进入宫门。进殿以后，文左武右，依官职序列排队朝班。理宗此时刚刚进殿，一眼就望见史弥远今日依旧未朝，他知道这是宰相史弥远故意的安排，他这是无声地向众人传达一种能够掌控全局的宣示。而这对理宗来说也是一种信心。众臣向理宗拜礼已毕，理宗询问道："众位爱卿平身。今日可有事陈奏？"

余天锡站在左首第三位，立即出班奏道："臣前次奉旨会同禁军统领彭壬将军，到湖州平息骚乱。经连日勘查，现已查明，湖州巡湖军营的潘壬，及其同宗兄弟潘甫、潘丙等人，平日素来就不安分守己，近日不知受何人蛊惑，竟然利欲熏心，胁持众官，妄图拥立济王赵竑私登大位，谋取荣华富贵。实则乱我朝纲人伦，是可忍，孰不可忍。天佑我大宋，圣上英明，将士用命，天军到处，贼徒土崩瓦解。主犯潘甫、潘丙等已被击毙，唯有首犯潘壬仍然在逃，现今全国通缉，不日之内定将此贼擒获正法，以儆效尤。其他一干人犯均已解入刑部监牢，等待刑部和大理寺会审。"说完，向理宗呈上他的奏章、卷宗和主从犯详细名单。

理宗匆匆浏览了一遍奏章，又看了一眼名单，说道："爱卿湖州之行辛苦了，你们此次彻底平叛，对朝廷社稷的功劳，朕是不会忘记的。"余天锡赶紧回道："此乃臣等分内之事，也是陛下齐天洪福，运筹得当，才能如此迅速平叛。"

他的话音未落，一个人出班说道："陛下，臣有几个问题要问余大人。"

大殿之内霎时间鸦雀无声，所有人的目光都集中在此人身上，这人就是资政殿学士魏了翁。魏了翁号鹤山，是与真德秀齐名的两位理学大师级人物，同为朝廷清流的领袖。曾有人评价说："从来西山鹤山并称，如鸟之双翼，车之双轮，不独举也。鹤山之志西山，亦以司马光与范仲淹之生同志，而死同传相比。"又有人称颂他是："晚宋名儒，继明绝学，著书行世，抗节立朝，遗疏攸存，余风未泯，式彰明祀，以厉方来。"

理宗点头说道："魏爱卿想问何事，请讲。"魏了翁转头朝向余天锡问道："请问余大人，几日之前就有传闻，说是济王会同湖州知州等州府官员率军共同平叛，请问是否如此？朝廷是否收到湖州奏报？再有请问济王现在情形如何？"

余天锡听他问地直截了当，每一个问题都得仔细应对，一旦处理不当，随即就会遭到御史和清流的群起围攻。于是他谨慎地回答道："听魏大人所言，魏大人未曾看到什么湖州奏报，我也是一样，刚刚从湖州归来。我与禁军大统领彭壬将军领军到湖州平叛，彭壬将军先我一步到达湖州，迅速控制了湖州全城，抓捕了大量涉案的重犯要犯。关于平叛情况，你可以向彭将军咨询。至于济王赵竑，我有一个沉痛的消息向大家宣告：济王殿下已经病逝。"听到这话，大殿内一片咂舌惊讶，议论纷纷之中不乏强烈置疑之声。

余天锡赶紧接上前话，继续说道："济王殿下本已染病在身，由于变乱骤起，为贼人胁持效仿陈桥旧事，黄袍加身，受到极度惊吓，以致病势愈加沉重。随后济王连同湖州官员与彭壬将军共同平叛，操劳过度，以至于病体不支而于当夜仙逝。"众人听他说得在情在理，一多半的人就已经相信了他的说辞。

唯有魏了翁继续问道："济王如此迅疾过世，实在是让人匪夷所思。请问余大人，可有太医随行诊脉？又或有仵作验尸格单？"余天锡早有准备，说道："刚才验尸格目在卷宗内已经上呈陛下了。值班太医吴友德当日随行，关于济王病情，他可以回答大家的咨询。"于是理宗让人立即宣召太医吴友德上朝回话。不一会儿，吴友德被宣到大殿。魏了翁问他："请问吴太医，济王究竟身染何疾，以至于会突然过世？"吴友德事先也是做了准备的，从容地回答道："圣上，魏大人，各位大人，济王得的是心绞痛之症。此症最忌就是过度惊吓和劳累辛苦。而这两者因素，济王都有。在下医学浅薄，无能救治，

实在惭愧至极，已经向圣上写表请罪了。"

魏了翁心里根本不相信他们说的言语，于是向理宗进言道："圣上，湖州平叛，事关朝廷声誉，不可不慎重对待。臣想请陛下批准开棺，由太医院集体验看，方才可以平息谣言，安定众心。"

这时，梁成大出班说道："陛下，臣反对。"理宗看是他，就问道："梁爱卿，这是为何？"梁成大说道："臣有几个问题想要问问魏大人。"魏了翁说道："请问。"梁成大问道："请问魏大人刚才所说的谣言是什么？大人说要安定众心，是不是想说人心不稳？"

魏了翁听他问得尖锐，实则是要攻击自己了，于是慨然回道："湖州距离临安很近，因而湖州之事很快就传到了临安。连日来，坊间传言不断，都说济王赵竑已被钦差处死。尤其在彭壬将军将棺材运回当日，众说纷纭，传言汹汹。所以我以为，朝廷应该开诚布公，将湖州之事所有真相向天下公布，这样谣言自清，人心安稳。"

梁成大听完冷笑了起来，说道："只怕是你魏大人心中不稳，因而推说民意不稳。"魏了翁怒道："梁大人，请你说话自重！"

这时莫泽听到魏了翁动怒，站出来说道："圣上，古人说流言止于智者。只有那些不智之人，或者别有用心之徒，才会相信谣言。而且孔圣人曾说：'民可使由之，不可使知之。'为何国家之事，要向小民公开？"

魏了翁回道："圣上，莫大人之言大错特错，他曲解了圣人之言。孔圣人之意其实是：'民可使，由之；不可使，知之。'我们朝堂之人千万不可低估了民心。民不信，则不附；民不附，则国失其本。这会置国家于危险之中。"

余天锡听他们开始了辩论，担心乱了朝堂秩序，就说道："我是钦差，自然知晓所有真相；所谓处死济王之说，纯粹无稽之谈。请魏大人不要理会它。"

这时，一直没有说话的郑清之出班说道："圣上，臣以为魏大人和余大人所言都不无道理。只是余大人刚刚自湖州返回，一应卷宗人犯，都还未彻底审结厘清。臣奏请，让刑部、大理寺和御史台共同会审此案，此案审结之时，就是真相公布之日，到时一切谣言自会消失。"

以郑清之目前在朝中的地位，他说出的话自然极有分量，众人一听也就不再互相私语了，魏了翁觉得他的话也有道理，就回到班列不再说话了。

于是理宗说道："就依刚才郑大人所奏。关于主审官员，容朕再思量一下，旨意下午就会发出。众位爱卿，还有事要奏吗？"

这时，余天锡之弟，时任兵部尚书余天任出班奏道："陛下，楚州急报，前日忠义军统领刘庆福在楚州叛乱，乱兵在城中到处杀人，抢劫财物。淮东制置使衙门被乱兵攻陷，制置使许国大人全家被害。刚刚传来消息，许国许大人昨夜自缢身亡。如今淮东群龙无首，兵乱未平，只恐金军趁势而动，威胁我扬州和建康二府，进而威胁到行在安危。请陛下决断，早日平乱。"

这个消息一下子镇住了所有大臣，理宗事先已经得到了史弥远和郑清之的汇报，因此面色如常，平静地说道："此事由你们兵部和郑清之大人会同处理。"

郑清之应声而出，说道："陛下勿忧，我们已经做了应对，昨夜就发了急递，让赵范大人和赵葵将军整理军队，防止乱兵南下。同时拟好了圣旨，严词斥责保宁军节度使李全对部下管束不力，要求他必须亲自出兵，尽快清除这些害群之马。"说完，将拟好的圣旨朗读了一遍。众臣听这移文写得力道十足，有理有节，都点头称是。接着又有几位大臣陈奏了各自所辖之事，理宗一一分派完毕，之后散朝。

众官员回往各自衙门的路上，莫泽在散乱的人群里四处找寻赵汝述，看到他正走在前面，赶紧追上了赵汝述，一边走，一边笑嘻嘻地说道："赵兄慢行，我有一言相告。"

第四十七章　疑案陡生（一）

赵汝述见是莫泽，问道："莫兄有何指教？"莫泽诡异地笑着说："恭喜赵兄，马上就要高升了！"赵汝述纳闷道："莫兄不要说笑，你如何知道？"莫泽答道："刚才圣上说，下午就要颁下旨意，谁是湖州案的主审官。依我看非赵兄不可，至少也会是其中一位。"赵汝述立即懂了莫泽的意思，他一定是又有事要求他了。赵汝述就回道："那又会如何呢？"莫泽轻声说道，"只要赵兄此次立了大功，升任二品就是板上钉钉了。"赵汝述心中一动，问道："莫兄所说是何功劳，还请赐教！"莫泽回道："这里不方便，到我官署去说如何？"于是两人一起走进了莫泽的户部衙门。

莫泽领着赵汝述进了衙门的厅房，让手下人上茶，然后关上了门，说道："赵大人，今日朝会你也看到了，那魏了翁是如何揪住此事不放。现在他一个，真德秀一个，一定会给史相乃至圣上带来巨大麻烦。只要扳倒他们两个，你就是大功一件了。"赵汝述知道他必欲置真德秀于死地而后快，可是真德秀跟此案又有什么关联呢？莫非他知道些什么？于是他故意说道："莫兄，此事还得从长计议，你切不可操之过急啊。"莫泽见他这样说，干脆直接挑明了说道："明可兄，你可知真德秀已经涉入此案了吗？"赵汝述说不知，莫泽继续道："那真德秀当过济王赵竑的讲读师父，他对赵竑不能即位一直耿耿于怀。"赵汝述佯装不信，说道："你如何知道？"莫泽回道："听讲他们一直有书信往来，明可兄，你可要仔细检看济王的所有书信啊！"

赵汝述心中一动，莫非他们几个这次在湖州捣鬼了不成？或者是真德秀上了他们的当？总之这里一定有事情。这时莫泽继续说道："湖州知州谢周卿身边有两个人，一个叫冉璞，另一个叫蒋奇，这二人其实是真德秀派到湖州的。据说此二人还跟禁军发生过冲突，打伤了几名禁军士兵，甚至胁持了副统领夏泽恩。"赵汝述听到这些，心里很是诧异，一者他没有想到真德秀果然介入湖州一案了；二者这个莫泽还真是手眼通天，竟然知道如此之多的消息，这让他对莫泽更加刮目相看了。

莫泽见他惊讶，说道："二人中的冉璞这次也跟着到临安来了。不如乘此机会将他捕拿了，就说他是潘壬余党，做成真德秀涉案的铁证。"赵汝述听他的意思，是让自己去拿人，就笑着说："莫兄，我那里是刑部，只管审案复核，不管拿人的。"莫泽也笑了，说道："我这不是跟你商量吗？你那里不成，我这户部更办不了此事。"赵汝述眼珠一转，说道："你刚才提到，他们曾经挟持过夏泽恩，是吗？"莫泽经他提醒，立即明白了他的意思，说道："老赵啊，还是你想得快，我怎么就忘了这个人了呢？"

赵汝述又问道："你说的书信，又是怎么回事？"莫泽知道瞒不过他，就说道："我也是听讲的，说真德秀给济王写信，就是这二人送去的。你可以一定要仔细把关啊，不要放过他们才是。"赵汝述点头说："行，果真如你之言，我审此案一定不会放过这些。"莫泽摆出一副神秘的样子，告诉他说："旨意下午就到，你这个刑部尚书不挑担子，丞相难道去找别人不成吗？总之一切拜托！"赵汝述拱手说道："莫兄放心。"

莫泽跟赵汝述谈完之后，马上写了一封短信封好交给从事，让他火速交给莫彬。莫彬看信之后立即焚毁，然后匆匆出门。约一个时辰后，莫彬出现在皇城大内禁军军营门口，跟当值军官递上名帖，请求会见副都统夏泽恩。军官本来要一口拒绝，却见莫彬塞给他一个银锭，又说是夏泽恩好友，就让莫彬等着。夏泽恩收到名帖，见是莫彬，的确是认得，而且以前还得过他的一些好处，却不过情面，就让人把他领了进来。莫彬见到夏泽恩，拱手笑道："夏统领一向可好？"夏泽恩回道："先生请坐。这里是军营，就不需要客套了，先生找我可是有事？"莫彬笑道："将军快人快语，佩服！我找将军的确有事。听说将军在湖州，曾经被人暗算过失了手，可有此事？"

夏泽恩一听这话，脸色登时变得极其难看，问道："先生这是何意？"莫彬赶紧说："将军莫要多想。据我听说，暗算将军之人其实是真德秀的手下，派到湖州公干的，名字叫作冉璞，此人现在就在临安。"夏泽恩一听这话，登时就站了起来问道："他现在在哪里？"莫彬回道："此人昨日护送谢周卿一家到达临安，现在应该跟他们还在一起，不过估计就在今明两日，应该会返回潭州去罢。"夏泽恩现在回过味来了，莫彬这是特地来通知他的，这人到底要做什么？于是问道："先生好耳目！你如何知道这些？"

莫彬见他起疑，回道："不瞒将军，那真德秀跟我们有些麻烦，一直纠缠不休，这个冉璞是我们一直在关注的。只是他为什么来到湖州，而且参与了这次叛乱，我们也是不清楚。"夏泽恩诧异地问道："你说这人也参与了湖州叛乱？"莫彬笑道，"当然。如果不是，那他为什么要挟持了将军您，而且又打伤了多名禁军士兵呢？"夏泽恩听到这话，登时脸色又挂不住了，这个事已经成了他最近的心病了。夏泽恩冷笑了一下："先生此来，是要羞辱在下的吗？"

莫彬一听，当即站了起来，向夏泽恩拱手行礼，说道："将军不要误会，我特地向将军报知此事，是因为此人是我们共同的麻烦。听说圣上马上颁旨会审湖州大案，既然他身在临安，将军为何不以湖州案嫌犯的名义，将此人抓入刑部大牢？"夏泽恩这才明白了莫彬来的用意，是让自己去抓人的。他想，莫彬一定是莫泽派来的。莫泽跟自己的叔父夏震一直往来密切，而这个冉璞又让自己受过奇耻大辱，现在此人竟然就在临安，那是肯定不能放过的。于是他就答应了。两人又商量一阵，莫彬这才离开。

莫彬离开后，夏泽恩立即叫来了今日当值的江万载，让他带上几个禁军士兵去莫彬说的地方，捕拿一个叫冉璞的人，他是参与湖州兵变漏网的嫌疑犯之一。江万载觉得奇怪，问道："大人，既是捕人，应该让临安府去，为何要我们禁军前去？"夏泽恩回道："我从湖州办差才刚回来，就有人来报，发现此人竟然跟来了临安。你现在去把他抓住送到刑部去，他们正在主办此案，一起交给赵汝述大人就行了。"江万载是个细心的人，想要再问清楚些，看夏泽恩一脸的不耐烦，只好领命而去。

此时的冉璞哪里能够想到，有人正准备向他暗下黑手。他清晨很早就起来把自己的马洗刷喂好，又检查了马鞍马蹄，然后一边吃着谢安为他准备的早点，一边笑吟吟地看着谢瑛带着雁儿忙碌地帮他收拾行装。谢瑛虽然舍不得他离开，但想到他此去将会回来，并且会带来求婚帖，心里就充满了一种由衷的喜悦。雁儿看出来了小姐的心情非常好，就打趣她称呼冉璞为姑爷了，被谢瑛听到后既羞又恼地训斥了几句。而谢周卿坐在书房里面，看着她们忙碌的身影，心里一声叹息，无比地珍惜这些即将失去的宁静和甜蜜的气氛。

一切收拾停当后，冉璞叮嘱谢瑛说他很快就会回来，要照顾好自己和家人；谢瑛也叮嘱冉璞路上一定要小心，不要贪赶路程而太过辛苦。

正在依依不舍地告别时候，传来了一阵敲门的声音。谢安过去开门，见是一群禁军士兵，为首的正是江万载。江万载跟夏泽恩他们是完全不同的做派，见开门的是一个老者，就客气地问道："劳驾问一下，有一位冉璞是不是在这里？"谢安一听找冉璞，心知不妙，就说已经离开不在这里了，然后就要关门。江万载赶紧上前把门抵住，说道："见谅，我们受上峰差使，来找一个叫冉璞的人，请让我们进去看一下。"说完就要带人往院子里闯进去。

江万载话音未了，里面传来了冉璞的声音："我就是冉璞，你们是什么人？"江万载几个人一听此言，急忙闯进去将冉璞围住了。士兵中有那日跟夏泽恩一起去谢周卿府邸的人，认得冉璞，跟江万载说道："没错，就是他。"江万载仔细观察了一下冉璞，见他举止从容，落落大方，丝毫没有被通缉的逃犯模样，不由得心中起疑，问道："足下参与了湖州兵乱，竟然如此胆大，跑到了天子脚下？"

冉璞一听就知道，这一定是夏泽恩这些人想要报复他，于是笑了笑，说道："这位上差，你如何知道我参与了兵乱？既是要捕拿在下，请你把文书给我看看。"江万载回道："我们的统领夏大人说阁下是被通缉的嫌犯，请跟我们走一趟罢，文书自会给你。"冉璞笑道："你们既然说我是嫌犯，想必捕人的令签总会有罢，能否出示一下？"江万载想，他这么说是有道理的，不好驳回，就说，"到了刑部，自然会给你看的。"于是冉璞就说道："既如此请回，我不能跟你们去。"江万载听他如此说，回答道："阁下，那就不要怪我们了。"

说完正要动手抓人，里面传来了谢周卿的声音："且慢。你们是哪个衙门的？"江万载定睛一看，说话的人是一个官员，而且官服的位阶不低，就客气地说道："我是禁军指挥江万载，受上司命令前来捉拿冉璞。您是哪位？"谢周卿不客气地回道："我就是湖州知州谢周卿。这位冉璞根本不是什么兵乱的嫌犯。恰恰相反，他是此次平叛的功臣之一，叛乱的首领潘甫就是被他拿获的。你们凭什么说他是嫌犯？"江万载听他说得如此义正辞严，自己倒有七成相信了他的话，可是也不能听他一面之词，就回道："谢大人，请您谅解，我们只是办差，并不知道实情。在下觉得只要到了刑部，自然会解释清楚的。"谢周卿问道："你们是禁军，负责皇城大内的防务安全，捕人不是你们的职责罢？除非你们奉有圣谕，或者相关文书，否则就是非法拘禁。天子脚下，你们可不能知法犯法！"江万载一听此言，觉得很难回答，就说："您说得很有道理，我们也只是上司差遣，并不知其他，请不要让我们为难。"

冉璞听了这话，心想禁军是天子御用，果然行事不依不饶，就说道："谢大人，那我就去一趟刑部，跟他们解释清楚就是。"谢周卿立即说："不要去，你是我的下属，要去当然是我去了。"然后对江万载说道："阁下，我跟你去一趟刑部，你可以交差了。"江万载只好叉手施礼道："如此也好，大人得罪了，请罢。"谢周卿转头轻声对冉璞说："你放心，到了刑部我自然会讲清楚的，你放心去罢。见到真大人，替我向他老人家问好。"然后又对谢安说："你们把家看好，如果我一时回不来，有事情你们可以去找余大人，余府离这里不远。"谢安点头答应。于是，谢周卿跟着江万载去刑部了。

冉璞见事已至此，只好按照谢周卿的吩咐行事，又想安慰一下谢瑛。而谢瑛此时，倒是无比镇定，反过来宽慰冉璞，让他安心返回潭州，一定要争取早点过来，说完自己的脸倒红了。冉璞会意，开心地笑着上马，向谢瑛、雁儿、谢安挥手道别。

第四十八章　疑案陡生（二）

这里发生的情况很快被莫彬派去盯梢的人传了回去，莫彬听到报告大为恼恨。就是这个冉璞还有冉琏他们，带人围剿了太平寨，带来的损失无法估量。更让他切齿痛恨的是兄弟莫彪之死。他把这些仇恨全都归结到真德秀和他的部下冉琏、冉璞、蒋奇等人身上。而现在这个冉璞竟然毫发未损地要返回潭州去了，他怒恨交加，立即派人去禁军那里把消息传递给了夏泽恩。

当夏泽恩听说江万载并没有抓冉璞，而是跟着谢周卿到刑部去质询了，不由得怒火中烧，马上带了一些贴身亲兵，骑上快马亲自追出城去，发誓一定要把冉璞抓回来。今日殿帅夏震并没有到大内来值守，彭壬就是最高统领。当有人向他报说夏泽恩出城去了，他觉得很是纳闷，又很生气，擅离职守是禁军大忌，他不向自己这个主帅报告，是不把自己放在眼里，还是有什么隐情吗？于是他派了几个人跟着出城去看看，这个夏泽恩到底要干什么。

此刻的临安城外，晴空万里，和煦的秋风吹拂着路边的青草和不远处的湖泊，湖面上闪着金光。冉璞正骑马行进在向西的官道上，午后温暖的阳光让他觉得身上有些发热，想着谢瑛刚才说的话，他高兴得想要畅怀大笑，索性就放开马，如飞一般疾行了好一阵。跑了许久，改为慢速小跑起来，然后下马，让马吃些草料，人和马都休息一阵。他向远处眺望，前面开始看到清晰的山形起伏，知道马上要进入丘陵地带的山路了。

这时，他听到很远的后面，传来一阵阵马蹄疾行的声音，回头一看，是一些身着禁军盔甲的士兵正在飞马赶上来。冉璞明白这可能是夏泽恩亲自来了。冉璞只想早点奔回潭州，不愿意跟夏泽恩再纠缠下去。于是在前面的岔道口，他故意留下了一点痕迹，自己依然沿着官路前行；到了下一个岔道口，他又留下了一些痕迹，然后仍然沿着官路向西行去。

后面的夏泽恩带着人狂飙猛追，远远地看着前面骑马的仿佛就是冉璞。追到第一个岔路口时，夏泽恩犹豫了，不知道该往哪一条路追下去。手下人指着一条小路说："将军看，那边刚刚有人骑马路过。"那条路上有新鲜的树枝掉落。夏泽恩摆手说道："那一定是他故弄玄虚，他走的是大路。"有手下人说道："将军，实则虚之，虚则实之，可能他就是走的小路，却故意弄出痕迹让我们怀疑。"夏泽恩觉得这话也有道理，于是八个人分作两拨分头追击，他自己带一部分人继续沿着官道追去。谁知跑了不久，又遇到了岔道，两条都像是有马刚刚跑过，夏泽恩挠头想想，决定再次分兵，自己只带了一个人沿着官道追下去。这一次跑了许久，再没有岔路出现，可总是看不到冉璞出现在前方了。

渐渐地，夏泽恩气馁了，两人下来将马放开吃点草，休息了一阵。眼看暮色降至，行人稀少，夏泽恩决定返回了。正准备上马返回，有人大喊了一声："是夏将军吗？"夏泽恩看不到说话人在哪里，就回道："正是，你是何人？"话音未落，从旁边的树丛里突然飞出一支冷箭，正中了夏泽恩的胸口，夏泽恩应声倒地。他的亲兵惊得愣住了，猛然醒悟过来，这里有杀手行凶，赶紧跳上马。这时一个身影从树丛出现，手执一把长刀将亲兵去路挡住，亲兵见势不妙，提马就要逃走，只听一声弓弦响过，又一支箭射中了亲兵的胸口。两个身影走近二人的尸体，将箭拔出，检查了一番，然后用刀插向两人胸口，各补了两刀后从容地离开。

过了大半个时辰，彭壬派来的人追到了，看到夏泽恩两人的尸身，众人知道出事了，赶紧派了一个人，火速赶回向彭壬报告。其他人四下里搜索，想找到杀人凶手留下的痕迹。可是天色已暗，众人视线不清，只好点起火堆，等待彭壬接应。

彭壬得到报告后大惊失色，立即点起一队人马赶往出事地点。众人赶到的时候，已经是夜晚了，彭壬见到了二人的尸身，立刻检查了一下，入眼明显的就是刀伤，难道他们是跟人力斗不敌而被杀死的吗？彭壬问赶过来的夏泽恩手下亲随："夏统领带你们出来，究竟要干什么？"几个士兵齐声说他们是要追捕一个嫌犯，名叫冉璞的人。彭壬登时明白了，怪不得夏泽恩匆匆出行，他是要追上并且报复冉璞。难道是这个年轻人杀死夏泽恩他们的吗？他为什么要到临安来？而夏泽恩又如何知道他的行踪呢？

一连串的疑问，彭壬全都无法解答，他相信冉璞有这个能力将这二人杀死，但凭着对冉璞短暂的印象，他认为冉璞不会这么做。可是除了冉璞，这些突然发生的事情全都无法解释，冉璞一定是重大嫌疑人无疑了。彭壬觉得自己没有破案的能力，于是派人向临安府报案，让他们赶紧派仵作和捕快赶过来。然后自己让人将案发地点团团围住，没有他的允许，不许任何人进入。吩咐完毕，匆匆赶回临安向理宗和殿帅夏震报告此事。

理宗得知此事大为震怒，颁下严旨让临安府和禁军统领彭壬共同办理此案，要求限期破获，同时派人抚慰夏震。做完了这些，理宗放心不下，派自己贴身小太监董宋臣把江万载叫到跟前询问。江万载刚刚知道夏泽恩被害的消息，自然也是震惊不已，什么人如此胆大妄为，竟然胆敢杀害禁军将领？现在理宗问他，白天夏泽恩究竟派他去做了什么？江万载不敢保留，也不敢夸大，把他白天遇到的事情原原本本地汇报给了理宗。理宗听他讲起那个杀人嫌疑者冉璞，其实是真德秀派到湖州公干的，刚好碰上湖州兵乱，就帮助谢周卿一起平乱，并且立下了大功。这一连串的事情让理宗觉得匪夷所思。他当然相信以真德秀的为人，绝对不会纵容属下参与叛乱，更何况湖州离潭州如此遥远，说真德秀参与此事那就是欲加之罪，何患无辞了。可是夏泽恩的确是为了追捕冉璞而死，这又如何解释呢？难道真是这个冉璞杀害夏泽恩的吗？

于是他又问江万载："你上午见到了这个冉璞本人了？"江万载回道："是的。"理宗又问："你对他的印象怎样？"江万载犹豫了一下说道："此人年纪应该比臣大一点。臣对他的印象不深，只是看他的言行举止，都非常从容。臣觉得他不像是湖州案嫌犯。"理宗说："也许他善于伪装不成？"江万载回道："湖州知州谢周卿，言辞确凿地证明他是平乱功臣，并非嫌犯。臣相信了谢大人的话，跟他一起去了刑部。"

理宗思考了片刻，说道："你年纪尚轻，阅历不深，不知道外面这些人的是是非非。今后你做事一定要小心，再小心。出了事情，恐怕连朕都不一定保得了你。明白吗？"江万载听理宗说得很严重，立即跪下向理宗认错说道："臣年轻孟浪，今日不该放过这个冉璞。"理宗看了看他，说道："这次就算了。你跟你的兄长江万里，都是我身边的年轻一辈。恐怕一些人因为我看重你们，就会心生嫉妒，要无事生非。你们今后做事为人，一定要谨慎勤奋，不要辜负了我对你们的期待。"江万载听了理宗说的这些话，心里非常感动，于是向理宗行了大礼，说道："家父经常教诲我，臣定当时刻遵循圣人之言，无论是居庙堂之高，还是处江湖之远，臣此心，永远属于陛下，为君分忧，不负君盼！"

理宗将他扶起，说道："很好。起来吧。"江万载起来后看着理宗，问道："那要不要发下通缉文书到潭州去？"理宗说道："暂时不要，让他们查案去。对了，那个谢周卿，现在在哪里？"江万载回道："自今日起，囚禁在刑部了。"理宗来回踱了几步，说道："你去安排一下，明天跟着我秘密地到刑部牢房去一趟，我有话要问他。记住，此事不能让任何人知晓，尤其是刑部的赵汝述他们那些人。"江万载诺诺点头，然后离开办差去了。

彭壬此时正在殿帅夏震家里，向他汇报了夏泽恩凶讯，夏震惊怒交加，到底什么人如此大胆，竟然敢杀害禁军统领，而且是他夏震的侄子。彭壬告诉他，夏泽恩出城是为了追捕一个叫冉璞的人，这人是真德秀手下的公差。夏震更是万分惊讶，他也不太相信真德秀的部下会干出这等事来，这里一定大有蹊跷。他迅速地将他的敌人筛过了一遍，朝里恨他的人不在少数，有能力有魄力干这种事情的势力应该不多。他冷笑了一下，这些年来打他主意的多少人，都被他和宰相史弥远送上了黄泉之路，这次他要加倍地报复了。

这里一切事情的发生，冉璞当然全无知晓。他在两个岔道口巧妙布置了后，都是沿着官道西行，自此再没有发现有人跟踪他了。天黑后，他找了一个客栈住了一夜，次日一大早继续赶路。如此又赶了七天路，第八天终于回到潭州。

冉璞回到潭州之时，天色已经很晚，他决定先不去府衙见真大人，而是回到家中休息一下。兄长冉琎见他回来，高兴之余，责备他道："你如何与蒋奇分开，独自一人到临安去。下次万万不可如此莽撞行事，让真大人和我替你担心。"冉璞一听这话，就明白了蒋奇并没有把自己跟谢瑛的事情告诉真大人和兄长冉琎。冉璞问道："兄长责备得是。湖州之事，蒋大哥已经告知真大人了罢？"冉琎点头。冉璞又问："真大人这几日可有打算？"冉琎回道："真大人对朝廷处理湖州之事极为不满，他决心已下，一定要为济王讨回公道，已经写好了奏章，只是被我和蒋奇苦劝止住了。"冉璞说道："以真大人的脾性，这个奏章迟早还是要递上去的。"冉珺默然不语，看着冉璞吃好晚餐，说道："我们一起去见真大人罢。"于是，两人出门前往潭州府衙。

路上，冉珺告诉冉璞，真大人被皇上拔擢为礼部侍郎兼侍读，朝廷已经几次催促上任了。冉珺认为发生这次湖州事件后，真大人恐怕很快就要动身到临安上任了。冉璞对此非常惊讶，不过他觉得这当然是件好事，问道："如果真大人真的去了临安，兄长你愿意跟着去吗？"冉珺想了想，没有直接回答，却说："关于此事，蒋奇已经与我谈过了，他不愿意去临安。"冉璞顿时感觉有点失落，他们跟蒋奇虽然相识不算很久，却已经共同出生入死好几回了，彼此间相互欣赏与信任，这种朋友之情当然是难以割舍的。

两人到了府衙，刚进去就看到真德秀坐在书案前，眉头紧锁，正在阅读一件公文。两人走到近前，向真德秀请安。真德秀突见冉璞回来了，顿时眉头舒展，颇为欣喜的样子，随即又紧皱眉头说道："你为何不跟随蒋奇一道回来，偏又惹出这许多事情？"冉璞心想，真大人指的是什么事情呢？真德秀这时递过来一件公文给冉璞，说道："你看看，这是刚到的八百里急递。"

冉璞接过来一读，顿时大吃一惊，冷汗涔涔，这是一个质询真德秀关于他的属员冉璞的公文，公文中说他是谋杀夏泽恩的主要嫌犯，难道夏泽恩被人杀了？为何朝廷一口认定就他就是凶手呢？冉璞感到满头雾水，毫无头绪。

真德秀让冉璞他们坐下，说道："以我对你的了解，你应该不会干出这样的事情。只是到底发生了什么，你必须完完全全地告诉我，正好你的兄长冉珺也在，我们一起听一下。"这时冉珺也读完了这个公文，对冉璞说："千万不要隐瞒任何事情。"冉璞点头说好，于是把他第二次到达湖州以后发生的所有事情完整地复述了一遍。当他讲到他与蒋奇一起擒获潘甫的时候，真德秀频频点头；当他说到谢周卿被钦差余天锡逼迫去处死济王的事情时候，真德秀怒发冲冠，猛然拍击了一下桌案，说道："这就是为了一己之私，而倒行逆施。余天锡号称恭谨厚道，怎么可以做出这般有伤天理之事？"

冉璞提到了他护送谢周卿、谢瑛到达临安后遇到的种种情形，冉珺听得格外仔细，连每一个细节都要核实一遍。当冉璞讲到他离开临安返回潭州的路上，看到禁军有人追踪他时，冉珺问道："你是否确信那夏泽恩也在其中？"

冉璞摇头说："不能。"冉璞又详述了他如何摆脱他们之后，真德秀和冉琎都舒了一口气，他们确信此事跟冉璞无关。可是，那夏泽恩如何突然被人杀害在追踪冉璞的官道上呢？这里肯定另有隐情，难道那夏泽恩遇到了自己的仇家？还是那凶手要嫁祸给冉璞呢？

冉琎仔细分析了冉璞刚才叙述的情况，对真德秀说道："以我之见，此事杀人嫁祸的可能性最大。这个凶手一定对冉璞的行踪了解得非常清楚，而且对那个夏泽恩的情况也很清楚。这样的人想来应该不会太难找到。"真德秀说道："你继续分析看看。"冉琎想了想说道："那凶手定然是对冉璞不怀好意。"然后对冉璞说："你能否回忆一下，如果有人从湖州就开始跟踪你或者知州谢大人，他会是什么人呢？"冉璞认真想了一下说道："从湖州开始到临安要对我不利的，只能是两类人。"

第四十九章　赴任临安（一）

真德秀听了冉璞这话，问道："哦，你觉得他们是什么人呢？"冉璞继续说道："在湖州兵变开始的时候，我和蒋奇并没有暴露来自潭州的身份。而帮谢大人平乱之后，我们的身份应该很快就传开了出去。此时，如果有人跟踪我一起去了临安，要么他是潘壬他们的余党，要么就极可能是潭州私盐案的有关人等。大人，别忘了，这个私盐大案到现在还没有了结呢。"真德秀听他如此说，问道："如果那凶手是潘壬等人的余党，跟踪你到临安去，然后通过谋害夏泽恩来嫁祸给你。这听起来匪夷所思，不合常理。"冉琎、冉璞对视了一眼，都觉得是这样的，这时真德秀站起来说："对了，你们觉得这两件案子有没有可能有关联呢？"

冉琎、冉璞心里觉得这是很有可能的，但是如果真是这样，案情就更加复杂了，而且可能连上了济王和朝中某些大臣，这里有很多忌讳不提，靠真大人目前的职权所及，根本就没有能力再处理这些案情了。冉琎回道："虽然目前没有证据，来证明两个案子有关联，可是我觉得这个想法很合理。大人，你记得吗，就在我们刚刚把私盐案查清的时候，就从湖州过来一个人，给大人送了一封信。"真德秀当然记得那个人，说道："是的。那封书信已经被证实是假的。"冉璞接话说道："我在湖州的时候，听说在淮东拥有重兵的李全和赵葵等将领，也都收到了济王书信。而且那几日，传言很多，说这二人都要带兵到湖州勤王，最后二人都没有去湖州。想必这些传言的背后，一定有人在操控。"

冉珏忽然忧心忡忡，说道："大人，不知怎么，一直以来我总有一种感觉，有一股势力在暗中操控。潭州距离湖州这么远，他们都要将假书信送来，他们的目的，很可能就是要将大人您卷到湖州案里去。不知道他们这么做，目标是只针对大人一个人，还是另有其他？不管怎样，有这样的人在兴风作浪，今后就一定会麻烦不断。"

冉璞这时说道："嗯，有道理。我们是否可以认为，这么大规模的私盐背后得益者，就是这股势力呢？"冉珏点头同意："是的，第一个嫌疑人就是莫彪的堂兄，户部尚书莫泽，还有跟他来往密切的有关人等。"

真德秀也想到过此人，此前向朝廷参劾了莫泽等人涉入私盐大案，卷宗被刑部退回潭州补充证据，再次提交后到现在就如泥牛入海。这个莫泽是否跟夏泽恩被杀一案有关联呢？如果真是此人，现在又该如何着手调查呢？他对冉璞说道："今晚我就会急递奏报，首先为你陈述事实，以洗脱嫌疑；二者，请圣上急速调派我的学生宋慈，赶赴临安调查夏泽恩被杀一事。我相信他必定能够查出一些蛛丝马迹。"

冉珏继续说道："大人，还有一人值得关注，就是宰相史弥远。他到底是否知道这些人多年以来，如此嚣张地贩售私盐粮食？这里是否还另有隐情？我们现在已经有一些证据，证明他收受了这些人巨额的贿赂。再者，湖州案发生之前，机速营的探子就已经去湖州探听消息了，这到底又是怎么回事？"

真德秀沉默了一会儿，说道："看来，我们必须前往临安了。要把这些事情查清楚，我们只有在临安才行。你们两位都要随我同行，对了，蒋奇他们有没有人愿意跟我们一起去，你们明日都要问一下。"冉璞点头答应。

这时冉珏犹豫了一下，问真德秀道："大人，此去临安，如果真要调查史丞相，对大人来说恐怕是力有不逮。而且……"真德秀接话道："而且会惹火烧身，是罢？"冉琏回道："是的。"真德秀问道："说实话，你是不是有些怕了？"冉琏毫不犹豫地回答："是有些害怕。但是冉琏真正害怕的是，大宋会失去像真大人这样少有的正直廉洁之臣；自从跟随大人以来，冉琏所见朝廷官场阴险黑暗之处，令人窒息。唯有大人的所作所为，像深邃黑夜里点的一盏灯笼一样，给人指明了一个方向，让我觉得还有希望。如果不是因为大人，冉琏早已有心回到云台上宫，去继承师父的衣钵了。"

真德秀听到这些话，心里大为感动，对冉琏说道："你放心，我早已答应过赵汝谠赵大人，即使真要调查史丞相，也会有策略地进行，绝不会贸然行事的。"真德秀又说了一些宽慰二人的言语，然后三人仔细商议了离开潭州之前需要处理的各种事项。

随后几日，真德秀大人就要离开潭州前往临安就职的消息不胫而走，潭州府衙和转运使衙门所有的差役都在传言此事，进而这个消息在整个潭州城传开了。真德秀在潭州的政绩斐然，他惩治了大批腐败的官员，不但于民秋毫无犯，而且最大程度地减轻了乡民各种税赋摊派。在他的主政之下，各种产业逐渐兴旺，潭州城日渐繁华起来，百姓们的生活明显比以前改善很多。所以潭州父老对真德秀都是非常崇敬，很多人开始自发地组织起来，想要做些什么，希望能挽留真德秀，他们不想真德秀离开了以后，一切又会倒退到以前的那个潭州。

于是有人开始筹资，为真德秀建一个生祠，而建祠的地点就选在了湘江亭。真德秀曾经在此处写了一首著名的《湘江亭谕僚属》："此邦自号唐朝古，我辈当如汉吏循。今日湘亭一杯酒，敢烦散作十分春。"他用此诗告诫属员必须奉职爱民，廉洁守法。

真德秀曾经多次在岳麓书院讲学，提倡并推行自己身体力行的理学要义。又曾作过《潭州劝学文》和《潭州劝学者说》等文章，大力支持学院办学，推广儒学经典教义，所以岳麓书院的学员都对真德秀奉为导师。真德秀曾经说过他的四字官箴"律己以廉、抚民以仁、存心以公、莅事以勤"，学员们就请铁匠将这四句分别刻在四张铁牌之上，树立在潭州官衙门口，希望他的后任者能够跟真德秀一样做到"廉仁公勤"。

这日，真德秀启程离开潭州赶赴临安，潭州府衙、转运使、安抚使和提刑司等几个衙门的所有不当值官员、差役和兵丁在王京的带领下，全都来到了城西的德润门湘江码头。大批潭州民众，甚至附近的乡民也自发地赶来为真德秀一行人送行。此时的潭州城，商人们临时关闭了店铺，学生们暂停了学堂，甚至旅途中的行人也停顿了他们的旅程，人们几乎就要空城而出，人群熙熙攘攘，自发地聚在了码头之上。岳麓书院的学员们也聚集在对面江岸，向停在对岸的官船眺望，挥手致意。人们为真德秀送行的热烈场景，是潭州历史上绝无仅有的空前盛况。

真德秀看着眼前人潮涌动的景象，忽然产生了一种从来没有过的激动，大声说道："潭州城的父老乡亲们，各位同僚们，真德秀何德，竟让大家如此为我送行！令真德秀感动而且惭愧！"这时许多人一齐向真德秀喊道："真大人，别走，不要离开潭州！"一些城外赶来的乡民挑来了今年刚刚收获的稻米，还有自己养的鸡鸭等活物纷纷堆到船头，真德秀赶紧让人阻止，乡民们都说这些是他们的一点心意，请真大人和他的手下一定要收下。真德秀见众人如此真诚的表示，只好让王京登记好这些东西，全部送到义庄供给孤寡老人。

然后王京领着一大群官员和衙役一起向真德秀敬酒送行，真德秀对王京说："我走之后，潭州之事就暂时拜托给你们了，在朝廷新任潭州知州上任之前，你们一定要担起这副担子，记住我说的'廉仁公勤'，不要辜负了潭州乡亲！"王京当即对着真德秀一躬到底，说道："请大人放心。"这时冉琏又领过来刘良和他的家人，刘良因为被贾山用刑过度而致残疾，在真德秀和赵汝说率领冉琏、冉璞他们破了私盐大案后，被安置在一个官学里打些杂工，听说真大人要离开，他一定要带着梅溪全族乡亲向真德秀叩拜谢恩。真德秀将他们一一扶起，询问他们是否知道江林儿江波他们的境况，众乡亲说他们都很好，江林儿来信说下月就要回来看望真大人，看来是赶不上了。这时，真德秀见外围还有人不断地要进到码头边，担心人群拥挤太过会发生踩踏，就让王京跟蒋奇他们把外面挡住，然后自己这边的属下开始陆续登船，准备出发。

等随行的人和行李全部上船完毕，真德秀带着冉琏、冉璞也登上了船头，这时蒋奇控制不住自己的情绪，跪倒在地向真德秀行礼，喊道："大人千万保重，一定要再回潭州来看我们！"他这一跪，那些乡民跟着跪了一片，真德秀在船头向众人喊道："快起来，大家都要保重自己。真德秀一定会回来的！"

真德秀一直站立船头，向湘江两岸不停地拱手致意。岳麓书院的学员们开始齐声叫喊："真大人，一路保重！"真德秀不禁眼眶发红，向岳麓山方向深深地鞠了一躬。冉玼、冉璞随行在真德秀身边，心里都是感慨万分，西山大人作为一个当世贤人，一个有名望的大臣，虽然没有那么大的权势，却能得到这么多世人的拥护和赞美，可见天下人的心里其实都是明亮的。

两艘官船装载了真德秀一行人，顺着湘江一路向北驶进了洞庭湖。进入洞庭湖时，真德秀与冉玼、冉璞站立船头，欣赏洞庭美景。眺望远处，只见一湖之水，浩渺无边，水天相连，唯有日光映射，使得水面波光粼粼。真德秀叹道："'洞庭西望楚江分，水尽南天不见云。'只有见到此情此景，才可真正明白前人之意。"然后又看到远处有一座灵秀的小山，人称君山。远远望去，真的好像一颗小小的青螺。靠近之时，君山上的草木连成一片，而此时霞光西射，君山更显秀丽。这君山岛与著名的岳阳楼遥遥相望，人称神仙"洞府之庭"。传说远古舜帝的二妃娥皇、女英曾住在这里，死后即为湘水女神，屈原称之为"湘君"，所以后来又把这座山叫"君山"。真德秀叹道，这次没有机会登岛一观，不知今后有没有机会再来了。

进入长江之后，船速变得快了许多，顺江而下，半日就到了赤壁。冉玼想到那日跟孟琪、冉璞三人站在江边，欣赏江景之时，有一群白鹤飞过，鹤唳之声穿透之强，可以传至对岸山上，然后回声传来，久久不绝于耳。今日是否还能见到鹤群呢？却只见到一群白鹭掠过，近处江鸥穿梭，冉玼想，那些鹤能否飞到云台上宫的鹤池呢？此时顺江而下，倒是离云台越来越远了，不由得思念起自己的母亲和师父杨钦，就跟冉璞说，到了临安后，再过些时日，自己准备回去陪母亲和师父住一段时间。

听冉玼这么一说，冉璞也觉得想念母亲和师父杨钦了，可是他更想把谢瑛一起接到家乡去，这是他现在最大的心愿。于是，冉璞就对冉玼说了他跟谢瑛的事情，冉玼听了既惊又喜，深深地为冉璞高兴，说这次去临安无论如何，一定要将这个喜事办下来。然后真德秀也得知了此事，他也为冉璞的喜事大为高兴，欣然允诺要为冉璞向谢家写帖求亲。于是，兄弟二人高兴地讨论着到达临安后的各种安排，丝毫没有感觉到江上旅途的颠簸和单调。

第五十章　赴任临安（二）

　　真德秀一行人沿着长江顺流直下，辗转进入苏州府嘉兴府的槽河，最后到达了临安。一行人下了船就发现已经有车马前来迎接了，为首的两个官员正在交谈着，他们是魏了翁和礼部郎官赵汝谈。这两人，一个是真德秀的志同道合的多年好友，另一个是闻名于士人的"二赵"其中的赵汝谈，赵汝说的兄长。因真德秀前来接任礼部侍郎，赵汝谈是礼部郎官，他作为礼部的代表前来迎接，顺便帮助真德秀安顿下来。真德秀刚刚从船上下来，一下子就看到了两人站在人群的前面，赶紧走上前来，三人热情地互致问候。

　　真德秀问两人："二位大人，你们如何知道我今日到达？"赵汝谈微笑着回道："我是礼部郎官，真大人就要接任侍郎之职，作为部里的同僚，岂有不关心之理？真兄经过的地方发来的邸报，我每天都是看的，因而知道今日到达。"真德秀表示非常感谢。

　　旁边的魏了翁笑道："你真大人还在路上，就已经惊动了临安啦！"真德秀诧异地说道："此话何意啊？"魏了翁说道："潭州民众给你送行的盛大场面，早就传到朝廷了。民意就是官声，真大人，如今你在朝里的声望是如日中天啊！"真德秀连连说道："惭愧，惭愧。"赵汝谈说道："真大人无须自谦，你这是给我们士人长脸啊。知道圣上对此事如何评价的吗？皇上说：'有真大人在，是我朝之幸。'由此可见皇上对你的看重！"真德秀正要说圣上过誉了，魏了翁却笑着说道："圣上如此褒奖真大人，只怕有人要不高兴了。"真德秀和赵汝谈都明白他说的是谁，三人会心地笑了。魏了翁说的当然是宰相史弥远了，如果朝里有官员在民间的声望太高，甚至超过自己，作为宰相的他能高兴起来吗？

　　三人说说笑笑，走到了官轿旁边，真德秀说道："魏大人，赵大人，我离开临安这许久时间，很想再仔细看一看这临安街市的风光，而且坐船久了，很想走走。二位就陪我走一走如何？"魏赵二位欣然答应，于是三人并肩朝着临安的外城走去，各自的随从也都跟在后面。

从运河码头走向临安外城，行人越来越多，走到城北武林门时候，人群已经开始变得拥挤，街道上的摊贩吆喝声，来往行人的交谈声，穿梭行走的车马声，此起彼伏，好一幅繁华热闹的太平景象。到了武林门，人们见到这么多官员走来，官轿却跟在后面，知道是外地大员进京城来了。当人们得知是真德秀回朝的时候，都走近了来，想看一看名气如此之大的真德秀究竟是什么样子。众人见到真德秀身材修长而板正，面容白皙，三绺胡须，气质儒雅，丝毫不摆官员的架子。人群中只要有人高喊"真大人"，他一定挥手致意。人们都在迅速传言，这真德秀大人果然名不虚传，于是行人纷纷地聚集过来，以至于武林门那里被人们围得水泄不通。这是三人始料未及的，魏了翁笑着说："我原来以为，只有潭州人喜欢你真大人，看来我是大错了。"赵汝谈也说道："真大人刚回到临安，就有这种场面。民望如此之高，可见名不虚传。只怕皇上和朝中大臣们全都料想不到啊。"

赵汝谈领着真魏二位走进了附近的一个官驿，驿差见突然进来这么多人，赶紧上来待候。赵汝谈跟驿差交代，这是回京的真大人，要在这里临时住上几日。冉琏、冉璞则招呼众人将行李分别卸下，一时忙得不歇。

真赵魏三位大人则在客厅里喝茶叙话。赵汝谈对真德秀说道："真大人权且在这里住上几日，我们礼部管着许多宫观，有一些附属的院落暂时空闲，西湖东岸的显应观和孤山的延祥观都有空置院落，我已经命人去打扫了，真大人你抽空去看看，挑一处满意的搬过去罢。"真德秀连忙摆手，说道："我怎么可以住到这些地方呢？"赵汝谈笑道："真大人不要推辞，这是皇上给你的恩典。真大人，你现在是圣眷正隆啊！"真德秀这才明白，原来皇上对自己真的非常关心，内心不由得充满了感激。赵汝谈继续说道："真大人到礼部来，而我马上却要改任了，真是不巧。离任之前我能给真大人帮一点忙，这是我的心意，也是我兄弟赵汝说的心意啊。"真德秀虽然跟赵汝说一直有书信来往，却不知道他的近况如何，听赵汝谈主动提起赵汝说，于是就询问了一阵他那里的情形。这时，魏了翁跟赵汝谈提议去找个酒肆，两人一起给真大人洗尘接风，赵汝谈连说"好好"。于是三人走出馆驿，寻了一个安静的酒肆，在那里畅快地边饮边聊。

酒过三巡，魏了翁说道："真大人，你可知最近湖州之事？"真德秀知道他肯定要提起此事，点头说道："我已了解了大概经过。"魏了翁愤然说道："临安盛传，济王乃是被丞相史弥远授意余天锡杀害的。济王有功无过，此事就是一个彻头彻尾的冤案，没有天理，没有人情。现在皇上态度含混不明，只是让刑部大理寺御史台三堂会审。这里还有多少重重黑幕，恐怕永远不能揭开了。"真德秀慨然回应："魏大人，我等乃是理学中人，断断不能容许此等事情发生在我大宋朝廷。只是兹事体大，我们还得从长计议，千万不能意气用事，那样反而会落入别人的圈套。"

赵汝谈点头说道："早就听闻真大人以直谏闻名，听得这一番言语，才知真大人其实也是老成谋国啊！魏大人，此事我们还得听从真大人的主张。"魏了翁仍然余怒未消，说道："且看看他们如何审理此案罢。我、洪咨夔和胡梦昱等都已经准备好具表弹劾余天锡了。"赵汝谈劝道："现今皇上态度未明，又有人狼顾在侧，我劝你们暂时不要上表，得谋定而后动。"魏了翁正色说道："似这等鬼蜮伎俩，倘若皇上暧昧袒护，我们还须窥测君心吗？这便是坐视'君心不正'。倘若君心不正，则朝廷不正，迟早祸及社稷啊！"真德秀叹道，"鹤山兄说得非常对，我最近写书有一句话：帝王之治，未有不本之身而达之天下者。皇上潜邸之时，还有济王赵竑，我都给他们做过讲读师傅。两位曾经的皇嗣子都是天性聪慧而淳朴。如今圣上再命我做侍读，而我一定要向皇上推荐鹤山兄，依我看，你比我更适合做这个侍读。"

这时，赵汝谈笑着说："魏大人，真大人，你们二位都是现在朝中大臣里少有的清流君子，刚才所言都极有道理。我认为魏大人说的是'本'，而真大人说的从长计议，就是'策'，这两个都是缺一不可的。对了，魏大人，你可能不知，现在除了湖州之案外，还有一桩惊天大案正在被刑部按着。这件案子跟真大人密切相关。"

真德秀知道他说的是私盐大案，可魏了翁毫不知情，一听赵汝谈那样说，马上就问真德秀到底何事。真德秀就把潭州私盐大案的详细经过叙述了一遍，魏了翁听了大怒，用力地拍打桌子说道："这么多官员糜烂如此，居然还身居高位，现在的朝事真是不堪再问了！"赵汝谈劝慰道："魏大人，真大人他们如此辛苦，终于将这个案子拿下了，现在正需要我们继续跟进，将此案的罪魁祸首绳之以法，才可以肃清朝堂风气啊。"魏了翁点头说道："是的，真大人，这个案子下面怎么做，我们都听你的。"

真德秀说道："乔行简大人跟我已经上了奏章，只是不知为何，到现在都没有任何回应。"赵汝谈轻声叹了口气："那一定是史相出手了。"真魏二人听到如此说，沉默了一会儿。赵汝谈想了想又说道："这件事情，我们都得听乔行简大人的，他是三朝元老，以他在朝中威望之高，史丞相也必须相让三分的。"

然后三人又闲聊了一阵，赵汝谈让真德秀早点回去收拾一下，旅途劳累须得好好休息。于是三人就散了席，各自回去。

回到驿馆，冉琎跟真德秀报说有客来访，已经坐在客厅里面等了约大半个时辰了，真德秀问来客是谁，冉琎说这人只称是他多年的旧友。真德秀稍事整理一下，进了客厅一看，原来是参知政事乔行简来了，正坐在那里看着书等他呢。

真德秀赶紧上前拱手施礼："让乔大人久等，真德秀实在是失礼了！"乔行简站起来回礼，微微一笑，说道："知道你们三人出去饮酒了，我本也应该给你接风才对，可有些话想单独跟真大人说一说，所以就在这里等着。"真德秀跟乔行简两人落座，问道："乔大人有事请讲，真德秀敬请指教了。"乔行简说话一向简洁，开门见山地说道："西山大人，我猜皇上可能很快就要召见你，要问一些事情，所以特地前来知会你一下，你可得好好应对啊。"真德秀拱手致谢，问道："乔大人，您认为皇上要问那些事情呢？"乔行简回道，"第一件，你手下有人最近到临安来过，是吗？"真德秀点头称是。乔行简继续道："他可能涉及了一起命案，关键是苦主是殿帅夏震的侄子，这件事情恐怕麻烦不小。"真德秀回道："这里有很大的误会。我这位手下绝对不是凶手，这一点我会跟皇上解释清楚的。"

乔行简点头说道："那好。其次，真大人你最近是否写过一封书信给济王？"真德秀赶紧回答："我从来没有跟济王有过任何书信来往。"乔行简看着真德秀，说道："我自然相信真大人。可是这两天，我听讲刑部开始查你，说你曾经写过一封书信给济王，而此信已经被送到了刑部。"真德秀马上意识到了事情的严重，虽然不知道书信的内容，但是完全可以断定，这是有人在栽赃陷害。真德秀就把有人诈称济王来使到潭州跟他会面，后来他派冉璞到湖州去查访此事，然而恰好遇到兵变，就帮助谢周卿一起平叛，以及冉璞到

临安之后发生的所有事情，原原本本地告诉了乔行简。

乔行简大为惊讶，认为这些肯定不是偶然，包括夏泽恩之死大有可疑，应该是有人在背后操弄。两人沉默了稍许，乔行简说道："真大人，你刚从潭州回来，朝里有些事情你可能不了解。我有一言相劝。"真德秀回道："乔大人请讲。"乔行简说道："湖州案和济王之事非常敏感，我希望真大人不要主动去触碰此事。"真德秀疑惑地问道："这是为何？"乔行简回道："以真大人的老练智达，难道看不出吗？在这件事情上面，尽管圣上直到此时，尚未表明任何态度，但我可以肯定，皇上和史相的立场是完全一致的。"

真德秀思索了一下，不想纠结在这个问题上了，就问乔行简："对了，乔大人，你我上陈皇上，奏劾户部尚书莫泽贪贿枉法，纵使下属贩售私盐一案，目前可有眉目了？"

乔行简答道："此案仍在刑部。你见到皇上时倒是一个良机，可以向皇上禀告一些奏章上无法明言的事情。不过，我认为皇上对这些事情未必有太大兴趣。"真德秀问道："哦，敢问乔大人，这是为何？"乔行简说道："皇上潜邸时候，你也做过讲读师傅，对皇上的脾性还是了解的罢？在这种时候，追查私盐大案，虽然案件指向的是莫泽，而众人都知道莫泽是史相那边的。皇上会认为这是结党纷争。而党争是他一直以来最反对的，皇上认为，以前朝臣们在党争上耗费了大量精力，很多国之干才受到牵连，因而不能为国出力。大臣们之间相互憎恶攻讦，甚至严重影响到了军队，间接导致对金作战的失败，给朝廷带来惊人的损害。"

真德秀拱手说道："这种看法似是而非啊。大臣们观点立场有所不同，这其实再寻常不过。倘若官员们是为了彼此小圈子的私利而争，这才是党争。我一定得跟皇上说明此事，此一事，彼一事，不可混同相比。"乔行简看着真德秀说："你马上要给皇上做侍读，有机会的，慢慢来，千万不可操之过急。"真德秀点头说道："乔大人所言，真德秀一定谨记。真德秀自来无党，我想皇上心里是清楚的。"

乔行简听了这话，捋须笑道："我当然知道。皇上更加知道的，不然他不会把你调到自己身边的。西山大人在朝上和民间的官声都很响亮啊。"真德秀赶紧说道不敢。乔行简贴近了轻声说道："清流领袖的名声，就是真大人你最大的实力。即使是大权在握的史丞相，也不得不对你忌惮三分。你要善用之，慎用之。这是我们私下里的话，你千万要记住！"真德秀向乔行简拱手施礼，说道："多谢乔大人明言，真德秀受教了。"乔行简呵呵笑道："真大人你旅程辛苦，我本不该叨扰你的，不要见怪啊。"真德秀赶紧回道："能得到乔大人真心指教，真德秀实在感激不尽。今后还少不得向前辈请教的。"乔行简道："好说好说。"

真德秀送别乔行简后，天色已经微黑，已是黄昏时分。刚要返回驿馆，听到背后有人笑道："西山大人，一向可好？"真德秀回头一望，不由得欢喜起来。

第五十一章　君臣对话（一）

真德秀听到身后有人招呼，回头一看，不由欢喜起来，原来是相交多年的好友叶绍翁。真德秀赶紧上前，两人相互施礼，真德秀问道："嗣宗何时到的？为何不进驿馆呢？"叶绍翁微笑着说道："我听说了你今天到临安，中午就来驿馆找你，那时你正忙着跟一群官员应酬，知道你忙，我就下午再来看看。"真德秀握着叶绍翁的手，感动地说："你我多少年没见面了，有五年了罢？快请进来，我们进去喝茶一叙。"

两人入座后，真德秀让驿差送茶上来，叶绍翁笑着问道："这么多官员急着找你，我看你这番回临安来，一定是高升了罢？"真德秀也笑了，回答道："升与不升，我还是那个真德秀。"叶绍翁答道："还是不一样的。你身上的担子越发重了，便不能还是原来的真德秀啦。至少你不能有我一样的心境来写诗了。"真德秀问道："嗣宗最近可有新作，可否现在诵来听听？"叶绍翁想了一下，说道："最近倒是写了几首，只是没有长进，怕希元笑话啊！"真德秀走到书案旁，铺好纸，拿起笔递给了叶绍翁，笑着说道："快请，我已经等不及了。"

叶绍翁接过笔想了一下，飞笔写下两首诗："殿号长秋花寂寂，台名思子草茫茫。尚无人世团圞乐，枉认蓬莱作帝乡。""应怜屐齿印苍苔，小扣柴扉久不开。春色满园关不住，一枝红杏出墙来。"

真德秀接过来一读，顿时大加赞叹，说道："这两首诗，风格差异如此之大，却都是上乘之作啊！"这时，冉琎从外面进来，真德秀看见了叫他进来，让冉琎来品读一下这两首诗。冉琎笑道："大人，我自己从不写诗，如何品读别人作品呢？"真德秀说道："你无须自谦。这位靖逸先生是我的多年好友，临安有名的诗人，你可以品学一下他的作品，正好他也给你指点一二。"冉琎听如此说，就拱手回道："既如此，请恕晚辈孟浪了。这两首确实是难得见到的佳作。第一首讽刺到位，让人们看到了千古一帝的另外一面；第二首虽然脱胎于陆诗，却甚于陆诗，'一枝红杏'对接'满园春色'，浑然一体，又有凸显；景中有情，而又理寓景中；怡乐自然，令人遐思。"

听完冉琎的评论，真德秀非常赞许，叶绍翁也是非常欣赏，说道："讲得很好啊，你年纪轻轻就有这般学问，难怪西山大人把你挑到身边来，真是一个可造之才。"冉琎赶紧回道："先生过誉了。"这时，真德秀突然想起了，问道："为何不见冉璞？"冉琎说道："他下午到谢周卿大人住处去了，不知为何，到现在还未回来。"真德秀有点担心，说道："你叫人去接应一下，毕竟刚到临安来，你们还都不熟悉这里。"冉琎说好就去办事了。

真德秀跟叶绍翁正在喝茶闲聊，驿差进来报说，有人要见真大人，且来人不肯说姓名，他有禁军腰牌，只说必须要见到真大人本人。真德秀有些纳闷，就让把这人带进来。这人进来之后，真德秀问："阁下是谁？找我有什么事情？"来人拱手说道："真大人，可否借一步单独说话？"听到此话，叶绍翁就站起来准备要出去了。真德秀不知此人来意，自觉不好让叶绍翁出去，于是说道："嗣宗留步。"然后对来人说："那请里间说话。"说完将来人领进里面的房间。

这人进去后，立即向真德秀出示了一个腰牌，上面刻有禁军字样，然后说道："真大人，我是圣上驾前的侍卫江万载。有旨意：宣真德秀进宫，皇上要单独问你话。"真德秀赶紧领旨。真德秀换了官服后，走出来跟叶绍翁抱歉说："嗣宗，我有急事，现在必须要出去了。改日我到你的住处去拜访，我们喝上一天的茶如何？"叶绍翁看这动静，猜到是有重要人物要见他，笑着说道："你有事且先去罢，不要管我。"于是几个人一起走出，来到驿馆门口，有一辆精致的马车已然停在了门口，江万载向真德秀做了一个手势，说道："真大人请。"真德秀跟叶绍翁拱手作别，上了马车，向皇宫驶去。

进了皇宫以后，江万载将真德秀送至内殿，这时理宗贴身小太监董宋臣来接，将真德秀引到了一个偏殿，理宗身着便衣正在偏殿里半躺着看书，看见真德秀进来了，就起身相迎。真德秀正要向理宗行大礼，理宗上前扶住，说道："真师傅，我是你的学生，自今后起，私下里你就不要向朕行此大礼了。"真德秀谢恩，理宗手挽着真德秀，走到榻旁的椅子，说道："真师傅请坐。"然后君臣二人分别入座，理宗继续道："知道老师今天刚到，本该让老师好好休息一下，可还是这么急地把师傅请来了，这里有些缘故。一是学生一直盼着能尽快见到真师傅；二则有些话，想要说一说。"

真德秀动情地说道："臣在潭州，也时刻惦记着陛下啊。"理宗说："虽然临安与潭州相隔千里，因为真师父的原因，朕对那里发生的大小事情都是关心的。朕已经从邸报上看到了，真师父在潭州政绩出众，深受那里民众的爱戴。朕对你引以为傲啊！"真德秀赶紧起身说道："陛下过誉，臣深感惭愧。"理宗微笑着说道："师傅请坐。你当得起这个赞誉。"

真德秀入座后，理宗继续说道："将真师傅你调回朝廷来，是朕深思熟虑过的。朕自从登基以来，未尝真敢悠游懈怠。朕肩负祖宗江山社稷，深感责任重大，自太后撤帘归政之后，朕常思努力进取，有所作为。但经常有无力之感，而且千头万绪，应该如何着手呢？真师傅，你要帮朕拿主意啊。"真德秀明白，皇上这是要向他问政了，于是回答理宗："陛下只要心存求治之念，便是江山社稷之福。"理宗问道："朕听说真师傅在潭州，兴利革弊，大有收获。可否将治理潭州的经验用于全国呢？"真德秀低头思索了片刻，回答说："潭州只是全国一隅，治一州易，治一国难啊。陛下久待临安，如果有可能，可以到外州路府体察民意，就可以心中有数了。"理宗答道："朕登基之前去外州看一看，尚有可能。如今即使有可能去，朕只怕劳民伤财，徒生是非啊。"真德秀听了理宗这话，心里大加赞赏，回答道："那么陛下就须从各地的邸报、官员们的奏章里体察民情，识破真假了。"

理宗顺势问："是啊，朕现在就想求问真话。真师傅可否只用几句话，概括一下朝廷现在的问题所在？"真德秀沉默了一会儿，说道："如此，陛下请恕臣斗胆了。臣有十二个字，可谓深刻，全都切中时弊。"理宗急不可待地

说："真师傅快请讲。"

真德秀轻轻地说出了这十二个字："冗员、冗兵、冗费；民穷、兵弱、财乏。"虽然声音很轻，在理宗听来，仿佛晴空里突然响了一记惊雷，心里顿时乌云笼罩。理宗喃喃自语："真师傅，国事何至于斯？"真德秀补充道："陛下，这十二字并非臣之首创，可是臣唯恐尚有不足，还想加上两个字。"理宗问道："哪两个字？"真德秀回道："还有'人祸'：贪腐之辈层出，裙带之风横行，党争之祸不断。"这些都是真德秀与赵汝说交谈中的话语，没有想到竟然有机会讲给皇上听到，真德秀也是觉得机会难得，干脆就一吐胸臆了。

理宗平静了一下，问道："关于'人祸'，朕也明白。只是冗员、冗兵一说，真师父可否展开讲讲？"真德秀回答道："我朝官员过多，因而人浮于事，官府臃肿。臣查阅了档案，唐代曾将中央官员缩减至不足千人，我朝中央内外属官已超过一万人，而我朝所辖疆域远不能与唐相比。我朝对勋贵宗室子弟尤为优宠，随意授官，有的甚至在襁褓中也给了官阶，并领取俸禄。但是这些负担则完全落在百姓身上，各地府衙又随意增加各种税赋。臣统计过，地方各种摊派，有大斗大斛加耗预借重催等各种名目，有些竟是闻所未闻。因此非常容易导致乡间暴动，朝廷还得费钱费力地出兵征剿。"

理宗听到此，皱着眉头说道："真是该死，几任户部尚书，包括现在的莫泽，为何都装聋作哑，从来不奏报这些事情？"真德秀听提到了莫泽，趁势把莫泽的兄弟莫彪在潭州种种不法行事，以及贩售私盐的大案向理宗汇报了一遍。理宗听得大为吃惊，惊讶之余，有些愤怒了，问道："你说的这些事情，为何朕竟全然不知？"真德秀回道："臣早就递上了参劾莫泽的奏章，听说此案现在停在了刑部，要求核实案情，竟然拖延至今日尚无消息。"理宗这时想到了刑部尚书赵汝述，跟莫泽两人素来交好，而且朝野皆知，这两人都是丞相史弥远的心腹人物。理宗一下子明白了，于是沉默了片刻。

真德秀见理宗如此，明白今日这些话不能说得再多了，不然会起到相反效果。这时，理宗说道："真师傅，今后有空的话，把刚才所说的事情和观点都写成奏章，直接递进来，朕要慢慢看。"真德秀领旨。理宗继续道："师傅是个直臣，朕也实话说了：朕早晚要更化改制。现在只是时机未到，明白朕的意思吗？"真德秀听理宗如此直白，就起身向理宗行叩首大礼，说道："陛下如此英明睿智，臣必誓死辅佐陛下，虽肝脑涂地，也无怨无悔。"理宗将真德秀扶起说道："朕的更化改制,想交给真师傅你来主持设计。这是我们君臣二人之间的话,绝对不可外泄,明白罢?"真德秀点头回答:"请陛下放心。"

第五十二章　君臣对话（二）

理宗看着真德秀,问道:"还有几件事情,要问下真师傅。"真德秀回道,"陛下请问。"理宗问道:"真师父可曾写信给济王?"真德秀对这件事情已有心理准备,语气坚决地回答,"陛下,臣从未写过任何书信给济王!"理宗又问:"可曾派人到过济王那里?"真德秀回道:"有的,就是最近。"于是把有人冒充济王来使,到潭州送了一封假书信给他,然后他派冉璞等人到湖州查访此事,恰好遇到湖州兵变,就帮助知州谢周卿一起平叛的全部经过,讲给了理宗。理宗听了默然不语,过了片刻,问道:"那封写给你的假书信,现在哪里?"真德秀回道:"臣当时就当着那假使者的面,烧了那信。"理宗想真德秀说的应该是实情。又问道:"你的部下又是怎么回事?如何卷入夏泽恩被杀一事?"真德秀就把夏泽恩跟冉璞之间的事情,简略地叙述了一下,并且向理宗保证,冉璞不可能是杀人凶手。

理宗比较了一下真德秀的和谢周卿的说法,发现大致相同,于是判断他们说的都是真话。那么夏泽恩被杀一案,就更加可疑了,理宗不禁皱起了眉头。真德秀见理宗皱眉,心想自己难道哪里说错话了吗?理宗又问他:"你说临安府加上禁军统领彭壬,他们能勘破夏泽恩被杀案吗?"真德秀回道:"臣没有把握。几天前,臣上疏请陛下调遣臣的学生宋慈来参与此案,如果有他在,把握会大些。"理宗诧异道:"朕还没有看到过这个奏章,宋慈是谁?他有能力破此案吗?"真德秀回答:"宋慈是臣的一个学生,他对刑狱勘案很有办法,现在在江西任职。"理宗答应了,说道:"行,那你去办罢,就借调他来临安帮忙。"

然后理宗又问了真德秀整个荆湖南路的一些情形,最后,理宗提醒真德秀道："真师傅，你离开临安已久，如今刚回来，恐怕对朝里情形尚不熟悉。礼部侍郎一职，官阶尚可，却管不了多少事情。我看这也不错，师父可以避免卷入那些是非当中。尤其是牵涉到史丞相的事情，真师父你须谨言慎行。朕的意思是：不要让朕夹在中间为难。而且，真师傅不要忘了，你已有重任在身。"真德秀允诺说道："臣谨记皇上之言。"于是理宗让小太监董宋臣将真德秀送到宫门口。江万载今日当值，又将真德秀送回了驿馆。

真德秀回到驿馆的时候，已经是深夜了，却发现驿馆厅内依然有灯烛点亮，望见是冉璞回来了，正在和冉琎交谈。看到真德秀从外进来，冉琎、冉璞起身迎候，真德秀问冉璞道："见到谢大人没有？"冉璞跟冉琎对视了一眼，然后稍显焦急地说道："大人，他们出事了！谢大人一家都是踪影全无，我下午一直在到处打听，知道他们的人只说搬走了，却都不知道发生了什么，也不知道搬去了哪里。"

真德秀狐疑地说道："谢大人是湖州府的知州，朝廷地方大员，怎么会凭空消失？更何况是一家子的人呢？"冉琎问道："有没有可能谢大人已经被秘密关押了呢？"冉璞回忆说道："我离开临安之前，谢大人是跟禁军侍卫江万载一起去了刑部。"真德秀对冉璞说道："刚才就是江万载送我从宫里回来的。这样吧，明日我去一趟刑部，问问那里的堂官是否知道谢大人的行踪。你不要焦虑，明日你也可以去找一下江万载，就说是我让你去找他的。"

这时，冉琎提议说道："大人刚刚从潭州到达临安，一举一动都有人关注。如果只是为了这件事情，我建议大人不要去刑部，可以请别人代为打听如何？"冉璞说道："兄长说得有道理。不过，大人您也有一个理由可以去刑部，就是带上我一起去刑部，解释上回他们发给真大人关于夏泽恩命案的公函。"真德秀想了一下，说道："皇上已经把此案交给了临安府和禁军统领彭壬，我已经向皇上提议借调我以前的学生宋慈，前来帮助侦破此案。"冉璞接话说道："那太好了，我认得禁军统领彭壬，明日我去找他和江万载就顺理成章了。大人，您且等我的音讯，然后再作打算如何？"真德秀觉得这样的安排似乎也可以，可冉琎心里隐约觉得有些不妥。

此时，不光真德秀他们还未休息，宰相府里史弥远也未休息。他的眼线遍布临安，基本都由管家万昕派出，然后向万昕汇总再随时向史弥远汇报。真德秀刚到临安起，一举一动都被他的眼线监视了。哪几位大臣见了真德秀，什么时候见的，万昕都详细记录在案，以备史弥远发问。当他得知宫里有人来接真德秀见驾时，马上向史弥远报告了此事。

史弥远刚开始对这件事情并没有太放在心上，毕竟皇上年轻，毫无经验，还没有开始理政；那真德秀虽然颇有些人望，可是他一寸权也没有，如何能威胁到自己呢？后来宫里传来消息，说皇上称呼真德秀为真师傅，两人甚为亲密地谈了有一个多时辰。这让史弥远有点儿多疑了起来。他认为皇上的师父只有两人，郑清之和余天锡，哪里又冒出了一个真德秀？

然后仔细回忆了一下，他明白了，在理宗即位前，真德秀担任过太学博士，的确曾经做过他的讲读师傅。但这也不过是例行公事罢了，可是理宗如此认真，这里会不会有什么特殊目的呢？史弥远觉得真德秀对他唯一的有力威胁，就是他的民望实在太高，而且在满朝官员中的威望也很高。这次潭州万人空巷地送别真德秀，消息传到朝廷来，一下子将真德秀的官声抬得非常之高。这让史弥远很不舒服，他自己从来就没有过这样的名声。虽然他在其他官员面前对此不置一词，可是心里非常忌惮真德秀这样的清流领袖，这样的人比当年的韩侂胄更难对付。去对付真德秀这样的人，可能会遭到清流的集体非议甚至弹劾，而老百姓也会被煽动起来反对自己。真德秀不贪财，收买不了他；为人又谨慎，很难抓到他的把柄让御史去弹劾他。总之，真德秀的确是一个让他挠头的人物。

可是真德秀有一个实力强大的对头，就是莫泽。他隐约有一个印象，莫泽正在执行一个针对真德秀的行动，可具体如何，他从来没有去问过莫泽。最近真德秀风头如此之健，是有必要杀杀他的锐气了。史弥远叫来了万昕，问道："莫泽有多久没有来府上了？"万昕迟疑了一下，他不知道史相究竟想问什么，就实话实说道："史相，他应该有大半年没有来过了。"史弥远想了一会儿，说道："明天你去把莫泽叫过来。梁成大、赵汝述和李知孝也来罢，该让他们做些事了。"

第二日早晨，赵汝谈很早就来到了驿馆，要带真德秀去那两处宫观看看。真德秀说他得去礼部了，赵汝谈说："真大人你刚刚到，还没有安顿好。皇上给了你三天假期，让你在临安先安顿下来，总不能让你住在驿馆，往部里去办公罢。"真德秀说道："这也不妨事的。"赵汝谈笑道："真大人勤于公事，可你这些手下人总得先准备好罢，他们现在可连礼部在哪里都搞不清呢。"听

到这话，真德秀也笑了，说道："那好。不过我们先去一趟吏部罢，我需要办几件事情。"然后真德秀想叫上冉珏随他一同去，冉珏说不放心冉璞，准备陪同他一道去找彭壬。真德秀就吩咐他们遇事要小心，冉珏点头答应。

冉珏、冉璞问驿差借了一幅本地图本，然后按图指示前往皇城大内禁军军营，路上冉珏对冉璞说道："到了那里后，还是我一人进去罢，你暂且在外面等待。"冉璞问道："兄长，这是为何？"冉珏说道："那被害的夏泽恩是禁军殿帅夏震的侄子，如果今日夏震在场，他岂能轻易放你走脱？"冉璞怀疑地说道："兄长多心了罢？真大人已经向临安府行文，解释了我并非凶手，昨日真大人又向皇上讲明了此事。更何况夏震没有任何凭据，又怎敢随意抓人呢？"冉珏摇摇头说："对这些人，最好还是按最坏的可能作准备。你想，那夏泽恩倘若是个心地坦荡之人，又怎会对你纠缠不休，以至于莫名送了性命？夏泽恩做事如此，那夏震可想而知。"冉璞心想这话也有道理，于是指着旁边一茶馆说道："兄长说得对，我就在那茶馆里等着，兄长你千万小心！"冉珏点头别过。

冉珏到了禁军大营门口，请小校通报，新任礼部侍郎真德秀派遣冉珏有公事来找统领彭壬或者江万载。小校进去了一会儿，回来说彭将军今日不当值，江万载请冉珏进去说话。于是将冉珏领了进去，此时江万载穿着盔甲，站在宫门口，领着一队禁军士兵正在执勤。见到冉珏他们走了过来，做了一个手势让士兵们继续执勤，自己则走到冉珏他们跟前，问道："你是真大人差来的？"冉珏拱手说道："正是，在下冉珏，上回将军见过的冉璞，是在下的兄弟。"江万载听了这话，认真地打量了一下冉珏，见他身着灰袍，头戴方巾，是一个典型的书办模样，问道："那冉璞现在在哪里？真大人差你来有什么事？"

冉珏听他问话，似乎有追查冉璞的意思，就说："将军可知真大人已经发了公文给临安府，说明了冉璞在临安的经过，他并没有涉及夏泽恩将军被害一案。"江万载回道："我已听说了此事，不过最好能见到他本人，有些话想问他。"冉珏听了这话，觉得这个江万载还是个通情达理的，说道："真大人得知皇上已将此案交给了临安府和禁军统领彭壬将军，昨日已向皇上推荐了他的学生宋慈，他颇有些刑案的经验特长，一定可以助力勘破此案。几日之内他应该可以赶到临安。"

江万载疑惑地问:"先生今日来,就是为了告知在下这个消息?"冉琏笑了说道:"真大人得知那日原是将军想要捕拿冉璞,湖州知州谢周卿大人已向将军说明了事实,然后谢大人跟将军一起去了刑部,是不是这样?"江万载回道:"正是如此。"冉琏问:"那么为何谢大人及其家人到昨日踪影全无?"江万载这时明白了,原来他是来问这件事情的。江万载虽然不认识真德秀,却已经听说了他的一些事情,对真德秀的印象不错,所以也愿意告诉冉琏:"你可以回复真大人,谢周卿大人因为湖州任上办差不力,被参渎职,那日就被刑部收押候审,目前湖州的案子正在三司会审当中。"这话证实了冉琏的猜测,就说道:"多谢将军。将军如果想见冉璞了解情况,可以现在跟随我去,不知将军是否可以离开片刻?"

江万载此人非常精明,一听这话就知道冉璞一定在外面等他,之所以不跟冉琏一起进来,是怕节外生枝,防止出现意外。于是笑了说道,"先生此话为何不直说,耽误这许多工夫。"江万载就跟手下的禁军士兵交代了一下,跟随冉琏出了宫城。

两人进了那茶馆,冉璞正在里面等待,看到冉琏和江万载过来,就起身致意:"将军别来无恙?"江万载见正是冉璞,就直接问道:"我们长话短说罢,请你把那日我跟谢大人离开之后,直至你回到潭州之前发生的事情,详细叙述一遍如何?"

于是冉璞就仔细地把那日发生的事情讲述了一遍,江万载又问了冉璞在临安城外官道上的许多细节,与他跟彭壬对实地的勘查比较了一番,心里觉得冉璞所说都是实情,可是夏泽恩和他的亲兵两人究竟如何被人杀死,是格斗不敌被杀,还是被人偷袭,或者还有其他可能,凶手杀害夏泽恩的目的到底为了什么,这中间还有很多疑团没有解开。江万载对冉璞说道:"我们统领彭壬将军,很快就会去找阁下的,希望阁下这几日内不要离开。"冉璞回道:"没有问题。在下也想见一次彭将军,如果有可能,我们是否可以一起验尸呢?说不定我们可以发现一些线索。"江万载立即回答:"这个没有必要了罢,临安府的仵作已经检验过了,你们要是想看验尸格目,可以到临安府去要。"冉璞答道:"等宋慈来了,我们还是应该再检一次。虽说死者已经盖棺,可是为了尽早抓到凶手以慰藉死者,给皇上和殿帅夏震一个交代,这是我们应该做的,你看是不是呢?"江万载想了一下说道:"此事我肯定做不了主,须

得殿帅同意才行。我回去后会向他请示，你们就等我的通知罢。"说完径直离去。

随后冉琏把关于谢周卿的情况告诉了冉璞，虽说已有预料在先，冉璞却不知道谢瑛她们这些日子都经历了哪些变故，内心充满了担忧，他实在太想立刻找到谢瑛了。冉琏分析道："谢瑛她们此时应该还在临安，只是搬到了另一个住所。听你说过，原先那个住处是钦差余天锡在湖州时派人安排的，可是她们到了临安后情况变化了，谢大人现在身陷囹圄，又如何再住在那里呢？"冉璞也觉得应该是这样的，说道："那么当务之急是找到她们的住处才是。"冉琏点头同意。可是临安如此之大，该从何处寻找呢？冉琏说道："既然谢大人关押在刑部，谢家家人总会探监的，我们到刑部大牢去打听罢。"于是两人匆匆离开茶馆。

江万载回到禁军大营后，正遇着殿帅夏震，就向夏震禀告了刚才见到冉琏、冉璞的事情。谁知夏震一听勃然大怒，下令道："你现在立即去，带些人把那个冉璞抓住，送到临安府关押起来。"

第五十三章　名士遭贬（一）

江万载听到夏震要他去抓冉璞，心知大为不妥，可是又不好违拗上司的命令，只好答应下来。不过他在带人出去之前，派了自己的心腹小校，悄悄地去见了理宗的贴身小太监董宋臣，告诉他殿帅夏震要捉拿真大人的手下冉璞，而真大人昨日刚刚跟皇上禀告过，此人是无辜的。董宋臣跟江万载都是理宗身边的人，两人关系非常亲密，所以他接到这个消息，就知道江万载要他马上通知皇上这件事情。

果然，理宗听到这个消息，很是生气，他觉得夏震太过跋扈，禁军难道是他夏震的私家军吗？且不说他还没有证据，就算得了证据，也须由临安府才能办案拿人，或者他亲自批准，禁军才可以出动抓捕官员。于是，理宗让董宋臣去夏震那里传了口谕，说真德秀已经向他担保了冉璞，杀害夏泽恩的另有其人。如果还有疑问，可以亲自去问真德秀和临安府。夏震见理宗干预了，虽然心里很是不高兴，却也不能违抗君命，只好暂时悻悻作罢。

此刻，莫泽、赵汝述、梁成大和李知孝四人在宰相府议事结束，正在走出。莫泽跟赵汝述两人并肩走在一起，他们二人一直往来密切；而梁成大和李知孝二人相互引为莫逆，这两人一边走一边窃窃私语。到了相府门口，莫泽和赵汝述各自上轿离开。梁成大和李知孝仍然待在门口，商量着一些事情。过了一会儿，李知孝离开了，而梁成大返身走回，去找相府管家万昕。万昕见梁成大返回，问道："梁大人还有事情？"梁成大笑容满面地对万昕说："老万哪，能不能借一步说话？"

于是两人走到了僻静处，梁成大说："刚才史相交代了我们一些事情。可是下官现在只是任职在宗正寺，既没什么权力，更没几个部下。而要弹劾的人，官位都比我高。此事难度太大了罢？"万昕听他有伸手要官的意思，笑着说："梁大人是个聪明人，现在正赶上这个机会，如果你能先抢了一个头筹，那六部堂官还不是任由大人挑选？"梁成大听了很是鼓舞，说道："听老万的一席话，真是胜读十年书啊。我要是真办成了什么，到时老万你可得帮我说话啊。"说完悄悄塞给万昕一张银票，万昕也不看就收下了，说道："梁大人放心，一切好说。"梁成大告辞之后，万昕看着他的背影，诡异地笑了一下。

路上，梁成大心里开始盘算开了：史相担心济王案在朝野发酵，会有不满的人，或明或暗地对朝廷大不敬，他要杀一儆百了。可是听史相的言语，他的目标人物是真德秀和魏了翁，这两人都是朝野闻名的大人物。且不说自己的官位跟他们并不对等，而且也不了解人家，该如何弹劾呢？刚才万昕说要抢一个头筹，又该如何抢呢？

梁成大想，这些对济王案不满的人，多半都是些食古不化的文人，对了，文人爱写诗出书。于是，他回到府里后，让家人到临安各家书商那里，去购买所有最近出版的各种诗集文稿。他要在里面查查，有没有什么跟济王或者史相有关的不满之言。

梁成大和李知孝二人并不了解关于真德秀等人的情况，可是莫泽和赵汝述两人知道这里面的底细。莫泽摩拳擦掌，他一直在等待这个机会，要一举

将真德秀扳倒。他对真德秀这些人切齿痛恨。这些人不仅断了他多年来的财路，害死了他的族弟莫彪，而且极大损害了他在朝里的声誉。现在，终于等到史相要正式出手了，自己就是扳倒真德秀的关键，到时论功行赏，史相一定会对自己有所表示。想到这里，他的心情就无比兴奋，恨不能马上就回去写弹劾的奏章，明日就递上朝去。但是他又提醒自己道，要忍耐，要等到最佳时机给予敌人致命的一击。

此时，真德秀和赵汝谈已经从吏部办好事情，刚看过了显应观那处的院子，真德秀见此院位于西湖东岸，正是人来人往的繁华热闹之处，顿时心生不喜。于是两人前往坐落于西湖北边的孤山延祥观，自白沙堤下轿，步行走向孤山，正好欣赏两边的山水景致，只见群山柔美，起伏有致，恰与一湖碧水交相掩映，真德秀情不自禁地赞道："真好风景，这西湖虽没有洞庭湖的磅礴之势，确实是别样的江南灵秀。"

赵汝谈说道："这条白沙堤不长，西边那条长堤，是苏大学士在杭州为官时，用疏浚西湖的淤泥筑就，现在民间称之为苏公堤。苏轼最爱游览西湖，写过很多好诗词，你最喜欢其中哪几句？"真德秀回道："当然是'水光潋滟犹浮碧，山色空濛已敛昏'。你看，写的不正是眼前的景致吗？"赵汝谈又说道："苏轼在杭州时，人已至中年，身材发福。一次用完餐后，大学士带着夫人和丫鬟们散步闲聊，突然指着自己发福的肚子，问道：'你们说，这里面装的是什么？'有说是诗词文章，大学士摇头；还有的说是中年的积福，大学士还是摇头。"这时真德秀笑着说："我知道是什么。"赵汝谈笑道，"看来你的确知道。"真德秀说："苏大学士的爱妾王朝云回答，'是一肚皮的不合时宜'。对罢？"赵汝谈回道："是啊，大学士深以为然。以苏轼的满腹才华，尚且仕途艰难。我等没有大学士之才，却不会也是一肚子的不合时宜罢？"说完，两人对视哈哈一笑。

不一会儿走到了延祥观的一个小院，赵汝谈早命差事把院子里外打扫干净，真德秀对这里的整洁非常满意。看到院子后面有一个小门，打开一看，有一条石板路通向外面的竹林，真德秀顿时喜欢起来。只见小路两旁翠竹密布，往前行看到几个小池，池水清澈透明。午后的阳光透过竹叶，洒在路上，一片静谧，只有几声鸟语偶尔传来，更显竹林清幽。走出竹林之外，到处是参天的古樟树，再走就到了湖边，湖边有亭可憩。真德秀对这里非常满意，再三向赵汝谈致谢。

回到驿馆后，真德秀问冉璞今日打探如何，冉璞就把情况简短地说了一遍。他们二人去了刑部大牢并没有探听到任何情况，值班的狱卒甚至不知道谢周卿被关押在哪里，牢头也不愿意告诉他们任何关于谢周卿的事情。真德秀安慰冉璞道："吏部已经将宋慈的调令发走了，预计几天后宋慈过来，到时你们几个一起，跟临安府调查这个案子，再以案情为由到刑部要求会见谢大人，他们必须答应。"冉琎问冉璞道："谢瑛她们会不会返回湖州了呢？"冉璞觉得很有道理，于是决定随后几天内，尽快去一趟湖州。

此刻在梁府，梁成大正伏在书案上，仔细地翻看临安新近印刷的书籍，一本叫《江湖集》的书引起了他的注意。因为这本书是由他的一个远亲，叫陈起的书商编集出版的。梁成大是福建人，陈起也是。陈起跟随祖父和父亲在临安做书商已经很多年了，生意做得很大，编印的各种书籍行销到了整个两浙、两淮和福建等地。凡是陈起刊印的书籍，书后必有"临安府棚北睦亲坊南陈宅书籍铺印"的牌印，终字"印"的最后一笔，都拉得很长，而且一定向左撇去，因此非常醒目。

梁成大记得那年赶赴临安参加会试，在福建会馆认识了这个远亲。他中进士之后也曾经被陈起邀请到家中做客，陈起家业之大，出手之豪阔，给了他很深的印象。虽然当年自己中了进士，可只是做了个很小的京官，哪里能引起人家豪门大商的注意呢？后来曾经到陈家一次宴饮，跟人发生了一点儿不愉快，梁成大觉得在席间被人羞辱，就拂袖而去了，此后再无往来。这几年，梁成大攀上了丞相府，开始走上坡路了。作为相府的座上常客，他当然不会把陈起这样的人放在心上。

直到最近有一次，他偕夫人李氏到余天锡府上做客，听到了一件事情，才让他又一次想到了陈起这个人来。事情源于余天锡的夫人钱氏，余天锡基本不管家事，家中大小事务都由钱氏做主。钱氏的个性非常强势，她出身于绍兴府一个富商大户，因为钱家在余家曾经衰落时给过鼎力支持，余天锡就对夫人钱氏百依百顺。这钱氏为人极其跋扈，又吝啬贪财。众人虽然讨厌钱氏，但看在余天锡的面子上，都在忍让着她。钱氏在临安清河坊陆续买了一些店铺商号，高价租给外地来京城的商户。在她买的店铺位置中间，有几家别的商号，其中就有陈起的商铺。钱氏很想把自家的产业连成一片，这些年来也买到了其中几家，只有陈起自始至终不愿出售。钱氏想尽了各种办法，软硬兼施，可陈起就是不愿就范。因此钱氏对陈起非常憎恶，曾经让人找临安府去威胁过陈起，但陈起在朝中也有官员帮着说情，临安府不想两头得罪，干脆玩起了击鼓传花，就这么互相推卸，几年来竟然拿不下这个陈起。那日做客，钱氏跟李氏等人闲聊时提起了这个事，恨恨之意溢于言表。李氏回去后就告诉了梁成大。

如今梁成大又看到了陈起这个名字，自然引起了他强烈的兴趣。于是他挖地三尺似的检查这本书，发现书中有一个诗人敖陶孙。他听说过敖陶孙这个人，在临安相当有名，有人评价他为人志气高洁，作诗写文，挥笔立就，是一位"胸蟠二万卷，笔落五千言"的名士。这本书里面就收了他的一首近作，其中有"秋雨梧桐皇子宅，春风杨柳彼相桥"的诗句。梁成大认为这两句大有文章，皇子难道指的是济王吗？彼相，说的不就是史相吗？这两句诗中就隐藏着对朝廷的不满之意，是在哀悼济王而讥诮史相。

梁成大顿时心中大喜，这真是踏破铁鞋无觅处，得来全不费工夫。就凭这两句诗，就可以用乱言惑众的罪名，把陈起和敖陶孙两人抓起来。梁成大对敖陶孙没有兴趣，其实对陈起本人也没有兴趣，他真正的兴趣是把陈起在清河坊的那个店铺抄没了，然后底价卖给余天锡的夫人钱氏。梁成大心想，自己当然不能白白地帮钱氏这个大忙，须得让钱氏跟余天锡为自己美言几句。谁都知道余天锡跟史相最亲近，是史相在朝中最信任的大臣，有他帮忙，自己当上六部的尚书侍郎，那只是早晚的事情了。

梁成大马上跟自己的夫人李氏商量，要她今晚就去余天锡府邸，务必要见到钱氏。告诉钱氏，自己可以帮她拿到清河坊的那个商铺。李氏觉得很纳闷，根本不信他有这个能力，梁成大笑着说："夫人放心，你尽管去说，我自然有办法做到的。"李氏只好答应他，去了一趟余府。

第五十四章　名士遭贬（二）

　　到了余府，李氏让随从上前叩门求见钱氏。那钱氏这几日正为一桩琐事烦恼，听下人来报李氏求见，刚想叫人打发她走，可转念一想，那梁成大现在在史丞相那里也算个人物，不好驳了他夫人的面子，就让管家把李氏领了进来。李氏进来向钱氏请安，问道："夫人近日可好？"钱氏叹了口气，说道，"哪里曾好过，都是些没完没了的烦恼，等到这一头烦恼发丝都没了，进了尼庵，也就心静了。"李氏惊讶地问道："究竟何事，让夫人如此闹心？且说与我听听，也帮夫人排解排解。"

　　原来这些日子，钱氏正在恼怒余天锡。余家家大业大，本来事无巨细，都是钱氏操办。可前些日子，有一处多余的院子，被余天锡叫人给清理了出来。刚从湖州返回临安，就借给了别人居住。此事余天锡告知了钱氏，钱氏心里很不高兴。于是叫随从去打听，究竟是何人借住，随从回来报说是湖州知州谢周卿，不过已经被刑部收押了，就是个犯官。现在是他的侄女跟家人在住，又说此女青春年少，貌美如花。钱氏一听，顿时醋意大发，心头火起，她认为是余天锡看中了人家年轻女子，想要讨了做小妾。等到余天锡下朝回来，就跟余天锡大吵了一回，一定要他收回房子，把谢家人赶走。

　　余天锡虽然恼怒，却不想跟夫人纠缠此事。于是编了一个话，说此女是他给儿子准备的儿媳。这也是钱氏一直以来的心病，听了这话，就问余天锡为何选中此女。余天锡解释说，她擅长奏琴，平时如果儿子疯病犯了，她奏上一曲，就可以平息儿子的疯癫。这样说了，钱氏这才气顺，暂时放过了此事。但偶尔想起，她的心里很不情愿。她想，那谢周卿已经是个犯官，何必为儿子挑选这样人家的女子呢？该不是那谢家意图用这件事情，来套住余家，帮谢周卿摆脱这牢狱之灾罢？就为了这个，她烦恼了几日。于是一天，她瞒着余天锡，带着下人们到了那个住处，她要看看这个女子到底如何。

这时，老家人谢安到刑部去探监了，只有谢瑛和雁儿在家。听到外面传来一阵阵的敲门声，本来并不想前去开门，怎奈那敲门的声音不断，谢瑛就让雁儿从门缝里看看外面究竟是何人，雁儿说是一个贵妇正在门口，几个仆从站在她的旁边，一个丫鬟正在敲门。谢瑛就让雁儿开了门。门开后，钱氏看到了谢瑛站在门口，只见她当真是眉目如画，竟比前日别人的转述还要标致许多。这是未来的儿媳，钱氏心里倒也满意。

这时，余府仆从上前对谢瑛和雁儿说道："这位是余大人的夫人，钱夫人。你们快过来迎候。"谢瑛问道："是哪位余大人？这位夫人，请问有什么事情？"仆从见她一脸的疑惑，便提示道："就是从湖州带你们到这里来的钦差余大人，这个住处就是余大人的私产。"谢瑛顿时明白了，向钱氏敛衽行礼，钱氏说道："罢了，咱们进去说话罢。"于是一行人径直走进了客厅，钱氏直接坐在了客厅的主位上，谢瑛见她们这样，也不好说什么，只是坐在了客座上，对雁儿说："雁儿，去上茶来。"钱氏摆手说道，"不用了，我来看看就走。姑娘，你的闺名叫什么？"谢瑛回道："妾名谢瑛。"钱氏问道，"谢姑娘，到这里来还住得惯罢？"谢瑛回答："目前一切尚好，多谢余大人和夫人关心。"钱氏笑着说道："都是一家人，不须客套。如果这里嫌小，可以搬到我们府里来罢，那里宽敞。"

谢瑛听着她的话里好像有话，就回答道："多谢夫人，这里就好，如果再麻烦夫人和大人，那我们就太过意不去了。"钱氏说道："反正你迟早都要搬到府里来的，一家人不要说两家话。"谢瑛听得不解，问道："夫人，请问此话何意？"钱氏笑道："你迟早要过门到我们家来的嘛。"谢瑛听了正色说道："夫人，小女已经有了婚约，请问夫人说过门余家这是何意？"钱氏听她这样说，直接答道："我家余大人跟我说了，他已经聘你做我们家媳妇了，可有此事？"谢瑛回答道："夫人，小女断无此事。恐怕是夫人误解了余大人。"钱氏顿时脸红，说道："既然如此，请你们就不要再住在这里了吧，如何？"谢瑛听了，平静地说道："好的夫人，请容我一日，我们这就整理清扫一下，明日就可搬走。"

那钱氏听谢瑛回答得如此决绝，一时倒是愣住了，等回过神来，不禁有些恼羞成怒。她没有遇到过对她如此说话的年轻女子。这么多年来，都是别人对她千般地讨好、奉迎或者求告，她也习惯了以居高临下的方式来说话，而今天在谢瑛面前，她全然没有这种惯有的感觉，这让她非常不舒服，甚至有点恼怒了。于是，她站起来拂袖而去。

回去以后，钱氏的心里好似油煎般地熬着，余天锡刚回来，便向他责问此事。余天锡听完了她的叙说，大为气恼，对钱氏解释说，这只是他的打算，却并未向人家说明过此事，而且今天她坏了他想要安排的一件大事。

钱氏误解了他的意思，顿时大闹起来，责问余天锡道："老爷你要讨小妾，我何时挡过你了？只是你为何要用儿子的名义？"余天锡听她如此胡搅蛮缠，一怒之下就出去不再理睬她了。随后余天锡派人去谢瑛那里去解释此事，而谢瑛已然拿定主意，第二天就搬走了。

钱氏自以为受了委屈，心里窝囊了好几天，现在讲出来给那李氏听听，自己觉得心里稍微舒服了一点儿。李氏听完了说道："我看余大人说的都是实话，他的确是要娶那姑娘做儿媳，而不是做小妾的。"钱氏有点懊恼，问道，"现在这个事情有点不好收回了？"李氏笑道："你家余大人在朝中德高望重，只要他说话，皇上都得给足面子。放与不放那谢周卿，不过是你家大人一句话罢了。夫人不必为此烦恼。"

钱氏听了李氏这话，知道她是在奉承，却是非常舒坦，心情又更好了一些。李氏见她开始有了笑容，乘势提起了梁成大交代的事情，钱氏一听非常惊讶，问道："此话当真？你家梁大人当真能解决此事？"此时李氏故作神秘状，说道："如果没有把握，我今天不会来告诉你的。"钱氏心里已经乐开了花，说道："梁大人如果真能办成此事，我一定跟我家老余说，让他重谢你家梁大人。"

李氏见达到了此行目的，就起身告辞。钱氏拉着她的手，两人亲密地走出去，钱氏一直将李氏送出了大门，上了轿子，然后这才回去。

李氏回到家后跟梁成大说，钱氏期待着他能办成此事，并且承诺事成之后，会让余天锡予以重谢。梁成大受到了激励，兴奋之余，他仔细琢磨了一下，决定去找万昕帮忙，有了手头的这首诗，加上万昕在旁边煽风，史弥远才会动怒，只有借用史弥远的威权，才能震动临安府主事的少尹吴全，让他去抄了陈起的家。

第二天下午，他又去了相府，找到了万昕，将诗集交给了他，并且跟他详细讲解了那首诗是如何恶毒地影射攻击了史相。万昕一边听着，一边观察

着梁成大，心想以前只是觉得这人猥琐，没想到还真有些本事。梁成大请他帮着一起向史相进言，要用这件事情，彻底震慑一下所有那些心里拥护济王，而反对丞相的官员。万昕告诉梁成大："梁大人，史相现在出去了，等他下午回来，我一定汇报此事，梁大人你就等着我的好消息罢。"梁成大向万昕作揖说道："老万，兹事体大，一切拜托！"

史弥远下午回来后，万昕就向他汇报了此事。史弥远拿着那本诗集，把那首诗仔细读了不下十遍，又把书中的其他内容来回地翻看，问道："老万，你说说看，这首诗该怎么理解呢？"万昕就把梁成大的讲解说给了他听，说道："'彼相'二字说的就是您，说您春风得意；而皇子那里萧疏冷落。这是在讽刺您权倾朝野，擅作威福。"

史弥远看着老万说道："这是梁成大教给你的罢？"万昕马上回答说"是"。史弥远点头，心想万昕毕竟是个老实人啊。他又仔细读了几遍这首诗："秋雨梧桐皇子宅，春风杨柳彼相桥。"史弥远心里对作者的嫌恶越来越深，他心想，皇子之事与你们何干？我跟你们有何仇怨？你们这么无事生非，究竟是什么目的？你们的背后又是哪些人呢？

于是他下决心要彻查到底，这个事情既然是梁成大发现了，就让他会同临安府一起去查。他让万昕把梁成大和临安府少尹吴全一起叫了来，命他们马上就去查抄陈起的所有商铺，看看除了《江湖集》，还有没有其他违禁书籍和胡言乱词。

吴全这个人极其胆小怕事，他看到宰相史弥远震怒，早就吓得没了主张，自己的辖地出现了这样的书籍，他能不担责罢官就算不错了。于是他加倍地卖力，跟梁成大一起，凶煞一般将陈起所有店铺全部查封，陈起被抓到临安府大牢里关押。然后吴全派人连夜抓捕了敖陶孙。

第二天，这个消息立即震动了朝野，整个临安城都在谈论此事。李知孝得知了以后，立即跑到梁成大那里，兴冲冲地说道："梁大人，你这是大手笔啊，佩服，佩服！"梁成大笑眯眯地轻声回道："哪里，哪里，这还不是借着史相的威权啊！"李知孝拿起一本《江湖集》仔细翻看起来，当他看到有曾极的诗句时，立刻停了下来，他跟这个曾极平日就有嫌隙，正要寻隙报复。终于，他找到了一句："九十日春晴景少，一千年事乱时多。"李知孝指着这句诗对梁成大说道："看看，这样的诗句怎能让它刊印？这个陈起和写诗的曾极难道要蛊惑人心，煽动造反不成？"梁成大马上让人去抓捕了曾极。

一时间，临安人心惶惶，士人们纷纷把自己的诗作文章从外面收回，再不敢谈论国事。这件事情被真德秀和魏了翁得知后，两人都义愤填膺。魏了翁当即上疏朝廷，反对以诗祸禁言，一些言官还有其他官员如洪咨夔等也纷纷上折反对因诗受祸。

理宗看了这些奏章所言之事，因为涉及史弥远，全部推给郑清之和余天锡处理，郑余二位又全部送到了史弥远那里。史弥远因见真德秀和魏了翁反对，当即狠下心来，批示立即将陈起家产抄没，流放边州，《江湖集》的书版劈掉，全部书籍焚毁；敖陶孙是个官身，贬出了临安，永远不许回京；曾极被发配到舂陵，不久就死在了那里。

因为梁成大是此案的经办官员，他全权处置陈起抄没家产，将清河坊那处商铺低价处理给了钱氏，然后跟吴全以及另外的官员低价倾吞了陈起另外几处物产商铺。那钱氏得偿所愿，对梁成大自然感谢不尽。

然而，世上没有不透风的墙，这些事情终于激怒了朝中一些刚直的大臣和很多饱学的儒学名士，为了捍卫社稷纲常，他们不顾罢官流放，联手起来为这些人鸣冤叫屈。

进士邓若水通过制置司给理宗上疏，指斥史弥远矫诏政变："揆以《春秋》之法，非弑乎？非篡乎？非攘夺乎？"他请求理宗"诛弥远之徒"。针对史弥远策动政变与构陷冤案，他认为现在天下士人都疑心理宗涉及了此案，建议理宗慎重思考："昔日相信陛下之必无者，今或疑其有；昔日相信陛下不知者，今或疑其知。陛下怎能容忍清明天日，而以此身受此污辱？"制置司一看，吓得不敢驿递这道上疏，邓若水才免遭毒手。但内容已有流传，史弥远在吏部改官状上，用笔横抹他的名字，剥夺了他的任职资格。

大理评事胡梦昱上奏万言书，在疏中他力陈以诗论罪的荒谬，而且直指济王冤案关系到朝廷"立国之根本"，此案"戕天理，弃人伦"。还抄送了一本送达史弥远府上。他写道："即便追赠褒崇，其实对济王已无所增益；倘欲削夺追贬，其实对济王也无所减损。但陛下友爱之心或厚或薄，天理之或缺或全，人伦之或悖或合，国家安危治乱之机却将由此而判定！"

李知孝得知奏章内容后，参劾胡梦昱狂言乱政，称此事"非人臣宜言"。史弥远本已恼羞成怒，看到李知孝的弹劾，立即下令吏部将胡梦昱停职，剥

夺他的仕籍，将他贬到广南西路的象州。参知政事袁韶等人认为胡梦昱无罪，全都拒绝在执行公文上签名。

象州，被称为蛮荒之地。在胡梦昱被流放离开临安那天，真德秀和魏了翁等很多朝臣名士前往送别，写诗称颂他"危言在国为元气，君子从来岂顾名"。他立即回诗明志："非求美誉传千古，不欲浮生愧两间。"

第五十五章　嘉定和议（一）

自从真德秀一行人搬进了孤山延祥观的那个院子，众人都非常喜欢这个居所，真德秀说以后就称这里为延祥居好了。然后众人又是忙乱了几日，一切才井井有条起来。冉璞得空赶紧向真德秀告假两日，赶往湖州去找谢瑛。

然而在湖州谢府并没有找到谢瑛，而且谢府几乎已经空无一人，只有一个老者在照看着这个空荡荡的院子。老者告诉冉璞说，上月谢瑛和谢安曾经回来过，待了几日，把所有佣仆杂役全部遣散，然后就把这所宅子卖给了当地一个富商。冉璞问之后她们去了哪里，老者回答说他也不知道，不过大家都说她们去了临安。冉璞心想，谢大人被关在了临安，她们必须要去照应的。于是隔日清晨又飞马奔回临安。

冉璞回到了延祥居，正要往里面进，只见冉琎正陪着一个人向外走出。冉琎看到冉璞回来了，就停下脚步，跟冉璞说道："正好你回来了，我给你介绍下，这位就是真大人跟我们说过的，他以前的学生，宋慈宋先生。"又对宋慈介绍道："这是我的兄弟冉璞，刚刚从湖州赶回来。"冉璞见此人中等身材，面貌清瘦，蓄着黑髯，双目有神，正面带笑容看着自己，冉璞施礼说道："久闻宋先生之名，今日才得相见，真是幸会！"宋慈回礼道："您客气了。"冉琎接着说："真大人让我们现在到临安府去，知会一下少尹吴全大人，圣上已经同意我们同他们一起勘查夏泽恩的案子。你先好好休息一下，到时我们必须一起去的。"冉璞点头答应。

冉珏与宋慈来到了临安府，呈上真德秀写给吴全的公函。吴全读后心里不悦，问宋慈道："此案我们正在勘查当中，你们真大人从江西把你调来参与此案，甚至于不惜惊动了圣驾，是否因为心存疑虑，还是你真有过人之处？"宋慈正要回答，冉珏拉了一下宋慈的衣襟，然后拱手回道："请吴大人无须多虑。此案实在非同小可，圣上对御前禁军统领被害，深感震惊与愤怒。只因有传言说是真大人部下涉案，这必是有人背后散布谣言，混淆视听。所以真大人向皇上请命，派我等帮助吴大人共同勘案。希望能早日破案，给死者一个公正，还朝廷一个真相。我听说吴大人最是公忠体国，一定能够理解皇上和真大人的一片苦心。"吴全听他话说得周到，心里也舒服了不少，于是吩咐主簿把此案的卷宗全部拿来，交给了冉珏，说道："你们可以在此处查阅，只是不可带走。"冉珏点头答应。

于是两人开始阅读卷宗，宋慈首先查阅仵作验尸格目，发现只有两具尸体简单的刀伤记录，胸口伤痕一寸，深约两寸有余。于是问道："主簿大人，可否把当日的仵作请来？"主簿答应，过了一会儿仵作过来。宋慈问道："我刚看了你的验尸底单，只有所伤部位和伤痕尺寸，为何没有致死原因、伤口形状、凶器推测，以及血痕检验和解剖记录呢？"仵作答道，"那日到达现场，已经是深夜了，虽然点了火把，仍然视线不清。只好把尸体带回衙门，过后我们就诸事缠身，就连这底单还是后补的。"宋慈不悦，说道："我父亲做节度推官二十余年，经常说：狱事莫重于大辟，大辟莫重于初情，初情莫重于检验。凡推案有失，定验之错，多源于检验过于草率。你们说已经检验了伤口部位，那么如何证明那两人被何种利刃所伤呢？现在这个验尸格目，又怎么可以作为呈堂证供呢？"仵作被宋慈说得哑口无言。

吴全和主簿在一旁听了，都暗暗称是。这时宋慈对吴全说道："吴大人，目前这些卷宗还缺很多东西，我们需要重新验尸和搜索现场。"吴全面有难色，回道："再去搜索现场没有问题。只是那两具尸体都已装殓入棺，而且并不在一处。那死去士兵的遗体倒是问题不大，可以随时打开验尸。但是打开夏泽恩的棺椁，只怕有些难处。"冉珏问道："大人的意思是不是要事先征求殿帅夏震的同意才行？"吴全点头说道："正是此意。恐怕至少要等到明天。"冉珏回答说："既然如此，能否请大人派人给我们领路，我们这就去凶案现场察看一下。"吴全就爽快地答应了。于是冉珏、宋慈随同临安府的捕快，当即赶往临安通往湖州的官道凶案现场。一直忙到了子夜，才回到延祥居。

第二日清晨，宋慈、冉琎、冉璞三人就出发赶往了临安府，临安府的捕快和仵作到齐后，众人一起赶往临安城外，很快就到了郊外那个士兵的埋葬地点。捕快们用带来的铁锹挖掘，起出了棺材，用撬棒撬开了盖板，这时一阵尸体腐败的臭气四散扑鼻而来，捕快们被熏得纷纷后退。过了好一阵，气味才慢慢散去。宋慈戴上准备好的面罩鼻塞，换上专门准备的黑色布袍，走到尸体近前，仔细观察起来。那尸身尚未完全腐坏，胸口伤痕还可以清楚看见。宋慈让捕快帮忙，将尸体抬出，然后从随身的工具箱里拿出刀锯，随即蹲在腐败的尸身旁边，将尸身衣物剥去低头细细察看。宋慈用小刀挑开伤口后，一阵尸臭突然喷出，捕快们无不作呕散开，只有冉琎、冉璞仍然站在一旁细观。

随行的仵作觉得好奇，也走上前去，瞪大了眼睛观察着宋慈的一举一动，他从来没有见过还有这样的官差如此验尸，好奇心驱使了他上前帮忙。宋慈将伤口彻底挖开后，仵作大呼一声："啊，原来是这样。"众人听到他惊呼，上前围观，宋慈将胸前伤口扩开，对众人说道："大家请看，里面还有很深的伤口，而且部分血肉被凶器拉出。"仵作问道："依先生看，这是怎么回事呢？"宋慈说道："如果死者生前被利刃所杀，则伤痕肉阔，花纹交出，血迹四散；看这里肉痕齐截，且衣物并无太多血迹，这一定是死后假作利刃痕迹。再看里面伤口洞穿，且穿透过深，这一定不是刀伤致死，而是利箭。"众捕快听到这里，一阵惊呼。

这时宋慈又开始验看里面的箭伤，过了一炷香工夫，宋慈满意地让仵作和捕快们将尸体复原，放回棺椁。冉琎、冉璞也走过去，帮助宋慈清理完毕，众人这才返回临安府。临安府主事的吴全已经接到通报，说宋慈他们有重大发现，于是就等候在衙门。宋慈等人一进衙门，吴全赶紧上前询问，宋慈就将验出的情况写了下来，呈给吴全。吴全看完，倒吸了一口凉气，问道："宋先生，按照你的说法，统领夏泽恩也可能是被人暗箭射杀？"宋慈点头说道："有这种可能，但是还得先验看尸体，才能下得结论。"至此，冉璞的嫌疑已经完全洗脱，因为冉璞从来就没有佩戴使用过任何弓箭。

吴全知道这个发现很是要紧，赶紧赶往禁军大营，找到了殿帅夏震，把刚才宋慈验尸的发现通报了一遍。夏震听吴全请求开棺，要再次验尸夏泽恩，本想一口拒绝，但想到侄儿死因不明，凶手至今尚未抓到，于是就答应了要求。夏震亲自带路，吴全领着一班衙役，宋慈、冉珙、冉璞等一行人随行来到了夏泽恩坟茔前。夏震让人焚香，铺上祭品，然后自己祭奠了一番，这才让临安府捕快们起出了棺椁。宋慈按照刚才一样的做法，仔细验看了夏泽恩尸体上的伤口，点头对吴全说道："没有错，也是箭伤致死。"一旁的夏震听讲夏泽恩是被一箭致命，心想如此箭法高超之人，应该不是普通刺客，难道会是个士兵，甚至军官吗？自己在军中的结怨不少，究竟是谁呢？为何要报复在侄儿身上？

正在胡思乱想之时，众人已经收拾完毕，吴全走过来对夏震说道："殿帅，现在我们要返回衙门了，大家一起去判断案情如何？"夏震点头答应。到了衙门，众人都围着宋慈，满心希望他能发现新的线索。这时，宋慈坐了下来，开始拿笔画起了一个图样。

画完了以后，众人一看，是一枚四棱锥箭镞，前端棱行锥体约长有寸半，锥体后端还有小刺。夏震问道："宋先生，那箭头果然有这么长吗？"宋慈点头，说道："凶手所用之箭，箭头至少也有如此长度，重量在三钱左右，其名为破甲锥。整箭有可能就是这里常见的风羽箭，只是箭头稍长。凶手目力精准，箭法高超，臂力至少在二百斤之上。"这时夏震有些面色发白，他知道如此长的特制箭头当然是禁军才用，民间或者普通的厢军士兵怎么可能有此物？难道凶手就藏匿在宿直禁军之内？

吴全此时已经对宋慈非常尊重了，问道："请教先生，下面该如何做呢？"宋慈想了想说道："我暂时也没有想法。恐怕，还是得从源头查起。"吴全又问："什么是源头？"宋慈问夏震："殿帅请教了？"夏震回答："先生请讲。"宋慈问道，"那日，夏泽恩去城外，究竟为了何事？"夏震并不知道冉璞此时也在此处，回答道："据他的手下说，他们是去追捕一个参与了湖州叛乱的要犯，一个叫作冉璞的人。"宋慈诧异地看了一下冉璞。

这时冉璞挺身而出，说道："殿帅，我就是冉璞。在下并不是什么要犯，更没有参与湖州叛乱。恰恰相反，湖州之乱的首犯之一潘甫，就是在下击毙的。"

于是众人的目光都集中在了冉璞身上，气氛顿时紧张起来。冉珙赶紧说道："各位，真大人已经向皇上禀明了此事的完整经过，皇上知道冉璞有功无

过，跟此案无关。"宋慈明白了，一定有很多事情发生过，对冉璞问道，"听起来，那日夏泽恩是为了你而出城的？"冉璞回道："夏统领跟在下在湖州发生过误会，但远远未到要相互杀人报复的地步。"于是就把湖州发生的冲突，以及那日他离开临安的行程，简短地叙述了一遍，冉璞继续道："在下一直感到疑惑的是，夏统领如何知道我在临安，并且对我的行程如此了解？"

这时宋慈拿起了书案上的笔，沾了沾墨，在纸的右边写下临安两个字，下面画上一个圈；然后在圈的左边也画上一个圈，上面写了湖州两个字；最后纸的左下写了潭州几个字，又画上一个圈。宋慈说道："现在看起来，这个凶手似乎跟三地有关。"然后转头对冉琏冉璞说道："请你们二位想想，你们在这三地，尤其是在湖州，是否遇到过可疑之人？"冉璞摇头。

此时夏震正在寻思着，疑犯肯定在禁军里面，是否要将这个疑点说给宋慈？而宋慈又说道："如此善射之人，恐怕即使在御前禁军也是不多。"二冉突然灵机闪现，不约而同地脱口而出："难道是他？"

第五十六章　嘉定和议（二）

众人听他们仿佛猜到了凶手，都问是谁，冉琏就把在潭州发生的私盐大案向众人陈述了一遍，现在朝廷仍然在缉拿的要犯赵奎，就是一个极其善射之人，难道此人从潭州逃脱之后，竟然到了临安，还暗中牵连上了湖州之事？众人听说发生过如此之多的事情，都在咂舌，没有想到莫彪、赵奎他们如此胆大胡为。只有夏震和吴全两人一声不吭，他们各有心思。尤其是夏震，跟莫泽他们一直往来密切，听到如此事情，他既没有吃惊，也没有愤慨之心。他只是寻思，如果真是这个潭州过来的赵奎，为何要杀侄儿夏泽恩呢？杀人灭口？这讲不通！难道是要将自己也拖下水，一起反对真德秀不成？真是这样，那这些人就是黄连树上摘果子，要自讨苦吃罢！想到这里，夏震心里顿时冷笑不止。

宋慈又拿起笔，问冉璞道："这个赵奎长相如何？"冉璞回忆道，赵奎有一张长方脸，眼睛小而细，总是一副笑的模样。冉璞一边说，宋慈一边勾勒，过了一会儿就画完了。冉璞拿起一看，不由得称赞道："真是很像！没想到先生如此高明！"众人都凑过来看这张画像，吴全上前说道："那就麻烦先生再多画几幅，我让衙役到城门各处张贴，通缉追拿此人。"于是宋慈又画了几幅。夏震也拿了一张，他已经想好了，回去就要在禁军里彻底清查凶手。

这时冉琎对吴全说："吴大人，在下有个不情之请。"吴全回道："请说。"冉琎说道："如果那赵奎真是逃到了临安，若要抓到此人，就请大人千万不要张贴画像。此人非常危险，而且无比狡诈，一旦嗅到了一些风声，就会立即逃窜。大人最好还是组织得力捕快，暗暗抓捕为宜。"众人都觉得有道理，吴全也改口完全同意。

就在众人仍在讨论案情的时候，差人进来报说，真大人派人请宋慈先生赶紧回去，有紧急事情。于是宋慈、冉琎、冉璞与众人告辞，赶回了延祥居。

原来江西刚刚发生了三峒里乡民暴乱，方圆数百里之内全都叛乱起来，无数官绅被杀，粮仓被暴民打开，粮食抢劫一空，现在官府根本弹压不住。安抚使郑性之派人送来急递，请求朝廷派兵支援，并随信要求信丰县主簿宋慈赶紧返回，帮他一起平定暴乱。

宋慈马上就要向真德秀辞行，真德秀挽留道："现在天色已晚，不如且住一夜，明日早起赶路就是。今晚给你饯行，为师还有话说。"宋慈想，这么多年来未曾跟师父畅谈，现在的确是个难得的机会，就留了下来。于是真德秀吩咐从事备下酒席，他带着冉琎、冉璞一起为宋慈饯行。

几人才刚入座，魏了翁和赵汝谈二位大人来访。真德秀笑道："你们二位是赶早不如赶巧，刚好我们要开席，你们就赶到了。"于是又添了二位大人入席，六人围坐，饮酒赏月。

酒过三巡，真德秀向魏赵二位大人分别介绍了宋慈、冉琎、冉璞，魏了翁夸道："真大人处人才济济，都是有为的年轻一辈，未来国家之事就靠你们了。"宋慈饮了一口酒，笑着对冉琎、冉璞说道："我现在已经年过四十，今年才刚刚开始仕途。你们二位才是真正的年轻才俊啊。"原来宋慈二十岁进入太学，虽然深得太学博士真德秀的赏识，却迟迟不能举业，直到三十多岁才返回家乡，一举考中进士，官授浙江鄞县县尉。然而父亲不幸病逝，居家守丧，就未去上任。又过了九年，这才离开家乡到江西任职，得到安抚使郑性之的信任，已经邀请他进入幕府参预军事。

真德秀安慰宋慈道："天将降大任于你，为师相信，以你的真才实学，一定会厚积薄发，仕途大好。"宋慈向真德秀敬了一杯酒，叹了口气说道："学生已经这等年岁，今后不求做官，只求做事。"魏了翁一听此言，拍桌赞道："说得好，不求做官，只求做事！如果大宋朝廷官员，人人都作如此想，国家之事就不会糜烂至此。"

赵汝谈觉得魏了翁在后辈面前，如此直截了当地贬低朝廷，似乎并不太妥，于是笑着对魏了翁说道："华父，你如此评说朝廷之事，不要吓退了他们年轻一代。"魏了翁听赵汝谈这样说，就笑了，饮了一口酒说道："也许我们应该让他们年轻人，了解朝廷最真实的一面。"

真德秀知道魏赵二位今天来，一定有事，看他们两个尤其是魏了翁颇多怨气，一定是发生了什么事情，而且一定跟济王案以及诗祸案有关，就关心地问魏了翁："华父，你最近是不是有不高兴的事情？"魏了翁点头说道："嗯。"原来，那日魏了翁和真德秀他们一起给胡梦昱饯别后，李知孝便上奏折弹劾魏了翁"首倡异论"，谏议大夫朱端常弹劾他"欺世盗名、朋邪谤国"。魏了翁告诉真德秀这两个人上书弹劾了他，但史弥远和圣上到现在都没有发话给自己。特别是史弥远，甚至派人私下里把两份弹劾的奏章递给了他看，还说了一些安慰的话。

真德秀笑道："这很高明啊，先让人用猛烈的措辞攻击了你，然后再向你显示优容大度。这就是软硬兼施，也是向你先礼后兵罢。"赵汝谈点头说道："真大人说得很对。史相这个人说话做事，最好反过来理解。这就是他一贯的做派。我猜随后就会有行动出来，魏大人你得小心应对啊。"

冉珙听三位大人都对宰相史弥远颇多微词，趁着三人谈话间隙，问道："魏大人，赵大人，晚辈通过潭州的私盐大案，对史丞相周围的一些官员也有了一些认识。晚辈斗胆，所谓物以类聚，人以群分，他周围的官员行事如此，史相本人的行事为人也可见一斑。"赵汝谈对冉珙说道："你说得很对。"冉珙问道："可这样的人当年又如何能够上位的呢？史相掌控朝政大权，是不是从嘉定和议开始的呢？"

提起嘉定和议，真魏赵三位大人心里都是义愤填膺，他们三位当年都是竭力反对这个和议的。真德秀说道："是的，他就是嘉定和议的主持者。朝廷的绍兴、隆兴和议本已屈辱，加上这个嘉定和议，就是一辱再辱！靖康时的叔侄之国改为伯侄之国，这不过口舌之争。可每年岁币增加为银三十万两，绢三十万匹，再缴纳犒师银三百万两与金，都是大宋百姓的血汗哪。可怜我大宋子民，不过是任人宰割罢了。"

魏了翁说道："这个嘉定和议既丧国格又丧人格，史相当年主持签下谈判，只想着尽快签下来，根本不考虑付出的代价。而且他们根本没有料到，随后金国会衰败得如此之快，现在已经几乎奄奄一息了。这真是莫大的讽刺。难道当初大臣们都被金国打怕了吗？他们都愿意签下这个丧权辱国的嘉定和议？"赵汝谈回答道："大臣们为了自己安稳的富贵尊荣，的确大都愿意苟安求和；当然也不仅仅是因为这个，当初轻率发动开禧北伐的韩侂胄，过于跋扈，得罪了太多官员和士大夫。大臣们支持嘉定和议，部分原因也是为了反对韩侂胄他们。但是将自己国家的宰相杀害，再将首级送于敌国用以求和，这真是旷古未有，让周边诸国如何看待我大宋朝廷？"魏了翁接话答道："无非是无耻二字！"

这时冉璞问："三位大人，难道当时世人都不喜欢宰相韩侂胄发动的北伐吗？他们不想要光复中原吗？"真德秀回答道："当然不是。当初韩侂胄开始掌握大权时，为了争取人心，提出的口号就是抗金。一批士人如辛弃疾、陆游、叶适等都非常支持北伐。而且宁宗对朝廷对金的屈辱地位一直不满，也大力支持韩侂胄的抗金政策。"

冉璞不解，问道："那为什么后来人们称呼韩侂胄为国贼呢？"魏了翁回道："这个问题很好。倘若韩侂胄纯粹是为了光复中原的理想而战，人们当然会给他恰当的评价。可惜他的所作所为，无一不是为了一个'私'字。他因为怨恨之前的宰相赵汝愚没有给他节度使的官职，就污蔑说同姓担任宰相，社稷不安，挑唆宁宗罢免了赵汝愚。因为赵汝愚亲近理学，便指称理学为伪学，以此打击赵汝愚周围的大批理学人士。朱熹、彭龟年、黄度、杨简和吕祖俭等一大批士人获罪被贬。在他掌权之后就开启了臭名昭著的'庆元党禁'。凡与他意见不合者，都被称为'伪学之人'予以贬斥。后任宰相留正因与韩侂胄不睦，被他唆使同党劾以'引用伪党'的罪名罢官。然后大肆任用私人，即使是对金作战，他所用之人也多为自己一党私人，哪怕是无能平庸之辈。他甚至重用了吴曦这样的狼子野心之人，如此用将，他的北伐怎能不败？"

真德秀说道："我记得那时你上了一道疏，认为国家纪纲不立，边备废弛，人才衰弱，国家之急在于内修，如果仓促北伐，必遭失败。真是先见之明啊！"赵汝谈笑着接过话："那时有一个御史徐柟，为了讨好韩侂胄，就弹劾你魏大人'对策狂妄'。奇怪的是那韩侂胄却并未对你做任何处置。"魏了翁也笑了："恐怕是吸取了袁绍对田丰的教训罢。"

冉珏问道："那么史相又如何取而代之的呢？"赵汝谈回答："朝廷里有主战派，必然就会有主和派，当然，很多官员也会在两派中间见风摇摆。而我们这位史相，一直是坚定的主和派。那时他担任礼部侍郎，跟你们真大人一样。"众人听到这里，都笑了。

赵汝谈继续说道："那韩侂胄北伐惨败，朝中主和的官员就四处联络开始倒韩，今天的史相，就是他们的领头人物。韩侂胄的侄孙女韩皇后去世后，中宫之位空缺。当时杨贵妃和曹美人都很受宁宗宠爱，因为杨贵妃喜欢权术，韩侂胄就向宁宗建议立性格柔顺的曹美人为后。但宁宗没有采纳他的意见，立了杨氏为后。因而杨皇后对韩侂胄心怀不满，跟其兄杨次山以及史弥远联合，共同反对韩侂胄。史弥远秘密上书宁宗，请杀韩侂胄满足金国的要求，以平息战争。杨后又让皇子赵询上书，说韩侂胄再启兵端，对国家不利。

"宁宗对这些都没有理睬。被逼无奈，杨后、杨次山和史弥远秘密定下计策，由殿前司公事夏震等人，在韩侂胄上朝时突然袭击，将他截至玉津园夹墙内暗杀，事后才奏报给宁宗。韩侂胄被杀后，军政大权都归杨后和史弥远掌控。随后，朝廷完全满足了金国的无理要求，将韩侂胄等主战派核心人物的头颅，派使臣王柟送到金国，并且全部接受了金国提出的其他勒索条件。"

一直没有说话的宋慈突然说道："我听说秦桧主和时候，派遣使臣王伦，几次出使金国，坚贞不屈，他更上疏朝廷请斩秦桧以谢天下，世人都非常敬佩他；这个王柟就是他的儿子罢，竟然带着韩侂胄等人的首级和银三百万两请和。这父子是一战一和，差别如此之大？"

冉珏接话说："是啊。晚辈曾经听过一句话：高宗之朝，有恢复之臣而无恢复之君；孝宗之朝，有恢复之君而无恢复之臣。我总觉得大臣们一直以来，总在争论是战是和，却往往说多做少。而作为朝廷，应该做多说少，甚至可以只做不说。只要确定以'恢复中原'，作为几代人最重大的战略目标，上下齐心，时刻厉兵秣马，到时自然就会有恢复之臣，君也自然就会是恢复之君。我们大宋不缺人才，所缺的是上下一心，和选人任才之道。"魏了翁听了这话，拍案叫好，说道："真大人，你的手下当真是人才济济，这番话的确是一语中的。"

真德秀看着宋慈、冉琎、冉璞三人，心里很是高兴。忽然想起宋慈明日就要返回，于是对宋慈问道："你们今日勘案可有收获？"宋慈就把今天的发现简短地介绍了一下，魏了翁好奇地问道："什么样的箭头，能否现在画给我看看呢？"

于是宋慈走到书案旁，又画了一幅下午的箭头草图，魏了翁接过一看，说道："这种箭应该是禁军专用的，那夏震没有告诉你吗？"赵汝谈奇道："你如何知道？"魏了翁笑着说道："你别忘了，我曾是武学博士啊，对朝廷的各种武器规格最是清楚不过。"

宋慈、冉琎和冉璞三人互相对视了一下，都在想，夏震为何要隐瞒这一重要信息呢？冉琎就告诉三位大人，今天下午夏震隐瞒了实情，他不愿意别人知道这个事实。然而现在很清楚了，杀害夏泽恩的凶手可能就隐藏在禁军之中。

真德秀诧异地自言自语道："如果禁军中有人杀害了殿帅的侄子，这是冲着他夏震去的，还是另有玄机呢？"

第五十七章　疑踪陡现（一）

真德秀提出了一个问题，然后陷入了深思。宋慈回答："师父，学生以为那凶手应该不是冲夏震去的。夏泽恩要追捕冉璞，事情发生得十分突然，知道此事的人很少。凶手极有可能就是夏泽恩身边的军官或者士卒，或者是跟他们有密切关联的人物。这个谋杀并不像是蓄谋已久，而应该是临时起意。

我估计，此时殿帅夏震应该已经去查这些人了。"

冉琎赞成道："说得有道理。禁军那里我们最好能去探听一下。真大人，我听冉璞说过，皇上身边的那个贴身侍卫江万载，上次受夏泽恩的命令要捕拿冉璞，他也算是涉入此案了。听冉璞说他是个通情达理的人，可不可以把这个消息透露给他？夏震极有可能不会将此事报告给皇上，我们可以请江万载向皇上禀告此事。如果圣上批准，江万载可以同我们一起追查此事。"

赵汝谈提醒道："此事务必要慎重，毕竟这个案子直接牵涉到了夏震。他掌管的禁军出了这样的谋杀大案，而且是他的侄子被害，这里面的内幕一定很深。只怕你们卷进去后，会有更多的麻烦？"魏了翁说道："慎重是对的，但是不能不查，可以秘密地进行。关键是揳入点要对，我看江万载这个人可以一试。"

这时冉琎对宋慈说："宋先生，请教一下。"宋慈说道："不客气，请说。"冉琎说道："大凡杀人重案，一定有个明确的目的。这个案子里，夏泽恩先是命令江万载去捕拿冉璞，没有办到；然后自己带人亲自去追捕；最后被人谋害。在这个过程中，那个凶手会不会在哪个环节，暴露过他的动机和目标呢？"宋慈答道："夏泽恩的目标很明确，就是为了泄愤才去抓捕冉璞。而隐藏的凶手动机是什么，最终目的又是什么，现在还没有足够的证据。但我认为杀死夏泽恩不是他的目的，比较合理的解释，就是为了嫁祸。当然勘案时候不要排除各种可能，只是需要更多新的证据，来支持或者否定刚才的设想。"冉琎点头说道："如果那个赵奎的确是在夏泽恩那里，先生的设想就对上了。"

赵汝谈这时说道："如果是凶手目的是嫁祸给冉璞，他们那些人最终的目标，应该就是真大人才对。"众人都赞成。真德秀听到这里，对冉琎、冉璞说道："明天没有早朝，我可以进宫面见圣上，向皇上禀明，潭州案中的那个赵奎可能涉入谋杀夏泽恩一案。我预料圣上会批准我们协助调查此案。"于是冉琎又请宋慈画了一幅赵奎的画像，准备明日一起交与江万载。

次日清晨，天光方亮，宋慈就收拾好行装准备赶回江西信丰。临行前，真德秀叮嘱宋慈此去平叛务必以攻心为上，攻城为下，最好能降伏乱军。如有可能，就将他们收编补充到两淮或者荆襄的朝廷军队当中去，那里正需要大量的士兵。宋慈施礼允诺，说道："师父放心，学生心中有数。"真德秀随后让冉珏、冉璞替他将宋慈送行到城门之外。

　　三人骑马直奔钱湖门而去。行至西湖南山道上，此时路上已经颇多行人，三人无法快速通过街道，只好随着车马人流慢慢向前行去。宋慈突然在路边人群中看到一人，于是停马下来，走向路边一位长者。冉珏一看此人，原来是真大人的多年好友叶绍翁。宋慈是真德秀的学生，自然认识叶绍翁，上前行礼致意。叶绍翁见到他们，很是高兴，指着前面的院落说那就是他家所在，邀请他们到家中小坐，饮杯茶水。宋慈抱歉地解释说他必须尽快赶回江西，要处理紧急公务。冉珏对叶绍翁说以后一定登门拜访，于是三人就此别过，继续赶往钱湖门。出了城门后，宋慈对二人说道："二位就到此请回罢。我不能再全程参与查案了，心里非常遗憾。不过我相信以二位的才智，此案告破只是迟早之间。"冉珏、冉璞向宋慈拱手致意，冉珏说道："先生大才，我兄弟二人虽然只是初见先生，就已经受益匪浅，希望日后能有缘再度请教先生。"宋慈回礼道："你们二位太谦虚了。临别时有一言相告，宋慈此次临安之行时间虽短，已经感受到了现今的朝局是群狼环伺，师父处境堪忧啊。请你们二位时常提醒师父，万事须得加倍小心才好。"冉珏、冉璞点头应诺，于是三人拱手作别，宋慈提马直奔江西而去。

　　冉珏、冉璞送别宋慈后回到延祥居，稍事休息，有差事进来通报，真大人派人前来通知二人，赶紧到禁军大营去找副指挥使江万载，圣上已经下令江万载和真大人配合，秘密调查要犯赵奎是否隐藏在禁军里面。

　　两人不敢耽搁，赶紧出发来到禁军大营。江万载此时正在等待他们，三人碰齐后，江万载问道："请问二位，打算如何着手查找？"冉珏回答道："今日殿帅夏震可来了没有？在下想先见一下他。"江万载不知他何意，说道："陛下只授命给我来经办此事，暂时就不要让殿帅知晓罢。"冉珏知道他不了解内情，解释道："你有所不知，殿帅昨日就跟我们在一起查案，所以我们须得知道殿帅那里是否有所进展。"江万载明白了，叫了一个小校，赶紧去殿帅那里打听一下动静。这时冉璞拿出了赵奎的画像，对江万载说道："这就是那个通缉要犯的画像，他名叫赵奎。能否请一些校官进来辨认一下？"江万载拿起画像辨认了一阵，摇头说道："我不认识此人。可以，那我们就从原来夏泽恩手下的校官开始辨认。"于是他让手下出去叫人，要求逐个请过来。冉璞提醒他们千万不可对外泄露。

江万载逐个叫人辨认了约有半个时辰，并没有人认出画像来，冉珏提醒说：也许赵奎蓄了胡须，面容跟以前会有很大差异，但是眼睛却是变不了。于是继续辨认时，江万载让人盯住了画像的眼睛辨认。终于，有一个军官说："这画像很像一个人，叫贾逵。不过贾逵有一茬胡子，画像里没有，只是看着就很像。"江万载问道："这个贾逵是什么人？什么时候来禁军的？"军官回道，"来了有一年多了，这人挺能干，很会说话。现在担任一个司职。"冉璞心里想，这个人值得怀疑，贾姓难道是取自贾山吗？冉珏问道："这个贾逵什么口音是哪里的？"军官回答，"听起来像是湖南那一带的。"三人一听大喜，让军官叫贾逵马上过来，军官回说贾逵自前日起就请了假，至今尚未回来销假。

这时江万载派去夏震那里的小校回来了，说殿帅今天没来，听说他一大早就调了一些人去抓一个叫贾逵的人了。江万载就问那个军官是否知道贾逵住在哪里，军官说去过一次。于是江万载命军官马上领路，带他们一起去贾逵住处。

一行人急速赶到了贾逵住处，进去一看，只有两个小校在屋里搜寻，却不见夏震在内。江万载问小校："殿帅现在哪里？"小校回道："殿帅带人追贾逵去了。"冉璞问道："往哪里去追了？追了多久？"小校回答："具体哪里，我们也不知道，他们出去有大半个时辰了。"江万载问："你们见到了贾逵？"小校说："我们进来时，这个屋子就是空的，并没有见到那个贾逵。"江万载奇怪道："你们都没有见到贾逵，又如何知道去哪里追呢？"小校也说不出所以然来。

冉珏想了一下说道："殿帅可能是去几个城门布置堵截贾逵了。"江万载也觉得应该是这样，问小校："你们搜到什么可疑的东西没有？"小校摇头道："到现在没有什么发现，都是些生活用品，唯一可疑的是他的武器不见了。"冉珏在屋内仔细察看了一下，也没有看到什么有价值的线索，走到桌子旁边时，看到桌上铺了一张纸，拿起来一看，上面写了几个字："一枕巫山生云梦"。冉珏将纸张凑近鼻子闻了闻，觉得墨色和墨味都是新鲜的，明显写完不久，说明写字之人离开并不太久。冉珏问冉璞："你在提刑司时候，有没有见过那赵奎书写公文？你看，这些是不是他的字迹？"冉璞摇头说："我接触他的机会不多，没有见到他写字过，不能确认这就是他的字迹，除非现在去调盐案的卷宗，找他的文书拿来比对。"冉珬摇头，说道："那样的话会耽误不少时间。你看，这张大桌子上面，什么都没有，就铺了一张纸，连砚台和笔都在别处。就像是故意放在这里的。"冉璞仔细读了这句诗，问道："这是什么意思呢？"江万载这时也走了过来，看到这句诗，问二人道："你们觉得这是贾逑故意留下的吗？"冉珬点头说："有可能。可这有什么含义呢？"三人一起参详了一会儿，没有看出有什么蹊跷。

有什么人是诗词的行家，可以帮着看下呢？这时，冉珬想到了早上见到的叶绍翁，他是个在临安颇有名气的诗人，或许他能知道这句诗的含义，而且这里到他的住处并不远。于是他建议去向叶绍翁求教，冉璞和江万载此时也没有什么头绪，就跟着他去找叶绍翁了。

第五十八章　疑踪陡现（二）

三人来到叶绍翁的院子，冉珬前去敲门，一个小童出来开门，见不认识这些人，就问："你们是谁？"冉珬笑道："我叫冉珬，早上叶先生请我们来饮茶的，烦请你进去通报一下。"小童答应，过了片刻，叶绍翁出来迎客。冉珬三人向叶绍翁施礼，说明了来意。叶绍翁请三人进去，江万载吩咐手下士兵在门口稍等，自己随冉珬、冉璞一起进了院子。

三人跟着叶绍翁进去，见这院落虽然不甚宽阔，却到处种了各色植株，青砖黛瓦之下，片片竹林摇曳，轻风徐徐吹过，竹叶婆娑作响，实在是个安静雅致的所在。冉珬注意到院子角落上一口方井，旁边放着水桶，还有新鲜水痕，应该是刚才叶绍翁正在打水浇花弄草，听到有人叩门就进去换了衣服。叶绍翁将三人引入客厅，吩咐小童上茶。冉珬赶紧说道："请先生无须客气，早晨刚刚在路上遇到过先生，现在我们就造次拜访，实在是有件急事需要请教先生。"叶绍翁微微一笑："我能帮各位什么事情呢？请说。"冉珬就递上那张纸，问道："请教先生，'一枕巫山生云梦'，这句诗如何理解？"叶绍翁接过一看，也觉困惑，说在他的记忆里，没有见过哪位诗人作过这样一句诗。叶绍翁拿着这张纸，在屋内来回地踱步，喃喃自语地说："似曾相识啊，在哪里见过？"想了有半炷香的工夫，叶绍翁将白纸还给冉珏，尴尬地说道："鄙人才疏识浅，实在是识不得此诗。你何不问问你们真大人呢？他可是学问大家。"冉珏三人就拱手告辞，准备返回。

刚出了院门，后面传来了叶绍翁的声音："各位留步。"叶绍翁从院子里追了上来，对冉珏说道："我想起来了，这可能不是一首诗，而是一副亭柱上的对联。"冉珏、冉璞和江万载三人对视了一下，问道："那下一句是什么？"叶绍翁说道："几年前，我曾经去钱塘江边的开化寺游玩，那时六和塔因兵火被烧毁后，刚刚重建不久。半山之上有一座残破的亭子，亭柱上有两句，上句就是'一枕巫山生云梦'。"三人一听，顿时兴趣大增，叶绍翁接着说道，"记得下一句应该是'九曲钱塘渡月潮'。"

三人立即想到，贾逑故意留下线索，可能是要告诉他们他去钱塘江了。冉璞说道："莫非他已经到钱塘江渡江而去？可是又为什么要告诉我们呢？"这时，冉珏问叶绍翁："请问先生，您会作画吗？"叶绍翁点头说道："粗通而已。"冉珏知道他是谦虚，笑道："那太好了，想请先生再帮一个忙。"冉珏就将宋慈画的赵奎肖像拿出，说道："烦请先生，给这幅头像添上胡子。"叶绍翁笑道："这个不是难事。"于是江万载把等在门外的那个军官叫了进来，让他把贾逑的胡须特征描述了一遍。叶绍翁听完以后，进屋不到片刻，将画像还给了冉璞。那军官看完之后赞道："这幅画像非常接近贾逑。"三人就向叶绍翁躬身施礼，感激不尽。叶绍翁微笑着说，下次再有这等事情，欢迎随时来找他咨询。

于是众人别过叶绍翁，三人火速赶往江边。路上，江万载对二人说："此刻钱塘江潮刚退去两日，江上行船因为要躲潮，不会有很多。如果这个贾逑真的要过江，他也不容易寻得渡船。"冉珏说道："只要出得价钱，一定能找到船夫的。"众人到达江边，只见江上渡船果然很少。江万载就分派手下士兵，让他们四下里寻找船只和划夫。

冉珏对江万载说："你们在这里找船夫，我去寻找一下叶先生说的那个亭子，确认一下那副对联，再看看那里有没有什么线索。"江万载和冉璞答应，于是三人分头行事。

不到一炷香的工夫，江万载和冉璞果然找到了一些船夫，冉璞向他们逐一出示了画像，问他们是否见过此人。令他们惊喜的是，其中一个船夫说他刚刚见过画像上的人。江万载立即告诉船夫："我们是官差，就是来抓捕此人的，他现在去了哪里？"那船夫见江万载穿的是禁军衣装，再看他们说话做事，心里明白江万载所言不假，于是递给了江万载一封信，说是那人上船离开之前，给了他一些铜钱，让把这封信交给官府。江万载和冉璞觉得大有蹊跷，赶紧打开一看，信上面写着一列字，这字迹跟刚才那句诗显然是同一人所书，写的是："禁军里藏有金国奸细，是他们杀了夏泽恩。"

　　江万载读完，倒吸了一口凉气。禁军里竟然有金国奸细？是真的还是假的？这贾遴为何要在此时留下这些字呢？他又为何不站出来指认呢？冉璞在一旁看了，也是觉得匪夷所思。冉璞问船夫："此人已经离开多久，现在去追，还能追上吗？"船夫说他雇了一条小船，向下游驶去了，已经有大半个时辰左右，只要没有上岸，用大船去追，兴许能追上。

　　于是江万载命船夫找一条大船来，船夫问道："大人，前方不远就有朝廷的水师战船，为何不去那里调船？"江万载说道，"现在去调官船怕是来不及了。你认得那人雇的船，所以就请你帮忙了，务必再多找一些划手上船，事后必有奖赏。"

　　这船夫倒也利索，很快就找来一艘空置的大船和一些划手。江万载吩咐两个士兵去接应冉珽，然后和冉璞带着其余几个士兵上了船，起锚直奔下游急速追去。

　　此刻冉珽正在六和塔附近的一个小山上找到了一个那个半山亭，果然在亭柱看到了这两句："一枕巫山生云梦，九曲钱塘渡月潮。"于是冉珽开始在这个亭子里仔细地搜寻了起来，希望能发现一些有用的线索。搜了一会儿，并没有什么特别的发现，冉珽一抬头，发觉这里是一个观赏钱塘江景的绝佳之处，但见群山环绕，午后的日光照在一众山麓之上，深秋的树影色彩斑斓。向远处极望，一江钱塘之水滚滚而来，江面上片帆点点，闪现在粼粼的波光之中。这个景象是如此的熟悉，跟昔日站在岳麓山上观赏湘江，竟然非常相似，所不同之处是湘江北向流入洞庭，而钱江东向流进大海。

　　冉珽若有所思，莫非这个贾遴真是潭州的赵奎？他身处异乡，如果思乡之时，这里倒也是个散闷的去处。冉珽下山之后，就遇到了两个前来接应的禁军士兵。士兵告诉冉玭，江万载和冉璞他们上船向下游追贾逵去了。冉玭听得已经确认了贾逵，顿时心头涌上一阵高兴。

此时江万载指挥众人快速划船，向下游如飞一般地追行了约一个时辰，终于看到前面有一艘小船，正在向北岸靠去。船夫说道："就是这艘船。"江万载问船夫道："如果他们上了北岸，会是什么地方？"船夫仔细观察了一下，回道："看方位应该是盐官金牛山。"冉璞说道："看来，他是想取道嘉兴府北上。"江万载听如此说，吩咐划夫们加速追上小船。

不到片刻工夫，两船逐渐靠近。江万载让士兵们齐声喊停，那小船起初加速靠岸，眼看大船速度实在太快，就逐渐慢了下来。就在江万载吩咐人准备绳索套住小船的时候，只听得一声弓弦响，一个士兵腿上中箭倒地，其他士兵见状纷纷后退。然后又是接连几声弓弦响过，几个划夫纷纷中箭，但都不是致命之伤。这时大船之上没有人再敢划船，于是就停了下来。

然后小船也停了下来，只见一人从船舱里站出来，手里正拿着弓箭。冉璞见此人身形，分明就是赵奎，于是高声喊道："赵奎，好久不见，别来无恙？"那人果真是潭州的赵奎，哈哈笑道："你果然是冉璞，好手段，竟然能追到这里。我们在潭州输给你们，看来并不冤枉。"冉璞和江万载见赵奎被逼得现身，心里一阵高兴。

冉璞高声问道："赵奎，你要交给官府的密信，我们已经看到了。你到底是什么意思？"赵奎回答道："夏泽恩不是我杀的，你们得信我。他是被在禁军里藏着的几个金国奸细给杀了。"江万载问道："你的话有证据吗？"赵奎哈哈笑道："赵奎可以做尽你们所说的坏事，但有一样：我最讨厌金国人。他们那几个人再怎么伪装，都掩盖不了那种金国士兵才有的气味，我轻易就能闻到。"冉璞问，"他们现在哪里？"赵奎回道："夏泽恩生前统领的士兵中应该就有。你们快回去查罢，让他们都脱去上衣，只要臂膀上刻有一个虎头标志的，就是金国奸细。"江万载问道："为什么？"

赵奎说道："我曾经杀过他们其中一个，所以知道。这些人是金国前丞相术虎高琪在进攻我大宋之前布下的棋子。当初，他从金军的精锐里面，选拔了几十个武艺出众，尤其精通箭术的士兵，训练了一年之久，才派到我大宋境内，专门执行刺探暗杀。这批人的共同特征之一，就是在臂膀上纹了一个虎头标志。"冉璞问道："那术虎高琪早就被金主诛杀，如何调遣这些奸细？"

赵奎笑道，"所以他们就成了闲棋冷子。不知道为了什么，一个月前，他们突然开始频繁活动起来。而且被我发现夏泽恩身边就有他们的人。"

江万载和冉璞互相交换了一下眼神，都觉得赵奎的言语似乎是可信的。江万载问："赵奎，那你为何不早点告诉官府，却要等到今日，有什么特别用意吗？"赵奎又嘿嘿笑道："我来到临安，能得到个安身之处，已经不易，当然是多一事不如少一事。可我一直就不喜欢金国人，更何况是金国探子？如今我要离开了，离开前想做一件对朝廷有好处的事情，所以就给你们留了线索，看看你们有没有人能看懂我留给你们的谜团。我没想到你们不但懂了，而且还追上来了。"

冉璞接话问："既然不是你杀的夏泽恩，为何要逃跑，主动让自己涉嫌呢？"这话问到了赵奎的痛处，赵奎笑道："问得好。是我自己要走的，没有人能强迫。"冉璞和江万载都知道他这是在强辩了。冉璞自信地笑着说道，"你必定是接到了什么人的紧急报信，说我们就要来捉拿你，所以你就赶紧逃了。"赵奎又是笑道："没有人给我报信，你们就不要乱猜了。我已经告诉了你们谁是凶手，赶紧回去罢，晚了就抓不到他们了。"

江万载说道："你为何咬定是那些人杀了夏泽恩？是不是目睹了他们杀人？"赵奎不理江万载，转头对冉璞说道："那日，我也想追上杀你。只不过我得到消息比较晚，在追你的路上，我撞见了他们之中的两个。等我赶到的时候，夏泽恩已经死了。那天我看了他们的伤口，都是被射死的。那天除了这些金国刺客，一般的禁军士兵哪有这个能力？"江万载继续问道："那就是说，你并没有目睹他们杀人？"赵奎大声笑道："不是他们，难道就一定是我吗？"冉璞虽然心里已经相信了赵奎的话，但仅凭他赵奎的话，当然还不足为信，于是问道："赵奎，你说那几个金国刺客杀了夏泽恩，他们是为了什么呢？"

这时，赵奎开始不笑了，说道："这就要你们去调查了。我已经告诉你们太多，回去罢，不要再追我了。如果一定还要追，你们看！"说完，猛然一箭射中了大船的桅杆上，箭头锋利至极，直接穿透了桅杆。然后赵奎吩咐船夫"开船"，那船夫赶紧划船离开。此时大船上的划夫们已经被吓坏了，说什么也不肯站起来划船，江万载大怒，命令士兵们去划船，可这些士兵不是水师兵卒，从没有受过水上训练，甚至无法配合使得大船开动起来。只好眼看着那小船划远，直至上了江岸。

看着逃远的赵奎，不知为何，冉璞突然对他有些欣赏起来，这人的箭法高超，人又非常精明，却偏偏喜欢去做那些见不得人的勾当，这真是卿本佳人，奈何做贼！

江万载知道水战以弓箭第一。刚才如果不顾后果地冲上小船去抓捕赵奎，恐怕也实在胜算不大。好在赵奎已经暴露，回去立即加急发往各地，严斥各州府加紧通缉捕拿赵奎，料他也跑不远就是。于是江万载跟冉璞商量了一下，决定先返回大营，然后再行计议。

第五十九章　面折廷争（一）

江万载和冉璞回到禁军大营，此时天色已晚，二人本想直接通知夏震，值日军官说殿帅已经离开了，现在是统领彭壬当值。江万载跟冉璞说："你且在这里等等，我去向圣上报告今日之事，请旨明日继续调查此事，如何？"冉璞点头答应。

江万载是理宗的贴身护卫之一，进出内宫都很方便。很快他便见到了理宗。当理宗听说禁军里可能藏有金国刺客，而且他们很有可能就是暗杀夏泽恩的凶手，震惊之余，不禁有些怀疑起来，问江万载："这件事情你们核实了吗？可不要受了别人的诬骗！"江万载犹豫了一下，回答道："陛下，此事我们也是将信将疑。但臣觉得应该宁可信其有，不可信其无，这件事情最好彻查一次，以消除可能在禁军里的隐患。至少，我们已经确认了朝廷钦犯赵奎，的确是藏在了禁军。臣以为，禁军需要大力整顿了，这是迫在眉睫的事情。"

这番话说动了理宗，于是他下旨江万载彻查此事，明日要通知一下夏震。江万载问是否知会一下现在值日的彭壬，理宗想了一下，说道："可以。"然后让小太监董宋臣跟江万载一起向彭壬传旨。当彭壬听董宋臣传旨让他跟江万载一起彻查禁军，完全摸不着头脑。董宋臣一走，他就迫不及待地问江万载究竟怎么回事，江万载就把今天发生的事情告知了他。

彭壬登时勃然大怒，竟然有朝廷钦犯赵奎，而且可能还有几个金国刺客，悄悄藏进了御前禁军？这个赵奎曾经杀了一个禁军士兵，还声称杀的是金国奸细？简直是匪夷所思！最让他恼火的是，发生了这么多事情，自己竟然毫不知情。所以他连声说道："不可思议。"

江万载问彭壬："听说将军你认得真德秀大人的一个部下，名叫冉璞？"彭壬点头说："是的。"于是江万载让人将冉璞请了过来。这是冉璞离开湖州后第一次见到彭壬，拱手说道："彭将军，一向可好？"彭壬笑了说道："冉兄弟，在湖州时我邀请你来禁军，你不来。如今怎样，你自己来了。"冉璞微笑着回道："彭将军说笑了，在下是来协助查案，可是不敢攀高啊。"彭壬呵呵笑道："你们真大人现在名满天下，冉兄弟又怎会愿意来我们这儿呢？"两人笑着寒暄了几句，这时江万载已经想好了明日的计划，就跟彭壬和冉璞说了，两人都没有异议。现在已经夜深，于是各人离去分头准备。

冉璞回到延祥居时，真德秀和冉琎正在不安地等着他，见他平安回来，两人这才放下心来。真德秀听讲冉璞还没有来得及吃上晚饭，就让从事马上送来一些食物。冉璞就一边吃，一边将他们追捕赵奎的详细情形讲述了一下。真德秀听得赵奎居然逃到了临安，而且藏到了禁军里面，不禁皱起了眉头。

冉琎说道："大人，朝中一定有人接应赵奎，不然无法解释，他怎么能够悄无声息地进入禁军，又及时逃脱我们对他的追捕。一定有人给他提前透露了消息。"冉璞赞成道："我们在临安府议论案情的时候，恐怕消息就已经走漏了。"真德秀问道："你认为临安府有人通风报信？"冉璞回答道："恐怕还不止临安府，殿帅夏震，他的行为也十分可疑。"冉琎说道："各级衙门有官员相互勾连，这也是司空见惯。我们只是不知道是哪个环节泄露了消息。"真德秀说道："禁军里面居然会藏有金国刺客，此事实在令人惊骇。你们一定要帮江万载他们彻底查清这件事情，这直接关系到朝廷中枢的安全啊！"

冉琎问："大人，明天我是否也一起去？"真德秀想了一会儿说道："冉璞一人去就够了。毕竟我们跟夏震和彭壬他们不甚熟悉，去的人多恐怕不好。江万载虽通情达理，只是还太年轻，关键时候说不上话的。"冉璞点头答应。

次日清晨，冉璞赶到了禁军大营，跟彭壬和江万载汇合，彭壬下令夏泽恩的原部人马通通到校场集中，然后清点人数。士兵们到齐之后，彭壬宣布：

"奉圣上旨意，今天我们要挑选一些精干的人选，去完成一项重要的任务。"然后，彭壬命令十人一组，排成一行，一起脱去上衣。这些军官和士卒们都面面相觑，不知道彭壬这是要干什么，但看他们的神态大异平常，充满了一股肃杀的气氛，都惴惴不安起来。就这样十人一组地查看，一直到了倒数第二组时，突然有一人跑出队列，急速冲向校场边上的战马，彭壬和江万载见状马上带人追了上去。说话间，那人已经翻身上马，随即取下了弓箭，搭箭上弓，冲着奔来的彭壬放出了一箭，彭壬急忙闪过。只听到弓弦连续响动，那人接连放出了几箭，射倒了几个冲在前面的卫兵。

其他士兵见状，一时不敢再冲上去。这时江万载赶到，举刀劈了过去，那人急切之间只得用弓去挡，被江万载一刀削断。那人只好就势滚下马来，起身之时，手里多了一把短刀，跟追上来的江万载缠斗在一起，一时间两人拆解不开。此时一直旁观的冉璞，看到又有一个未被检查的士兵，正乘乱悄悄向外走出，就提刀直奔那人而去。那人见他追到，索性拔出腰刀，返身奔向冉璞而来。两人刚打了个照面，冉璞突然喝道："你们为何要杀了夏统领？"那人听到这话一愣，脱口回道："他是该死。"然后向冉璞袭击了过去，两人就厮杀在一起。一时间校场秩序大乱。

彭壬这时赶到了江万载那里，二人一起截击，那刺客抵挡不住二人的联手进攻，转身准备再次上马，却被彭壬用刀缠住脱不了身。这人陷入绝望，举起短刀向自己腹部插去，登时倒地气绝。而冉璞那里也占了上风，那人敌不过冉璞，正要逃走，众士兵赶到，刀枪齐上，冉璞急忙大喊："刀下留人。"乱斗之中，哪里有人理会冉璞，那人霎时被众士兵乱刃杀死。彭壬赶到，看到这个情形不由大怒，喝道："谁要你们杀死他的？现在连个活口都没有了。"这时江万载赶到，命令小校将二人尸体搬到大营里去。然后恢复校场秩序，继续检查其余之人，却再没有发现异常情状。

彭壬、江万载和冉璞回到大营后，命小校将两具尸体上衣脱去，果然在臂膀上发现了虎头纹身，证实了赵奎之言。冉璞告诉彭壬和江万载，他们应该就是杀死夏泽恩的凶手，其中一人刚才已经自己承认了。

彭壬和江万载商量了一下，由江万载回宫向理宗紧急报告，彭壬去找夏震通报此事。理宗闻讯大怒，堂堂御前禁军竟然真的混进了金国刺客，于是下旨，严令夏震跟彭壬与江万载三人，在所有禁军各营当中追查其他刺客，宁愿错杀，也坚决不要放过任何一个。

　　江万载他们一直忙碌了三天，才基本查完。除了那两个被杀的刺客，还未有其他发现。因为调查是秘密进行的，所以金国刺客一事并未引起大臣们的关注。但是理宗的心里觉得受到了很大威胁，他已经对夏震失去了信任，准备重用江万载和彭壬二人掌管禁军。

　　金国刺客的事情，虽然没有引起整个朝廷的轩然大波，却在知情的高层内带来很大的震动。原来这些金国刺客多年以来，一直受那个"通天"的富商莫彬秘密控制。他当年曾经频繁往来于金宋之间，因为生意做得很大，引起了当时金国丞相术虎高琪的注意。术虎高琪软硬兼施地胁迫了莫彬为他效力。而莫彬自从投靠了术虎高琪，也得到了巨额的回报。他往返于宋金两国，周旋在两国达官显贵之间，生意做得越发兴旺。当然，他少不了要为术虎高琪干一些秘密的勾当，将大量的朝廷情报传递给了金国。这些金国刺客就是术虎高琪当年交给莫彬的部下，他们一方面听从莫彬的调遣，另一方面也在监视控制着他。

　　然而事与愿违，不久后术虎高琪被金主杀死，这些人就成了无主之人，也不敢再回到金国去，只好投靠了莫彬。莫彬成了他们的新主人后，就将其中两人安插进了禁军。如今，他们被江万载和冉璞他们发现了，莫彬的心里当然惴惴不安。

　　于是他去见了堂兄莫泽，通报了这个事情。莫泽问他："你可有把柄落在他们手上？"莫彬摇头否认说："暂时还没有。但如果一直追查下去，很难说下面会发生什么。"莫泽点头说道："那就让他们无暇顾及此事罢。这个真德秀和他的手下实在太麻烦了。"他让莫彬赶紧去找梁成大，然后做一件两人早已计划好的事情。听罢，莫彬点头离去，来到了梁成大府邸，送上了五百两银子。梁成大说道："老莫，你有什么事情尽管说，大家都是自己人，就不要客套了。"莫彬回道："梁大人，听说那陈起的印书坊被你查封后，至今仍未有人承接。如今我有些兴趣，要把那个印书坊承办下来，望梁大人通融一下。"梁成大笑道："这有何难。"随即叫来了差事，让他领着莫彬去找临安府管事的："你们去临安府，跟那管事的小吏说一下，就说我同意了。他会把那个书坊交给你的。"莫彬拱手说道："多谢梁大人。"

　　于是莫彬顺利接管了印书坊，看到架子上木格里面的活字模具和油墨等物事都是齐全的，莫彬心中不由大喜。马上派管事将从外地请来的一个熟练工匠，秘密地领进了书坊，忙碌了一日，赶制印刷了一批传单。事后把所用模具销毁了大半，再将工匠悄悄地送出了临安城。然后一切就绪。

这夜，数个黑影在临安城里忽闪忽隐，他们到处抛撒传单，甚至撒到了皇城门口。第二天清早，晨起的人们纷纷地传看这些传单，上面写着"湖州赵大王""湖州奇冤"或者"济王罹难"等字样。一时间临安城里谣言四起，人心不安。很快，这些传单被送进了皇宫和宰相府里，大臣们全都在议论纷纷。理宗看到这些后，心中愤怒至极，命令江万载和董宋臣立即到临安府去，严厉责问临安府为何如此怠慢失责！要求吴全必须善后，并限期侦办此案，抓住这些散布恶毒谣言之人。

而宰相府里的史弥远看了传单后，心情却是非常平静，甚至还有稍许兴奋的样子。他让人把临安城里最有名的杂剧班子请来了，唱上一段自己平日里喜欢听的"吹面无寒，沾衣不湿，岂不快哉……宿酒难醒，多情易老，争奈传杯不放杯……"

史弥远正在听得入神之时，万昕进来报说莫泽、赵汝述、梁成大和李知孝他们几个人来了。史弥远让万昕叫他们进来，见四人进来后，向他们招手说："来，都坐下听听，真是好戏词啊。"四人坐下，梁成大正要说话，却见史弥远闭上了双目，好像是在养神，又像是在听戏文。四人只好等着，因为没有心思听戏，都在看着史弥远的神情。过了一会儿，四人看史弥远没有让戏班停下来的意思，互相看了彼此一眼，李知孝起了个头，说道："史相。"史弥远听到他要说话，并没有睁眼，只冲他摆了摆手，意思是让他听戏，四人只好继续等着。

过了有半炷香的工夫，又唱道："不动纤毫过此关。把龟蛇乌兔，生擒活捉，霎时云雨，一點成丹。"史弥远这时坐了起来，说道："好词啊，要想过关，须把龟蛇乌兔，生擒活捉。"然后看着四人，说道："此次过关成功与否，就看你们几位了。"梁成大沉不住气了，问道："那史相的意思是，该是何日呢？"四人都看着史弥远。史弥远想了一下，说道："那就明天罢。"然后对万昕说："老万，该说的我都已经跟你说了，不想重复一次。你跟他们具体布置一下罢。还有什么事情再跟我说。"然后他冲每个人笑着示意了一下，四人都明白他的意思，起身跟随万昕到隔壁密室去了。万昕将史弥远的计划一一交代，几个人心领神会，各自领命而去。随后，史弥远吩咐万昕到夏震府里去一趟，告诉夏震不要丧气，明天的朝会，他一定要去。

第六十章　面折廷争（二）

此时的临安府，像炸开了蚂蚁窝一样乱哄哄地，吴全觉得自己就快崩溃了。一个禁军统领被杀案，到现在自己只查了一半，虽说冉璞、江万载那里说是查到了真凶，可还没有得到刑部和大理寺的最终认可。昨夜又冒出一个惊天大案：竟然有人如此胆大狂妄，在临安城里四处散布为济王鸣冤的传单，难怪皇上震怒。他已经派出了所有捕快和探子，到临安城里所有的印铺和书行仔细查访，到现在还没有查到有用的线索。如果过了皇上的限期查不到作案之人，自己的官运算是到头了。他心里暗暗叹道，能得个平安退下，就是祖宗护佑了。

就在他一筹莫展的时候，管事来报，真德秀大人派属下冉琎前来议事。吴全眼神一亮，上回宋慈等人来衙里查案，宋慈和冉琎兄弟都给了他很深的印象，他知道这都是非常精明能干的人物。他现在过来，一定跟这个案子有关，赶紧让人把冉琎请进来。稍许工夫，冉琎进来，吴全迎了上去，问道："冉先生，真大人差你过来，可有什么指教啊？"冉琎拱手施礼说道："吴大人，我们真大人听说了传单之事，非常震惊。特地差我前来，跟您借一些收缴的传单，我们要仔细研究一下。"吴全回道："这个好说。真大人如肯施以援手，吴全感激不尽。"于是让主簿拿了一些传单，放在官袋里面封好，交给冉琎签收。

冉琎称谢就要告辞，吴全赶紧拦住，谄笑着说道："冉先生稍候，本官想请您指教一下，您觉得这个案子会是什么人干的呢？"冉琎笑道："吴大人，我们也是刚刚知道这个案子，在下此来就是要帮助吴大人您破案。如果有任何发现，我们一定在第一时间通知吴大人就是。"听了这话，吴全仿佛落水之人突然得救了一般，感激地握着冉琏的手，说道："多谢真大人，多谢冉先生。"冉琏又问道："吴大人，您去查了城里的印书铺没有？"吴全说道："捕快们都去了，到目前还没有什么发现。"冉琏就拱手告辞。

回到了延祥居，冉琏打开了公文袋，掏出所有传单，一张张开始查看。此时真德秀外出办公事去了，冉璞从外面回来，看到摊了一桌案的传单，好奇地拿起了一张观察起来。冉琏问道："你看出了什么？"冉璞闻了闻手中的传单，说道："这个墨色、味道，都像是刚印出来不久的。"冉琏笑道："正是如此，应该就是这两日内印制的。"冉璞说："临安城里大概有上百家印铺罢，一家家去查，总会查到端倪的。"冉琏想了一下说道："估计没有那么容易。"冉璞问："这是为何？"冉琏笑道："只怕有人并不想查出来。"

真德秀回来后，冉琏把公文袋呈给他，真德秀打开看了几张传单，问道，"今天你可查到了什么线索没有？"冉琏摇头说道："城里有众多印书坊，临安府已经派出大量捕快差役，吴全说正在一家家排查。可我觉得很可能查不出什么线索来。"真德秀问道："这是为何？"冉琏笑着回道："即使查出了什么，只怕那吴全也不敢声张，更不会继续查下去。"真德秀若有所思，说道："有人在临安城里突然散发这样的传单，他的目的究竟是什么呢？恐怕就要出大事了。"冉琏说道："明日朝会，大人千万小心。我总感觉那些人正在跃跃欲试，他们要在朝里掀起一阵风波。很可能就是冲着您和魏大人等诸位来的。"真德秀默然想了一阵，让人备轿，他要到魏了翁府上去一趟。

这夜，临安城里的各位朝廷大员们都是心事重重，不约而同地预感到了，第二天的朝会恐怕会有事发生。

次日早晨五更时分，冬季的街道上寒意逼人。此时天色尚早，到处漆黑一片，引领大臣们官轿的灯笼显得格外醒目。各位大臣的官轿陆续到达了皇宫门口，随着钟声响起，宫门开启，百官们身着朝服，手执笏板，排列整齐，依次进入宫门。今日上朝在端诚殿，进殿以后，大臣们按官职序列排队朝班，全都默然无语，等待着理宗上朝。过了片刻，理宗进殿，一眼就望见宰相史弥远今日也来了。众臣向理宗拜礼已毕，理宗询问道："众位爱卿平身。今日可有事情陈奏？"

大殿内鸦雀无声，空气中透着紧张，还有一种诡异的气氛。一些心里有事的大臣，心里越发得忐忑不安，临安府少尹吴全已经紧张得双手开始微抖起来。这时一人站出班列，说道："陛下，臣有事要奏。"众人一看，是御史王仁。

理宗点头说道："有事奏来。"王仁奏道："臣要弹劾临安府少尹吴全。"吴全听到，立时觉得自己的腿已经发飘了，几乎就要站立不住。王仁继续说道："前日夜里，有心怀叵测之徒，在临安城里到处散发传单，所写的都是大逆不道之言、猖狂悖乱之语，貌似为了济王鸣冤叫屈，其真实用意是在侮辱圣上，搅乱朝纲，让我大宋人心不稳。其心之毒，令人发指。身为临安府知事，吴全责任重大，但他却辜负了圣心，未能尽职看护好京城门户，阻止此等宵小恶行。臣以为陛下应该另择合适人选，不让此等事故再次发生。"王仁刚刚说完，吴全已经跪倒，带着一丝哭腔向理宗奏道："为臣也心中惭愧，请陛下治臣无能之罪。"

理宗看着吴全，心里怒气难消，但是他竭力隐藏了自己的厌恶情绪，面无表情地说："让你限期破案，你可有进展没有？"吴全嗫嚅着回道："临安城里有将近百家书坊，臣已经派人追查了一半左右，目前还在继续调查。"

这时李知孝出班奏道："启禀圣上，臣以为吴大人查案的方向错了！"理宗看着李知孝，知道他话里有话，就问道："李爱卿，你有什么看法？"李知孝回答道："前些日子，胡梦昱狂言乱政，被贬走象州。听说他的同党对朝廷愤恨不已，臣以为这些传单就是他的同党，或者是一些同情济王之人，出于泄愤所为。吴大人，你应该首先去查查这些人。"

听到此言，魏了翁从队列中站了出来，愤怒地说道："陛下，李大人刚才的话，貌似公议，实则挟私，心怀不轨。他是要在这朝堂之上，借此事掀起一股整人的恶风。"李知孝冷笑道："魏大人，你如果胸中无愧，何必心有戚戚？那日你到城外给胡梦昱送行，还写诗赠别，分明就是他的同党。"魏了翁正色回答道："自陛下登基以来，谕旨多次告诫群臣，不要再搞朋党之分。今日李大人为何明知故犯，又提此言？"李知孝一时理亏，只好不语。

魏了翁继续说道："济王赵竑，乃是皇族，身死之后，负责治丧的官员却安葬得极其潦草，下葬的仪式也不合皇家规格。因为此事，民间流言四起。臣已经多次进谏皇上，宽宥人伦，厚葬济王，传言自然平息。而且对湖州一案，朝会上曾经确定了由刑部、大理寺和御史台共同审理，可是至今尚没有定论。所以民间才会一直流言不断。"

这时，真德秀出班奏道："魏大人所奏关于安葬济王一事，臣在礼部多有耳闻，济王善后事宜并没有公之于众，其中多有赏罚徇私、馈赂公行之事。为臣也曾经多次上疏陛下，济王之事有违纲常，未尽人伦。仁君圣主，当力行众善，以掩前非，将来就一定可成为盛德之主。这是愚臣的一片心愿，也是天下人之愿！"

殿内很多大臣们听了真德秀这些话，都纷纷点头，心里暗赞真德秀敢于仗义执言，一些人甚至直接低声赞好。这时，站在队列首位的史弥远，有意侧回头看众人的表现。众人见史弥远严峻的目光扫了过来，都纷纷低头不语。史弥远看众人不再说话了，这才转回身子。

真德秀刚刚站了回去，梁成大出班奏道："启奏皇上，臣以为刚才真大人之言其实是大佞似忠，大辩若讷。他是要假借高尚之节以要挟圣上。臣曾经听说有人评价，他的所学，其实是欺世盗名的伪道学。"魏了翁大怒说道："梁大人，请你注意朝堂的体面，不要好似骂街一般，如此出口伤人！"这时莫泽站出来说："陛下，臣以为梁大人所言极是。"

此刻，大殿内气氛骤然紧张，一场激烈的朝堂争辩，已经点燃并且大有随时激化之势。李知孝再次出班说道："陛下，臣想说句无关的话。为臣曾经上表说过，近来一些官员都喜欢追求'名声'，真正为国考虑而有作为的人很少，附和偏激的人变多了。这些偏激的人，往往担心皇上不能信任选拔他们，甚至担心朝廷不能容下他们。"李知孝停顿了一下，看到史弥远频频点头，就继续说道："所以他们在朝堂之上喜欢说一些慷慨激烈的话，来故意显示自己的忠心。然后退朝就等待朝廷贬斥的命令，最终他们会恳切地请求离职而去。这些人的真实目的是，希望邀买人心而拔高自己的声望。这就是为臣所不能理解，更加不能苟同的地方。"

史弥远听完之后，站出来说道："什么是识人断事，什么是为国尽忠，李大人能说出这番话来，他就是这样的人。"说完回头看着众人。理宗心里对史弥远的话并不以为然，但他一句话也不说，他也同时观察着众人的反应。

梁成大见史弥远出来说话了，就附和说："臣也深表赞同。刚才李大人的话，真是一语中的啊。在我看来，真大人刚才所说乃是真小人之语，而魏大人之言就是伪君子之言！"

这话一出，大殿内议论纷纷，有大声说好的，有怒斥梁成大太不像话的。

真魏二位对他的这些话根本不屑一顾，都面露鄙夷之色。而乔行简、郑清之和余天锡他们这些人，则面无表情，甚至闭起了眼睛，假装瞌睡了。此时史弥远干脆彻底转身，他要盯着看现在群臣们都是什么表现。而理宗不但看了群臣，更是仔细地观察着史弥远的反应。

群臣的声音逐渐平息下来后，翰林学士洪咨夔站出来说道："陛下，臣想奏劾太学院最近管束不严，太学生们对大臣颇有不敬之处，应该严加斥责才是。"理宗问道："爱卿这是何意？"洪咨夔回答道："臣最近去太学院，亲眼看到太学的学生们将梁大人的名讳添了一笔，实在不妥至极。"旁边有人起哄道，"洪大人，你说的是哪个字啊？"洪咨夔正色答道："他们实在不成体统，在梁大人名讳的最后一字多加了一点。"众人都在想，"大"字多了一点，但他们说的不是"太"字，应该是个"犬"字罢？众人忍不住都想大笑，已经有人憋不住扑哧笑了出来。原来，梁成大对史弥远府上的管家万昕颇为巴结，来往密切，二人引为密友，这是众人皆知的事情。很多人都非常看不起梁成大甘愿做个相府奴才。

梁成大顿时又羞又恼，对洪咨夔怒目相对。这时史弥远又站了出来，说道："他们这些太学学生说对了，梁大人是朝廷的'鹰犬'。有他在，就是朝廷之福，可以震慑诸邪。"史弥远说出这话，众人都默不作声了。

一直没有说话的赵汝述站出来说："陛下，臣有事要奏。"理宗说："爱卿奏来。"赵汝述大声说道："臣在审理湖州之案时候，发现真大人写过一封书信给济王赵竑，信里内容对朝廷，对圣上多有不满之词，而且有挑唆济王之意。"这话一出，整个朝堂又是一片哗然。

真德秀大声抗议道："陛下，臣从未与济王有过任何书信来往。那信是有人伪造的。"

理宗之前就已经知道此事，见赵汝述在这个关节时候才说了出来，知道他们对今天的朝堂攻讦是谋划已久了。理宗说道："既有此信，为何不拿出来看看？"赵汝述就把那封伪书递给了小太监董宋臣。董宋臣呈上了书信，理宗仔细看完后，说道："此信委实难辨真假。"史弥远说道："今天朝堂诸位，颇多书法行家，何不传看一下呢？"理宗点头同意，于是董宋臣拿了书信，挨个地送给每位大臣鉴看，熟悉真德秀字迹的大人都说，这是一封伪书；更多的人此时已经不敢再说话了，只是推说看不出真假。

最后理宗说道:"今日朝起,朕选在了端诚殿。这'端诚'二字,经常萦绕在朕的心头。我希望诸位,能将它们写在案头,经常看看、想想。这封书信的真假,朕相信一定会水落石出的。诸位就都不要胡乱猜疑了,也不要再传一些捕风捉影之事。"理宗这话一说,很多大臣的心里都暗暗称赞。

史弥远随后出班奏道:"启奏陛下,真魏二位大人,今天的奏对多有对圣上不敬之处,臣以为应该有所惩戒。"理宗点头,说道:"丞相有什么意见,散朝后跟朕细谈。各位如果无事上奏,就散朝罢。"大殿里鸦雀无声,再没有人出班言事。于是董宋臣喊道:"散朝。"

然后理宗走了下来,挟着史弥远的手,两人一起走进了内殿。众人目送他们走了进去,都是满怀心事地离开了大殿。

第六十一章　西林茶坊(一)

朝会结束后,官员们三三两两走在返回各自衙门的夹道上。梁成大、李知孝和莫泽三人兴奋地边走边谈,后面有人喊道:"梁大人,李大人,莫大人,稍等一下。"三人回头看时,原来是赵汝述、聂子述、薛极和胡榘四人从后面赶上来。薛极冲着李知孝和梁成大二人举起大拇指,笑道:"李大人,梁大人,今天你们二位雄辩滔滔,那种凛然大义,实在让我等敬佩之至啊!"梁成大和李知孝笑着冲他拱手致谢。赵汝述也笑着对莫泽说道:"莫大人,我一直就纳闷,你一直捂着那封信没有揭开,还以为你要弃而不用了呢。没有想到,你用在今天了。真是令人意料不到啊!"聂子述惊讶地问道:"真老西有这样的信,原来你们一直都知道啊?"胡榘笑道:"这就是举而不发,待机而动,实在太妙了。他真老西做梦也想不到会有这么一手罢?"说罢,几人得意地大笑起来。

正在大笑之时,他们看见洪咨夔和几个官员正走过来,于是拦住了洪咨夔,李知孝阴恻恻地说道:"洪大人,你今天说的太学那里,究竟是哪个学生如此狂妄，竟敢侮辱朝廷命官？"洪咨夔微笑着回答道："梁大人，您宽宏大量，不与他们这些学生计较也罢。我回太学后一定会教训他们。"薛极听后讥笑道："李大人，我看应该是某些人想作朝廷'鹰犬'而不得，焦急难耐，所以编出这等龌龊之语，用来泄愤的罢。"聂子述、胡榘和赵汝述他们在旁边哄然大笑，几个人不停地起哄嘲笑洪咨夔。

看到今天在朝会上激烈攻击真魏二位大人的梁成大、李知孝和莫泽三人正站在一起讥笑自己，赵汝述、聂子述、薛极和胡榘四人聚在另一旁。洪咨夔突然也大笑了起来，对梁成大三人说道："今天朝会，丞相赞梁大人等为朝廷'鹰犬'，以为震慑之用。鹰犬者，可谓'凶'也。那么你们三位就合称'三凶'罢？"然后转头对赵汝述他们四人说道，"看你们四位，每人名字里面都带了一个'木'字，以后不妨就称作'四木'。今后你们几位就统称为'四木三凶'，各位以为如何？"说完拱手作别。旁边路过的官员听到了，全都偷笑着走过。七人站在那里，恨恨地盯着洪咨夔离去的背影，梁成大恼怒地说道："各位，洪咨夔不除，我等还有何颜面站在这朝堂上面？"赵汝述笑着说："不要急，就快了。"

此刻，理宗挽着史弥远的手，走进了内殿。理宗一边走，一边吩咐小太监董宋臣："去，拿个软垫过来。"然后体贴地对史弥远说道："丞相，朕知道你辛苦，站久了背痛，朕让人给你取一个软垫靠靠。来坐吧。"史弥远嘴里说着："多谢陛下体贴为臣。"说完并不等理宗先坐，自己先行坐了下去。

理宗只作不见，坐下来说道："丞相，有几件事情，看来必须要作了结了。"史弥远问："皇上指的是哪几件事情呢？"理宗示意太监董宋臣上茶，然后等他走开了说道："第一件就是济王。丞相，对于济王之事总要给个说法了。"

史弥远对此早已经想好，回答道："上回朝廷草率追赠济王为少师，现在看来是做错了。那样只能鼓励纵容一些别有用心的人，拿济王来反对我们，现在更有一批官员阳奉阴违，暗中造谣生事。他们的目的，非常不单纯。前夜临安城里传单的事情，说明他们可能要有进一步动作了。为了大局稳定，我们必须要用雷霆手段，才能及时遏制他们。"理宗问道："那么丞相之意如何？"史弥远说道："对于济王，李知孝已经屡次上表，他说赵竑在湖州的表现，就是首鼠两端，乘乱渔利。我认为他讲到了根本。朝廷应该褫夺他的王爵，臣建议今天就贬他为巴陵县公。对于济王妃，陛下不如就降恩旨让她到荐福寺出家，消除恶业，积累功德去吧。"理宗有些不忍，面露犹豫之色。史弥远看在眼里，说道："济王在湖州之变刚开始时的表现，已经说明了他是有野心的，只不过他发现那些人根本就是乌合之众，无法成事，这才改变了主意。试想，如果李全或者赵葵带兵去了湖州，他会怎样呢？他必定顺势称帝了。"听到这些话，理宗就说道："朕完全同意丞相的安排。"

史弥远继续说道："这次湖州平叛，余天锡老成谋国，功不可没，臣建议升任他为参知政事。"余天锡是理宗的恩师，理宗对他一直信任有加，对此当然赞成。史弥远趁势说道："李知孝和梁成大二人见识深远，此次颇多功劳，臣建议陛下予以重任。"理宗早料到他要拔擢二人，就问："丞相以为他们可堪何职？"史弥远不假思索地说道："李知孝升为侍御史，梁成大迁任监察御史。这二人一定可以胜任。"理宗点头说："朕没有意见。"

这时史弥远略微皱了皱眉头，说道："今日朝上，陛下也都看见了，那洪咨夔出言不逊，听说他平时对朝廷就颇多怨言。皇上告诫群臣不得擅结朋党，他却与胡梦昱等人结党乱政。胡梦昱被贬之后，臣听说他和魏了翁等人大放厥词，恨不得济王能够复生，他们好迎立为帝。是可忍，孰不可忍！臣建议将他立即锁拿，交刑部和大理寺严加论罪。"

理宗对洪咨夔印象颇好，有心保全此人，说道："大理寺少卿徐瑄前些日子上表，说胡梦昱此人刚正耿直，意图为他求情开脱。梁成大随后弹劾了他结党营私，徐瑄已经被降职贬了出去。朕担心再以同样的理由治罪洪咨夔，会激起更多人同情他们。"史弥远回答道："那样更好，可以看清楚还有哪些人是他们的一党。"

理宗心里无法同意史弥远的说法，站了起来，来回踱了几步，婉转地问道："丞相可认识广西军都统钱宏祖？"史弥远有些纳闷，不知道理宗是什么意思，问道："臣不认识此人，陛下为何有此一问？"理宗说道，"朕也刚接到密奏，说钱宏祖受到一个叫万昕的人胁迫，要他杀害胡梦昱全家。朕让人查了一下，朝中官员里并没有一个叫万昕的人。"

史弥远心里顿时有些恼羞，万昕平时做事一向老成，为何这次居然出了这么大的差错？他知道一定是有人出卖了万昕。史弥远见自己被人拿住了把柄，只能退一步了，面无表情地说道："那胡梦昱并没有被杀，说明这一定是谣言。"说到这里，他看了一眼理宗，见理宗正在微笑着看自己。

忽然之间，史弥远对这件事情有点不那么自信了，他不清楚理宗还知道多少他的秘密，于是改口说道："陛下刚才所虑，也有道理。只是对洪咨夔，也不能不加以惩处，那就将洪咨夔立即免职，遣回原籍罢。"理宗心想，对洪咨夔也只能保到这个程度了，大不了以后再调回任用就是。于是就说道："好吧，朕也同意。"

这时史弥远紧接着理宗的话说道："臣下面要重点讲讲魏了翁和真德秀，这二人必须严加惩治。为何？他们屡次诋毁朝廷国策，尤其对处理济王一事，说三道四。朱端常他们弹劾魏了翁欺世盗名，朋邪谤国。真德秀交结济王，他写给济王的书信何其恶毒。李知孝在弹劾真德秀的奏章里说得透彻啊：真德秀对皇上说过的话经常断章取义，用他的歪理邪说误导他人。李知孝建议说，如果真德秀不加收敛，再有类似狂妄的言论，朝廷应当追查他的责任，予以放逐，以正典刑。"说到这里，史弥远紧紧盯着理宗的眼睛，他知道理宗对真德秀非常信赖，所以想知道理宗会不会保，又如何保真德秀。

可是理宗的脸上仍然看不出任何表情来，这时他举起了茶盅，浅浅地尝了一口。史弥远见理宗不说话，就继续说道："臣一直以来，从未见到真德秀有过任何收敛。所以，臣建议，将此二人也全部免职，遣回原籍居住，不召不准返京。"

理宗放下了茶盅，说道："丞相，我们暂时不要说他们二人了罢。朕想跟你说说夏震的事情。"史弥远已经得知了在前几日，禁军里不但查出了朝廷钦犯赵奎，而且还发现了两个金国刺客。他今天正要为夏震求情。既然理宗先提到了此事，也就顺着理宗的话，故作疑惑的样子问道："殿帅夏震，他怎么了？"理宗知道他明知故问，干脆就当他不知情了，说道："丞相，朕这几日寝食难安啊。"史弥远听理宗这样说，问道："皇上所为何事？"理宗恼怒地说道："朕难以想象，就在朕的御前禁军里面，居然查出了两个金国刺客。殿帅夏震的侄子，禁军副统领夏泽恩在前些日子被人杀害，就是这两个刺客干的。"

史弥远吃了一惊，他只知道在禁军里查出了金国刺客，但没有想到夏泽恩居然是他们杀害的，这是为了什么呢？于是他问道："皇上，现在可有查出他们为什么杀害夏统领吗？他们又是如何混进禁军的呢？"理宗摇头说道：

"调查暂时还没有进展。出了这样的事情，夏震作为禁军一直以来的最高统领，他是难辞其咎。堂堂朝廷禁军，不但藏污纳垢，收容了通缉的逃犯，而且居然藏进了敌国刺客！难道夏统领真的一直毫无察觉吗？"史弥远觉得理宗问得虽然尖锐，可是提出的问题合情合理。理宗继续说："朕现在觉得这皇宫很不安全，所以想换换人主持禁军。丞相，你要理解朕的心情啊！"理宗这样提出了要求，史弥远觉得实在无法为夏震辩驳，只好说："陛下可有合适的人选没有？"

理宗又站起身来，踱了几步，说道，"江万载与彭壬二人，丞相看谁比较合适？"史弥远知道江万载是理宗身边的亲信，二人当中彭壬是老相识了，做事成熟老到，也可以信任，于是他就提议了彭壬。理宗点头说道："丞相建议彭壬，朕同意了。江万载此次查案，多有功劳，朕想升他为都指挥使，就做彭壬的副手罢。"史弥远想了一下，说道："江万载过于年轻，今年二十岁都还未到，恐怕暂时还难堪大任，多锻炼下对他有好处。"理宗说道，"丞相刚才的提议，朕一直都同意了。现在丞相也同意朕两条罢，怎么样？"史弥远听理宗这话不轻不重，好像有些骨头，就站起身来，说道："陛下所说，臣一定从命。"

理宗见他如此，便笑着说道："丞相请坐。那就好，江万载这件事就定下来了。"史弥远点头表示同意。理宗继续说道："真魏二位大人，他们都是理学大师，清流领袖，在满朝官员当中威望很高。朕听说丞相一直以来，对理学也是大力提倡，选拔任用了一大批理学官员。现在你要是把真魏二位都贬走了，不怕他们群起上疏反对吗？丞相，你再想想如何？"

史弥远听了理宗这话，确实有些道理，于是说道："臣建议对他们小有惩处，等他们悔改后，再调回来重新任用，陛下看，这样如何？"理宗笑道："丞相老成谋国，朕支持这样处理。"史弥远听理宗同意了，就说道："陛下，那就将魏了翁削官三级，暂时贬到靖州居住；真德秀也一样，只是可以留在临安，陛下看这样处理妥当吗？"理宗说道，"刚才朕说了，丞相今天也得同意朕两条，是罢？"史弥远只得再站起身，回道："陛下请说。"理宗说道："真大人就以焕章阁待制提举宫观闲差，任便居住，丞相看如何？"史弥远点头说道："臣从命。"

然后史弥远又向理宗奏报了李全那里的近况。理宗皱眉问道："那个叛将刘庆福，李全还没有惩处他吗？"史弥远回道："臣正要说及此事。那个刘庆福最近立了一大功，他的部下抓住了湖州变乱的首犯潘壬。此人乔装易服试图从楚州北上山东，被刘庆福的手下小校明亮发现并捕获。刘庆福已经派人押解潘壬送往临安了。李全上表，请朝廷治其罪，赏其功，功过相抵。陛下看，如何处理好呢？"理宗对李全他们没有什么兴趣，说道："丞相看如何处理合适，就那样办罢。"史弥远领命。其实史弥远和郑清之已经商量好了，还是要拉拢安抚李全为先，已经同意了刘庆福功过相抵。然后两人又谈了一些闲话，方才结束。

在回去的路上，史弥远回想了今天谈话的过程，觉得这个自己推上位的年轻皇帝，越发的成熟老到了，也越来越难以看透他的心思。他说不清自己是欣慰多些，还是担忧更多些，心情越发得复杂。这几天还发生了一些让他看不明白的事情，怎么会有金国刺客混进了禁军呢？那个潭州的钦犯赵奎，又是如何混进禁军的呢？难道是莫泽帮助他的吗？那么，金国刺客难道跟莫泽也有关系吗？想到这里，他不禁冒出了冷汗来。如果真是这样，他莫泽就是犯了通敌大罪，连自己都得受到株连。上次湖州之变中，有一个上官镕，这个人后来就失踪了，跟莫泽会不会有关呢？莫泽这个人，看来问题很大。今天幸亏没有在理宗那里提议褒奖莫泽。今后对他，要严加提防了。还有万昕，平时如此老道，这次居然被别人出卖了，还一点儿都没有察觉。他回去要敲打一下万昕，让他赶紧做好善后事宜。

第六十二章　西林茶坊（二）

此时理宗的心情很好，自己开始学着跟史相讨价还价了。在这以前，他从来没有这个胆量。他开始在心里时时提醒自己："我是君，他是臣。必须用别的大臣来平衡牵制史弥远，比如真德秀，就不能任由你史相开缺。"想到这里，他不禁笑了。

小太监董宋臣看到理宗心情不错，就凑趣地说道："皇上，今天外面正风和日丽，不如到西湖边游赏一番如何？"理宗说道："西湖那里所有的景致都已经太熟悉了，还有什么好地方吗？"董宋臣眼珠一转，说道，"上回陛下让臣到孤山那里勘选地段，修筑园林，结果我发现了一个好去处。"理宗奇道，"在孤山那里吗？"董宋臣回答道："是的，那里有个西林茶坊。"理宗生气道："茶坊有甚乐趣，都是些俗不可耐之人。"

原来，临安城里的大小商铺、茶坊和书铺，只要是有些名气，比较热闹的地方，董宋臣就会领着理宗悄悄地游访一下。他对临安城里的很多茶坊都非常不喜欢，因为那里往往都安排了说书唱曲的，理宗觉得那些地方太俗太闹。董宋臣笑道："这个西林茶坊不一样，是个雅致的地方。听说到那里的人本就不多，临安的文人墨客喜欢在那儿聚会，也有高官巨贾偶尔到那里谈事，图个清静。最近，那里来了一个奇女子，精通古今琴曲，只要客人点得出的古曲，她无不知晓，有人说她弹奏曲子，能绕梁三日，余音不绝。"

理宗笑道："这是胡扯了。"董宋臣接着说道："我听说她竟是个绝色女子，如今许多士人都喜欢去那里，花上高价，请美人弹奏一曲。"理宗问道："那这茶坊是个花茶馆吗？"董宋臣摇头说道："孤山那里开不得花茶馆的，这个茶坊是个正经所在。听说这女子只献曲，连饮茶都不陪的。"这样一说，理宗倒是被勾起了好奇之心，就说道："那今天我们就去拜访一下这位奇女子。"于是，理宗换上了一身丝锦儒生服，看起来就像个富家书生一样，董宋臣穿得像个随身小厮。临行前让人叫上了江万载，几个人一起先去西湖游玩了一圈，然后就逛到西林茶坊去了。

进了这西林茶坊，只见里面果然雅致，各处点缀了许多四时盆景，看似随意摆放，但稍一挪动位置，就会让人觉得不妥。墙上挂了一些字画。理宗自认对书法绘画都颇有心得，于是稍微驻足观赏一下，仔细看了这些挂图，立时觉得店主人确实不凡。原来，这里的字画虽然不是积年的古画，却全都是刘松年、李唐、马远和夏圭等人的画作，时下称为"四大家"。厅内正中，挂的是一张李唐的大幅山水，此画大开大合，笔意不凡，处处透出大斧劈的厚重之感。理宗正在观赏此画题跋，茶博士走了过来，要将他们引导入座。董宋臣问道："我家公子今日慕名而来，听说这里能听到古音？"茶博士笑道："你们是慕名谢安安小姐罢，她正在二楼奏曲。几位请跟我来，稍许我自会把她引来奏曲。"于是三人上楼，进了靠湖的一个大间。

　　三人于是落座，茶博士要给三人点茶，董宋臣就轻声问理宗："陛下，想点茶吗？"理宗连忙摆手，董宋臣明白理宗让他仔细不要透露了身份，于是笑着对茶博士说："天下名茶，我家公子都已经尝遍，绝不稀罕。就把你们时兴的饮品端上一些来罢，比如椰子酒、木瓜汁或者紫苏散什么的。"茶博士一听就知道，这几个人都是有来历的，赶紧笑着说道："客官们来巧了，本坊配制了新品，名叫鹿梨浆。要不，就上这个如何？"理宗点头，董宋臣说道，"好，就这个了。"说完，放下一小银锭。茶博士收了，让人送上几样精致的点心，然后去请谢安安。

　　过了一会儿，茶博士送来了鹿梨浆，理宗尝了一口，觉得清香扑鼻，爽口无比，很是受用。于是端了一盏，走到窗前，一边品尝梨浆，一边欣赏湖景。再过片刻，谢安安进来了，还有一个丫鬟捧琴跟着。理宗认真端详了一下谢安安，只觉自己眼前一亮，好一个秀美女子。只见她淡施铅华，眉如远山，面如芙蓉，这让理宗一下想到了以前读过的词句："露莲双脸远山眉，偏与淡妆宜。"理宗不由得心中怦然一动。又见她身穿淡黄襦裙，简洁而质朴，素雅而恬静。这实在是一个落落大方又楚楚动人的青春少女。理宗心里暗自称慕，不由自主地问自己：为何宫里没有如此气质的佳人呢？

　　原来谢安安就是谢瑛，跟着的丫鬟就是雁儿。那日，冉璞离开临安之后，谢周卿被刑部扣押，让人传话给了谢府家人。对出现这样的情形，谢周卿跟谢瑛早就谈过，谢瑛也是有了心理准备。每隔一日就让老家人谢安进一趟刑部大牢，带些可口的食物和换洗的衣衫看望谢周卿，还少不得花费银两上下打点，这样才使得谢周卿在大牢里没有受到苛责虐待。后来余天锡的夫人钱夫人无礼上门之后，谢瑛第二天就搬出了。谢周卿在牢里写了一封书信给好友叶绍翁，希望叶绍翁给谢瑛她们施以援手。也是凑巧，叶绍翁自家附近就有一处不错的小院，当日就租了下来，谢瑛她们就搬到了这里。可惜冉璞不知，竟然几次经过那处地方，不知谢瑛就在里面。

　　谢瑛她们自从到了临安以后，花费不菲，已然积蓄不多。老家人谢安跟谢瑛商量后，几人一起回了湖州，将谢府出售，这才度过眼前危机。但坐吃山空，总不是办法，等待冉璞又不见音讯。正在百般无奈之时，叶绍翁给她们介绍了这个西林茶坊，说是个正经去处，既然谢瑛擅于抚琴，为何不去那

里奏曲，多少可以补贴家用。叶绍翁跟坊主原是好友，自然一说就允。

于是谢瑛就用了艺名谢安安，在此奏曲。她希望有朝一日，冉璞能听说谢安安之名，就联想到家人谢安，进而寻到自己。令众人始料未及的是，听过她曲的人无不称赞谢安安色艺双绝，如今这个名字开始在临安大热，很多富家子弟和士大夫们都慕名而来。今天，理宗竟然也来亲自寻访她了。当然，安安毫不知情，眼前的这个年轻书生，居然就是当今天子。

安安进来之后，走到窗前桌旁，先向理宗等人敛衽致意，理宗点头微笑。安安是何等聪慧，才刚进来就发觉了理宗是座中上宾。这时雁儿将琴摆好，安安坐下，试了试琴弦，问理宗道："请问公子想听何曲？"理宗问道，"你们这里可有曲目？"安安微笑着说道："小女只会弹奏古琴之曲。至于奚琴、琵琶、秦弦或者玉管之类，小女不会。"理宗也非常喜欢古琴，平日闲时也经常抚琴，这倒也符合自己的喜好。于是他问道："各家宗派中，广陵、虞山、金陵、诸城、浙派、松江和岭南等各派，小姐出自何宗？"安安回道，"小女无宗无派，只是家中收藏了大量曲谱，经人指导，小女勤加练习，才有所小成。"听了这话，理宗心想，既然并非名家传授，此女琴艺多半只是平常而已。于是，理宗笑着说："那就请小姐随意弹奏一曲如何？"

安安知道他存了轻视之心，于是微微一笑，凝神想了一下，乐曲开始，只听飘逸的泛音将人逐渐领入水波荡漾、天水一色的如仙意境。她用娴熟的吟揉手法，围绕主音将旋律展开，然后层层递升，音律浑厚。又见安安大幅度地用手荡揉琴弦，听之不禁让人看到云水奔腾，万千景象，令人思绪翻滚。进入下一阶段后，情绪更为奔放洒脱。理宗不禁想象到一条江河，只见一江之水浩浩渺渺，奔腾不休，轰然汇入一个巨湖之中。湖面之上，水汽蒸腾，霞光映射，水面一片五彩斑斓，好一幅天光云影的美妙景象。

弹到此处，安安想起了冉璞，那日他曾经吟词和曲。现在她情不自禁地续上那日冉璞所吟之词："道弘今古追高洁，词非设，渺焉世事车悬辙。万顷江天一叶，此心无怵。南秦北越，一任周旋那曲折。"

理宗听到此处，拊掌赞赏道："真是妙极，听说这是一首新曲，不久前朕才刚刚听过一次，不想此处又得听到。"江万载听理宗不经意说了一个"朕"字，赶紧冲理宗使眼色，董宋臣也在桌下拉了拉理宗的衣摆。理宗明白了，赶紧补了一句："真的，是不久前刚刚听过。想不到小姐奏得如此传神，真是技艺非凡！”

安安也听到了一个"朕"字，但她并没有想到当今皇上那里去，听理宗夸奖，就笑了笑，说道："公子说得不错，此曲正是一首新曲，刚刚传回临安不久。"理宗说道："小姐可以奏一首古曲吗？"安安说道："公子请出题。"理宗脱口而出："我最敬佩的千古圣人之作《南风畅》，如何？"安安略感诧异，这首古曲相传为舜帝弹五弦之琴，吟歌南风之诗，作出了这首祈愿天下大治的《南风畅》。这首曲只用了宫、商、角、徵、羽五根弦，而少宫少商两弦都弃而不用，这在历代琴曲中是十分罕见的。

这曲既然是由舜帝创制，后人弹奏吟诵，当然有师法圣人之意。这位公子开口就想到舜帝，他的口气实在不小，难道此人要抱负天下不成？安安不禁笑了。

然后开始弹奏，只听得琴曲之声和缓而优美，庄重而不失活力。乐声将故事娓娓道来：酷夏之时，赤日苦旱，百姓心有怨言；继而南风一起，暑气消退，万民面露喜色；南风适时再起，带来阜民之财。安安一边弹奏，一边吟诵上古诗句："南风之熏兮，可以解吾民之愠兮；南风之时兮，可以阜吾民之财兮。"然后安安将曲调弹奏得更进了一层，让人情不自禁地仿佛看到上古之时，诸多先正贤吟诵这首煦育万物，播福万民的恩泽之歌。

理宗一面听曲诵词，一面轻拍节奏，曲声终止之时，理宗的内心因为喜悦，而变得无比兴奋。他心中理想的爱慕之人，应该既才华横溢，又是风华绝代的世间美色。她不正是自己眼前的安安吗？谢安安就是自己心中找寻已久的渴盼之人！

第六十三章　美眷重逢（一）

理宗毕竟还是年轻人，他既对安安产生了爱慕之意，神情中自然就流露了出来。董宋臣极其乖巧，立刻就明白了理宗的心意。于是他悄悄走到丫鬟

雁儿身边，递给她一个精致的小布囊，里面装的是理宗的赏赐，太平通宝金钱十枚。雁儿只管收了，却不识这些原是宫中之物，专门赏赐大臣和贵妇之用，也流转于临安上层富贵人家。

在回宫的路上，理宗一直沉浸在发现安安的喜悦之中，以至于脑海里充满的都是她浅浅的笑容。董宋臣知道理宗的心思，笑嘻嘻地说道，"陛下如果喜欢此女，那就将她召进宫来如何？"理宗认真地想了一下这个事情，心里叹了口气，心想，真的将谢安安召到宫里，恐怕第一个反对的就是杨太后，两个师傅郑清之和余天锡也不会赞同，更不要说会有御史立即上奏劝谏了。虽说这是天子私事，自己作为登基不久的新君这样做，恐怕立即就是满朝的流言蜚语。于是理宗对董宋臣说道："这件事暂时不要再提了。以后只要闲暇无事，多来逛逛就好。"

随后几日，理宗的旨意陆续传下了，魏了翁被黜至靖州居住，真德秀奉旨宫观闲差，后来因为忧心过劳而病倒，于是真德秀居家养病了一段时间。冉珺与冉璞一面照顾病重的真德秀，一面四处寻访谢瑛的下落。这时朝里关于济王的声音逐渐地消失，最终湮没在一片寂静之中。没有人再愿意提起济王了。曾经激烈争论济王的人，要么是失败的一方被陆续贬黜，要么就是大获全胜的史相一方，而即使是他们，也不愿人们再提及济王。

于是济王这个人曾经的存在，就仿佛没有发生过一样，被人们故意淡忘了。直到三个月以后，才再一次引起人们的注意，而且立刻成为引爆人们关注的焦点。

济王妃吴氏就要奉旨落发出家了，在到荐福寺正式出家之前，她请了旨去杨太后那里谢恩，其实就是去见最后一面的意思。杨太后当年曾受高宗皇后吴氏的厚恩，因此非常感激太皇太后吴氏，曾经在自己的殿阁内贴上吴氏家族后人的姓名，时常指着上面的名字询问太监："这人可有官职？"宁宗在世时候，杨太后多次让景献太子赵询告诉当时的宰相，凡有合适的职位必须优先授予吴家的人。济王妃吴氏就是高宗皇后的侄孙女，当年能够得配济王赵竑，也是杨太后亲自撮合。世事难料，济王赵竑并没有能够承继大统。

当初宁宗病逝，宰相史弥远召赵昀入宫，要成功即位，必须得到杨皇后的支持。就派遣杨氏宗族的杨谷和杨石二人共同说服杨皇后。杨皇后起初坚持否决，她说："皇子是先帝所立，我们怎么能擅自改变？"史弥远派杨谷他们七次往返劝说，杨皇后始终坚持不可。最后杨谷杨石二人跪倒哭泣着说："现在内外军民都已经归心赵昀了，如果不立他，一定会祸乱丛生，大宋朝立时就乱了，皇后您，还有我们杨家的整个家族，也将不会有立足之地啊！"杨皇后默然良久，问道："赵昀在哪里？"史弥远赶紧叫赵昀入见。赵昀拜倒，杨皇后抚摸着赵昀的背说："你今后就是我的儿子了！大宋江山，从此就交给你了，你一定要把这副重担挑起来，不要辜负了父皇和我对你的期待！"赵昀非常感动，向杨皇后磕头谢恩。然后杨皇后跟史弥远改诏，废赵竑为济王，立赵昀为太子。

理宗这才能够承继大统，所以他非常感激杨皇后的功德，不但尊她为太后，并敦请杨太后垂帘听政。而杨太后并没有专横跋扈，任意干涉朝政，她把听政看作是朝廷对她的一种尊重。杨太后对理宗扶持了一段时间后，认为朝政已经稳定，就主动向百官宣布撤帘，还政给理宗。随后移驾慈明殿颐养天年，不问世事。当初杨太后为了朝廷大局的稳定，避免兵连祸结，也为了能够延续杨氏家族的平安富贵，违背自己的心意跟宰相史弥远作了妥协，但她心里一直对赵竑和吴氏充满了愧疚之情。所以吴氏进宫来向她谢恩辞行，她搂着吴氏痛哭了一场，说道："是哀家对不起你们。请你不要怪责母后，哀家实在是力不从心，情非得已啊！"

吴氏也委屈地尽情痛哭了一场，这是她从湖州回来以后第一次被允许进宫觐见杨太后，只怕也是最后一次了。哭完之后，杨太后让人给吴氏重新梳妆一下，然后吴氏搀着她，在宫里的花园内走走散步，说些宽慰的体己话语。

吴氏此时已经看透了一切，即便没有旨意，也是迟早遁入空门的。只是她还有心愿未了，她忘不了自己对济王的亏欠和内疚。在湖州，济王跟她说，她才是他最值得信任的人，这让她觉得无比幸福。那是她跟济王一起的最后一段甜蜜时光，她无比珍惜。济王还曾对她说过，因为以前不懂世事，上了别人的圈套，虽然无可挽回，但他已经勘破，只想过着平静富足的生活，此生足矣。但是他们短暂的甜蜜生活，被湖州之变突然打破，余天锡的到来更是终止了一切。她听说济王连饮下两杯鸩酒而亡，她知道其中一杯本来是她的，是济王救了自己。每想到此，都有如锥心之痛，她宁愿追随着济王而去。

吴氏即使平日诵经之时，也时常想到史弥远和他的同党余天锡等人。"种种造恶，如是等辈，当堕无间地狱，千万亿劫，求出无期。"虽然她经常念到

偈语，"妖孽见福，其恶未熟，至其恶熟，自受罪酷"，可是她总是渴望在一切终了之前，为济王寻得该有的公义，她要那些作恶之人付出他们应得的代价。

于是她将余天锡受史弥远指使，在湖州鸩杀济王的事情，完完整整地讲述给了杨太后。太后听了大为震惊，她没有想到史弥远的手段如此毒辣，对寸权都无的赵竑竟然也下得了这般毒手。杨太后沉默了半晌，问吴氏："你如今要出家了，还想报仇吗？"吴氏回答道："如今不比以前，新君在位，报仇有如登天，看来只能来世再说了。"杨太后觉得她言不由衷，可是又不好逼她说出心里实话。转念一想，吴氏说的话的确也是实情，她没有人可以依仗了，济王尚且遇害，她又是个女子，如何向史弥远等人复仇呢？

想到这里，杨太后非常同情地看着吴氏，抚摸着她的头发说道："孩子，你就带发修行罢。这是母后我的意思。"吴氏说道："孩儿遵旨。"杨太后又说，"哀家老了，常年住在这深宫里，有时很闷。你虽然在寺里修行，也要时不时来我这里，看望哀家。"吴氏摇头说道："出宫之后，再要进来看太后，就没有可能了。"杨太后疑惑地问道："这是为何？"吴氏说道："自从湖州回到临安，就一直想到宫里来拜见太后，可是他们连门都不让我出。今天是我第一次外出，来看望太后。"杨太后听了这话，心里愤怒已极，再怎么样，吴氏也是朝廷宗亲，他们这样对待一个弱女子，实在太没有天理人情了。

沉默了片刻，杨太后让太监去把自己宫中的腰牌拿一个来，然后交给了吴氏，说道："有了这个，你以后进出皇宫，在整个临安城都是自由的，没有人再阻拦你的。"吴氏感激之至，下跪向太后行礼致谢。然后，杨太后留了吴氏一起用了盛大的晚宴，再派人将吴氏安全地送回软禁她的宫观。

这些日子以来，理宗每隔三两天，必要到西林茶坊去见安安。只要见到了安安，聆听她弹奏一曲，与她谈论诗词，他就觉得心情大好，无比愉悦。理宗不断地给了她和雁儿很多赏赐，因为没有透露身份，安安只道他是临安城里的一个富贵公子。日子一久，安安当然知道了理宗的心思。可是一直以来，她从来没有被理宗打动过，只是一心盼着冉璞能早些寻找过来。理宗自然无法知晓她的心思，看无法打动安安，也不禁有些失落。董宋臣知道理宗对安安的爱慕和顾虑，就给理宗出主意道："陛下，今日是不是可以叫上余大人？让他跟随我们一起去见见安安小姐。听说余大人非常喜欢弹琴，想来他一定会对安安小姐印象不错。到时，让余大人出面去办，安安小姐进宫就是名正言顺了。"

理宗觉得这个主意不错，于是让董宋臣去传旨余天锡速到宫里来。余天锡还以为有什么急务等待处理，赶到宫里后，听董宋臣说今日一起陪皇上到孤山去游玩一番，不禁有些哭笑不得。余天锡心里又感到很是高兴，因为这份圣眷和亲近，宰相史弥远和同僚郑清之都未曾有过。

董宋臣又叫上江万载，三人分别乘轿，江万载跟侍卫们骑马跟着，出了皇宫奔西湖而去。然后在钱王祠下轿，几人乘船游赏西湖，那孤山就在隔湖对岸，稍许工夫船就到达。下船之后，理宗和余天锡边走边聊些闲话，江万载和董宋臣在后跟着。因为天气晴暖，西湖边上游人如织，理宗看到很多年轻女子都在乘船游乐，不由心中一动，问余天锡道："余师傅，你知道我朝都有哪些才女吗？"余天锡被冷不防问了这个问题，有些摸不着头脑，不过他读过很多朱熹的书，其中有谈到这个话题，就回道："为臣曾经看过晦庵先生写的一句话，他说：'本朝妇人能词者，唯李易安、魏夫人二人而已。'"理宗摇头说道："本朝才女颇多，如何只有二人呢？"

余天锡听了，更加摸不着理宗的意思了，问道，"难道陛下知道，还有别的女子可以比肩她们二人？"理宗笑道："前几日在一书坊，看到一本书上有首词，说是本地一位才女朱淑真写的。"余天锡问："陛下，那词写得如何？"理宗回忆了一下，说道："那首写的也是游湖，只记得这几句了：'携手藕花湖上路，一霎黄梅细雨。娇痴不怕人猜，和衣睡倒人怀。最是分携时候，归来懒傍妆台。'"余天锡笑道，"好一个青春可爱的年轻姑娘。"理宗轻叹了口气说道："听说她后来婚姻不谐，已经英年早逝了。"余天锡摇头，连叹可惜。

理宗看了看余天锡，说道："余师傅，今天叫上你，我们一起去拜访另一位才女罢。"余天锡这才明白，今天理宗原来是有备而来，就笑着问道："皇上身处深宫，竟然知道这位才女？想来一定是位天仙一样的女子。"理宗听余天锡这话里藏着话，不由得心里暗笑，说道："余师傅，稍后就能见到。"余天锡一下子觉得无比好奇，这女子究竟是谁呢？

第六十四章　美眷重逢（二）

　　四人进了西林茶坊，茶博士见理宗又来了，笑容满面地把他们引导到二楼理宗常用的那间。董宋臣问茶博士："今日安安小姐来了没有？"茶博士笑着说："竟是这般凑巧，安安小姐刚好才到，你们就来了。请几位稍等一下就好。"余天锡这时明白了，今日要见的不是歌女，就是奏乐的女子。他是个道学的儒士，顿时心中不悦，心想这一定是这个小太监董宋臣把皇上引到这里来的，回去后一定要进谏皇上收敛才行。

　　正在想着该如何向理宗谏言，门外进来了安安和雁儿。余天锡抬头一看，进来的竟然是谢瑛，顿时脑门像嗡地响了一声，一下子就怔住了。他做梦也未曾料到，竟会在这个场合遇到谢瑛。余天锡不禁站了起来，走到谢瑛跟前问道："谢瑛姑娘，你怎会在这个地方？在这里多久了？"谢瑛见遇到了余天锡，就敛衽行礼说道："余大人，小女在这里弹琴几月有余了。"余天锡问道："你们搬走后，去了哪里？我派人到处去找你们，却一直没有找到，还以为你们返回湖州去了。"谢瑛摇头说道："叔父还在监牢里面，我们如何放心返回呢？"余天锡又问："那你为何在这里抛头露面，是不是因为没有周济？"谢瑛点了点头。余天锡叹气说道："为何不来找我呢？在湖州时，我就跟你们说过，在临安有事就来找我！"

　　理宗、江万载和董宋臣看他们如此对话，立即明白了，他们原来认识，这真是太出乎意料了，而且听起来他们一定有事情发生。理宗问道："余大人，原来你们认识？"余天锡赶紧回话，刚说了一个"陛"字，马上反应过来，硬生生地停顿，改口说道："这位是原湖州知州谢周卿的侄女，谢瑛。谢大人曾经是我的学生。"理宗这下知道了安安的真名叫谢瑛，原来她是官宦人家出身，怪不得有如此学识。然后突然想起了，这个谢周卿就是经历湖州之变的那位知州，来临安述职时，史弥远命赵汝述把他关押在了刑部大牢。旁边的江万载因为认得冉璞和谢周卿，对谢瑛自然更多了些好奇之心，不停地上下打量着她。这时董宋臣打趣笑着说道："既然余大人跟安安小姐有这样的渊源，应该早点告诉余大人就对了。"

谢瑛看余天锡对理宗非常恭敬，而且他的座位居然是在理宗的下首位，忽然之间她意识到了什么，用疑惑的眼神看着理宗，又看了看余天锡。余天锡知道她聪明过人，瞒她不住的，于是拉着谢瑛走到理宗跟前，对谢瑛说："谢瑛姑娘，这位就是当今天子。"谢瑛虽然有所预料，还是被惊得一时愣住了。江万载在旁轻声提醒道："谢姑娘，这是皇帝陛下。"谢瑛这才醒悟过来，赶紧叫雁儿过来一起向理宗跪拜行礼。理宗走过来扶起谢瑛，微笑着说道："谢姑娘无须如此，快快请起。"

然后几人重新落座，董宋臣很乖巧，将自己靠近理宗的椅子让给谢瑛坐，然后悄悄将雁儿喊了出去，询问她们的详细情况和住址，顺便告诫雁儿今天之事不得向外人透露。理宗见谢瑛就坐在自己身边，心里大为高兴，说道："谢姑娘，今日就不奏曲了，就陪朕说说话如何？"到了现在，谢瑛这才确信这个坐在自己旁边的年轻男子，当真就是当今天子。

突然她意识到了这是一个绝佳的机会，向当今皇上为叔父申冤，于是她果断地站起身，向理宗跪拜行了大礼，说道："蒙圣上恩典，小女这些日子才能得睹天颜，这是上天给我向皇上您诉冤的机会。小女的叔父，湖州知州谢周卿，他是冤枉的。他没有参与湖州之变，相反，他在湖州平叛的过程中厥功至伟。不曾想却被以莫名之罪，关押在刑部牢狱，至今未有说法。小女拜请皇上过问此事，问明案由，请皇上还我叔父一个清白。"

听到这话，理宗不由得犹豫了起来，处置谢周卿是史弥远特意关照过的，如果是别人，他不会有什么顾虑，但对于谢周卿他须得谨慎。于是他就问余天锡道："余师傅，你是钦差，去过湖州。刚才谢瑛姑娘所说，可是实情？"余天锡沉吟了片刻，说道："谢大人对湖州平乱，的确是有大功劳的。"理宗明白，这谢周卿是知道湖州之乱所有内情之人，史相对他放心不下，所以才将他关押起来，却又迟迟不予审判。理宗又问余天锡："那谢大人可有牵涉到那些叛乱之人？"余天锡摇头说道："据臣了解的情况，没有这样的事情。"理宗就说："那谢大人就是无罪的。"余天锡点头说："臣以为谢大人无罪。"于是，理宗就转身对正在进来的董宋臣说道："回去后你到刑部去一趟，让他

们立即释放谢周卿。"

董宋臣刚要答应,江万载抢先说道:"陛下,谢大人是我送进刑部的,这个差事,就交给为臣罢?"理宗点头说:"可以,那就你去。"谢瑛再次行了大礼,理宗笑吟吟地过来将她搀回座位。

坐下后,理宗对余天锡说道:"谢姑娘才艺出众,极擅古琴,朕知道余师傅也是好琴之人,所以今日才叫上师傅,一起来欣赏谢姑娘的琴艺。"余天锡点头说道:"臣在湖州谢府时,就已经领略过谢姑娘的绝技了。谢姑娘,现在大家高兴,不如奏上一曲,让陛下和大家一起欣赏一下。"谢瑛答应,说道:"小女就献上一曲'箫韶九成,凤凰来仪'。"余天锡点头说道:"'箫韶九成,凤凰来仪。击石拊石,百兽率舞。'皇上,自古有流传说,演奏此曲,可以上通神灵,吉瑞降临!"理宗笑道:"那我们就洗耳恭听了。"于是,谢瑛调了调琴弦,就开始弹奏起来。众人听着柔和典雅的乐曲,看着窗外的碧水蓝天,不知不觉陶醉在其中了。

余天锡是一个过来人,他已看出理宗是深深地喜欢上谢瑛姑娘了。他想到就是自己将谢瑛请到临安来的,当初自己就有想法,要将谢瑛培养好后送进宫去的。没想到,皇上自己寻到了她!难道这就是冥冥中上天注定该有的吗?他想到这里,不由得就走了神。江万载见他走神,想起今日在外面耽搁的时间有点久了,就悄悄提醒理宗,该是回去的时间了。于是理宗起身准备离开,临走前吩咐谢瑛,以后就不要在这里弹琴了,赶紧回去等待谢大人回府罢。谢瑛再次拜谢。

理宗和余天锡一行人离开之后,谢瑛和雁儿正准备回去,茶博士说隔壁包间里有人等候谢瑛半天了。谢瑛推辞说,今日不再弹琴而且正准备离开了。茶博士解释说,是叶绍翁老先生来了,另外还有一个人在等你,说是你的故人。谢瑛觉得纳闷,是什么故人在等自己呢?突然,她的心开始兴奋地紧张起来,难道是冉璞吗?过了这么久,他终于找到自己了?

带着极其忐忑的心情,谢瑛跟着茶博士走进那个茶室。刚一进去,就看到窗前站着一个熟悉的身影,当他转过脸来,就是那张熟悉的、英俊瘦削的脸庞,分明就是期盼已久的冉璞。冉璞也一直在紧张地等待谢瑛,当他确认了的确是谢瑛进来,就开心地笑起来了,他的笑容印在谢瑛的眼里,让谢瑛一下子回到那曾经的柔情。过去几个月里,由于冉璞的离去、叔父遭遇的不公和家族命运的不测，使得谢瑛的心里充满了怅惘凄凉。她多少次在心里吟诵："入我相思门，知我相思苦，长相思兮长相忆，短相思兮无穷极，早知如此绊人心，何如当初莫相识。"

她也曾埋怨冉璞为何总也不来，但现在，一切的悲思都被重逢的喜悦冲刷得无影无踪。冉璞的笑容，逐渐地绽开，那笑容对谢瑛来说，是那样无可比拟的魅力。谢瑛走到窗前，抚摸着冉璞的耳鬓，叹息一声说道："这才几个月，你怎么添了这许多白发？"冉璞握着谢瑛的手，说道："总算找到你了。"他握得是如此的紧，生怕谢瑛突然就飞走，再也寻不着了。

这时，雁儿埋怨地说道："冉公子，我们还以为你再也不来了呢！"旁边的叶绍翁全都看在眼里，他被冉璞和谢瑛两人的情深意笃深深地打动了，哈哈地笑道："老夫无意之中的一句话，竟然团聚了一对佳偶，真是天意成全啊！"原来，真德秀病重的这段时间，叶绍翁经常来探望他，陪他聊些诗词，为他解闷。今天叶绍翁又来了，看真德秀一直待在院内没有外出过，便邀请他到附近的西林茶坊去喝茶听琴。真德秀没有什么兴趣，可是冉璞却留意了，问这茶坊里如何有人弹琴。叶绍翁就介绍说，近来有一个女琴师，技艺非凡，可谓声名鹊起，名叫谢安安。冉璞一听这个名字，犹如冬天里听到一记春雷一般，他当即断定了这一定是谢瑛。随后叶绍翁就把冉璞引入了西林茶坊，而那时谢瑛和理宗、余天锡他们正在说话，他二人只好等在旁边的茶室。如今两人终于见面，正是分外地惊喜。

于是，冉璞将谢瑛、雁儿一起领去了延祥居，见过了兄长冉琎，又拜见了病中的真德秀。真德秀见到谢瑛和冉璞终于团聚，心情顿时大好，仔细询问了谢瑛自从湖州之乱以来的所有事情。当他听说就在今日，理宗亲口答应了马上释放谢周卿时，不禁大感惊讶，随即叮嘱在座各人千万不可泄露今日的事情。冉琎问道："这么说，谢大人今日就可以出狱了吗？"谢瑛听如此问，又放心不下了，就回道："是否真会如此之快，还不得而知。我还是赶紧回去等待罢。"真德秀就让冉璞赶紧带着谢瑛和雁儿回到她们的住处去。

叶绍翁说道："真大人，今日真是不同寻常。不如你也到我那里逛逛去罢，她们的住处离我的院子很近。"然后告诉大家是谢周卿拜托他给谢瑛找的住处，众人这才知道原来叶绍翁是谢周卿的好友，那么今日冉璞谢瑛能够重逢，既是天公成全，却也是得了善人相助。于是冉璞向叶绍翁深深地一拜，说道："若无叶公援手，我们更不知何日才得相聚。这份恩情冉璞必当回报！"叶绍翁扶起冉璞说道："区区小事，不足挂齿。我跟你们真大人是多年密友，今后你不可再提此事了。"然后众人一片喜悦，随即动身前往叶绍翁住处。

在路上，冉琏跟冉璞商量，他觉得放心不下，谢周卿那里应该有人接应才行。于是冉琏决定前往宫里找去找江万载探询消息。到了皇宫外禁军大营，冉琏询问值日军官，指挥使江万载是否还在宫里，军官回话说江万载出去办差了。冉琏就估计他应该是去刑部监牢了，于是马上赶往那里，正遇到江万载领着谢周卿出狱。江万载和冉琏兄弟已经合作几回了，对他们二人印象非常之好，两人再次见面，彼此亲热地互致问候。江万载知道冉琏必是来接走谢周卿的，就跟谢周卿介绍说："这位是冉璞的兄长冉琏，他是来接你出狱的。"冉琏随即告诉谢周卿、谢瑛冉璞他们都在住处等待，谢周卿对江万载和冉琏称谢不已。

冉琏和谢周卿先到了叶绍翁住处，见到了真德秀和叶绍翁，谢周卿对真德秀执以师礼，真德秀赶紧挽起谢周卿，连说"谢大人不得如此"。三人见面，故友重逢，自然分外亲热，叶绍翁领着真、谢二人在自家竹林边上竹凳小坐，一道在石桌之上煮茶闲谈。那边小童将冉琏领到谢瑛住处，谢瑛听讲叔父已经接到了叶绍翁家里，心里欢喜。于是冉琏冉璞跟谢瑛雁儿一起到了叶宅会合，众人一片欣喜。

真德秀见如此气氛，一扫多日以来心里的阴霾，高兴地说："今日大家如此欢喜，不如现在到丰乐楼去，那里百物全备，大家可以一醉开怀。"众人欣然应诺。

第六十五章　太庙疑火（一）

众人来到湖边的丰乐楼，只见门前站着两个伙计，他们全都头戴方顶头巾，身着蓝衫，脚下穿着丝鞋净袜，对路过行人彬彬有礼，拱手致意。但凡有客人前来，就殷勤地往酒楼里面引领。进去之后，只见里面还有厅院，廊庑相互掩映，排列各种小阁，吊窗花竹，各垂帘幕。

伙计将众人引进了一个雅阁，入座后真德秀说道："这是我第二次来这里，第一次是与魏了翁和赵汝谈他们过来，才知道如今临安的酒楼是一家赛似一家，比当年的东京汴梁更为热闹。我觉得这是一件好事，说明如今市面繁荣，百姓安居乐业。"叶绍翁笑道："只怕魏大人不以为然罢？"真德秀笑着回答道："他是主张克勤克俭的，我认为都对。只要不走极端就好。在潭州，我大力支持开办酒肆店铺，因为这样可以增加官府税入，减轻种地乡民的负担，又让百姓多了很多生计，一举两得的好事。"谢周卿赞道："真大人，这个办法真是高明之举。"

冉琏拿起了酒单，看到里面居然列有几十种名酒，大致有玉醴、雪膜、太常、银光、夹和、溪春、双瑞、龙游、玉练槌、思堂春、琼花露、蓬莱春、海岳春、锦波春、浮玉春、丰和春、金斗泉、紫金泉、清若空、错认水、宣赐碧香、内库流香、殿司凤泉、万象皆春、齐云清露、蓝桥风月等。冉璞问道："这么多酒品，今日应该选哪一种呢？"叶绍翁笑着说："可以每样都来一盏？那就真要醉倒不归了。"这时旁边的小二说道："客官，本店可以随时提供以上任何一种酒品，不妨都试一试看喜欢哪种，下次就知道中意的了。"真德秀点头说道，那就每个品种上些小盅罢。过了一会，小儿果然送来很多精致的小坛，每坛都挂了标签，上面标注了品名，小二解释说酒不开坛并不收费。又送来了一些不同品种的下酒羹汤，都一并放在酒桌之上，明言羹汤不收费用，任意客人取用。

开始点菜之时，小二介绍说："本店上百品菜肴，必须传递如流，烹制供应，绝不许稍有违误。如有客人点菜却不能供应，则客人全免费用。酒未到前，先设数碟'看菜'；举杯之时再换细菜，如此方才显出本店出奇制胜之处。"

真德秀问道："临安城里像你们这样的酒楼，能有几家？可否简单介绍一下呢？"小二笑着回答说："至少还有十数家罢。每家酒楼各有擅长，别家有装饰雍容华贵的，有在几案上排列书史的，有陈列雅戏玩具的，还有为客人提供笙弦说唱的，这行叫作'敢趁'，还有的提供陪饮的艺伎。我们店主吩咐只做正经生意，不比他们那些。"谢周卿笑道："看你们这些生意做到如此精致，也只在临安能见到这种盛景罢。"这时真德秀让每人翻看菜单，各自点了喜欢的菜品，小二很快上齐了一桌之菜。然后众人一起举杯，庆贺谢周卿今日洗脱不白之冤，再一起祝福冉璞、谢瑛百年之好。

酒过三巡，谢周卿问起真德秀病情现在如何，真德秀回答说基本没有大碍了。叶绍翁问道："魏大人可有书信来过，知道他的近况吗？"真德秀回答道："皇上也许很快就会召回魏大人，不过可能跟我一样只担个闲差罢。"说完自饮了一杯酒，说道："我听说已经有江苏、浙江、湖南和湖北几个省的许多读书人，纷纷寻到魏大人那里去求学。他现在一心忙着传授儒家和理学经义，还在编写新书《九经要义》。想想我自己，很久没有去那几个书院了。"然后看着冉琎、冉璞问道："我还没有去过白鹿洞书院讲学，你们可有兴趣跟我一起去那里吗？"冉璞看着谢瑛，说道："我们已经许久没有归家，想先回去一趟，跟家母团聚一些时日。"真德秀笑着说道："对了，你们必得先完婚才行。我答应过你的，要为你写帖求亲，今晚回去就写给谢大人。"冉璞笑着回答："多谢大人。"真德秀又问冉琎："你如何打算呢？"冉琎回道："我想回去一趟看望母亲，然后要去云台上宫。"

冉璞知道冉琎的心思，问道："兄长，你还在想回到上宫，去继承师父道观的衣钵吗？"众人听他的意思是，难道冉琎想要出家吗？真德秀立即劝冉琎道："你现在正当壮年，如金般的年岁，应当为国家出力，为何竟有那样的想法呢？"冉琎笑着回道："那也只是一时之念。一年前在太平时，遇到了孟珙将军，他那时劝我随他从军，帮他一起训练军队。我一直在犹豫是否要答应他的邀请。"

真德秀捻须不语，过了片刻，对冉琎说道："我这里暂时也没有什么差事了，虽说皇上将来一定会恢复我的职务，我看短期之内还没有这种可能。你们待在我这里，的确也无事可做。要不，你们就先回去探亲。一旦有变，我会随时通知你们。"冉琎冉璞点头答应，但是他们的心里非常矛盾，既为真大人遭受到的不公感到怅惘，又为马上就能看望母亲和师父杨钦而感到高兴。

这时谢周卿向真德秀敬酒，两人一饮而尽。真德秀问谢周卿道："谢大人出来之后，有什么打算呢？他们传旨的时候，有没有提到将你官复原职？"谢周卿摇头说道："只说无罪释放，未提其他。"然后问谢瑛道："今天皇上他们有没有跟你提及此事呢？"谢瑛摇头说："没有，皇上只是问余大人，到底叔父有没有牵涉湖州叛乱之人，余大人证明了没有此事。然后皇上就下旨释放了叔父。"真德秀说道："看来要关押谢大人的是史相他们，这不是皇上的本意，也并非余大人所乐见的。"

冉琏接着说道："应该是这样，也正是因为这样，所以谢大人现在还未脱险。一旦有事发生，恐怕还要受到连累，不如早些离开临安。"谢周卿感到有些疑惑，问道："会有何等事情发生，又如何会牵累到我呢？"冉琏回答道："树欲静而风不止。我认为济王之事还未完结，只怕史相那些人还要继续利用济王之事作法整人。很可能下面还会有事发生，至于具体是何事，就非我所能料知了。"

谢瑛听了冉琏说的话，劝叔父道："我觉得冉大哥刚才的话很有道理，叔父不如明日就去吏部告病，回老家衡州休养，相信吏部会批准的。等到将来局面稳定了，叔父再出来为朝廷效力不是更好吗？"冉璞也对此非常支持，于是谢周卿就下了决心，明日就去告病回乡。

既然说到了返乡，众人不由自主地都产生了思乡的念头，真德秀和叶绍翁都被感染了，真德秀开始认真地想想自己是否应该回乡探亲了。冉琏、冉璞、谢瑛他们想到马上就可以回到家乡，心情都轻松了很多，于是众人畅怀饮酒，尽兴而归。

临安的冬夜，街上十分清冷，除了打更和巡逻的守夜人，几乎看不到任何行人。不知从几时起，开始积起了雾气，到了四更时分，满城都是雾气弥散，三丈之外看不清任何物事。这时，有两盏灯笼，若有若无地晃动着，逐渐地由远到近，走向太庙的大门口。

太庙的两个守门人正在互相埋怨："这个鬼天气，寒冷又潮湿，巡走了这半夜，身上的棉衣全都潮了。"两人正要进到门里烤火取暖，看到远处似乎有灯笼走来。两人只好守在门口，看着灯笼走近，原来两个宫里的差人，其中一个向他们出示了腰牌，守门人见是等级最高的宫里腰牌，不敢怠慢，赶紧开门放行。

两个差人进去之后，直奔大殿而去。此时正是四更时分，太庙里巡夜的人都已经离去睡觉了。他们二人开了大殿的门，进去后又将大门掩闭，然后从容取下长明油灯，将灯油泼向了供案上摆放的列祖列宗的灵位，以及高墙上整齐挂放的历代先皇的御像。接着两人点燃了四周的帐幔以及泼了油的御像，等四下烧着以后，两人出门，将门锁死，然后离开。

因为此时大雾弥漫，殿内的火光并不能穿透浓雾，等到火光冲天之时才被人发觉，已然救火不及，殿内一切物事全被焚毁，并且开始烧向殿外。负责守卫太庙的官员惊慌失措，赶紧布置手下救火，然后命人火速报到宫里守值的禁军那里。

今夜值日的禁军统领是彭壬，当他听说太庙烧起大火时大惊失色，立刻带领禁军赶往太庙。那大火已经蔓延到街面之上，烧毁了沿街的几幢房屋。彭壬命令士兵赶紧灭火，只因火势太大，士兵无法靠近，彭壬只好让士兵拆除附近一切可燃之物，隔离大火，然后再行扑灭，用了半天工夫才控制住了火势。等到大火全部扑灭之时，太庙内外所有物事全被烧毁。

彭壬叫来了太庙的负责官员，询问起火原因，官员也搞不明白如何烧起大火。这时两个守门人向彭壬报告，有宫里的差人在起火前曾经来过，后来又走了，不知道是不是跟他们有关。彭壬问这二人是哪里的，守门人不知道，只说因为他们有通行腰牌，所以只得放行。彭壬心里更加紧张了，极有可能是这二人纵火，可是如何调查呢？这里可能藏有重大阴谋，于是他立即扣押了两个守门的差役，带到了禁军大营看护起来，等待旨意再行审问。

理宗得到报告后，非常恼怒，作为新君登位两年多时间，就烧毁了太庙，列祖列宗的御像与灵位全都烧为灰烬，这让天下人如何看待此事呢？一些居心叵测之人会到处造谣，说是因为新皇失德，上天才会降下灾祸。那么自己就可能尽失人心，天下唾骂。所以理宗严令封锁消息，并且敕令彭壬和临安府、提刑司一起勘案，限期抓到纵火之人。彭壬建议理宗说，为了防止纵火之人被逼太紧逃走或者自尽，是不是可以放出风去，只说太庙自己起火，损失不大。理宗觉得有些道理，同意了彭壬的办法。

然而令理宗更加恼火的是，太庙被焚毁的消息还是不胫而走，整个临安城很快都知道了。一些御史开始上奏弹劾有关人等，另外，一些清流官员开始将此事联系到朝政失当方面，宣称这是天谴。更有甚者，有人将此事跟济王之事联系起来。太常博士徐清叟上书说："陛下与济王，都是先帝之子。如今陛下富贵如此，而济王却境遇悲惨。现在太庙被毁，恐怕就因陛下一念之怄，致使怨气累积，未曾消释，所以有伤和气而召来了灾异。"理宗读到这里，不由大为愤怒，差点要撕掉这个奏章。

平静下来后，理宗重新读了一遍这个奏章，他心里明白了，这一大批官员对他的即位，还是有些心里不服，虽然他们平时都不再提及济王，一旦有了事情发生，他们随时会说三道四。再这样下去，自己的威望不但难以树立，恐怕真要为人唾骂了。于是他把这个奏章批给了宰相史弥远、刑部尚书赵汝述和监察御史梁成大全权处理。

第六十六章　太庙疑火（二）

又过了一日，谢周卿向吏部递交了归乡养病的辞呈，办好了回乡文牒后，就收拾行装，准备返回衡州。冉琎、冉璞也收拾了行装，随时准备登船返回。动身之前，谢瑛跟冉璞商议道："现在还有一事未了。我们能不能把江万载，或者小公公董宋臣请出来见一下？让我们知会一下他们，当面告辞，这样做是否更妥当些呢？"冉璞立即明白了谢瑛的意思，她担心如果不告而别的话，理宗那里会有想法的。冉璞就跟兄长冉琎商量了此事，冉琎认为谢瑛的想法是对的。

于是冉璞先去了禁军大营，请值日军官通报江万载，就说冉璞求见。江万载听说冉璞要见，心里很高兴，他正要去寻找冉璞，想请他帮助勘查火烧太庙之事。经过了金国刺客一案，彭壬和江万载对冉琎、冉璞兄弟很是敬服，彭壬已经几番说过想邀请冉璞做自己的助手。江万载心想，以前冉璞一心帮着真德秀做事，现在真大人已经被贬官了，他们那里无事可做，会不会他此来就是想要加入我们禁军的吗？

小校将冉璞领进大营，江万载已经笑着迎了出来，问道："冉兄这一向可好？"冉璞笑着向他拱手致意。江万载问道："我听讲真大人暂时赋闲了，冉兄何不到禁军来呢？以冉兄的大才，到我们这里来一定会如鱼得水。"冉璞拱手谢道："多谢江兄邀请。我此来是特意向江兄和彭帅告辞的。"江万载诧异地问道："你要到哪里去？"冉璞笑着说道："我马上要回乡探望母亲，同时还要大婚。"江万载听到这话，笑呵呵地说道："恭喜恭喜，小弟虽然去不了婚礼，少不得随个份子。"

说完，江万载让手下亲兵赶紧去通知彭帅，就说冉璞在此。过了一会儿彭壬来了，见到冉璞也是欢喜。江万载向彭壬解释说冉璞即将回乡完婚。彭壬哈哈大笑，当即就要送个份礼，冉璞笑道："你我之交，不须如此。我此来，就是跟你们告辞一下。如果有空，想请二位几杯薄酒辞行一下。"彭壬说道："理当如此。只是下午还要当值，不如寻个茶馆喝茶，我们二人为你饯行如何？"冉璞欣然答应。

三人出了大营，就近寻得了一个茶馆，冉璞请二人稍坐，他要去再请两个人进来，冉璞笑着对江万载说："你是见过她们的。"说完出去片刻，与谢瑛、雁儿一起进来了。江万载看到是谢瑛她们，一时惊讶不已。冉璞介绍说，"彭帅，江兄，这位就是我的未婚妻谢瑛。我们在半年之前由谢周卿大人指婚，真大人又为我下了婚帖。"彭壬哈哈大笑，说道："恭喜你冉兄弟，能娶到这么一位如花似玉的美娇娘。"

彭壬没有注意到江万载一声未吭，冉璞和谢瑛全都看在了眼里。冉璞笑着对江万载说道："江兄，她的本名不是谢安安。谢府的家人名叫谢安，她就取了那叠字当作她的艺名用了。"谢瑛对江万载说道："江大人，只因我叔父被突然关进了刑部监牢，上下打点刑狱，花费巨大。小女子也没有什么特长，只有弹琴一样，所以经人介绍去了西林茶坊，才得认识了各位。如今冉公子寻到了我们，所以在离开临安前，特地前来跟您知会一下。"

江万载此时觉得非常尴尬，如果不是因为牵涉到了理宗，他一定会非常高兴地祝福谢瑛他们。可是江万载知道理宗非常喜欢谢瑛，皇上现在还不知道冉璞、谢瑛的事情，如果知道了，皇上会如何反应呢？江万载本能地不想介入到里面，所以他也不接话，只是饮茶。彭壬一直在笑着看谢瑛说话，听到了现在，他算是明白了点什么，心想这江万载难道跟冉璞他们有点事情吗？可是谢瑛下面说的话着实惊到了彭壬。

谢瑛见江万载沉默不言，就说道："小女一直不知道，跟您一起去听琴的公子就是皇上，另一位是小公公。直到前日，余大人表明了身份，小女这才如梦方醒。皇上曾经让小公公给了我们很多赏赐，我心里多有感激。临行前，想请江大人向皇上转呈一物作为纪念，不知江大人是否为难？"彭壬听到此处，猜到了大概发生了什么事情，难道皇上喜欢眼前的谢瑛不成？那这个冉璞岂不是在跟皇上夺爱吗？

江万载觉得很是为难，可又却不过冉璞的交情，而且彭壬也在旁边看着，就犹豫地说道："你们可以去跟余大人说此事，不是更好吗？"冉璞回答道："江兄，余大人为谢大人之事，前日在皇上那里说了湖州实情，只怕他未必合适跟皇上再说这件事情。其实江兄，你不必亲自去跟皇上说明此事，我们只是想请你将这个礼物盒交给公公董宋臣，他应该会转呈皇上的。"话说到此处，江万载实在不好推却，接过盒子打开一看，原来是一本旧书。江万载问道："这是本什么书？"谢瑛微笑着说道："这是从唐代流传的董庭兰真本琴谱，是当年传授我琴艺的一位高人赠我的。如今我即将离开临安，愿将此本献给皇上，留作纪念罢。"

江万载点头允诺，冉璞给彭江二人添茶，举杯向二人说道："冉璞此去，不知何时才得再见二位，就这里以茶代酒，跟二位辞行了！"彭江二人也都站起来，跟冉璞碰杯，彭壬说道："冉兄弟保重。如果将来有事，不妨再回临安。不要跟我们见外才是。"冉璞称谢，跟二人告辞，带着谢瑛、雁儿离开了。

这时冉珏已经寻好了客船，即将的行程将同上次从潭州过来时的水路一样，先走嘉兴府和苏州府的槽河进入长江换船，一直溯江而上进入洞庭湖再换船，最后入湘江一路到达衡州。因为是溯江行船，加上这次需要两次换船，冉珏预计行程将比上次多出将近半月。好在两家人一起出行，路上定然不会寂寞。谢瑛跟谢安和雁儿为了长途旅程预备了许多吃穿用品，连同谢周卿历年的藏书和字画，共装了十几个大箱，其中约有一半都是谢周卿的藏书，雇来抬箱的差役连声叫重，雁儿在一旁看得笑个不停。

叶绍翁特地赶来，同真德秀一道，到码头为众人送行。真德秀对冉珏放心不下，叮嘱他一定不要遁入道门，说道："如今国家正值用人之际，以你的才干，完全有大展宏图的机会。千万不要因为我这里暂时的挫折感到灰心失望。"冉珏点头说道："真大人放心，冉珏自有道理。"真德秀问道："如果你的杨钦师父要求你继承衣钵，你如何取舍？"冉珏一时无语，说道："杨钦师父应该不会提出这样的要求，除非是我自己的意愿。"

真德秀与冉珏相处很深，知道他是个很有主见之人，点头说道："你跟我来，我有话要跟你们说。"然后叫上冉璞，一起走到旁边无人之处，将理宗要他将来主持更化改制之事，告诉了二人。真德秀对二人说："皇上必将起用我和魏大人，这只是早晚之事。我希望你们在家安心休养读书，等我的音信一到，就回临安。"然后送到冉璞手里一包银两，说这是他对冉璞的结婚贺仪，他无法前去主持婚礼，这贺仪务必得收下。

　　冉璞接下，躬身向真德秀施礼，说道："多谢大人。我们不在身边时，朝廷如果有事，请大人千万不要焦心。我建议大人也不妨回乡休养一阵，等待时局变化再作计议。"真德秀说道："我也正有此意。昨日，赵汝谈大人过来跟我说，他们那里迟早会做些事情，我不知他是何意，也没有多问。不过，他特地问了你们兄弟的去向，我告诉他你们即将返乡探亲。赵大人让我对你们说，他可能会联络你们。特别是冉璞，赵大人可能要找你有事。"冉璞点头答应说："赵大人跟真大人一样，都是为了朝廷大局而殚精竭虑。如果有事需要，冉璞自当效力。"

　　真德秀听了这话，犹豫了一下，本不想多说什么，但又放心不下冉璞，就说道："但凡有事，跟你兄长多多商议，如果能寻到我，一定要让我知道。"真德秀看着冉璞，说道："赵大人跟我不同，我是清流，无党无派，而他是赵姓宗室，你可明白？"冉璞点头说道："知道的。"真德秀继续说道："这里面的事恐怕错综复杂，赵大人马上就要出任宗正寺卿。到时他要做些什么，不是我所能料想的。如果他有事找你，一定不会是小事。"

　　冉璞这时意识到了，真大人这是告诉自己，赵汝谈大人在策划一些秘密之事，恐怕多半跟史相有关。于是冉璞拱手说道："请大人放心，冉璞做事，一定会有分寸的。"真德秀听他如此说，这才放心。于是又走到正在说话的谢周卿和叶绍翁身旁，三人又亲热地交谈了一阵，眼看天色已然不早，众人拱手作别。真德秀和叶绍翁目送两家人上船，众人都不停地挥手告别。真德秀突然感到一阵伤感，他舍不得这兄弟二人，他对二人的才华和品行一直非常欣赏。但是他现在只能在心里默默地祝愿这两家人能平安地抵达家乡，也期盼着理宗尽快起复自己，就可以早日将冉珏、冉璞召回到自己身边了。

　　真德秀没有想到，朝局的形势在随后几日迅速地恶化了。梁成大和莫泽上表参劾徐清叟他们这些官员"诽谤君上，其心可诛"。史弥远根据他们的奏劾，迅速罢免了徐清叟等一批清流官员的官职。莫泽趁势再次上疏弹劾真德秀，诬称他就是操控徐清叟的幕后之人。于是史弥远向理宗建议这次要彻底罢免真德秀。

该如何做出取舍呢？理宗陷入了深深的矛盾当中。如果彻底罢免了真德秀，那么朝中可以制约史弥远的大臣就几乎没有了。他在心里盘算了一下，现在朝中最有资历的大臣，除了史弥远，就是乔行简了，可是他一直以来，他很少在朝会之上公开说话，也几乎不跟史相发生正面冲突。理宗记得，自己即位之初，曾经颁发过《求贤》和《求言》二诏，乔行简上疏说："这两道诏书，如果能够真正地执行起来，遵循陛下的本意，去务实地取得实效，那么还是可以让天下英才为之振奋，让奸小贪渎之辈心惊胆战。但是我看了最近发生的一些事情，好像并没有达到陛下的期望。"理宗让乔行简具体奏报指的是哪些事情，可是乔行简又没有下文了。

后来，他听说乔行简和真德秀联名，奏参了莫泽等人组织贩售私盐以及其他贪腐事由，只是这个案件一直压在刑部审理，案情的卷宗理宗到现在都没有读过。理宗知道，只有宰相史弥远亲自出手，才能压住这么大的案情。而起初乔行简跟真德秀两个联名上疏，难道他们是一党吗？

最近一段日子里，真德秀、魏了翁和洪咨夔这些大臣遭到梁成大、李知孝和莫泽他们的弹劾，而被先后罢职，却从未见到乔行简出面为他们中的任何一人斡旋求情过。记得乔行简曾经在奏章里面说过："贤路当广而不当狭，言路当开而不当塞。"这话听起来，就跟清流大臣真德秀和魏了翁并无二致。可是据传他跟史相的关系也相当亲密，而史弥远的确多次在他跟前赞扬过乔行简，这跟史弥远对真德秀他们的态度完全不同。理宗并不喜欢乔行简这样的大臣，太过于世故。他想，如果真德秀能像乔行简这样圆滑地做官，一定能成为自己的股肱之臣。

尺有所短，寸有所长，不能强求啊！理宗心里叹了口气。除了乔行简，还有谁可以依赖呢？郑清之和余天锡二人，是他的师傅，他当然一直最为信任倚重，可是他们跟史相的关系过于亲密，难以依靠他们去制衡史相。

梁成大、李知孝和莫泽这些人，都是史相的手下，他们的官声很不好，这一点理宗心里非常清楚，而且理宗一直对他们颇有些鄙视。也许是因为他们这些人过于急功近利，对史相又是百般奉承，给人的观感实在太差了。

　　除了这些大臣之外，还有谁呢？忽然之间，理宗想起了宗室，宗室中有没有年资和才能都不错的人选呢？对了，的确还有一人，可是这个人行吗？

第六十七章　鹤舞云台（一）

　　理宗思前想后，决定在宗室中挑选一个年资和才能都不错的人选，那么这个人一定非赵汝谈莫属了。理宗觉得赵汝谈的官声很不错，早在宁宗时候，他就辅助丞相赵汝愚制定重大决策，大力提倡道学。后来赵汝愚被韩侂胄陷害排挤出了朝廷中枢，他就与兄弟赵汝说一起上疏宁宗，要求留住赵汝愚而立斩韩侂胄。得知了这个事情的官员们无不惊讶吐舌。之后赵汝谈被贬至地方，辗转于两浙江西湖北，在理宗即位之前又回到了临安任职。

　　不久之前，杨太后向他特别推荐了赵汝谈，说他多年历练，非常成熟老到，又是宗室，值得委以重任。太后自从归政以后，还从来没有为任何官员说话过。想到了这一层，理宗决定就依太后之言，将赵汝谈拔擢上来，担任宗正寺卿，并兼参知政事。下面该如何处理对真德秀的弹劾呢？理宗还是迟迟下不了决心，如果要驳回史弥远的建议，必须想一个合适的理由才行。

　　这时小太监董宋臣捧着一个盒子进来了，而理宗正在陷入沉思，没有注意到等候在一旁的董宋臣。董宋臣轻声说道：“陛下。”理宗这才抬起头来，看见董宋臣手里捧着一个东西，好奇地问道：“你手里端的是什么？”董宋臣将盒子打开，从里面取出了一本书，呈给了理宗。理宗接过去问道，“这是什么书？是谁送来的？”董宋臣回道：“是安安小姐请人转呈给陛下的，一本古琴谱。”

　　听了这话，理宗很是高兴，打开仔细读了起来，原来是唐代董庭兰真本琴谱。理宗是个懂琴的，知道这本琴谱的珍稀，顿时爱不释手，如获至宝一般欣赏了起来。董宋臣见理宗这样，本来有话要说，便停住了，一直等着理宗。

过了半晌，理宗终于抬起头来，问道："安安小姐现在哪里？谢大人已经回去了罢？"董宋臣小心翼翼地回答道，"安安小姐跟谢大人已经回乡了。"理宗诧异地问道："哦，为何如此之快？是不是有什么事情？"董宋臣回道："听说谢大人到吏部请了病假，回乡养病去了。"理宗点了下头："原来这样。"董宋臣又补了一句话道："还有，安安小姐也要回去大婚了。"听到这话，理宗的心里好像突然被撞击了一样，顿时无比失落。

　　理宗疑惑地问董宋臣："你是如何知道这些的？她来找你了吗？"董宋臣回道："今天安安小姐同她的未婚夫一起找了江万载，将这本琴谱交给了他，请他转呈陛下。"理宗就吩咐董宋臣将江万载叫来，他有话问。

　　过了一会儿，江万载来了，理宗问他道："这本琴谱是怎么回事？"江万载就将今天谢瑛和冉璞跟他的对话讲给了理宗。这不是理宗第一次听到冉璞的名字了，就问道："冉璞这个名字，朕好像以前听过？"江万载回道，"他是真德秀大人的部下，上次就是他，跟为臣和彭壬一道抓住了金国刺客。"这下理宗回想起来了，问道："是不是曾经涉嫌杀害夏泽恩的那个人？"江万载回答道："正是此人。"

　　理宗未曾想到，安安已经知晓了自己的身份，却依然无意于自己这个当今皇上，而她的未婚夫竟然只是自己臣僚真德秀的一个部下。这让理宗有些恼怒，本来他准备就在这几日，让余天锡去跟谢周卿讲，他要纳安安为妃的事情。没有想到，这些计划中的安排全部落了空。难堪倒在其次，自己的心确实非常痛。这些日子以来，理宗已经被安安彻底迷住了，他喜欢安安的一颦一笑，钦佩安安的超群琴艺，更迷上了安安的兰姿蕙质。他多少次在脑海里，想象自己跟安安在宫里一起抚琴的一幕。为此他还在宫里练习了古曲《凤求凰》："有美人兮，见之不忘。一日不见，思之如狂。"之后他甚至拟好了将要封给安安的名号。原来这一切，现在全都是虚幻。自己枉拥一朝江山，却不能赢得安安的芳心？错失了安安，虽然并不能算自己的锥心之痛，可理宗还是觉得失魂落魄，原来皇上并不是人人羡慕的。

　　理宗又问了江万载关于冉璞的一些情况，江万载所知其实不多，只是听说了冉璞兄弟二人帮助真德秀查处了荆湖南路私盐大案，又到湖州帮谢周卿平定湖州之乱，冉璞还击毙了兵乱首犯之一潘甫。这些事情在理宗听来，这人不过是一介武夫而已。即使破案有功，以他的名分甚至都没有轮到奖赏，

可是这个人竟然夺了自己所爱。江万载跟理宗解释说，谢瑛和冉璞已经订婚在先。听了这话，这才让理宗稍许感觉舒服了一点儿。

理宗定了定神，自觉不能失态，让臣下们看出自己的失落，于是他让江万载、董宋臣和其他宫人都出去了。理宗一个人坐在殿里，来回地翻看安安送给他的琴谱，也按照琴谱弹奏了一遍。

他忽然醒悟了点什么，董庭兰其人在唐代享有很高的声誉，很多诗人跟他交往密切。高适曾经写过一首《别董大》，其中有这么两句："莫愁前路无知己，天下谁人不识君。"安安在离开之前送董庭兰的琴谱给自己，应该是冀望自己做个天下明君，不要为红颜知己而烦恼忧愁。理宗想通了这一层，心里得到了一些慰藉，看着琴谱不由得产生了知己之感。

以后的日子里，他时常把那琴谱拿出来读一读，弹上一曲，聊慰爱慕之心。"谢安安"这个名字，已经深深地刻在了理宗的心里。不曾料想的是，多年以后理宗再次遇到一个多才多艺的美女，她的名字叫作唐安安。听到这个名字，理宗立刻想到了谢安安。因为他的心里永远忘不了谢安安，他不愿去想，此安安并非彼安安。于是就将唐安安当作了谢安安，万千般地宠爱。这就是理宗作为帝王一生中第一个永远无法弥补的遗憾了。

第二天，理宗再没有提出任何反对，同意了史弥远将真德秀落职罢祠。理宗虽然很想在临安留住真德秀，但是徐清叟的上疏，实在让他无法容忍。他必须给这批人一些严厉的处罚，而这些官员一直以来，的确是以真德秀和魏了翁二人马首是瞻。处置了真德秀，就是为了让这些人彻底死心。理宗思前顾后，觉得这么做是必要的。但是他自己都可能没有意识到，因为失去了安安，他多少有些迁怒于安安的未婚夫冉璞，进而牵连了真德秀。

真德秀一直在收拾行装，准备返乡探亲，于是接到旨意后的第二天，就立即启程返回家乡福建建宁府。理宗为了安抚真德秀，特意吩咐江万载赶到延祥居宣达旨意，让真德秀暂时返乡安心休养。江万载到了延祥居后才发现已经人去楼空，理宗为此颇有些懊恼，应该在真德秀离开之前见上一面才好。于是，理宗写了一封密旨，让江万载派人快马送达建宁府，然后转交真德秀。其后，真德秀欣然隐居在家乡，开始了一段著书立说的平静生活。

此时正在乘船溯江而上的冉琎和冉璞，当然无法得知临安发生的这些事情。因为是溯流而上，船行比上次旅程缓慢得多。而冉璞、谢瑛久别重合，二人情投意合，冉琏和谢周卿一路谈古论今，雁儿又活泼可爱，众人说说笑笑，一路欣赏江景，倒也不觉得单调疲乏。

这日清晨，船队行至鄂州，需要在这里停泊一昼夜来装卸货品。于是冉琏决定到鄂州旁边的汉阳军去见一下刘整、江波他们。冉璞、谢瑛则陪着谢周卿，沿江一路游访到闻名遐迩的黄鹤楼那里。远远就望见了江边蛇山之上正矗立着黄鹤楼，主楼建在城墙之上，甚是雄伟壮观，屋顶用的都是黄色琉璃瓦，更显得富丽堂皇。那些重叠的飞檐翘角，远观恰似展开欲飞的鹤翅。

进入黄鹤楼里，众人观赏墙上的题诗时，谢周卿说道，"崔颢的大作'黄鹤一去不复返，白云千载空悠悠'真是妙极。有人说唐人七言律诗，当以此诗为第一，令人神往啊。"这时谢瑛看到下面刻了一句："眼前有景道不得，崔颢题诗在上头。"旁边写着出自李白，不禁莞尔道："这句当真是李白说的吗？"冉璞笑着回道："那自然是的，这楼的旁边还修了一个搁笔亭，就是纪念当年李白搁笔而去。"

然后踱到墙壁的角落处，上面写着："一拳捶碎黄鹤楼，一脚踢翻鹦鹉洲。眼前有景道不得，崔颢题诗在上头。"旁边也注明了出自李白，众人不禁哈哈大笑。谢瑛笑道："这应该是某个游方和尚写的偈子罢，怎么会又是李白？"雁儿问："这句用词这么俗，怎么可能是诗仙大作呢？"冉璞轻声笑着说，"看破不说破，大家都只是图个热闹罢。"

再往下看，又有一游僧写道："有意气时消意气，不风流处也风流。"谢周卿笑道，"这一句倒是很有意思。像我现在这样'无意气'的，该怎么说呢？"谢瑛笑着回答道："原偈是说，'一叶落，天下秋。一尘起，大地收。'"谢周卿听了，若有所思。

出了黄鹤楼后，几人寻得了一个特色酒肆，特意点了当地名酿，又品尝了各种美食。下午继续游逛，访问了附近几个著名的寺院道观，这才尽兴而归。

而冉琏却是直到深夜才回到船上。在汉阳军他见到了刘整、江波和江虎他们，众人相隔两年之后再次见面，分外地亲热。江波和江虎已经是带兵的校官了，说话行事跟以前相比大不相同。刘整在军营外的一个酒馆里叫了酒席，跟江波江虎几个一起给冉琏接风。席间，冉琏问刘整："孟珙将军现在哪里？"刘整告诉他道："孟将军现在提督虎翼突骑军马，兼任神劲左右军统制。

有消息说，孟将军不久将要到枣阳去接替江海将军，接管整个忠顺军。"冉琎听着江海的名字耳熟，刘整介绍说江海是孟宗政将军去世后掌管忠顺军的将领，然后问冉琎道："冉先生从临安过来，有没有见过他的侄子江万载？听说他现在是当今皇上跟前得力的侍卫，当初江万载也是在这支军队，当过步骑都统制。"

听到这里，冉琎恍然大悟，在临安时有人跟他提过江海这个名字，原来他就是江万载的叔父。冉琎回道："在临安时我跟江万载打过几次交道，是个年轻有为的将才。"刘整神秘地说道："我认为江万载可能还要回到这里，朝廷一定会加强忠顺军的协调指挥。为什么呢？荆湖的位置太过重要，这里位居整个大宋前线的中间，进可攻退可守，就是朝廷的命脉所在。估计今后朝廷会有大仗要打，所以现在最重要的主力军队，就摆在我们这里了。"冉琎有点惊讶地看着刘整，心想，这个刘整还真不简单，一个低级武将，对军事布局的把握竟然这样得准确，恐怕在朝的很多高官，都没有他这样的能力和眼光。

这时江波问冉琎道："先生，我听说孟将军曾经邀请你加入忠顺军，不知先生现在如何打算呢？"冉琎回答道："我还在考虑，一时还难以决断。你们下次见到孟将军，请替我问候一下。告诉他，我已经离开临安回乡探亲去了，马上先到衡州，然后回到播州陪母亲住上一段时间，再做计议。"江虎是个鲁直性子，说道："先生，这有啥好顾虑的，官场上那些龌龊贪官只会让你整天堵心不快。哪有在这里好呢？兄弟们大秤分金，大碗喝酒，一起上阵厮杀，同生共死，图的就是一个痛快。"江波瞪了江虎一眼，说道："不要乱说话，冉先生是大贤，心里自然有章程的。"刘整也劝冉琎道："江虎刚才的话是糙点，但道理并不糙，而且现在正是军队需要用人的时候。先生你是有大才的，为何不投军效力呢？"刘整见冉琎不语，继续说道："军队不比朝廷官场，没有那么多乱七八糟的事情。只要有本事，立了功很快就可以出头。先生您要是来军队的话，一定有大展宏图的机会。"

冉琎将杯中之酒一饮而尽，心想军旅之事可没有刘整说的那么简单，然后笑着回答道："多谢你们几位的美意。我会认真考虑这个事情，可是现在，我只想着先赶回去，看望年迈的母亲。"刘整他们知道真德秀已经被朝廷贬官撤差，冉琎心里必定很不痛快。刚才听他并没有拒绝邀请的意思，便不再苦劝，又问了冉琏住在播州的地址，今后有事要写信给他。然后众人开怀畅饮了一顿。又请冉琏参观了他们的军营，冉琏见刘整军容整齐，士卒们全都虎虎生风，士气高昂，心里暗暗称赞刘整的确是一个会带兵的将军。天黑以后，担心冉琏对路途不熟，刘整又特意派了几骑人马护送冉琏回到船上。

第六十八章　鹤舞云台（二）

　　第二天，船队启程继续溯江而上。行了一日，冉琏、冉璞看到了赤壁山和太平古渡，想起了两年前在这里曾经跟孟珙将军的交谈。冉璞对冉琏，"兄长还记得孟将军说的话吗，他建议我们加入军旅，建功立业，何必与那等贪官争个不休呢？"冉琏知道冉璞的心思，回答道："当时我也说了一句话。以朝堂之大，如果连真大人这样的人也容不下，恐怕就是我们该离开之时了。"冉璞见他这样说，似乎劝说不动，只好不再劝了。

　　到了岳州后，船队就停靠码头不再前行了，众人又专门雇船前往衡州。离开码头之前，冉璞跟冉琏说："上次从洞庭湖入大江时候，真大人对未能登上君山岛一游很是遗憾，现在左右无事，不如登岛如何？"冉琏很是赞成，于是冉璞跟谢周卿、谢瑛说了提议，雁儿听说要去君山游玩，高兴得拍起手来。

　　船家听了吩咐，就送众人先登岛游玩。此时正是清晨时分，岛上云雾缭绕，原来这岛上还有许多小山，在云雾遮掩之下若隐若现。顺山上行，到处林木葱葱。又见到处都有竹林，湖风吹过，婆娑作响。众人看到了舜帝二妃之墓，见那墓的两边有石刻，上面刻了对联："君妃二魄芳千古，山竹诸斑泪一人。"谢周卿看完对联说道："传说舜帝南巡，在苍梧去世。他的两个爱妃娥皇和女英听到有人传来了舜帝噩耗，两人悲痛万分，攀竹痛哭，把泪血都滴在了竹节之上，这些竹子就都成了斑竹。"雁儿听了，赶紧去竹林边找寻，果然看见有成片竹林，翠绿的竹竿上长了大小不一的黑紫色斑块，真是很像

点点泪痕，当地人把这竹称作湘妃竹。

　　站在山上亭中，远眺湖景，雾气朦胧之中，似乎隐约可见对面岳阳楼的一角。谢周卿轻声吟诵："居庙堂之高则忧其民，处江湖之远则忧其君。然则何时而乐耶？先天下之忧而忧，后天下之乐而乐。"冉琎听了默然不语，冉璞笑着说："这看起来跟仙楼一下，若有若无。是因为这时雾气太重，还是离我们确实相隔太远吗？"谢周卿听他似乎话里有话，就笑着说："如果没有雾气阻隔，一定可以看得通透。"众人在山上并没有耽搁太久，下山后又沿湖走了一走，观赏了岛上景物，这才登船离开。

　　这时云雾开始散去，朝霞映照在湖面之上，水波泛动，透明清澈，更显得山色翠重深浓。谢瑛赞道："以前读过唐诗，'烟波不动景沉沉，碧色全无翠色深。疑是水仙梳洗处，一螺青黛镜中心。'写得真是传神。刚才又听了那古老的传说，更是惹人遐想。"谢周卿说："这般景致，真让人舍不得走了。"

　　众人依依不舍，目送了君山远离。这一路风平浪静，出了洞庭湖进入湘水，不需两日就到了潭州境内。冉琎、冉璞望着渐行渐远的岳麓山，想起不久之前跟随真德秀离开潭州时的盛景，不禁感慨世事无常。船行又过了几日，终于抵达了衡州。

　　到了谢府旧居，由于常年没有人居住，院落显得很是破败，谢周卿让谢安赶紧去附近找了一处房子租了下来。安置好众人后，冉琎、冉璞陪同谢周卿仔细查看了旧居情况，谢周卿决定雇人将旧居彻底翻新，并修缮水井和花园等，预计需要几月才可完工。

　　冉琎就与冉璞商议下面如何安排，冉璞说："翻新旧居需要有人照应，谢安年老，谢大人更是不擅长这些琐事，我还是留下，照看一段时间罢。"冉琎点头赞同，说道："这样也好，你先留下把这一大家彻底安顿好，我也好放心些。那我就先赶回播州，也将祖屋翻新加盖，好来迎娶谢姑娘，你看如何？"冉璞笑道："有兄长主持，我当然放心。"

　　于是，冉琎收拾了行装，次日就启程赶往播州绥阳，路途遥远，大半月之后方才到达。到家之后，见到了年迈的母亲，纳头就拜，冉母未曾料到冉琎赶回，真是又惊又喜。送走二子出游访学，几年之后，如今母子得以团圆，冉母不禁悲喜交加。冉琎觉得这许久未能侍奉母亲，一片愧疚之心，后来见族人对母亲一直照顾有加，心里顿时充满了感激之情。

第二日，冉琎去给逝去的父亲上香圆坟之后，又让人置办几桌酒席，请了族人到家中一聚。当众人得知冉璞即将娶亲时，纷纷敬酒祝贺。席后，冉琎跟母亲商议，要将祖屋翻新扩建，等一切工事结束之后，才好赶往衡州娶亲。这些年，冉琎、冉璞攒了一些银两，离开临安之时真大人又赞助了一笔，建房之用绰绰有余。冉琎随后几日请了族人帮忙，找了工匠开始动工，预计至少两月才能完工。

　　这日，冉琎写信请人捎往还在衡州的冉璞，信中大意就是家中诸事一切顺利，希望冉璞跟谢大人谢瑛一起订好婚期，通知冉琎就要带人前往衡州迎亲了。因为捎信人住在播州城里，冉琎又赶往了播州城，办好事后，到杨府去见杨文、杨声兄弟。杨文兄弟早已从石鼓书院返回了播州。他们的父亲，世袭播州安抚使杨价非常重视教育，命杨文扩办官学和銮塘书院，要在播州大力兴办各种书院培养人才。杨文正忙于此事，听说冉琎回来见他，不由得大喜。出来迎接冉琎，拉着他的手说道："真是天助我啊！你如今回来，一定要给我当个帮手，我这里实在忙得不行了。"两人亲热地走进府内叙话。那边杨声听说冉琎来了，高兴地赶紧跑来相见，因为只见到冉琎一人，诧异地问道："如何只你一人回来，冉璞在哪里？"冉琎就把从临安回来后的情形大致地跟他们说了。当杨文、杨声听说冉璞就要娶亲了，都非常开心，当即约定了娶亲那日，他们一定要到场大家热闹一下。

　　三人少不得饮酒小聚。席间，杨文请冉琎认真考虑他的建议，一定要帮他办好这个銮塘书院。他的父亲杨价花了不菲的代价，才从江南聘来了几位儒学名师。杨文、杨声认定了冉琎兄弟都是饱学之士，一点儿都不逊于那些江南来的名师，那么为何不在家乡出力，而非要远走他乡呢？冉琎笑着点头，只说回去仔细考虑，现在还不能确定下来。这时杨文说道："我刚看过朝廷的邸报，说真大人已经被贬回福建家乡了，恐怕你还不知道罢？我看真大人一时也不可能回到朝廷了，那你现在还有什么打算呢？"杨声见冉琎没有回答，就问："冉兄要是不愿意教书，那就帮我爹做事如何？我一直很佩服你的，以你的才干，一定会得到重用的。"冉琎笑着敬了杨氏兄弟一杯酒，说道："的确暂时做不了决断，且让我把兄弟的婚事办好再说，如何？"三人就说笑着开怀痛饮了一番。

　　又过了几日，冉琎终于得空前往云台上宫，去看望师父杨钦。站在山脚仰望，只见山间云雾缥缈，山道幽静深邃，望不到尽头。山道还是旧日那条熟悉的山道，气味还是记忆那种清香的气味，山泉还是一样清冽可口的山泉，可冉珏的心境，却再也寻不到年幼时那种无忧无虑的快乐。冉珏拾级而上，这时霞光照射过来，山雾开始逐渐消散。走在半山，有几股泉水穿空而出，撞击在巨石之上，水花飞溅，恰如碎玉飞花。从隔壁深峡里又传来了阵阵回声，仿佛有人弹奏出甜美琴声，而对山之上，又有人在同时和韵。

继续前行，此时阳光普照，雾气褪尽。随着进入深山之中，只见重峦叠嶂，古木参天，峰转路回，云断水连。冉珏停在半山亭里向下眺望，只见谷幽涧深，天光一线，万壑飞流，水声潺潺。亭子的一旁，丛丛鲜花之上，翩翩飞过几只彩蝶。冉珏注意到远处有一株古松，竟然是穿石而出，凌空傲立，如凤展翅，如龙挺首。冉珏不由得怔住了，此松竟然能穿石而出，当初又经历过怎样的艰苦磨砺？当它受尽磋磨之时，又有过谁人帮它将巨石打开呢？历经千年磨难而至今屹立不倒，冉珏忽然觉得有些惭愧起来，如果真能效法此松，那么又何来怨言呢？

正在想着心事，有几个道长走到了亭子旁边，其中为首的中年道人向冉珏稽手施礼道："是冉珏师叔罢？"冉珏一看，认得此人是邓长真道长，一直以来他把杨钦师父称作师叔祖，所以就把自己称作师叔了。冉珏回礼道："正是在下。多年未见了，长真道长一向可好？"邓长真笑道："师叔多年未见，竟然能一眼认得出我。"冉珏也笑了，说道："我虽然不在上宫，却是经常想念，所以记得。"邓长真再次施礼道："果然是有缘人哪。师叔祖今早有言，说有贵人回来，让我们前来此处等候，果然等到阁下了。请随我们一起进宫罢。"冉珏回礼说："多谢！"

往前走了一会儿以后，开始了一段很长的向下山路，再转弯后下面陡然开阔，前面是一片巨大的平坦地势，各处都有整齐的水田茶园，远处的山庄和商铺街道整齐排布。地势高处就是无比熟悉的上宫了，这上宫规模着实宏大，各个殿宇层次分明，有三清殿、玉皇殿、灵官殿、藏经殿、聚宝阁、钟楼、鼓楼等，各自附属楼阁依次排开。

进宫之后，冉珏最喜欢的鹤池随即映入眼帘，让他惊喜的是白鹤还在，竟然不止两只了，其中一只鹤见冉珏走来，就仰天鸣叫起来，其他几只鹤随即飞了起来，来回盘旋。冉珏站在鹤池旁边赏鹤，随口诵道："临风一唳思何事，怅望青田云水遥。"

这时一个小道长走过来，对冉珷说："杨真人请贵客进来说话，他已经等候多时了。"冉珷跟随着小道长进入师父杨钦住的观里，只见里面的每一件物事都跟他们离去时几乎相同，就连位置的摆放也是几乎一样。进入内室，冉珷见到了杨钦师父，他特地换了一件崭新的道袍，正坐在桌案之前写着什么。

冉珷赶紧上前行了大礼，说道："师父，您老人家一向可好？"杨钦师父站起来，笑呵呵地走到冉珷跟前，扶起了冉珷，看着他说道："这些年没见，真是成熟了，稳重了。来，到这里坐吧。"然后拉着冉珷走到椅子旁坐下，问道："为何不见冉璞？"冉珷就告诉师父冉璞订婚的事情，预计两个月后回到家乡大婚，杨钦听了大笑，连说是好事。冉珷给师父捧上礼盒，里面装了一些礼品，从临安带回的上等好茶，党参、湖笔徽墨以及师父的家乡洞庭湖特产等，杨钦一面看着冉珷，一面笑着点头，心里很是高兴。

小道长给冉珷端来了茶盅，杨钦说道："这就是本地茶园最新引种的好茶，你来尝尝。"冉珷尝罢连声称赞。杨钦笑道："你如今也走了不少地方，有了比较，可知道了罢，我们云台这里可算得是洞天福地？"冉珷笑着说道，"的确，刚才弟子一路走来，观赏满山风景，心想就是那桃花源也就是这样了罢。"

杨钦师父问起了二人到石鼓书院后情形如何，冉珷就把二人这几年的经历详细讲述了一遍，杨钦听着频频点头，最后当他听到真德秀被贬回了福建时，捋着长须看着冉珷，微笑着对冉珷说道："你二人没有辜负我对你们的期望，师父对你们很是满意。"冉珷有些惭愧地说道："徒弟还是才疏识浅，常常感到有心无力。"杨钦笑道："你们没有权柄，又能做几件事情呢？从我致仕以后起，都换了几位君上了，当年的小后生成了权倾朝野的宰相！你记着，史弥远之后还有史弥远，真德秀之后还有真德秀。只是……"冉珷听师父停顿在了这里，就问道："师父，您想说什么？"

杨钦这时收起了笑容说道："从你讲述的情况来看，大宋的气数实在堪忧啊。"冉珷问："真大人说过，当今皇上是英明之主，他现在只是韬晦而已，一旦时机成熟，就要更化改制的。真能如此，大宋的局势还是有救的罢？"杨钦捋着长须，想了一会儿说道："从北方过来的道友跟我讲，如今北方霸主，蒙古已经崛起，它不同于过去的契丹、大辽或是西夏，只怕宋、金两国都不是对手。"冉珏疑惑地问道："这蒙古当真如此强大？"杨钦点头说，"据说蒙古已经两次西征，横扫数千里，灭国无数，很多地方都是我们汉人闻所未闻的。蒙古西征，接触了大量异域国家之后，一定会学到很多更先进的东西。今天的蒙古更加强盛，灭金只是时间问题。金国灭亡之后，大宋朝将要直接面临灭国的危机了。"

冉珏锁眉问道："师父，您可有良策吗？"杨钦回答道："要去主动了解他们才行，像朝廷现在这样坐井观天，忙于内耗，肯定是不行的。"冉珏又问："如果真要军事对决，师父觉得大宋目前的军队有几成胜算？"杨钦摇头说："这个就非我所知了。我已经不了解现在朝廷的军队了，对蒙古军队更只是听说，从没有见过。不过，当年的大宋水师经我改造后无比强大，令金国胆寒。我认为现在的大宋水师，对蒙古军队应该还是占优势的罢。"冉珏说道："有机会的话，我一定要去蒙古那里一探虚实，要为大宋寻找一个良策。"

杨钦赞许地点了点头，说道："你去做吧，尽自己的力量就行了。一代人干一代人的事情，即使这代人干不好，未必下代人干不好。"听了这些话，冉珏顿时心情大好。杨钦接着说："上次你们离开这里以后，我写了一本书，现在就授给你了。"说完手指着书案。

冉珏走到书案前，看到有一本书正放在桌角，看来是师父特意为他准备的。封面上写着四个字："云台道经"。杨钦说道："我这本书，与符箓道不同，跟丹鼎道也不同，不修仙，不炼丹，不谈飞升炼化，不讲长生久视。只探寻万物本初之道，论及天下大同之策，融合儒释道三教之义，借力于儒释而入我道门。这本道书你拿走，好好研读。将来我的衣钵传人，非你莫属。"冉珏听师父如此说了，立即行了大礼，将书收好。

杨钦指了指外面的道人说："你跟他们不一样，虽然我指定你受了我的衣钵，但你无须出家，去做你自己想做的事情罢。直到有一天你累了，想回家了，就回来。"冉珏听罢，再次向师父行大礼。杨钦笑着说："天道茫茫，无穷无极；永复循环，思之慎之。"这时，窗外的鹤池里，群鹤舞动翅膀，竞相鸣叫。冉珏听那鹤唳之声，分外的清亮，仿佛真的能够穿透到九天之外。

© 博 言 2021

图书在版编目（CIP）数据

鹤舞云台：南宋的倔强 / 博言著 . —沈阳：辽宁
人民出版社，2021.3
ISBN 978-7-205-10121-3

Ⅰ . ①鹤… Ⅱ . ①博… Ⅲ . ①长篇历史小说—中国—
当代 Ⅳ . ① I247.5

中国版本图书馆 CIP 数据核字（2021）第 005808 号

出版发行：辽宁人民出版社
　　　　　地址：沈阳市和平区十一纬路 25 号　邮编：110003
　　　　　电话：024-23284321（邮　购）　024-23284324（发行部）
　　　　　传真：024-23284191（发行部）　024-23284304（办公室）
　　　　　http ://www.lnpph.com.cn
印　　刷：北京长宁印刷有限公司天津分公司
幅面尺寸：165mm×235mm
印　　张：19.5
字　　数：318 千字
出版时间：2021 年 3 月第 1 版
印刷时间：2021 年 3 月第 1 次印刷
责任编辑：赵维宁
助理编辑：段　琼
封面设计：乐　翁
版式设计：一诺设计
责任校对：刘再升
书　　号：ISBN 978-7-205-10121-3
定　　价：49.80 元